KB069877

어둠의 눈

어둠의 눈

딘 쿤츠 장편소설

심연희 옮김

THE EYES OF DARKNESS

Dean
Koontz

다산
책방

일러두기

1. 주석은 모두 옮긴이주다.

2. 본문의 이탤릭체나 고딕체는 원서에서 이탤릭체나 대문자로 강조한 부분이다.

3. 이 책은 초판본의 내용을 수정해 1996년 재출간한 개정판을 번역본으로 따랐다.

4. 다음은 이 책 개정판에 부치는 저자의 짤막한 헌사다.

　"이 개정판을 사랑을 담아 아내 게르다에게 바친다. 필명으로 출간했던 초기작들을 개정하는
　5년간의 작업이 이제 거의 끝나가는 지금, 나는 스스로를 발전시키겠다고 다짐해본다.
　앞으로 해야 할 일을 모두 고려해보았을 때, 이 새로운 작업은 향후 100년짜리 계획으로 알려지리라."

차 례

12월 30일 화요일

1

화요일 새벽, 자정을 6분 넘긴 시각. 새로운 공연 리허설을 마치고 집으로 돌아오던 티나 에번스는 낯선 이의 차에 탄 그녀의 아들, 대니를 보았다. 하지만 대니는 벌써 죽은 지 1년이 넘었다.

두 블록만 더 가면 집이지만, 문득 우유 한 통과 통밀빵 한 덩이를 사야겠다 싶어 24시 마트 앞에 차를 세웠다. 나트륨등이 흩뿌리는 노란 빛은 건조했다. 옆에는 매끈하게 빛나는 크림색 쉐보레 스테이션왜건이 서 있었다. 왜건 조수석에 앉은 소년은 가게에 들어간 사람을 기다리고 있었다. 소년의 옆모습을 본 티나는 그 얼굴을 알아보고는 고통스럽게 숨을 헉 들이켰다.

대니.

열두 살쯤 되어 보이는 남자아이였다. 대니 또래다. 대니처럼 숱 많은 검은 머리에, 대니를 닮은 코에, 대니와 같이 조금 섬세한 턱선을 지닌 아이였다.

그녀는 아들의 이름을 속삭여 불렀다. 더 큰 소리로 말하면 이 사랑스러운 환영이 겁을 먹고 달아나버릴 것만 같다는 듯이.

티나는 자기도 모르게 그 애를 빤히 바라보았다. 남자애는 손을 입에 대더니 구부린 엄지손가락 마디를 부드럽게 깨물었다. 그것도 대니가 죽기 1년 전쯤부터 버릇처럼 하던 행동이다. 티나는 아들의 나쁜 버릇을 고쳐주려 했지만 소용없었다.

그 남자애를 보고 있자니 대니와 닮기만 한 게 아니라는 생각이 들었다. 갑자기 입 안이 바짝 마르며 쓴맛이 감돌았다. 가슴이 쿵쿵 뛰었다. 그녀는 아직도 외아들을 잃은 현실에 적응하지 못하고 있었다. 절대로 적응하고 싶지 않았다. 아니, 적응하려고 노력해본 적도 없었다. 대니를 닮은 소년에게서 눈을 떼지 못한 채 그녀는 애초에 아들을 잃은 게 아니었다는 환상에 너무나 쉽게 빠져들어 갔다.

어쩌면…… 어쩌면 저 아이가 정말 *대니*일지도 몰라. 안 될 건 뭐야? 곰곰이 곱씹어볼수록 점점 미친 생각이 아닌 것 같았다. 따지고 보면 그녀는 대니의 시신을 본 적이 없다. 경찰과 장의사는 그녀가 아들을 보지 않는 게 좋겠다고 했다. 대니의 몸이 너무 심하게 찢기고 끔찍하게 으스러졌다는 이유였다. 속이 뒤틀리고 슬픔에 겨웠던 티나는 그 권유를 받아들였고, 대니의 장례식은 관을 닫고 거행되었다. 어쩌면 그 사람들이 시체의 신원을 확인하면서 실수를 했을지도 모른다. 어쩌면 대니는 그 사고로 죽은 게 아닐지도, 머리에 가벼운 상처만 입었을지도 모른다. 다쳤긴 해도 그저 기억상실증에 걸릴 정도였을지도 모른다. 그래. 기억상실증에 걸렸을 수도 있다.

어쩌면 부서진 버스 근처를 배회하다가 사고 현장에서 몇 킬로미터 떨어진 곳에서 발견되었는데, 신원을 알 길도 없고 자기가 누군지, 어디서 사는지 말할 수 없었을 가능성도 있다. 안 그런가? 티나는 비슷한 이야기를 영화에서 본 적이 있다. 그래. 기억상실증이었던 거야. 만약 그렇다면, 대니는 지금 양부모에게 입양되어 새로운 삶을 살고 있을지도 몰라. 그래서 지금 저 크림색 쉐보레 왜건 안에 앉아 있는 거야. 운명처럼 다시 엄마를 만나려고…….

순간 티나의 시선을 의식한 아이가 고개를 돌렸다. 아이의 얼굴이 천천히 티나 쪽을 돌아보는 순간 그녀는 숨을 죽였다. 두 장의 유리창 너머로, 낯선 황색 불빛 아래에서 서로를 응시하는 순간, 그녀는 시공과 운명의 광대한 구렁을 사이에 두고 아이와 눈을 맞추고 있다고 느꼈다. 하지만 아니나 다를까, 그녀의 환상은 산산조각 났다. 그 아이는 대니가 아니었다.

남자아이에게서 시선을 돌린 티나는 자신의 손을 멍하니 바라보았다. 너무 세게 핸들을 잡은 나머지 아파오는 손을.

'제길.'

그녀는 이런 자신에게 화가 났다. 이제껏 스스로를 강인하고 유능하고 침착한 여자라고 생각했다. 인생에 무슨 일이 생기든 잘 대처할 수 있다고 믿었다. 그런데 대니의 죽음을 받아들이지 못하는 자신의 무능함에 마음이 그저 착잡했다.

초반의 충격이 잦아들고 장례식이 끝난 뒤 티나는 어떻게든 트라우마를 극복해보려 했다. 그녀는 차츰차츰 대니를 떠나보냈다. 슬픔과 죄책감, 눈물, 쓰라린 마음이 가득했지만 아들을 떠나보내기로 확고하게 결심했다. 지난 몇 년간 착실하게 경력을 쌓아온 티나는 마치 상처가 완전히 아물 때까지 통증을 달래줄 모르핀이라도 되는 듯 일에 몰두했다.

그러나 몇 주 전, 그녀는 사고 소식을 듣자마자 떨어졌던 끔찍한 나락으로 결국 도로 빠져들었다. 아들이 죽지 않았다는 생각은 단호하고도 비이성적이었다. 아들이 살아 있다는 생각이 다시금 유령처럼 그녀를 사로잡았다. 시간이 지난 만큼 고통도 훨씬 덜해야 하건만, 티나는 날이 갈수록 오히려 슬픔의 소용돌이에 완전히 휘말려 들어가고 말았다. 다른 아이를 대니로 착각한 건 오늘이 처음이 아니었다. 몇 주 전 다른 차에서도 대니를 보았다. 차를 타고 지나가다 우연히 본 학교 운동장에서도, 사람 많은 거리에서도, 영화관에서도 대니를 보았다.

최근에는 대니가 살아 있는 꿈에 계속 시달렸다. 깨고 나서 몇 시간 동안은 현실을 직시할 수가 없었다. 티나는 그 꿈이 대니가 결국 자신에게 돌아오는 예지몽이라고 반쯤은 확신했다. 아들이 어떻게든 살아남아서 언젠가는 자신의 품에 돌아올 거라는 확신이었다.

이런 환상은 따스하고 멋졌지만, 오랫동안 간직할 수는 없었다. 티나는 언제나 엄연한 진실에 저항했다. 그럴 때마다 진실은 조금씩 힘을 발휘했고, 결국 티나는 그 꿈이 예지몽이 아니라는 사실을 받아들였다. 그렇지만 그녀는 알고 있었다. 그 꿈을 또 꾸게 되면 다시 새로운 희망을 품으리라는 사실을. 예전에도 수없이 그랬던 것처럼.

그건 좋은 일이 아니었다.

병적이야. 티나는 스스로를 이렇게 평가했다.

그녀는 스테이션왜건을 슬쩍 바라보았다. 남자아이는 여전히 이쪽을 쳐다보고 있었다. 그녀는 핸들을 꽉 잡은 손을 다시 쏘아보고서 그 손을 간신히 떼어냈다.

슬픔에 겨우면 사람이 미칠 수도 있다. 어디선가 그 말을 들은 적이 있었고, 이젠 그 말을 믿는다. 하지만 자신에게 그런 일이 일어나게 두지는 않을 작정이었다. 현실을 직시하도록 스스로를 거세게 밀어붙일 것이다. 그 현실이 제아무리 불행하다 하더라도. 희망 같은 건 가져서는 안 돼.

그녀는 온 마음을 다해 대니를 사랑했지만, 대니는 세상을 떠났다. 버스 사고로 온몸이 찢기고 일그러진 채로. 열네 명의 어린 소년들과 함께, 커다란 비극에 휘말린 희생자 중 하나로. 알아볼 수 없을 만큼 온몸이 뭉개져서 죽었다.

차갑게.

썩어가고 있다.

관 안.

땅속에서.

영원히.

아랫입술이 덜덜 떨렸다. 울고 싶었고, 울어야 했지만, 그녀는 울지 않았다.

쉐보레에 탄 소년은 이제 이쪽에 흥미를 잃었다. 아이는 다시 맞은편 마트를 바라보았다.

티나는 자신의 혼다 승용차에서 내렸다. 밤공기는 기분 좋게 서

늘하고 사막 지역답게 습기가 하나도 없었다. 그녀는 심호흡을 한 뒤 마트로 들어갔다. 마트 안은 공기가 너무 차가워서 뼈가 시릴 정도였다. 사정없이 빛나는 형광등 불빛이 너무 밝고 황량해서 환상 따위는 그만 사그라들어버렸다.

그녀는 무지방 우유 한 통과 다이어트용으로 얇게 자른 호밀빵 한 덩이를 샀다. 호밀빵 한 조각의 칼로리는 보통 빵의 절반이었다. 그녀는 더 이상 무용수로 활동하지 않았다. 지금은 무대 뒤에서 쇼 제작을 하고 있지만, 무용수 때 몸무게를 유지해야 신체적으로나 정신적으로 가장 좋았다.

5분 뒤 그녀는 집에 도착했다. 조용한 동네에 있는 수수한 목장 스타일 집이었다. 올리브나무와 레이스처럼 치렁치렁하게 잎사귀가 늘어진 작은잎브러시나무가 모하비사막에서 불어오는 희미한 미풍에 나른히 흔들렸다.

주방에 들어간 그녀는 빵 두 조각을 구웠다. 구운 빵 위에 땅콩버터를 얇게 펴 바른 뒤 무지방 우유 한 잔을 따라놓고 자리에 앉았다.

땅콩버터를 바른 토스트는 대니가 가장 좋아하던 음식이었다. 아장아장 걸음마를 시작하면서, 입에 들어가는 먹거리에 지독히 까다롭게 굴던 그 시기에도 이것만큼은 사족을 못 쓰고 좋아했다. 어린 아기였을 때 대니는 이걸 '당고옹퍼터'라고 불렀는데.

눈을 감고 토스트를 한 입 베어 물자 아들의 모습이 떠올랐다. 세 살 때, 입가며 뺨에 온통 땅콩버터를 묻히고서 활짝 웃으며 이렇게 말했지. *당고옹퍼터 더 주쪠요.*

티나는 깜짝 놀라 눈을 떴다. 머릿속에 떠오른 아들의 모습이 너무 생생했다. 이건 기억이라기보다는 환상 같았다. 그러나 티나는 과거를 그토록 또렷하게 떠올리고 싶지 않았다.

하지만 이미 늦었다. 가슴속이 뭉클하고 아랫입술이 다시 떨리기 시작했다. 그녀는 머리를 탁자에 얹었다. 그리고 서럽게 흐느꼈다.

*

그날 밤 티나는 또다시 대니가 살아 있는 꿈을 꾸었다. 어떻게 그런 일이 일어났는지는 모르지만, 분명 어딘가에 살아 있었다. 그 아이에게는 티나가 필요했다.

꿈속에서 대니는 끝이 보이지 않는 협곡 가장자리에 서 있었다. 티나는 저 멀리 반대편에 서서 거대한 만 너머를 바라보았다. 대니가 그녀의 이름을 부르고 있었다. 외롭고 두려워 보였다. 티나는 아이에게 닿을 방법이 떠오르지 않아 비참한 심정이었다. 하늘은 순식간에 흐려졌다. 거대한 폭풍 구름은 마치 천상계의 거인들이 불끈 주먹을 쥐고 낮의 마지막 빛마저 앗아가려는 듯 보였다. 대니가 외치는 소리와 티나가 대답하는 소리는 점점 새된 소리가 되어갔다. 밤이 오기 전에, 영영 길을 잃기 전에 서로에게 가 닿아야 한다는 걸 둘 다 알고 있었다. 밤이 되면 무언가가 대니를 기다린다. 대니가 어둠 속에 홀로 남겨지면 무언가 무시무시한 것이 그 애를 잡아챌 것이다. 갑자기 번개가 하늘을 가르며 내리쳤다. 이어 천둥이 사납게 울려 퍼지고, 밤이 무너지듯 다가와 어둠을 더 깊이 깔았다. 완전한 암흑이 찾아왔다.

티나는 침대에서 벌떡 몸을 일으켰다. 분명히 집 안에서 무슨 소리가 들렸다. 꿈속에서 들은 천둥소리가 아니었다. 깨어나며 들은 소리는 상상이 아니라 진짜였다.

그녀는 주의 깊게 귀를 기울이면서, 이불을 젖히고 침대에서 나올 준비를 했다. 사방에 침묵이 내려앉았다.

차츰 의심이 들기 시작했다. 최근에 확실히 안절부절못하는 일이 많았다. 밤중에 깨어나 집에 누군가가 침입해서 돌아다니고 있다고 철석같이 믿었던 적이 한두 번이 아니었다. 지난 2주 동안에만 네다섯 번 그랬다. 그때마다 티나는 침대 옆 탁자에서 권총을 꺼내들고 방마다 들여다보며 확인했지만 아무도 없었다. 요즘 개인적으로도 일적으로도 상당한 압박에 시달리고 있기는 했다. 어쩌면 오늘 밤 들은 소리는 꿈에서 들은 천둥소리였을지도 모른다. 몇 분 동안 경계 태세로 있었다. 하지만 밤은 너무나 평화로웠다. 결국 티나는 이 집에 아무도 없다는 걸 인정해야 했다. 심장박동이 느려졌고, 그녀는 다시 베개에 털썩 머리를 얹었다.

이럴 때마다 티나는 마이클과 같이 살고 있다면 좋을 텐데 하고 생각했다. 그녀는 눈을 감고 마이클 옆에 누워 있는 자기 모습을 그려보았다. 어둠 속에서 그에게 손을 뻗고, 여기저기 쓰다듬다 돌아누워 품에 안락하게 안기는 모습을. 그는 티나를 위로하고 안심시켜주었을 것이다. 그러면 곧 다시 잠들 수 있었겠지.

물론 실제 상황은 전혀 그렇지 않았을 것이다. 사랑을 나누기는커녕 오히려 말싸움을 벌였겠지. 마이클은 그녀의 애정을 뿌리치고, 싸움을 거는 식으로 그녀를 외면했을 것이다. 별것도 아닌 일로 싸움을 시작하고 그녀를 괴롭히다가 결국 말다툼이 손찌검으로 변해버렸을 것이다. 그게 두 사람이 함께 살았던 마지막 몇 달간의 모습이었다. 마이클은 줄곧 적개심을 불태우며 그녀에게 화를 풀 구실을 찾던 사람이었다.

티나는 마이클을 끝까지 사랑했다. 그래서 둘의 관계가 끝난다는 사실에 상처받고 슬퍼했다. 하지만 인정할 것은 인정해야 했다. 완전히 갈라섰을 때 그녀 역시 안도하기는 마찬가지였다.

그녀는 같은 해에 아이와 남편을 모두 잃었다. 남편을 먼저 잃었고, 그다음엔 아들을 잃었다. 아들은 무덤으로, 남편은 변화의 바람으로 떠나갔다. 12년의 결혼 생활 동안 티나는 결혼식의 신부였을 때와는 달리 좀 더 복잡한 사람이 되었지만, 마이클은 전혀 변하지 않았다. 그는 변해버린 티나의 모습을 좋아하지 않았다. 그들은 사소한 일상을 하나하나 모두 나누던 연인이었다. 성공과 실패, 기쁨과 좌절까지도. 하지만 이혼 절차가 끝날 무렵 그들은 서로에게 낯선 이가 되어 있었다. 마이클은 여전히 이 동네에 살았고, 둘의 집은 2킬로미터도 떨어져 있지 않았다. 그러나 어떻게 보면 마이클 역시 대니처럼 닿을 수 없는 존재였다.

그녀는 체념 어린 한숨을 쉬고 눈을 떴다.

잠이 달아났지만 더 쉬어야 했다. 아침에는 쌩쌩하고 활기찬 모습으로 나가야 하니까.

내일은 인생에서 가장 중요한 날이다. 12월 30일. 여느 해였다면 그리 특별할 것 없는 날이었겠지만, 좋든 나쁘든 올해 12월 30일은 그녀의 미래가 어느 쪽으로 틀어질지 결정되는 날이다.

티나 에번스는 열여덟 살 때부터 라스베이거스에 살면서 일을 시작했고, 2년 뒤 마이클과 결혼하고 나서도 그만두지 않고 15년을 쭉 일했다. 그녀는 스타더스트 호텔의 거대한 쇼 「리도 드 파리」의 무용가였다. 쇼걸이 아닌 진짜 무용가. 「리도 드 파리」는 라스베이거스에서가 아니면 어디에서도 볼 수 없을 만큼 대단히 화려한 작품이었다. 수백만 달러의 예산이 드는 이런 쇼를 수익 걱정 없이 매년 올릴 수 있는 곳은 라스베이거스밖에 없었다. 정교한 세트와 의상, 엄청난 출연진과 제작진에 어마어마한 돈이 들어갔지만, 호텔 측에서는 티켓 판매와 음료 판매 수익으로 손익분기점만 맞추지면 좋아했다. 결국 제아무리 화려해봤자 쇼는 손님을 끌어들이는 미끼일 뿐이었다. 수천 명을 매일 밤 호텔로 끌어들이는 현혹물. 쇼가 열리는 극장을 오고 가는 수많은 사람은 크랩스* 테이블과 블랙잭 테이블, 룰렛 테이블과 반짝반짝 빛나는 슬롯머신 대열을 지나가야 했고, 바로 *거기에서* 진짜 이윤이 났다. 티나는 리도에서 춤추는 게 좋았다. 공연을 시작하고 2년 반 뒤 임신했다는 사실을 알았다. 출산휴가를 내고 아이를 낳았다. 대니가 생후 6개월이 되었을 때 티나는 몸매를 회복하기 위해 운동을 시작했고, 석 달간 고된 노력 끝에 새로운 라스베이거스 쇼에서 코러스 한 자리를 차지할 수 있었다. 그녀는 그럭저럭 훌륭한 무용가이자 좋은 엄마가 될 수 있었다. 비록 쉽지는 않았지만 그녀는 대니를 사랑했고 일도 즐거웠다. 남들은 벅차 할 두 가지 의무를 티나는 기꺼이 해나갔다.

---

* 주사위 두 개로 하는 도박의 일종.

그러다 5년 전, 스물여덟 번째 생일이 되었을 때 그녀는 문득 현실을 깨달았다. 운이 좋아도 쇼 댄서로서 기껏해야 10년밖에 남지 않았다는 사실을. 서른여덟에 허무하게 일을 빼앗기는 상황은 피하고 싶었던 티나는 다른 능력을 발휘해 새 일을 시작해보기로 했다. 바로 안무가였다. 처음에는 싸구려 호텔 라운지에서 공연하는 짧은 뮤지컬의 안무가로 시작했다. 수백만 달러짜리 쇼 「리도 드 파리」에 비하면 실망스럽기 짝이 없는 값싼 모조품 같은 공연이었다. 결국 그녀는 의상 담당까지 겸해야 했다. 그다음에는 더 큰 호텔 라운지에서 비슷한 일을 맡았는데, 쇼 예산이 한정적이기는 해도 나름 400석에서 500석 정도를 갖춘 이류 호텔 공연이었다. 촘촘히 얽히고설킨 라스베이거스 연예계에서 그녀는 차츰 인정받는 존재가 되었다. 스스로도 어마어마한 성공을 목전에 두고 있다고 믿었다.

약 1년 전, 대니가 죽고 얼마 지나지 않아 티나는 스트립*에서도 가장 크고 화려한 골든 피라미드 호텔의 2천 석짜리 메인 공연장에 올릴 천만 달러 예산의 쇼를 맡아달라는 요청을 받았다. 연출과 공동 제작을 해달라는 제안이었다. 아들을 채 애도하지도 못한 시점에 이토록 놀라운 기회가 불쑥 찾아오다니. 운명의 여신은 참으로 천박하고 피도 눈물도 없었다. 지금껏 꿈꿔왔던 일을 할 기회를 주면 대니의 죽음을 상쇄할 수 있다고 여기는 걸까. 처음에는 터무니없이 잘못된 일로 느껴졌다. 그러나 비통하고 우울한 가운데서, 극도의 공허함과 무의미함을 느끼면서도 그녀는 그 일을 맡았다.

---

* 라스베이거스의 유명 호텔이 대부분 모여 있는 큰길.

새로운 쇼의 이름은 「매직!Magyck!」이었다. 댄스 무대 사이사이 마술사들이 다양한 공연을 펼쳤다. 많은 출연진이 함께 노래하고 춤추는 장면은 정교한 특수효과 같았고, 초자연적인 주제가 중심이었다. 쇼 이름의 철자를 교묘하게 쓴 건 티나의 아이디어가 아니었다. 그러나 프로그램 대부분을 티나가 창작했고, 그녀는 스스로 빚어낸 결과물이 만족스러웠다. 물론 진이 빠지기도 했다. 휴가도 없이 주말도 없이 하루 열두 시간에서 열네 시간을 일하느라 시간이 어떻게 지나가는지도 몰랐다.

하지만 「매직!」에 온통 정신을 쏟고 있는 와중에도 대니의 죽음을 받아들이기는 무척 어려웠다. 한 달 전쯤에야 처음으로 마침내 슬픔을 극복하기 시작했다고 생각했다. 울지 않고서도 아들을 생각할 수 있게 되었고, 슬픔에 겨워하지 않고도 아들의 묘에 찾아갈 수 있었기 때문이다. 기분도 꽤 괜찮았고, 어느 정도 명랑한 모습을 보이기까지 했다. 아이를 절대로 잊을 수는 없으리라. 그녀 삶에 너무나 큰 부분을 차지했던 사랑스러운 아이를 어찌 잊을 수 있을까. 하지만 언제까지나 아들이 남겨놓은 커다란 상실감이라는 구멍을 맴돌며 살아갈 수는 없다. 상처는 아직도 아팠지만, 조금씩 아물고 있었다.

그렇게 생각한 게 한 달 전이다. 한두 주 정도는 아이의 죽음을 받아들이는 데 진전이 있었다. 그러다가 새로운 꿈을 꾸기 시작했다. 대니가 죽은 직후 꿨던 꿈보다 훨씬 더 나쁜 꿈이었다.

아마도 「매직!」에 대한 대중의 반응을 걱정하느라 불안감이 다시 더 크게 도졌는지도 모른다. 이제 열일곱 시간만 지나면, 12월

30일 저녁 8시에 골든 피라미드 호텔에서 「매직!」 VIP 시사회가 열린다. 그리고 그다음 날 밤, 그러니까 새해 전날에는 일반 대중에게 쇼가 공개된다. 티나의 바람대로 청중이 광적이고 긍정적인 반응을 보여준다면 그녀는 미래를 보장받는 거나 다름없다. 계약서상에는 쇼가 500만 달러의 수익을 달성하면 그 뒤로는 음료값을 뺀 총수익의 2.5퍼센트를 그녀에게 주기로 되어 있었다. 만약 「매직!」이 성공한 라스베이거스 쇼가 간간이 그렇듯 엄청난 인기작이 되어 향후 4~5년간 공연장을 꽉 채운다면, 티나는 공연을 마무리 지을 때쯤 백만장자가 될 수도 있다. 물론 제작이 실패로 돌아가서 관객을 만족시키지 못한다면 다시 자그마한 호텔 라운지 공연을 제작하던 때로 돌아가야 할 것이다. 쇼 비즈니스는 어떤 형태로든 무자비한 사업이었다.

그러니 불안 발작에 시달릴 이유는 충분했다. 누군가가 집 안에 침입했을지도 모른다는 과도한 공포와 대니가 나타나는 심란한 꿈, 새롭게 시작된 슬픔까지 이 모든 것이 「매직!」에 대한 걱정에서 비롯되었을지 모른다. 그렇다면 이런 증상은 쇼의 운명이 결정되는 대로 사라지리라. 며칠간 차를 타고 나다니면 해결될지도 모른다. 그 후에는 비교적 잠잠해질 테고, 그녀는 다시 회복될 것이다.

티나는 반드시 좀 더 자야 했다. 오전 10시에 「매직!」의 첫 3주간 공연 티켓 8천 장을 예매할 관광 예약 업체 관계자 두 명을 만날 예정이었다. 그리고 나서 1시에는 출연진과 제작진이 모두 모여 최종 드레스 리허설을 하기로 했다.

그녀는 베개를 매만지고 이불을 다시 정돈한 다음, 입고 있는 짧은 잠옷을 추슬렀다. 그러고는 눈을 감고서 긴장을 풀고 파도가 은빛 해변을 부드럽게 오고 가는 밤바다를 그려보았다.

쿵!

티나는 침대에서 벌떡 일어났다.

집 어딘가에서 무언가가 떨어졌다. 그것도 커다란 물체가 틀림없었다. 벽 몇 개 너머에서 들려오는 소리라 둔탁했지만, 잠을 깨우기에는 충분할 정도로 컸다.

그게 뭔지는 모르겠지만…… 그냥 떨어졌을 리는 없다. 분명 누군가가 밀어서 떨어진 것이었다. 아무도 없는 방에서 무거운 물체가 저절로 떨어질 수는 없다.

그녀는 고개를 기울이고 주의 깊게 소리를 들었다. 작은 소리가 한 번 더 들렸다. 지속적으로 들려오지는 않아서 어디서 나는 건지 감을 잡을 순 없었지만 그 소리엔 어딘가 비밀스러운 데가 있었다. 이번에 느낀 위협은 그저 상상이 아니었다. 정말로 누군가가 이 집에 있었다.

티나는 침대에서 일어나 앉아 스탠드를 켜고 탁자 서랍을 열었다. 권총은 장전되어 있었다. 그녀는 이중 안전장치를 풀었다.

그리고 잠시 다시 귀를 기울였다.

사막의 밤에는 성마른 고요함이 흘렀다. 티나는 침입자가 그녀가 내는 소리를 들으려고 귀를 기울이는 모습을 상상했다.

티나는 일어나서 슬리퍼를 신고 오른손에 권총을 쥐고 조용히 방문으로 다가갔다.

잠깐 경찰을 부를까도 생각했지만 놀림감이 될까 봐 두려웠다.

불빛을 번쩍이고 사이렌을 울려대며 경찰이 들이닥쳤는데 아무도 찾지 못한다면? 지난 2주 동안 집 안에 누군가가 침입해서 어슬렁 거린다고 생각했을 때마다 경찰을 불렀다면, 경찰은 벌써 티나가 돌았다고 결론 내렸을 것이다. 그녀는 자존심이 강했다. 마초 같은 경찰 두어 명에게 히스테리나 일으키는 여자 취급을 받고 싶지는 않았다. 그들이 자신을 보며 씩 웃고, 나중에 도넛과 커피를 들고 자기를 두고 농담거리 삼아 지껄일 거라고 생각하면 참을 수가 없었다. 그러니 혼자서 직접 집을 수색하는 수밖에.

그녀는 총구를 천장 쪽으로 향하게 잡고서 약실에 총알을 넣었다.

그리고 심호흡을 한 다음, 침실 문을 열고 천천히 복도로 나갔다.

2

티나는 온 집 안을 다 뒤졌지만 침입자를 찾아내지 못했다. 이제 남은 곳은 하나, 대니가 쓰던 방이었다. 그 방에 들어가야 하다니. 차라리 누군가가 주방에 숨어 있거나 옷장 안에 웅크리고 있는 걸 발견하는 편이 더 나았을 뻔했다. 그 방에는 슬픔이 세 들어 살고 있는 것만 같았다. 하지만 이제는 선택의 여지가 없었다.

대니는 죽기 1년 전쯤부터 자그마한 부부 침실에서 가장 멀리 떨어진 방에서 자기 시작했다. 그 방은 원래 서재였다. 열 번째 생일을 보내고 얼마 지나지 않아 대니는 원래 쓰던 작은 방보다 더 넓고 사생활이 보장되는 방을 달라고 했다. 마이클과 티나는 대니를 도와 가구를 서재로 옮긴 다음 서재에 있던 소파와 안락의자, 커피 테이블과 텔레비전을 대니가 이제껏 쓰던 방으로 가져갔다.

그때 티나는 확신했다. 밤마다 엄마 아빠가 침실에서 싸운다는 걸 대니가 아는구나. 아이의 방은 부부 침실 옆방이었다. 그래서 대니는 서재로 방을 옮기고 싶었던 것이다. 그래야 엄마 아빠가 다투는 소리가 들리지 않을 테니. 그녀와 마이클은 서로 목소리를 높이며 싸우지는 않았다. 둘은 언쟁을 할 때도 평상시 어조를 유지했고, 때로는 속삭이며 싸웠다. 하지만 대니는 어떻게든 그 소리를 듣고 엄마 아빠에게 문제가 있다는 걸 알아차린 게 분명했다.

그녀는 아들이 이런 문제까지 알아야 한다는 사실에 미안한 마음이 들었지만, 아이에게 한마디도 하지 않았다. 설명을 해준 적도, 안심을 시켜준 적도 없었다. 뭐라 말해야 할지 알 수 없었기 때문이다. 어떻게 아들과 함께 이 상황을 평가하겠는가. '대니, 아가, 옆방에서 나는 소리를 들었는지 모르겠지만 걱정하지 마. 너희 아버지는 그저 정체성에 혼란을 느끼고 있는 것뿐이야. 요즘 들어 바보같이 굴고 있긴 하지만 곧 나아질 거야'라고? 티나가 대니에게 마이클과의 문제를 설명하고 싶지 않았던 이유는 또 있었다. 그녀는 마이클과 사이가 멀어지긴 했지만 곧 해결될 거라고 생각했다. 남편을 사랑하니까, 자신이 품은 순수한 사랑의 힘으로 찬란한 결혼 생활을 되찾을 수 있을 거라 확신했다. 하지만 6개월 뒤 둘은 별거를 시작했고, 별거한 지 5개월이 채 지나지 않아 결국 이혼했다.

그녀는 강도 수색을 마치기 위해 불안한 마음으로 대니의 방문을 열었다. 그 순간 문득 이제껏 밤마다 강도가 든 줄 알았지만 아무 일도 없었던 것처럼, 이번에도 결국 상상이 아닐까 하는 생각이 들었다. 그녀는 불을 켜고 방 안으로 들어갔다.

방에는 아무도 없었다.

권총을 앞으로 겨누고 옷장으로 다가갔다. 잠시 주저하다 문을 밀어젖혔다. 그러나 옷장 안에도 아무도 없었다. 소리는 분명히 들렸는데, 집에는 그녀밖에 없었다.

티나는 퀴퀴한 냄새가 나는 옷장을 들여다보았다. 남아용 신발, 아이가 입던 청바지, 정장 바지, 셔츠, 스웨터, 파란색 다저스 야구 모자, 특별한 날에 입던 자그마한 파란색 정장. 목이 울컥 메어왔다. 그녀는 재빨리 옷장 문을 닫고 그 문에 등을 기댔다.

장례식을 치른 지 벌써 1년이 넘었지만 그녀는 아직도 대니의 물건을 처분하지 못했다. 아이 옷을 버리는 일이 아이 관이 땅속으로 내려가는 광경을 지켜보는 일보다 더 슬프고 모든 게 끝나버렸다는 기분이 들게 할 것 같았다.

대니의 옷가지만이 아니었다. 방도 아이가 떠나기 전 그대로였다. 침대는 가지런히 정돈되어 있고, 머리맡 수납공간에는 SF 영화 액션 피규어 여러 개가 포즈를 취하고 있었다. 다섯 칸짜리 책장에는 100권도 넘는 책이 알파벳 순서대로 꽂혀 있었고, 한쪽 구석에 놓인 책상에는 풀, 알록달록한 작은 에나멜 물감 병, 각종 모형 제작 도구가 각 잡힌 채로 책상 절반을 차지하고 늘어섰다. 나머지 반은 언제라도 작업을 시작할 수 있도록 깨끗이 치워져 있었다. 진열장에는 모형 비행기 아홉 대가 꽉 들어찼고, 세 대는 천장에 와이어로 매달려 있었다. 벽을 장식한 여러 장의 포스터는 일정한 간격으로 붙여놓았다. 야구 선수 포스터 세 장, 공포영화에 나오는 흉측한 괴물 포스터 다섯 장. 대니는 포스터를 신중하게 배치했다.

대니는 또래 남자아이들과는 달리 청결과 정리정돈에 신경을 쓰는 아이였다. 방을 단정하게 정리하기 좋아했던 아들을 기리는 마음으로, 티나는 일주일에 두 번 방문하는 청소부 비비언 네들러에게 이제는 쓰지 않는 방이지만 아무 일도 없었던 것처럼 먼지를 털고 청소기를 돌려달라고 부탁했다. 그 덕에 대니 방은 예전처럼 먼지 하나 없이 깨끗했다.

죽은 아들의 장난감과 보잘것없는 보물들을 바라보며 티나는 다시금 깨달았다. 이곳을 박물관, 혹은 죽은 아들을 모시는 신당처럼 놔두는 일이 정신 건강에 좋을 게 하나 없다는 사실을. 대니 방을 손대지 않은 채로 놔두는 한 자신은 아이가 죽지 않았다는 희망, 어디엔가 잠시 떨어져 있을 뿐 머지않아 원래 자리로 돌아와 함께 살아갈 거라는 희망을 계속 품을 것이다. 아들의 방을 치우지 못하는 무능력한 자신이 티나는 갑자기 소스라치게 놀라웠다. 처음으로 이건 단순히 영혼이 나약한 게 아니라 심각한 정신 질환의 징후라는 생각까지 들었다. 이젠 죽은 아이가 편안히 잠들게 보내주어야 한다. 아들 꿈을 꾸는 걸 그만두려면, 이 슬픔을 제어할 수 있으려면 바로 이곳, 이 방에서 회복을 시작해야 한다. 아들의 물건을 그대로 보존하고 싶다는 비합리적인 욕망을 꺾어버려야 한다.

티나는 새해 첫날인 이번 목요일에 대니 방을 치우기로 마음먹었다. 그때는 VIP 시사회도 끝나고 「매직!」의 초연도 다 지난 뒤일 터다. 긴장을 풀고 며칠간 휴가를 낼 수 있다. 목요일 오후를 이 방에서 보내면서 옷가지와 장난감과 포스터를 떼어 정리할 것이다.

그렇게 마음을 먹자 불안했던 기운이 대부분 사라졌다. 온몸에 힘이 빠진 그녀는 팔다리를 기운 없이 늘어뜨린 채로 다시 잠들고 싶었다.

문으로 가려던 순간, 우연히 이젤을 본 티나는 걸음을 멈추고 방향을 돌렸다. 그림 그리기를 좋아했던 대니는 아홉 살 생일에 이젤과 함께 연필, 펜, 물감을 갖춘 선물 세트를 받았다. 이젤 뒤편에는 칠판이 달려 있었다. 대니는 이젤을 방 끝 침대 너머 벽에 기대두었고, 티나가 마지막으로 이 방에 왔을 때도 이젤은 거기 그대로 있었다. 하지만 지금 이젤은 다리를 벽에 걸친 채 비스듬히 엎어져 있었다. 칠판 면이 아래로 향하고, 게임용 탁자에 걸쳐진 채였다. 탁자 위에 대니가 언제든 와서 갖고 놀 수 있게 그대로 놓아둔 일렉트로닉 배틀십 게임기도 이젤이 쓰러지는 바람에 바닥에 떨어졌다.

방에서 들렸던 소리가 이거였구나. 하지만 어쩌다가 이젤이 이 위로 쓰러졌는지 도무지 알아낼 수 없었다. 저절로 쓰러졌을 리는 없다.

티나는 총을 내리고 침대 발치를 빙 돌아가 이젤 다리를 펴서 원래 있던 자리에 세웠다. 그리고 게임기를 다시 탁자에 올려놓았다.

바닥에 흩어진 분필 조각과 펠트 지우개를 집어 칠판에 올려놓았을 때였다. 검은 칠판 표면에 서툰 글씨체로 다섯 글자가 적혀 있었다.

죽지 않았어

티나는 글자를 보고 얼굴을 찡그렸다.

대니가 스카우트 캠프를 떠났다가 돌아오지 않은 그날, 칠판에 아무것도 쓰여 있지 않았다는 걸 그녀는 분명히 알고 있었다. 이 방에 마지막으로 왔을 때도 칠판은 깨끗했다.

손끝으로 칠판 글씨를 눌렀을 때였다. 그제야 이 말의 의미가 머리를 확 스쳤다. 스펀지가 물을 빨아들이듯, 칠판 표면에서 오싹한 기운이 끼쳐들었다. 죽지 않았다니. 이건 대니의 죽음을 부정하는 말이었다. 그러자 끔찍한 진실을 받아들이고 싶지 않은 마음이 분노하듯 치밀었다. 현실에 대한 도전이었다.

슬픔에 겨워 발작하던 끔찍한 시기, 미칠 듯 어두운 절망의 순간을 보내던 중에 자기도 모르게 이 방에 들어와 대니의 칠판에 무심코 이 글자를 썼던 걸까?

하지만 그런 기억은 나지 않았다. 만약 이걸 그녀가 썼다면, 분명 인사불성인 채로 뭘 하고 있는지 전혀 알아차리지 못하는 일시적 기억상실을 겪었던 것이리라. 아니면 잠든 상태로 돌아다녔을 수도 있다. 그러나 어느 쪽도 납득할 수 없었다.

하느님 맙소사. 말도 안 되는 일이야.

그러니까 이 글자는 여기에 계속 쓰여 있었다고밖에 볼 수 없었다. 대니가 죽기 전 남긴 글자가 분명했다. 물론 아이의 글씨체는 그 애의 성격처럼 단정했다. 이런 식으로 휘갈겨 쓰지 않았다. 그럼에도 이 글자는 대니가 쓴 것이 틀림없었다. *그래야* 말이 된다.

그런데 이건 그 애가 버스 사고로 죽은 걸 두고 하는 말 아닌가?

아니, 우연의 일치다. 당연히 대니가 죽기 전에 써놓은 글자일 것이다. 그 애가 죽은 뒤에 이 글자를 발견했다고 밑도 끝도 없는 해석을 해대면 안 된다. 이건 그야말로 어처구니없는 우연의 일치다.

그녀는 다른 가능성을 생각해보지 않았다. 또 뭐가 있을지 생각하면 너무나 무서워질 것 같았다.

두 손으로 몸을 감쌌다. 손이 얼음장처럼 차가웠다. 얼마나 차가운지 잠옷을 걸쳤는데도 옆구리가 시려왔다.

그녀는 덜덜 떨면서 칠판에 적힌 말을 완전히 지우고는 권총을 집어 들고 나와 방문을 닫았다.

이젠 잠이 완전히 달아나버렸지만, 그래도 좀 자야 했다. 내일 아침에는 할 일이 너무 많았다. 중요한 날이니까.

그녀는 주방으로 가 싱크대 옆 찬장에서 와일드 터키 한 병을 꺼냈다. 마이클이 가장 좋아하는 버번이었다. 병을 들어 물컵에 술을 60밀리리터 따랐다. 그녀는 술을 많이 마시는 편은 아니어서 기껏해야 가끔 와인 한 잔 정도를 즐겼고, 독한 술은 무엇이든 몸에 받지 않았지만 지금은 두 모금 만에 다 마셔버렸다. 독주에서 느껴지는 쓴맛에 얼굴이 찌푸려졌다. 어째서 마이클이 이 브랜드 위스키가 부드럽게 넘어간다고 칭찬했는지 알 수 없었다. 그녀는 망설이다가 술을 30밀리리터 더 따랐다. 그리고 약을 먹는 어린아이처럼 빠르게 삼킨 다음 술병을 치웠다.

다시 침대에 누운 그녀는 이불 속에서 몸을 움츠리고 눈을 감았다. 칠판은 애써 생각하지 않으려 했다. 하지만 눈을 감아도 아까 본 광경이 떠올랐다. 그 이미지를 지울 수가 없었다. 티나는 어떻게든 그 광경을 다른 것으로 바꿔보자고 생각하며 마음속으로 글자를 지워갔다. 하지만 마음속 눈앞에서 다섯 글자가 칠판 위에 계속 나타났다. 죽지 않았어. 다시금 지워보려 했지만 글자들은 고집스레 나타났다. 다행히 티나는 버번 탓에 술기운에 빠져 반가운 잠의 망각으로 끌려들어 갔다.

3

화요일 오후, 티나는 골든 피라미드 호텔의 공연장 한가운데에
앉아 「매직!」의 최종 드레스 리허설을 지켜보았다.

공연장은 높은 돔 천장 아래에 거대한 부채꼴이 펼쳐진 형태였
다. 무대 쪽으로 층층이 난 관객석은 좁은 층과 넓은 층이 번갈아
배치되었다. 무대 오른편을 바라보는 넓은 층에는 하얀 리넨 식탁
보를 깐 기다란 디너 테이블을 두었다. 좁은 층 관객석은 90센티미
터 폭의 공간에다 한쪽에 낮은 난간을 설치하고 반대편은 곡선으로
솟은 푹신한 부스 좌석을 놓은 형태였다. 모든 좌석은 거대한 무대
를 바라보도록 배치되었다. 무대는 화려한 라스베이거스 쇼에 걸맞
은 거대한 크기로, 브로드웨이에서 가장 큰 공연장 무대보다도 두
배 이상 넓었다. 무대가 어찌나 큰지, 공간의 반을 막아놓는다 해도

나머지 반쪽 공간에서 DC-9 여객기*가 거뜬히 한 바퀴를 돌고도 남을 정도였다. 이 무대는 몇 년 전 리노에 있는 비슷한 크기의 호텔 공연장에서 선보였던 쇼를 위해 만들어낸 걸작이었다. 파란 벨 벳과 검은 가죽, 크리스털 샹들리에와 두툼한 푸른 카펫을 아낌없이 쓰고 거기다 극적인 조명 효과까지 갖추자 극장은 거대한 크기에도 불구하고 아늑한 카바레 느낌마저 주었다.

티나는 3등석 부스에 앉아 불안하게 얼음물을 홀짝이며 쇼를 보았다.

드레스 리허설은 문제없이 진행되었다. 대규모 댄스 공연 일곱 개, 버라이어티 공연 다섯 개, 여자 무용수 마흔두 명, 남자 무용수 마흔두 명, 쇼걸 열다섯 명, 남자 가수 두 명, 여자 가수 두 명(그 중 한 명은 까탈스러웠다), 스태프와 기술자 마흔일곱 명, 오케스트라 스무 명, 코끼리 한 마리, 사자 한 마리, 블랙 팬서 두 마리, 골든 리트리버 여섯 마리, 흰 비둘기 열두 마리를 갖춘 대규모 공연을 실행하기란 정신이 멍해질 정도로 복잡했다. 그러나 1년 동안 고되게 작업한 결과 프로그램은 어딜 봐도 매끄럽고 흠잡을 데 없이 착착 진행되었다.

마지막에는 출연진과 직원들이 무대 위에 모두 모여 박수 치며 껴안고 서로 키스했다. 짜릿한 분위기가 감돌았고, 의기양양한 기색과 성공에 대한 조심스러운 기대감도 전해졌다.

티나와 공동 제작을 맡은 조엘 밴디어리는 1등석 부스에서 쇼를

---

* 승객 100여 명이 탑승 가능한 소형 여객기.

지켜보았다. 그 자리는 VIP용 좌석으로, 도박계 큰손들과 호텔 관계자들이 그곳에서 매일 밤 공연을 지켜볼 것이었다. 조엘은 리허설이 끝나자마자 자리에서 벌떡 일어나 복도를 달려오더니 3등석으로 성큼 들어와 다급히 티나에게 다가왔다.

"우리가 해냈어! 저놈의 공연을 성공시켰다고!"

조엘은 다가오며 소리쳤다. 티나는 자리에서 슬그머니 일어나 그를 맞이했다.

"얘야, 우리가 대박을 쳤단 말이다."

조엘은 이렇게 말하며 티나를 와락 껴안고 뺨에 질척한 키스를 해댔다.

그녀 역시 열렬하게 조엘을 안아주었다.

"그렇게 생각하세요? 정말로요?"

"생각하냐고? 생각하는 정도가 아니라 확신해! 대박이야. 우리가 해냈어. 진짜 대박을 쳤어! 그것도 아주 거하게!"

"고마워요, 조엘. 정말 정말 고마워요."

"나한테? 뭐가 고맙다는 거야?"

"제 능력을 발휘할 기회를 주셨잖아요."

"얘야, 난 너한테 호의를 베푼 게 아니야. 넌 열심히 일했어. 이놈으로 벌어들일 돈 한 푼 한 푼이 다 네가 노력해서 번 거란 말이야. 난 네가 이렇게 잘될 줄 알았어. 우리는 훌륭한 팀이라고. 다른 사람이라면 이런 걸 시도했어도 결국 엄청난 불상사만 저지르고 말았을 거야. 하지만 너랑 나, 우리는 근사하게 해냈지."

조엘은 기묘하고 자그마한 남자였다. 160센티미터가 조금 넘는 키에 살짝 통통하지만 뚱뚱한 정도는 아닌 몸매, 전기 충격이라도 받은 듯한 부슬부슬하고 배배 꼬인 갈색 곱슬머리였다. 넓적한 얼굴은 광대처럼 우스꽝스럽게 생겼고, 피부는 고무처럼 끝도 없이 늘어났다. 그는 청바지에 값싼 청남방 작업복을 걸쳤지만, 손에는 다 합쳐 20만 달러나 되는 반지를 줄줄이 끼고 있었다. 양손에 낀 반지 여섯 개에는 다이아몬드와 에메랄드가 잔뜩 박혔고, 어떤 반지에는 큼직한 루비가, 또 다른 반지에는 그보다 훨씬 큰 오팔이 달렸다. 언제나처럼 그는 넘치는 에너지를 발산하며 무언가에 흠뻑 빠진 듯했다. 마침내 티나를 안은 팔을 풀고 나서도 조엘은 가만히 있지를 못했다. 발을 이리저리 움직여대며 「매직!」에 대해 이야기를 늘어놓고 이리 돌았다 저리 돌았다 하면서 보석 반지 낀 손을 확확 저어대며 손짓하는 모습이 꼭 지그 춤곡을 추는 것 같았다.

현재 마흔여섯 살인 조엘은 라스베이거스에서 20년 동안 쇼 제작을 했고, 이 바닥에서 가장 성공한 제작자였다. 호텔 입구의 차양에 '조엘 밴디어리 제작'이라는 말이 새겨져 있으면 그 호텔의 쇼는 1등급 재미를 보장했다. 그는 벌어들인 수익의 상당량을 라스베이거스 부동산과 호텔 두 군데, 자동차 대리점과 시내의 슬롯머신 카지노에 투자했다. 대단히 부유한 사람이라 은퇴 후 여생을 자기 취향대로 호화스럽게 즐기며 살 수도 있었다. 하지만 조엘은 일을 그만둘 마음이 없었다. 조엘은 자기 일을 사랑했다. 그는 공연을 제작하며 겪는 까다로운 문제를 어떻게든 풀어보려고 노력하다 무대 위에서 죽을 확률이 다분했다.

그는 시내에 있는 어느 호텔 라운지에서 티나의 작품을 보고서,

놀랍게도 「매직!」의 공동 제작 기회를 티나에게 주었다. 처음에 그녀는 이 일을 받아들여야 할지 알 수 없었다. 완벽주의자인 조엘의 명성을 익히 알았기 때문이다. 그는 사람들에게 초인적인 노력을 요구하는 인물이었다. 그리고 예산이 천만 달러나 되는 일을 책임지고 맡아야 한다는 것도 걱정스러웠다. 이 정도 액수의 돈이 걸린 일을 한다는 건 그저 한 단계 경력을 올리는 수준이 아니었다. 그건 정말 어마어마한 도약이었다.

조엘은 그녀를 설득했다. 자신과 보조를 맞추고 기준을 충족하는 건 어렵지 않을 거라고, 도전을 받아들일 만큼 자신과 동등한 능력이 그녀에게 있다고 말했다. 티나는 그의 도움을 받아 자기 안에 잠재된 에너지와 새 역량을 발견해냈다. 조엘은 괜찮은 사업 파트너일 뿐만 아니라 좋은 친구이자 큰오빠 같은 사람이었다.

그리하여 두 사람은 함께 대단한 쇼를 만들어낸 듯했다.

티나는 이 아름다운 극장 안에 서서, 알록달록한 의상을 입은 사람들이 무대 위를 이리저리 열 지어 다니는 모습을 바라보았다. 그리고 조엘의 말랑말랑한 얼굴을 보며 사람들이 한 수작업을 두고 그가 넉살 좋게 늘어놓는 격찬을 들었다. 그러자 오랫동안 느끼지 못했던 커다란 행복이 다가왔다. 만약 오늘 밤 VIP 시사회에서 관객들이 열광적인 반응을 보여준다면, 그녀는 너무 기분이 좋아 둥실둥실 떠오르려는 다리에 무거운 추를 달아야 할지도 모른다.

20분 뒤, 3시 45분에 그녀는 호텔 정문 앞 매끄러운 돌길에 발을 딛고 발레파킹 요원에게 번호표를 건네주었다. 그가 혼다를 가져오는 동안 티나는 늦은 오후의 따스한 햇살을 받으며 입가에 만면한 미소를 지우지 못했다.

그녀는 고개를 돌려 골든 피라미드 호텔을 바라보았다. 자신의 미래는 천박하긴 하지만 대단히 인상적인 저 거대한 콘크리트 강철 덩어리와 떼려야 뗄 수 없게 이어져 있다. 청동과 유리로 만든 저 육중한 회전문이 빙빙 돌며 반짝일 때마다 사람들이 끊임없이 밀려들었다. 입구 양옆에 옅은 분홍빛 돌로 만든 장벽이 수백 미터 이어졌다. 창문 없는 거대한 벽들에는 커다란 동전 모양 돌장식이 풍요의 뿔 조각에서 콸콸 쏟아져나오는 형상으로 장식되어 있었다. 바로 위로는 포르트 코셰르* 천장에 조명 수백 개가 줄지어 달렸다. 지금은 조명을 켜놓지 않았지만, 해가 질 때면 저 위에서 빛이 눈부시게 쏟아져 반질반질한 돌바닥을 황금빛으로 비출 것이다. 골든 피라미드 호텔을 공사하는 데는 4억 달러가 넘게 들었고 소유주들은 호텔에 돈을 쏟아부었다는 걸 구석구석 확실하게 보여주었다. 물론 티나는 모든 사람이 이 호텔을 칭찬하지만은 않으리라는 걸 알았다. 누군가는 이 호텔이 보기에 역겹고 아무 생각 없이 지은 티가 나며 나쁜 취향을 드러내는 흉한 건물이라고 말할 것이다. 하지만 티나는 이곳이 아주 좋았다. 자신이 큰 기회를 얻은 곳이 여기였으니까.

지금껏 골든 피라미드 호텔의 12월 30일은 바쁘고 시끄럽고 신나는 날이었다. 나름 조용하게 크리스마스를 보낸 사람들이 이곳 정문으로 쉴 새 없이 몰려들었다. 새해 연휴 기간 동안 라스베이거

---

* 프랑스 저택 건축 양식으로, 마차가 들어갈 만큼 폭이 넓고 높은 문.

스 호텔의 사전 예약률은 최고였다. 객실이 3천 개에 달하는 골든 피라미드 호텔 역시 만원이었다. 11시 몇 분쯤인가 샌디에이고에서 온 어떤 비서가 슬롯머신에 5달러를 넣고 잭팟을 터뜨려 49만 5천 달러를 땄다. 그 소문이 공연장 백스테이지까지 들려왔다. 정오가 되기 직전 댈러스에서 온 거물급 도박사들이 블랙잭 테이블에 앉았다가 세 시간 만에 25만 달러를 잃었다. 그들은 웃으며 농담을 하고서는 자리에서 일어나 다른 게임 테이블로 옮겨갔다. 티나의 친구인 칵테일 웨이트리스 캐럴 허슨은 몇 분 전 그녀에게 운 나쁜 텍사스인들 이야기를 해주었다. 캐럴은 눈을 빛내면서 숨도 못 쉴 지경이었는데, 그 큰손들이 게임에서 졌는데도 마치 이겼다는 듯 자신에게 팁으로 그린 칩들을 주었다는 것이다. 그들에게 음료 여섯 잔을 가져다준 대가로 캐럴은 1200달러를 벌었다.

프랭크 시나트라도 시내에 와 있었다. 시저스 팰리스 호텔에서 열리는 그의 공연은 아마도 올해가 마지막이 될 것이다. 시나트라는 여든 살인데도 그 어떤 유명한 연예인보다 라스베이거스에서 열광적인 인기를 얻는 존재였다. 주요 호텔이 모여 있는 스트립부터 그보다는 덜 화려해도 카지노가 빽빽이 모여 있는 시내까지 들뜬 분위기가 열기를 뿜어댔다.

이제 네 시간만 있으면 「매직!」이 초연을 한다.

발레파킹 요원이 티나의 차를 가지고 왔다. 그녀는 팁을 주었다.

"대박 날 거예요, 티나."

"아, 저도 그랬으면 좋겠어요."

그녀는 4시 15분에 집에 도착했다. 다시 호텔로 돌아가기까지 두 시간 반이 남았다.

샤워하고 화장을 고치고 옷을 입는 데는 별로 많은 시간이 들지 않았기 때문에, 대니의 물건을 조금 정리하기로 마음먹었다. 지금 이야말로 유쾌하지 않은 허드렛일을 시작하기 좋은 때였다. 기분이 아주 좋은 상태라서 아들의 방을 보아도 평소처럼 억장이 무너질 것 같지 않았다. 원래는 목요일에 시작하려 했지만, 그때까지 미룰 필요는 없다. 최소한 일을 시작할 시간은 되었다. 다른 건 몰라도 아이 옷은 정리할 수 있었다.

대니 방에 들어간 순간, 엎어져 있는 이젤이 보였다. 티나는 분명 이젤을 다시 세워두고 방을 나왔다.

칠판에 글자가 쓰여 있었다.

죽지 않았어

등줄기에 소름이 끼쳤다.

버번을 마시고 나서 혹시 무심결에 여기저기 방황하다가 도로 이 방에 왔던가……?

아니다.

필름이 끊기지는 않았다. 이 글자를 쓴 건 그녀가 아니었다. 그녀는 미치지 않았다. 이런 말을 불쑥 갈겨쓸 사람이 아니란 말이다. 다른 말도 아니고 이런 말을 쓰다니 말도 안 된다. 티나는 강인한 사람이었다. 스스로의 강인함과 회복 능력을 언제나 자랑스러워하는 사람이었다.

티나는 펠트 지우개를 확 잡아채 칠판을 말끔히 닦아냈다.

누군가가 아주 역겹고 질 낮은 장난을 치고 있어. 외출한 틈을 타 집에 들어와서 이 글자를 칠판에 적어둔 거야. 누구인지는 모르겠 지만, 애써 잊으려 하는 비극에 내 얼굴을 다시 문대버리고 싶어서 이런 짓을 하고 있는 거야.

그녀 외에 이 집에 들어올 수 있는 유일한 사람은 청소부 비비언 이었다. 비비언은 오늘 오후에 일할 예정이었지만 일정을 취소했 다. 대신 오늘 밤 티나가 초연을 지켜보는 동안 와서 몇 시간 일하 고 갈 예정이었다.

하지만 비비언이 오늘 밤이 아니라 예정했던 대로 오후에 왔다 하더라도 이런 말을 칠판에 썼을 리가 없다. 그녀는 상냥한 할머니 였다. 혈기가 왕성하고 독립심이 강했지만 이런 잔인한 장난을 할 사람은 아니었다.

티나는 머리를 쥐어짜며 누가 한 짓인지 고심했다. 마침내 한 사 람이 떠올랐다. 그 사람 말고는 달리 용의자가 없었다. 마이클. 그녀 의 전남편. 집에는 외부인이 침입한 흔적도, 억지로 현관문을 따고 들어온 명백한 증거도 없다. 티나 말고 이 집 열쇠를 가진 사람은 마이클뿐이었다. 이혼 후에도 티나는 집 열쇠를 바꾸지 않았다.

아들의 죽음에 충격을 받은 마이클은 장례식이 끝나고 나서도 몇 달 동안 티나에게 비이성적으로 악독하게 굴면서, 대니가 죽은 건 다 티나 책임이라고 몰아붙였다. 대니가 여행을 가도록 허락한 사람이 그녀였기 때문이다. 마이클이 보기에 그 허락은 버스를 몰 다 벼랑에서 추락한 것과 맞먹는 행동이었다. 하지만 대니는 세상

어느 곳보다 그 산에 가고 싶어 했다. 게다가 스카우트 대장인 자보스키는 16년 동안 매년 겨울 생존 등산 프로그램을 이끈 사람이었고, 이제껏 캠프를 하면서 가벼운 부상이라도 입은 대원은 한 명도 없었다. 대원들이 험한 산속을 내내 등반하는 것도 아니었다. 사람의 발길이 닿지 않은 곳을 적당히 등반할 뿐이고, 만약의 사태에도 모든 대비가 되어 있었다. 남자아이가 해보기에 더할 나위 없이 좋은 경험이었다. 위험 요소가 거의 없는, 세심하게 관리된 프로그램이었다. 문제될 건 전혀 없다고 모두가 티나를 안심시켰다. 그래서 자보스키의 열일곱 번째 등산 여행이 대참사로 끝날 줄은 아무도 몰랐다. 그런데도 마이클은 티나를 몰아세웠다. 그래도 지난 몇 달간 정신을 차린 줄 알았건만, 칠판에 이런 글이나 적어놓은 걸 보니 아니었구나.

그녀는 칠판을 쏘아보았다. 거기에 쓰여 있는 두 마디 말을 생각하자 화가 치밀어 올랐다. 마이클은 악의에 가득 찬 어린애처럼 행동하고 있어. 본인만큼이나 나도 슬퍼서 견딜 수 없다는 걸 왜 모르는 걸까? 대체 뭘 알고 싶어서 이런 행동을 하는 거야?

분노에 찬 티나는 주방으로 가서 전화기를 들고 마이클의 번호를 눌렀다. 하지만 다섯 번째 벨이 울리고 나서야 그가 지금 일하고 있다는 걸 깨닫고 전화기를 내려놓았다.

마음속에서 두 마디 말이 검은색 바탕에 흰 글자로 활활 불타올랐다. 죽지 않았어.

오늘 밤 초연을 마치고 파티를 끝낸 다음 집에 오면 마이클에게 전화해야겠다. 아주 늦은 시간이겠지만 잠든 사람을 깨우면 어떡하느냐는 생각 같은 건 하지 않을 것이다.

그녀는 자그마한 주방 가운데 어쩔 줄 모르고 섰다. 마음먹은 대로 대니 방으로 돌아가서 옷가지를 정리할 기력을 어떻게든 내보려 했다. 하지만 용기는 이미 사라져버렸다. 다시 올라갈 수 없었다. 오늘은 안 되겠어. 앞으로 며칠 동안은 못 올라가겠어.

빌어먹을 마이클.

냉장고 안에 반쯤 마신 화이트 와인 병이 있었다. 그녀는 가득 부은 와인 잔을 침실에 딸린 욕실로 가져갔다.

술을 너무 많이 마시고 있다. 어젯밤에는 버번, 오늘은 와인이라니. 이제껏 마음을 진정시키려고 술을 마신 적은 거의 없었다. 하지만 이제는 술을 제일 먼저 찾았다. 「매직!」 초연을 끝내고 나면 술을 줄일 것이다. 지금은 술이 너무나 필요했다.

그녀는 오랫동안 샤워했다. 몇 분간 목덜미에 뜨거운 물줄기를 맞으니 뻣뻣했던 근육이 풀어지면서 피로도 씻겨나갔다.

샤워를 마치고 차가운 와인을 마시자 몸이 더욱 풀렸다. 비록 어지러운 마음은 여전하고 불안도 없어지지 않았지만. 그녀는 칠판에 쓰여 있던 말을 계속 생각했다.

죽지 않았어.

4

저녁 6시 50분. 티나는 다시 공연장 백스테이지에 있었다. 그곳은 상대적으로 조용했다. 벨벳 커튼 너머에서 공연을 기다리는 VIP 인사들의 소리가 거대한 바다의 아스라한 파도 소리 같았다.

1800명을 초대했다. 라스베이거스와 타 지역 거물 도박사들이었다. 1500명 이상이 참석하겠다고 회신을 주었다.

하얗게 차려입은 웨이터와 빳빳한 파란 유니폼을 입은 웨이트리스 군단, 허둥지둥하는 버스보이*들이 음식을 나르기 시작했다. 오늘의 메뉴는 베아르네즈 소스를 곁들인 필레 미뇽과 버터 소스를 곁들인 로브스터였다. 라스베이거스는 미국 사람들이 콜레스테롤 걱정을 잠시나마 잊을 수 있는 유일한 장소다. 지난 10년간 건강에

---

* 레스토랑에서 빈 그릇을 치우는 조수.

집착해온 사람들에게는 기름진 음식을 먹는 게 질투와 게으름, 도둑질과 간통보다 더욱 유혹적이고도 저주받아 마땅한 죄악으로 널리 인식되고 있는 형편이지만.

7시 30분이 되자 무대 뒤는 더욱 북적였다. 기술자들은 모터로 움직이는 세트와 전기 연결부, 무대 바닥을 올리고 내려주는 유압 펌프를 다시 점검했다. 무대 담당자들은 소품 수를 세어보고 정리했다. 의상 담당자들은 막판에서야 발견한 찢어진 부분을 꿰매고 뜯어진 소매를 감췄다. 헤어드레서와 조명 기술자는 긴급 업무를 받고 서둘러 달려갔다. 오프닝 무대에서 공연할 남자 무용수들은 검은 턱시도를 입고 긴장한 채 서 있었다. 눈요깃거리로 골라 뽑은 남자들이라 다들 몸매가 늘씬하고 탄탄한 미남이었다.

아름다운 무용수와 쇼걸 수십 명이 백스테이지에 있었다. 몇몇은 새틴과 레이스 의상을 입었고, 벨벳과 큐빅 장식 의상을 걸친 이들도 있었다. 깃털 장식, 스팽글, 모피를 입은 무용수도 보였다. 상반신을 탈의한 이도 있었다. 아직 많은 무용수가 공용 드레스룸에서 치장 중이었지만 벌써 분장을 끝내고 복도나 커다란 무대 끝에서 대기하고 있는 사람도 있었다. 이들이 자녀와 남편, 남자 친구, 요리 레시피 등을 주제로 이야기 나누는 걸 보면 세상에서 가장 아름답게 꾸민 여자들이 아니라 잠깐 쉬면서 커피를 마시는 사무직 직원들 같기도 했다.

티나는 공연 내내 백스테이지에 머물고 싶었지만, 자신은 더 이상 무대 뒤에서 할 수 있는 게 없었다. 「매직!」은 이제 공연자와 기술자 손에 달렸다.

공연 시작 25분 전, 티나는 무대를 떠나 시끄러운 공연장으로 들어갔다. VIP 좌석 중앙 부스에 들어서니 골든 피라미드 호텔 총지배인이자 주요 주주인 찰스 메인웨이가 그녀를 기다리고 있었다.

그녀는 찰스의 바로 옆 부스에서 먼저 멈추었다. 조엘은 8년째 같이 살고 있는 아내 에바와 친구 둘을 더 데리고 앉아 있었다. 스물아홉 살인 에바는 조엘보다 열일곱 살 어렸고, 키는 173센티미터로 남편보다 족히 10센티미터가 컸다. 그녀는 전직 쇼걸로 금발에 낭창한 몸매를 지닌 섬세한 미인이었다. 에바는 부드럽게 티나의 손을 잡으며 말했다.

"걱정 마요. 티나가 너무 잘해서 실패할 리 없으니까요."

"애야, 우리 대박 났다니까."

조엘도 티나를 다시금 안심시켰다.

그 옆에 있는 반원형 부스로 다가가자 찰스가 따뜻한 미소로 티나를 맞이했다. 찰스는 귀족처럼 몸가짐이 우아하고 자제심이 강한 사람이었다. 치렁치렁한 은발과 투명한 푸른 눈동자는 그가 되고 싶어 하는 이미지와 걸맞았다. 하지만 그의 크고 네모나게 각진 얼굴에서는 아무리 봐도 귀족 혈통을 찾아볼 수 없었다. 게다가 발성법 교사들이 부드럽게 만들려 노력해도 바꾸지 못했던, 자갈이 굴러가듯 천성적으로 걸걸하고 낮은 목소리를 들으면 그가 거친 브루클린 지역 출신이라는 생각이 절로 들었다.

티나가 찰스 옆에 살짝 앉자, 턱시도를 입은 지배인이 나타나 잔에 돔 페리뇽을 따라주었다.

찰스의 아내인 헬렌 메인웨이는 남편 왼쪽에 앉았다. 헬렌은 가난했던 찰스가 그토록 추구했던 귀족적 이미지를 타고난 여인이었다. 다시 말해 흠잡을 데 없이 예의 바르고 세련되고 우아하며, 어떠한 상황에서도 편안하고 자신감 있는 태도를 지녔다. 키가 크고 호리호리하며 강렬한 인상을 주는 외모였고, 실제 나이는 쉰다섯이지만 관리를 잘한 40대처럼 보였다.

"티나, 자기야. 우리 친구를 소개해주고 싶어요."

헬렌은 이렇게 말하며 부스에 앉은 또 다른 사람을 가리켰다.

"이쪽은 엘리엇 스트라이커예요. 엘리엇, 이 아름답고 젊은 숙녀분은 크리스티나 에번스라고 해요. 「매직!」을 이끈 제작자예요."

티나가 말했다.

"저 혼자 이끈 건 아니에요. 저는 공동 제작자 중 한 명이고, 조엘 밴디어리 씨가 공연 책임자예요. 특히 이 쇼가 망한다면 조엘이 더 큰 책임을 질 거예요."

엘리엇이 웃었다.

"만나서 반갑습니다. 에번스 씨."

"그냥 티나라고 부르세요."

"그럼 저도 엘리엇이라고 불러주세요."

그는 강인하게 생긴 미남이었다. 크지도 작지도 않은 몸집에 마흔 살쯤 되어 보였다. 깊은 눈매 속에 박힌 검은 눈동자는 지성과 즐거움으로 빛나며 재빠르게 움직였다.

"엘리엇은 내 변호사라오."

찰스가 말했다.

"아, 저는 해리 심슨 씨가 변호사인 줄 알았어요."

"해리는 호텔 변호사고, 엘리엇은 내 개인 업무를 담당하고 있소."

헬렌이 덧붙였다.

"아주 솜씨가 좋아요. 티나도 혹시 변호사가 필요하면 이분에게 부탁해요. 라스베이거스에서 최고거든요."

엘리엇이 티나에게 말했다.

"사람을 띄우고 듣기 좋은 말을 해주는 기술은 도저히 헬렌을 따라갈 수가 없네요. 매력적이고 기품 있게 누군가를 칭찬하는 기술은 라스베이거스에서 헬렌이 최고일 겁니다. 변호가 아니라 듣기 좋은 말을 원하신다면 헬렌에게 부탁하세요. 물론 이토록 아름다운 분이니 칭찬은 아주 많이 들으시겠지만요."

헬렌은 손뼉을 치며 기뻐했다. 그러고는 티나에게 물었다.

"방금 한 말 들었죠? 입 한번 열었을 뿐인데 티나랑 나한테 모두 듣기 좋은 말을 하면서 겸손한 모습으로 감동까지 시키다니. 얼마나 훌륭한 변호사인지 알겠죠?"

"저 말솜씨로 법정에서 변론한다고 생각해보시오."

찰스가 말하자 헬렌도 거들었다.

"정말이지 아주 매끄러운 분이라고요."

엘리엇은 티나에게 윙크했다.

"제가 아무리 매끄러워 봤자 이 두 분만 할까요."

그들은 15분 동안 즐겁게 잡담을 나누었다. 아무도 「매직!」을 화제로 꺼내지 않았다. 모두들 티나가 쇼 생각을 하지 않도록 배려하고 있다는 걸 그녀는 알았다. 그 노력에 감사할 따름이었다.

하지만 아무리 재미있는 대화를 나누고 차가운 돔 페리뇽을 마셔도 막이 오를 시간이 가까워지면서 쌓여가는 불안감은 떨쳐지지 않았다. 매 분마다 머리 위로 피어오르는 담배 연기가 짙어졌다. 쇼가 시작되기 전 웨이트리스와 웨이터, 지배인이 빠른 속도로 오가며 음료 주문을 처리했다. 초침이 재깍재깍 돌아갈수록 관객석에서 들려오는 대화 소리는 점점 더 커졌다. 거대한 함성은 더욱 광기를 띠었고 흥이 올랐다. 종종 커다란 웃음소리가 귓가를 때렸다.

티나는 관객들 분위기에 주의를 기울이고 헬렌과 찰스에게도 집중했다. 그러나 어쩐지 엘리엇이 그녀에게 보이는 반응에 신경이 쓰였다. 그가 내비치는 관심은 으레 상대방에게 품는 일반적인 수준에서 크게 벗어나지 않았지만, 그 눈빛에는 그녀에게 매력을 느낀다는 기색이 분명히 드러났다. 다정하고 재치 있지만 약간 서늘한 태도 아래 비밀스럽게 내비치는 반응은 건강한 수컷의 분위기였다. 종마의 희미한 욕망을 느낀 암말처럼, 티나는 머리를 쓰지 않고도 본능적으로 알아챘다.

남자가 자신을 이런 식으로 바라보는 걸 느낀 지가 얼마 만일까. 최소한 1년 반, 어쩌면 2년 만일지도 모른다. 남자의 관심 대상이 되는 것을 *자각*해본 지도 몇 달 만에 처음이었다. 마이클과 싸우고, 별거와 이혼의 충격을 견뎌내고, 대니를 애도하고, 조엘과 함께 쇼를 제작하는 일로 밤낮 없이 살아오느라 그녀는 로맨스 자체를 생각할 기회조차 없었다.

엘리엇의 눈빛에 담긴 무언의 욕망에 자신의 욕망이 반응하자, 갑자기 몸이 달아올랐다.

티나는 생각했다. '세상에, 나 그동안 내내 무감하게 살았구나!

어떻게 이런 감각을 잊고 살 수가 있지?'

실패로 돌아간 결혼 생활과 아들의 죽음을 슬퍼하며 1년 넘게 보냈다. 이제 「매직!」 제작 일도 끝났으니 다시 여자가 될 시간이 온 것이다. 그녀는 그 시간을 만들 것이다.

다시 여자가 되어 엘리엇을 만나볼까? 그건 모르겠다. 그간 잊고 있던 즐거움을 만회하려고 서두를 이유는 없다. 자신을 원하는 남자를 처음 만났다고 덥석 달려들어서는 안 된다. 그건 아무리 봐도 현명하지 않다. 하지만 생각해보면 그는 잘생긴 데다 얼굴이 마음을 끌 만큼 부드러웠다. 인정할 건 인정해야 한다. 그녀가 이 남자에게 불을 붙인 게 분명하듯, 이 남자 역시 같은 불길을 그녀에게 붙였다.

이 밤은 생각보다 훨씬 더 흥미롭게 돌아가기 시작했다.

5

비비언 네들러는 흰 벽이 긁히지 않도록 조심하면서 티나의 집 앞 연석에 1955년형 빈티지 내시 램블러를 주차했다. 그 차는 요즘 나온 신형보다 외관이 말끔하고 상태가 좋았다. 계획에 맞춰 뭐든 폐기해버리는 세상에서, 비비언은 구입한 건 무엇이든 오랫동안 끝까지 사용하는 데서 기쁨을 누렸다. 그게 토스터든 자동차든 상관 없었다. 물건을 오래가게 하는 게 좋았다.

그래서 자기 몸도 오랫동안 잘 유지하는 중이었다. 일흔 살인 그녀는 여전히 건강했다. 보티첼리가 그린 마돈나처럼 사랑스러운 얼굴에 몸집은 땅딸막하고 튼튼했고, 걸음걸이는 육군 중사처럼 절도가 있었다.

차에서 내린 비비언은 작은 여행 가방만 한 핸드백을 들고 집으로 씩씩하게 걸어갔다. 그녀는 현관문을 돌아 차고 앞을 지나쳤다.

노르스름한 가로등 불빛은 잔디밭 너머까지는 닿지 않았다. 진입로를 지나 집 옆을 쭉 따라가면 저전압 경관 조명이 오솔길을 비추었다.

협죽도 덤불이 산들바람에 바스락거렸다. 머리 위로는 종려나무가 서로 부드럽게 잎사귀를 스쳐댔다.

비비언이 집 뒤에 도착했을 때는 얇은 구름 사이로 초승달이 슬며시 나타난 참이었다. 그 모습이 칼집에서 뽑아낸 언월도 같았다. 달빛 같은 은색 광이 도는 콘크리트 베란다 위로 종려나무와 작은 잎브러시나무의 창백한 그림자가 파르르 떨렸다.

비비언은 부엌문을 열고 안으로 들어갔다. 2년째 티나의 집을 청소하고 있는 그녀는 처음부터 줄곧 집 열쇠를 맡아왔다.

냉장고가 조용히 윙윙대는 소리를 제외하면 집 안은 조용했다.

비비언은 주방부터 청소하기 시작했다. 조리대와 가전제품을 닦고, 레볼러 블라인드 슬롯을 닦고 멕시코식 타일이 깔린 바닥을 대걸레로 청소했다. 그녀의 청소 실력은 수준급이었다. 그녀는 열심히 일해야 한다는 도덕적 가치를 믿었고, 언제나 고용주가 지불하는 임금의 값어치를 했다.

보통 비비언은 낮에 일하고 밤에는 일하지 않았다. 하지만 오늘 오후에는 미라지 호텔에서 행운의 슬롯머신 두 대를 놓고 게임을 했다. 슬롯머신에서 돈이 너무 후하게 나와서 자리를 뜨고 싶지 않았다. 그녀가 청소를 맡은 집주인들 중에는 약속한 시간을 잘 지켜야 한다고 고집을 부리는 이들이 있었고, 그런 사람들은 몇 분이라도 늦으면 기분 나쁜 티를 냈다. 하지만 티나는 그녀를 이해해주었다. 비비언에게 슬롯머신이 얼마나 중요한지 알고 있기에 가끔 일하는 시간을 바꿔도 화내지 않았다.

비비언은 '니켈 더처스'였다. 니켈 더처스는 슬롯머신에 광적인 흥미를 보이며 카지노에서 사교 활동을 하는 동네 할머니를 가리키는 말이다. 물론 이제 니켈을 넣는 기계는 사라진 지 오래라 고대 유물이 되었지만, 카지노 직원들은 여전히 그 말을 썼다. 니켈 더처스들은 언제나 가장 싼 슬롯머신을 했다. 예전에는 제일 싼 기계에 니켈과 다임을 넣었고, 지금은 쿼터를 넣는다.* 이들은 절대로 1달러나 5달러짜리 슬롯머신을 하지 않았다. 한번 앉으면 몇 시간씩 손잡이를 잡아당겼고, 가끔은 20달러 지폐 한 장으로 오후 내내 게임을 했다. 이들의 게임 철학은 간단했다. '따든지 잃든지 상관없다. 게임을 계속하기나 해라.' 이런 마음가짐에다 돈 관리 기술까지 갖춘 니켈 더처스들은 최소 단위가 달러인 슬롯머신에 무작정 뛰어들었다가 동전 몇 개만 남긴 채 탈탈 털리는 대부분의 슬롯머신 이용자들보다 오랫동안 버틸 수 있었다. 인내심과 끈기가 있어서 밀물처럼 들어왔다가 썰물처럼 빠져나가는 관광객들보다 잭팟을 더 많이 터뜨리기도 했다. 요즘 슬롯머신은 대부분 신용카드 모양 카드를 넣고 게임을 할 수 있지만, 니켈 더처스들은 손이 더러워지지 않도록 검은 장갑을 끼고 몇 시간이고 동전을 만지고 레버를 당기면서 게임을 즐겼다. 그들은 게임하는 동안 언제나 의자에 앉아서 양손을 번갈아가며 레버를 당겼다. 한쪽 팔만 써서 근육이 긴장하는

---

* 니켈은 5센트, 다임은 10센트, 쿼터는 25센트.

일이 없도록 하기 위해서였다. 그리고 비상시에 대비해 통증 완화 연고를 갖고 다녔다.

니켈 더처스들은 대부분 남편과 사별했거나 독신이라 종종 모여 점심과 저녁을 함께 먹었다. 누군가가 아주 가끔 커다란 잭팟을 터뜨리기라도 하면 서로 축하해주었다. 모임 중 누군가가 죽으면 일제히 장례식에 참석했다. 이들은 기묘하지만 단단한 공동체를 형성했고, 함께 모였다는 소속감은 만족스러웠다. 젊음을 숭배하는 나라 미국에서 소외된 노인들은 어울릴 만한 공간을 찾고픈 마음이 간절하게 마련이다. 많은 노인이 결국 그러지 못하지만, 니켈 더처스들은 찾아냈다.

비비언은 딸이 하나 있었다. 딸과 사위, 세 손주는 새크라멘토에 살았다. 딸네 가족은 비비언의 예순다섯 번째 생일 이후로 같이 살자고 5년 동안 그녀를 압박해왔다. 비비언은 목숨처럼 딸 가족을 사랑했고, 같이 살자는 말이 진심이라는 것도 알았다. 그 아이들은 어긋난 죄책감이나 의무감 때문에 합가를 제의한 게 아니었다. 그럼에도 비비언은 새크라멘토에서 살고 싶지 않았다. 몇 번 가보고는 세상에서 제일 따분한 동네라는 걸 확실히 알게 되었기 때문이다. 비비언은 언제나 무슨 일이 생기고 시끄럽고 불빛과 흥분이 가득한 라스베이거스가 좋았다. 게다가 새크라멘토에 살면 더는 니켈 더처스가 될 수 없었다. 더 이상 특별할 게 없는 사람이 될 것이었다. 그저 다른 할머니들과 똑같이, 딸네 식구와 살면서 할머니 놀이나 하며 시간을 때우고 죽을 때를 기다리겠지.

그런 삶을 어떻게 참고 살라는 말이야.

비비언은 무엇보다 독립적인 삶에 가치를 두었다. 마침내 죽을 날이 다가와 삶이라는 슬롯머신의 자그마한 창들에 일제히 레몬*이 뜨는 그날까지 건강한 몸으로 일하며 먹고살 수 있기를 그녀는 기도했다.

주방 바닥 구석을 마지막으로 걸레질하며 친구들과 슬롯머신 없는 삶이 얼마나 우울할까 생각하고 있던 순간이었다. 집 어딘가에서 소리가 들렸다. 앞쪽, 거실 방향이었다.

그녀는 얼어붙은 채로 귀를 기울였다.

냉장고 모터마저 멈추었다. 시계 초침만이 가냘프게 재깍거렸다.

오랜 침묵이 흐른 뒤, 다른 방에서 무언가 덜컥이는 소리가 짧게 메아리쳤다. 비비언은 깜짝 놀랐다. 하지만 이내 다시 고요함이 찾아왔다.

그녀는 개수대 옆 서랍으로 다가가 여러 종류의 칼 중 길고 날카로운 칼을 골랐다.

경찰을 부르는 건 생각하지도 않았다. 만약 지금 신고한 다음 집을 뛰쳐나온다면, 경찰이 도착했을 때는 이미 늦어서 침입자를 잡지도 못할 것이다. 경찰은 그녀를 멍청한 노인네라고 생각하겠지. 비비언은 누구라도 자신을 바보 취급하게 둘 마음은 없었다.

남편 헨리가 죽은 뒤 21년을 살면서 언제나 스스로 자기 몸을 돌보아야 했다. 그리고 그런 일에는 지랄 맞을 정도로 자신 있었다.

주방에서 빠져나온 비비언은 문간 오른쪽에서 조명 스위치를 찾

---

* 슬롯머신에서 레몬 그림은 '꽝'을 상징한다.

아냈다. 식당에는 아무도 없었다.

거실로 간 그녀는 램프를 딸깍 켰다. 거기에도 아무도 없었다.

서재로 가려던 비비언은 뭔가 이상한 점을 알아차렸다. 소파 위 벽에 걸려 있던 20×25센티미터 액자가 네 개밖에 없었다. 원래는 여섯 개였다. 하지만 비비언의 눈길을 끈 건 액자 두 개가 없어졌다는 사실이 아니었다. 벽에 걸린 액자 네 개가 모두 앞뒤로 흔들리고 있었다. 갑자기 액자 두 개가 벽에서 심하게 요동치더니 걸려 있던 자리에서 휙 벗어나 곱게 솔질한 베이지색 코듀로이 소파 뒤 바닥으로 떨어졌다.

주방에서 들은 소리가 이거였다. 달가닥대는 소리.

"이게 대체 무슨 일이야?"

남은 액자 두 개도 갑자기 저절로 벽에서 튕겨 나가더니 하나는 소파 뒤로, 나머지 하나는 소파 위로 떨어졌다.

비비언은 놀라서 그저 눈만 깜빡였다. 지금 본 광경이 이해가 가지 않았다. 지진이 난 건가? 하지만 집이 흔들린다는 느낌은 들지 않았다. 창문도 흔들리지 않았다. 자신이 느낄 수 없을 정도의 떨림이 있다 해도 말이 안 된다. 그 정도의 약한 떨림으로 벽에서 액자가 떨어질 리는 없으니까.

비비언은 소파로 다가가 쿠션 위에 떨어진 액자를 집어 들었다. 비비언이 잘 아는 사진이었다. 여러 번 이 액자에 묻은 먼지를 털어 내곤 했다. 대니 에번스의 사진이었다. 이것 말고도 벽에 걸린 액자 여섯 개에는 모두 대니 사진이 들어 있었다. 사진 속 대니는 열 살 아니면 열한 살쯤, 검은 눈동자와 사랑스러운 미소를 지닌 예쁘장한 갈색 머리 아이다.

혹시 지금 핵 실험을 한 건 아닌가 하고 비비언은 생각했다. 아마 그 *때문에* 물건이 흔들렸던 걸 거다. 라스베이거스에서 160킬로미터도 떨어지지 않은 네바다 핵 실험장에서는 1년에 몇 번이고 지하 폭발 실험을 했다. 군 당국이 고성능 무기를 터뜨릴 때마다 라스베이거스의 높다란 호텔들이 휘청거리고 집들도 조금씩 흔들렸다.

아니, 아니다. 그건 다 옛날이야기다. 냉전은 종식되었고, 사막에서 핵 실험을 하지 않은 지도 오래되었다. 게다가 이 집은 몇 분 전에도 흔들리지 않았다. 사진 액자들만 움직였을 뿐이다.

당황한 비비언은 얼굴을 찡그리고 골똘히 생각에 잠겨 칼을 내려놓았다. 그러고는 소파의 한쪽 끝을 벽에서 당겨내 뒤쪽 바닥에 떨어진 액자들을 주웠다. 소파 위에 떨어진 것 말고도 다섯 개가 있었다. 먼저 두 개가 떨어지는 소리를 듣고 비비언이 주방에서 거실로 왔고, 나머지 네 개는 그녀가 보는 앞에서 고리에서 벗어나 떨어졌다. 그녀는 액자를 원래대로 돌려놓고 소파를 제자리로 밀었다.

그 순간, 높은 전자음이 집 전체에 울려 퍼졌다.

위이이이잉…… 위이이이잉…… 위이이이잉……

비비언은 숨을 헉 들이켜며 돌아섰다. 하지만 여전히 아무도 없었다.

처음 든 생각은 이것이었다. *도난 경보다.*

하지만 티나의 집에는 경보 시스템이 없었다.

끽끽 울려대는 날카로운 전자음이 점점 커졌다. 귀를 찢을 듯한 진동음에 비비언은 움찔했다. 근처 창문과 커피 테이블을 덮은 두

꺼운 유리가 덜덜 떨렸다. 몸속 치아와 뼈에서도 공명이 이는 것만 같았다.

이 소리가 어디서 나는지 가늠이 되지 않았다. 집 구석구석에서 들려오는 듯했다.

"대체 갑자기 무슨 일이야?"

그녀는 칼을 다시 집지 않았다. 이건 누가 침입해서 나는 소리가 아니라는 확신이 들었다. 무언가, 그것도 수상한 무언가가 있었다.

방을 가로질러 복도로 나갔다. 복도는 침실과 화장실, 서재로 이어져 있었다. 비비언은 조명을 켰다. 복도에서 들리는 소리는 거실에서 들었던 것보다 더 컸다. 신경을 거슬리게 하는 소리가 좁은 복도 벽을 타고 울리며 계속 메아리쳐댔다.

비비언은 복도 양편을 모두 본 다음 오른쪽 복도 맨 끝에 있는 닫힌 방문 쪽으로 갔다. 대니가 쓰던 방이었다.

복도 공기는 집 안의 다른 곳보다 서늘했다. 비비언은 처음에 온도가 낮다는 느낌이 기분 탓이라 여겼다. 하지만 복도 끝으로 다가갈수록 온도는 확실히 더 낮아졌다. 닫힌 방문에 다다랐을 즈음엔 살갗에 소름이 돋고 이가 딱딱 부딪칠 지경이었다.

처음에 들었던 호기심은 차츰 공포로 변해갔다. 이곳은 뭔가 아주 잘못되었다. 불길한 기운이 그녀를 둘러싼 공기를 짓누르고 있는 것만 같았다.

위이이이잉······ 위이이이잉······

당장 돌아서서 이 집에서 나가는 게 지금 할 수 있는 가장 현명한 행동이었다. 하지만 비비언은 스스로를 완전히 통제하지 못했다. 어쩐지 자신이 몽유병 환자 같았다. 불안했지만, 뭐라 말할 수 없는 어떤 힘이 느껴졌다. 그 힘이 비비언을 대니의 방으로 계속해서 끌어당기고 있었다.

위이이이잉…… 위이이이잉…… 위이이이잉……

비비언은 문손잡이로 손을 뻗다 말고 움직임을 멈추었다. 지금 보는 광경을 믿을 수가 없었다. 그녀는 눈을 빠르게 깜빡여보고 감았다가 떠보기도 했다. 그러나 눈에 보이는 광경은 변함없었다. 손잡이에 얇고 성긴 얼음이 끼어 있었다.

마침내 손을 뻗어 만져보았다. 얼음이었다. 피부가 문손잡이에 달라붙을 정도였다. 그녀는 손을 떼고 축축해진 손가락을 살펴보았다. 금속 손잡이의 습기는 응축되었다가 금세 얼어붙었다.

이게 가당키나 한 일인가? 대체 여기가 어떻게 언단 말인가? 난방이 잘되는 집인 데다 바깥 온도는 못해도 영상 10도가 넘었다.

새된 전자음이 더 빨라졌다. 줄어들 기미가 보이지 않았다. 뼛속을 파고드는 소리는 여전했다.

'그만둬. 여기서 나가. 최대한 빨리 나가라고.'

비비언은 스스로에게 말했다.

하지만 그녀는 그 충고를 듣지 않았다. 대신 바지춤에서 블라우스 자락을 꺼내 얼음 낀 금속 손잡이에 댔다. 문손잡이가 돌아갔지만 문은 좀처럼 열리지 않았다. 어마어마한 추위 때문에 나무가 우그러지고 뒤틀렸기 때문이다. 그녀는 문에 어깨를 대고 처음에는 부드럽게, 나중에는 세게 밀었다. 마침내 문이 안쪽으로 휙 열렸다.

6

「매직!」은 이제껏 엘리엇이 본 라스베이거스 쇼 중에서 가장 재미있었다.

처음 무대는 「댓 올드 블랙 매직」을 일렉트로닉 음악으로 각색해 꾸몄다. 찬란하게 빛나는 의상을 입은 가수와 무용수가 공연하는 무대는 계단과 판이 모두 거울이어서 아찔함을 자아냈다. 무대 조명이 주기적으로 희미해지면 천장에 달린 크리스털 무도회장 샹들리에 스무 개가 회전하면서 온갖 빛깔의 소용돌이를 뿜어냈다. 그 빛깔은 액자형 무대 아래서 초자연적인 형태를 이루며 어른거렸다. 무용수들의 안무는 복잡했고, 리드 싱어 두 명의 목소리는 강하고 또렷했다.

다음으로 커튼이 쳐진 무대 앞에서 일류 마술 공연이 이어졌다. 마술은 10분이 채 안 되어 끝나고 다시 커튼이 열렸다. 무대에 설치되어 있던 거울은 싹 사라지고 아이스링크장이 나타났다. 두 번째 춤 공연은 겨울을 배경으로 한 아이스스케이팅이었는데, 어찌나 생생한지 엘리엇은 몸을 부르르 떨었다.

「매직!」은 확실히 상상력을 자극하며 눈을 떼지 못하게 하는 공연이었다. 그럼에도 엘리엇은 무대에 오롯이 집중할 수 없었다. 그는 계속 티나를 바라보았다. 그녀가 창작해낸 공연만큼 눈부시게 빛나는 여자를 말이다.

그녀는 엘리엇의 시선을 알아차리지 못한 채 공연을 열심히 지켜보았다. 초조한 기색이 슬쩍 지나가다가도 관객들이 웃으며 박수 치거나 놀라서 숨을 헉 들이쉬면 미소가 머뭇거리며 나타나기를 반복했다.

그녀는 독특하게 아름다웠다. 어깨까지 내려오는 윤기 나는 머리카락은 검은색에 가까운 진한 갈색이었다. 그 머리카락이 이마를 스쳐 내려오며 얼굴 양쪽으로 드리워진 모습이 꼭 액자에 담긴 거장의 그림 같았다. 섬세하고도 뚜렷하고 짙은 얼굴선은 매우 여성스러웠다. 거무스름한 올리브색 피부. 풍만하고 감각적인 입술. 그리고 그 눈……. 그 눈동자가 짙은 색이었다면 머리카락과 피부의 색감과 조화를 이루어 아름다웠을 테지만, 신기하게도 수정같이 맑은 파란 눈동자였다. 외모는 이탈리아 사람처럼 보이는데 눈동자는 북유럽 사람처럼 푸르다니. 그 간극이 이루어내는 대조는 상당히 강렬했다.

엘리엇은 생각했다. 누군가는 그녀의 얼굴에서 결점을 찾아낼 수도 있다. 이마가 너무 넓고 코가 너무 심하게 쭉 뻗어 있으며, 입이 너무 크고 턱이 너무 뾰족하다고. 하지만 엘리엇이 보기에 그녀의 얼굴은 완벽했다.

물론 엘리엇은 외면의 아름다움을 보고 설렌 게 아니었다. 그는 「매직!」 같은 작품을 창작해내는 정신은 과연 어떤 걸까 알아보고 싶은 마음이 훨씬 컸다. 아직 공연을 4분의 1도 보지 않았지만 대성 공이라는 걸 알 수 있었다. 그것도 여느 공연을 훨씬 뛰어넘을 만큼 훌륭했다. 라스베이거스의 호화로운 쇼는 쉽사리 망할 확률이 높았 다. 거대한 세트와 화려한 분장, 복잡한 안무가 과하거나 하나라도 제대로 실행되지 않으면, 쇼 비즈니스계의 혜성이 될 거라 기대했 던 공연이 한순간에 천박하기 그지없는 저질 공연으로 뒤엎어질 수 있었다. 제작자가 제대로 공연을 이끌지 못하면, 반짝반짝 빛났을 환상적인 무대가 조악하고 천박하며 재미없는데 길기만 한 쇼로 변 질되었다. 엘리엇은 티나를 더 알고 싶었다. 좀 더 근본적인 차원에 서 말하면 그녀를 원했다.

3년 전에 세상을 떠난 아내 낸시 이후로 이토록 끌리는 여자는 그녀가 처음이었다.

그는 어두운 극장에 앉아 미소를 지었다. 막이 내려간 무대 앞에 서 펼쳐지는 재미있는 마술 공연 때문이 아니었다. 갑자기 찾아온 자신의 젊은 혈기 때문이었다.

7

비비언이 억지로 민 문은 괴로운 듯 삐걱대며 열렸다.

위이이이잉…… 위이이이잉……

얼어붙은 공기가 어두운 방에서부터 넘실대며 복도로 퍼졌다.

비비언은 손을 뻗어 더듬거리며 조명 스위치를 찾아내고 조심스럽게 안으로 들어갔다. 방에는 아무도 없었다.

위이이이잉…… 위이이이잉……

벽에 붙은 포스터 속 야구 선수들과 공포 영화에 나오는 괴물들이 비비언을 바라보았다. 정교한 모형 비행기 세 대가 천장에 달려 있었다. 원래 있던 자리 그대로였다. 대니가 죽기 전, 비비언이 여기 처음 들어와 청소했던 때와 똑같았다.

위이이이잉…… 위이이이잉…… 위이이이잉……

사람을 미쳐버리게 할 만큼 거슬리는 새된 전자음은 침대 뒤편 벽에 걸린 스테레오 스피커 한 쌍에서 나오고 있었다. CD 플레이어와 라디오, 앰프는 침대 옆 탁자에 쌓여 있었다.

비비언은 소음의 출처는 알아냈지만 방 안 공기가 차가운 이유는 여전히 알 수 없었다. 창문도 열려 있지 않았고, 열려 있다 해도 바깥 공기가 차갑지도 않은데 방 안이 이토록 얼어붙을 리 없었다.

그녀가 라디오 쪽으로 다가가자 귀신의 비명 같던 전자음이 멈췄다. 갑자기 조용해지면서 압박감이 더욱 몰려왔다.

귀를 울리던 소리가 멈추자 스테레오 스피커에서 나지막하고 가느다랗게 쉭쉭대는 소리가 들렸다. 비비언은 자기 심장이 쿵쿵 뛰는 소리도 들었다.

라디오의 금속 본체에 성긴 얼음 막이 은은하게 빛났다. 비비언은 의아해하며 라디오 표면을 만져보았다. 은빛 얼음 막이 손끝에서 부서져 침대 옆 탁자로 떨어졌다. 녹은 게 아니었다. 방 안은 정말로 추웠다.

창문에도 성에가 끼었다. 서랍장 거울도 마찬가지였다. 거울에 비친 그녀의 모습이 희미하고 일그러지고 이상했다.

밤이 되어 조금 추워지긴 했어도 얼어붙을 정도는 아니었다. 영상 10도쯤 되려나. 어쩌면 12도까지 올라갔을지도 모른다.

라디오 주파수 표시판이 변하기 시작했다. 주황색 숫자로 표시된 주파수 대역이 쭉쭉 올라가면서 방송국 채널이 계속 바뀌었다. 짧은 음악 소리, 디제이들이 수다를 떠는 소리가 몇 초씩 지나갔다. 뉴스 앵커가 차분한 목소리로 내뱉는 한두 단어들, 광고 음악이 뒤죽박죽 섞여 의미 없는 소리를 만들어냈다. 이윽고 계기판 주파수가 한계까지 도달하더니, 이제는 거꾸로 내려가기 시작했다.

비비언은 덜덜 떨면서 라디오를 껐다.

그러나 손가락으로 스위치를 눌러 끄자마자 라디오는 다시 저절로 켜졌다.

그녀는 라디오를 노려보았다. 무섭기도 하고 당황스럽기도 했다.

주파수가 다시 쭉쭉 올라가면서 음악들이 뒤죽박죽 스피커에서 울려 퍼졌다.

그녀는 다시 전원 스위치를 눌러 껐다.

잠시 짧은 침묵이 흘렀다. 라디오가 저절로 켜졌다.

"이게 무슨 미친 짓거리인지."

비비언의 목소리가 덜덜 떨렸다.

그녀는 세 번째로 라디오를 껐다. 이번에는 아예 손가락을 전원 버튼에 대고 떼지 않았다. 몇 초 동안 라디오가 켜지려 하면서 손가락에 닿은 버튼이 팽팽해지는 걸 확실히 느꼈다.

갑자기 머리 위에서 모형 비행기 세 대가 움직이기 시작했다. 비행기는 모두 천장에 낚싯줄로 매달려 있었다. 줄은 석고판에 단단히 나사를 박은 후크에 묶여 있었다. 그런데 그 비행기들이 꿈틀대면서 획획 움직이고 이리저리 몸체를 비틀며 떨어댔다.

'외풍이 불어서 그런 거야.'

하지만 외풍은 느껴지지 않았다.

이제 모형 비행기들은 줄에 매달린 채 위아래로 격렬하게 튀어 오르기 시작했다.

"하느님, 도와주소서."

비비언이 말했다.

비행기 한 대가 작은 원을 그리며 점점 빠르게 속력을 높이다가 이윽고 큰 원을 그리며 선회했다. 천장과 비행기를 연결하는 낚싯줄이 그리는 각도가 점점 줄어들었다. 잠시 후 다른 비행기들도 멋대로 발광하기를 멈추고는 첫 번째 비행기처럼 빙빙 돌기 시작했다. 정말로 하늘을 나는 것 같았다. 외풍에 마구잡이로 흔들리는 거라고 오인하기엔 의도적인 움직임이었다.

유령인가? 아니면 폴터가이스트 현상?

하지만 비비언은 유령을 믿지 않았다. 세상에 그런 게 어디 있는가. 그녀는 사람이 죽는다는 걸 믿었다. 세금을 내야 한다는 사실을 믿었다. 슬롯머신에서 언젠가 잭팟이 터진다는 것과 카지노 뷔페는 5.95달러라는 걸 믿었다. 전능하신 하느님을 믿었고, 외계인이 인간을 납치한다는 것과 빅풋이 있다는 걸 믿었다. 하지만 유령의 존재는 믿지 않았다.

미닫이 옷장 문이 홈을 따라 움직이기 시작했다. 저 어두운 옷장 안에서 끔찍한 무언가가 나올 거란 예감이 들었다. 눈이 핏빛처럼 시뻘겋고 무엇이든 갉아먹을 수 있는 날카로운 이빨을 가진 무언가가. 비비언은 분명히 어떤 존재를 느꼈다. 자기를 노리고 있었다. 문이 확 열리고 그녀는 비명을 질렀다.

하지만 옷장 안에 괴물은 없었다. 그저 옷뿐이었다.

그럼에도 손도 대지 않았는데 미닫이문이 저절로 스르르 닫혔고…… 그러다 다시 열렸다…….

모형 비행기는 계속해서 빙빙 돌았다.

방 안 공기는 더욱 차가워졌다.

이제 침대가 떨리기 시작했다. 발치 쪽 침대 다리가 10센티미터 정도 붕 뜨더니 카펫 보호용 받침대에 쿵 부딪쳤다. 그러고는 침대 다리가 다시 솟아오르고 바닥 위로 둥둥 떴다. 매트리스 스프링에서도 소리가 나기 시작했다. 마치 금속 손가락이 스프링을 뜯어 곡을 연주하는 것 같았다.

비비언은 눈을 휘둥그레 뜨고 주먹 쥔 손을 옆구리에 붙인 채 벽으로 물러섰다.

갑자기 펄떡펄떡 뛰어대기 시작했던 침대는 급작스럽게 멈추었다. 옷장 문은 탁 소리를 내면서 닫히고 더는 열리지 않았다. 모형비행기들도 속력을 줄이면서 점점 작은 원을 그리고는 마침내 움직임 없이 멈추었다.

방 안이 조용해졌다.

아무것도 움직이지 않았다.

공기는 점점 따뜻해져갔다.

2분여 동안 미친 듯이 세차게 뛰던 비비언의 심장도 차츰 제 속도를 되찾았다. 그녀는 팔로 몸을 감싸고는 부르르 떨었다.

논리적으로 설명해보자. 무언가 논리적으로 설명할 길이 있을 것이다.

하지만 그게 뭔지 도무지 떠올릴 수 없었다.

방이 다시 따뜻해지자 문손잡이와 라디오 본체를 비롯해 얼어붙었던 금속 물체들이 재빨리 얼음 막을 떨구어냈다. 가구 위에 얇은 물이 고이고 카펫 여기저기가 젖어들었다. 성에가 낀 창문이 말끔해지고, 서랍장 거울에 낀 얼음도 희미해지면서 거울 속 일그러졌던 비비언의 모습이 다시 익숙한 원래 모습으로 돌아왔다.

이제는 다시 어린 소년의 방으로 되돌아왔다. 여느 아이들 방과 다를 것 없는 모습으로.

물론 이곳에서 생활하던 소년이 죽은 지 벌써 1년이 넘었다는 건 다르다. 어쩌면 그 아이가 다시 돌아와 이 방에 머물고 있는 걸까?

비비언은 자신이 유령을 믿지 않는다는 사실을 다시금 떠올렸다.

티나가 마침내 아들 물건을 처분하기로 한 건 잘한 결정일지 모른다.

비비언은 방금 일어난 일을 논리적으로 설명할 수 없었다. 그래도 한 가지 분명히 든 생각은, 오늘 본 일은 아무에게도 말하지 말자는 것이었다. 이 기괴한 사건을 제아무리 설득력 있고 진지하게 묘사한다 한들 아무도 믿지 않을 것이다. 사람들은 고개를 끄덕이고 어색하게 웃으면서 참 이상하고 무시무시한 일을 겪으셨군요, 하고 말하겠지. 하지만 속으로는 저 불쌍하고 나이 든 비비언이 마침내 노망이 났다고 생각할 것이다. 머지않아 폴터가이스트 현상을 겪었다며 비비언이 동네방네 떠들고 다닌다는 소리가 새크라멘토에 사는 딸에게까지 전해질 것이고, 그러면 캘리포니아로 이사 오라는 식구들 압박이 견딜 수 없이 거세질 터였다. 비비언은 혼자 살아가는 이 소중한 일상을 위태롭게 만들고 싶지 않았다.

그녀는 방에서 나와 주방으로 돌아갔다. 그리고 티나의 최고급 버번을 두 잔 마셨다. 다음으로 특유의 극기심을 발휘하여 소년의 방으로 돌아와서는 얼음이 녹은 물 자국을 닦아내고 청소를 계속했다.

폴터가이스트 현상 따위에 겁먹고 도망치지는 않을 것이다.

그래도 일요일에 성당에 가보는 것 정도는 현명한 처사 같다. 성당에 나간 지도 참 오래되었다. 어쩌면 성당에 다녀보는 게 좋을지도 모른다. 매주 가지는 않겠지만. 한 달에 한두 번쯤은 나가볼까. 가끔 고해성사도 하고. 고해실에 안 가본 지도 꽤 되었다. 어쨌든 나중에 후회하는 것보다는 안전한 편이 나을 것이다.

8

쇼 비즈니스계 종사자라면 무료 시사회 관객들이야말로 비위를 맞추기가 제일 힘들다는 사실을 안다. 무료입장을 시켜준다고 해서 관객이 감사해한다거나 호응해준다는 보장이 없기 때문이다. 물건에 제값을 치른 사람이 같은 물건을 무료로 받은 사람보다 가치를 높게 쳐줄 가능성이 높다는 말이 있다. 이 오래된 격언은 쇼 무대와 공짜 관객에도 통용된다.

하지만 오늘 밤에는 그런 말이 들어맞지 않았다. 여기 모인 관객들은 시큰둥하게 앉아 냉랭한 분위기를 내비칠 수 없었다.

마지막 무대 인사는 10시가 되기 8분 전까지 이어졌다. 티나의 손목시계가 그 시각을 가리킬 때까지 박수가 끊이지 않았다. 「매직!」 출연진은 여러 번 허리를 굽혀 인사했고, 다음으로 제작진과 오케스트라가 대히트작의 일원이 된다는 흥분감에 붉어진 얼굴로 인사했다. 기분 좋게 들뜬 VIP 관객들이 고집을 부려서 조엘과 티나도 앉은자리에서 우레 같은 박수갈채와 함께 스포트라이트를 받았다.

티나는 아드레날린에 취해 활짝 웃었다. 그녀는 자기 작품에 쏟아진 이 숨도 못 쉴 정도로 압도적인 반응을 겨우 받아들이고 있었다. 헬렌은 들뜬 마음으로 화려한 특수효과에 대해 떠들었고, 엘리엇은 공연을 끝없이 칭찬하면서 제작 기술을 예리하게 관찰했다고 말했다. 찰스는 돔 페리뇽을 세 병째 부어댔다. 공연장 불이 환하게 켜지자 관객들은 마지못해 자리에서 일어섰다. 축하해주려고 테이블로 몰려든 사람들 때문에 티나는 샴페인을 마실 틈도 없었다.

10시 30분이 되자 관객들 대다수가 떠났고, 아직 떠나지 않은 이들도 공연장 뒤쪽 문 앞으로 줄을 서서 계단을 올랐다. 오늘 저녁에는 두 번째 공연이 없지만, 앞으로는 매일 밤 두 번씩 공연할 것이다. 다음 날 밤 8시 공연을 위해 버스보이와 웨이트리스가 바쁘게 테이블을 정리하고 깨끗한 리넨 식탁보를 깔고 은식기를 놓았다.

부스 앞 통로가 마침내 텅 비었다. 조엘이 티나에게 다가오고 있었다. 그녀는 조엘에게 팔을 두르고 자기도 모르게 기쁨의 눈물을 터뜨리고 말았다. 티나는 조엘을 힘껏 껴안았고, 조엘은 "내가 본 쇼 중 가장 대박이야"라고 외쳤다.

둘이 백스테이지에 갔을 때는 이미 초연 파티가 한창이었다. 세트와 소품을 치운 무대 메인 플로어에 접이식 테이블 여덟 개를 설치해놓았다. 하얀 식탁보를 깐 테이블 위에는 음식이 가득했다. 따뜻한 오르되브르 다섯 종류, 로브스터 샐러드, 게살 샐러드, 파스타

샐러드, 필레 미뇽, 타라곤 소스를 곁들인 닭가슴살, 구운 감자, 케이크, 파이, 타르트, 신선한 과일과 딸기류, 치즈까지 다양했다. 호텔 직원과 쇼걸, 무용수, 마술사, 진행 요원과 음악가 무리가 테이블 주위로 몰려들어 음식을 시식했다. 호텔 수석 주방장인 필립 슈발리에는 직접 그 소란을 지켜보았다. 파티 음식이 성대하게 차려질 거란 소식을 미리 들은 사람들은 저녁을 먹지 않았고, 무용수 대부분은 가볍게 점심을 든 이후로 아무것도 먹지 못했다. 그들은 음식에 감탄하면서 즉석에서 차려진 음료 코너로 삼삼오오 모였다. 모두의 머릿속에 아직도 박수갈채의 여운이 남아 있었으므로 파티 분위기는 곧 달아오를 것이었다.

티나 역시 그 사이에 섞여 들어가 앞뒤, 위아래로 무대를 오고 가며 사람들 사이로 움직였다. 성공적으로 공연을 해낸 모두에게 감사하며 출연진과 제작진 한 사람 한 사람의 헌신과 전문성을 칭찬해주었다. 그러면서 엘리엇을 몇 번 마주쳤는데, 그는 이 화려한 무대효과를 어떻게 만들어냈는지 진심으로 알고 싶은 듯했다. 티나는 다른 사람과 이야기를 나누려고 엘리엇을 두고 가야 할 때마다 안타까웠고, 다시 그를 찾아냈을 때는 이전보다 더 오래 이야기를 나누었다. 그렇게 네 번째로 그를 만난 다음부터는 얼마나 오랫동안 같이 있었는지 감이 없어졌다. 급기야는 이 남자와 몇 번째 마주쳤는지 세는 것도 잊었다.

액자형 무대의 왼쪽 기둥 근처는 파티 인파가 오고 가는 주요 동선에서 벗어나 있었다. 두 사람은 그곳에 서서 케이크를 조금씩 먹으며 「매직!」과 법률에 관한 이야기, 찰스와 헬렌에 대한 이야기,

라스베이거스 부동산 이야기를 했다. 대화 주제는 돌고 돌아 슈퍼 히어로 영화까지 이어졌다. 그가 말했다.

"배트맨은 항상 전신 고무 슈트를 입는데도 어째서 만성 피부 질환이 생기지 않는 걸까요?"

"그러게요. 하지만 고무 슈트에도 그 나름의 장점이 있어요."

"어떤 장점이죠?"

"사무실에서 일한 다음 옷을 갈아입지 않아도 곧바로 스쿠버다이빙을 하러 갈 수 있잖아요."

"배트카를 타고 시속 320킬로미터로 달리면서도 포장 음식을 먹을 수 있겠죠. 옷이 아무리 더러워져도 나중에 물로 털어내면 될 테니까요."

"범죄를 소탕하느라 힘든 하루를 보내고 나서 술을 진탕 마시고 토해도 괜찮을 거예요. 옷을 드라이클리닝 할 필요 없이 그냥 씻으면 끝이니까."

"어떤 상황에서도 입을 수 있는 검은색이기도 하고—"

"—교황님을 만나든, 사드 후작 추모 파티에 가든 어울리는 옷이죠."

엘리엇은 미소를 짓고 자기 몫의 케이크를 모두 먹었다.

"앞으로는 당분간 밤마다 이곳에 오셔야겠네요. 그렇죠?"

"아뇨. 제가 여기 올 필요는 없어요."

"하지만 감독하러 오셔야 할 거라고—"

"이제 감독의 역할은 대부분 끝났어요. 공연 분위기가 원래 의도에서 벗어나지는 않았는지 2주에 한 번 정도 확인하러 오기만 하면 돼요."

"하지만 공동 제작도 하셨잖습니까."

"음, 이제 쇼가 성공적으로 시작되었으니 제작자인 제가 할 일은 홍보와 프로모션 같은 사소한 일들이에요. 쇼가 순조롭게 진행되도록 필요한 물품도 대야 하고요. 하지만 거의 다 사무실에서 처리할 수 있는 일들이에요. 제가 무대에서 얼쩡거릴 필요는 없어요. 사실 조엘 말에 따르면 제작자가 매일 밤 백스테이지에 있는 게 건강에 좋지 않대요……. 아니, 가급적 안 가는 게 좋대요. 제가 있으면 공연하는 사람들이 초조해지고 기술자들도 쉬어야 할 때 쉬지 못하고 상사 눈치나 볼 거라고 했어요."

"그래도 가고 싶지 않을까요?"

"무대에서 물러서는 게 쉽지는 않죠. 하지만 조엘의 말은 확실히 일리가 있어요. 그래서 저도 냉정하게 행동하려고요."

"제가 보기에는 그래도 첫 주 정도는 매일 밤 여기 오실 것 같은데요."

"아뇨. 조엘의 말이 맞다면 제가 아예 처음부터 손을 떼는 습관을 들이는 게 최선이에요. 저는 그 말이 옳다고 생각해요."

"그럼 내일 밤에도 안 오실 건가요?"

"아, 아마 분명히 몇 번은 들락날락하겠죠."

"내일 송년 파티에 가실 거라고 생각했는데요."

"저는 송년 파티가 싫어요. 다들 술에 취해서 지루하기만 해요."

"음, 그렇다면……「매직!」무대에 들락날락하는 사이에 시간이 되신다면 같이 저녁 식사를 할 수 있을까요?"

"지금 저한테 데이트 신청하시는 건가요?"

"저녁 식사 동안 음식 흘리지 않고 깨끗하게 먹겠습니다."

"데이트 신청이 맞군요."

티나는 기분 좋게 대답했다.

"그래요. 이렇게 어색한 기분도 정말 오랜만이네요."

"왜 어색하세요?"

"당신 때문인 것 같아요."

"제가 그쪽을 어색하게 했나요?"

"제가 젊다는 기분이 들게 하시거든요. 제가 젊었을 때는 아주 어색하게 굴었죠."

"귀엽네요."

"귀엽게 보이도록 노력하고 있습니다."

"그럼 성공하셨어요."

티나가 말했다. 그러자 그는 아주 따스하게 미소 지었다.

"갑자기 어색하지 않아졌어요."

"그럼 다시 데이트 신청해보실래요?"

"내일 저녁 저랑 같이 식사할까요?"

"좋아요. 7시 반 어떤가요?"

"좋습니다. 차려입을까요? 아니면 캐주얼한 스타일?"

"청바지 입고 오세요."

그는 빳빳한 목깃과 턱시도 재킷의 새틴 라펠을 만지작거렸다.

"그렇게 말씀해주시니 정말 좋네요."

"제 주소 적어드릴게요."

그녀는 핸드백을 뒤져 펜을 찾았다.

"그럼 극장에 들러서 「매직!」을 조금 본 다음에 레스토랑으로 가도록 하죠."

"그냥 바로 레스토랑으로 가면 어떨까요?"

"여기 들르시지 않고요?"

"금단현상을 겪어볼래요."

"조엘이 자랑스러워할 겁니다."

"제가 정말로 무대에 나타나지 않을 수 있다면, 저도 제가 자랑스러울 거 같아요."

"그렇게 하실 수 있을 겁니다. 진짜 용기를 지니신 분이니까요."

"하지만 저녁을 먹다 말고 갑자기 절박한 욕구가 들지도 모르죠. 여기로 달려와서 제작자 노릇을 하고 싶어질지 누가 알아요?"

"그렇다면 레스토랑 문 앞에 차를 대놓겠습니다. 혹시 모르니 시동도 켜두고요."

티나는 그에게 주소를 알려주었다. 그들은 계속 이야기를 나누었다. 재즈와 베니 굿맨, 그다음에는 라스베이거스 통신사들의 끔찍한 서비스에 대해 떠드는 그들은 마치 오랜 친구 같았다. 엘리엇의 관심사는 다양했다. 그는 취미로 스키를 타고 비행기를 몰기도 해서, 스키와 비행에 대한 재미있는 이야깃거리가 많았다. 그는 티나의 마음을 편하게 해주면서도 호기심을 자극할 줄 알았다. 한마디로 엘리엇은 흥미로운 사람이었다. 남자다운 박력과 부드러움을 모두 갖춰서, 침대에서 무척 저돌적이면서도 상냥할 것 같았다.

성공한 쇼…… 어마어마하게 들어올 로열티…… 첫 번째로 거둔 놀라운 성공 덕분에 새롭게 주어질 무한정한 기회…… 그리고 이제 만나게 될지도 모르는 새롭고 설레는 연인…….

자신이 받을 축복을 세어보면서 티나는 1년 만에 인생이 얼마나 바뀔 수 있는지 깨닫고 놀랐다. 쓰라린 고통과 비극, 끝없는 슬픔에서 벗어나 이제 전도유망한 앞날로 빛나는 지평선을 마주하게 된 것이다. 마침내 살아갈 가치가 있는 미래가 보였다. 앞으로는 어떤 나쁜 일도 일어날 것 같지 않았다.

9

티나의 집을 둘러싼 밤의 끝자락은 메마른 사막의 바람결에 바스락거리며 흔들렸다.

이웃집 하얀 고양이가 바람에 날리는 종잇조각을 뒤쫓아 잔디밭을 살금살금 지나갔다. 고양이는 확 달려들었지만 목표물을 놓치고 비틀거리다가 제풀에 놀라 다른 집 마당으로 번개처럼 도망쳤다.

집 안은 대부분 조용했다. 이따금 냉장고 모터가 저절로 작동하며 소리를 냈다. 어디선가 강한 돌풍이 불어올 때마다 헐거운 거실 유리창이 살짝 덜컹거렸다. 난방장치가 위잉 소리를 내면서 작동하면 송풍기는 한 번에 2~3분씩 통풍구를 통해 뜨거운 공기를 조용히 밀어냈다.

자정 직전, 대니의 방이 차가워지기 시작했다. 문손잡이와 라디오 본체를 비롯한 금속 물체 위로 공기 중 수분이 응축하기 시작했다. 방 온도가 급격히 떨어지고 물방울이 얼어붙었다. 유리창에 성에가 꼈다.

라디오가 켜졌다.

몇 초 동안 이어지던 침묵을 날카로운 전자음이 도끼날처럼 갈랐다. 그러다 찢어질 듯한 소음이 갑자기 멈추고, 이제는 디지털 표시판이 번쩍이며 숫자가 마구 바뀌었다. 짧은 음악과 목소리가 지지직대며 기괴한 소리의 몽타주를 이루었다. 갖가지 소리가 얼어붙은 사면 벽에 서로 메아리쳐댔다.

하지만 그 소리를 들어줄 사람은 집 안에 아무도 없었다.

옷장 문이 열리고, 닫히고, 또 열렸다…….

옷장 안에 걸린 셔츠와 청바지가 자리에서 마구 흔들리기 시작했다. 몇 벌은 바닥에 떨어졌다.

침대가 흔들렸다.

모형 비행기 아홉 개가 든 진열장이 흔들리며 벽에 계속 부딪쳤다. 그중 비행기 하나가 선반에서 떨어졌다. 두 개, 세 개. 그렇게 비행기가 하나씩 떨어져 아홉 대 모두 바닥에 쌓였다.

침대 왼쪽 벽에 붙은 「에이리언」 괴물 포스터 한가운데가 우그러졌다.

라디오는 주파수 찾기를 멈추었다. 아무 방송도 나오지 않는 주파수에서 멈춘 라디오가 아스라한 전자음 사이로 쉿쉿거리는 소리와 무언가가 터지는 소리를 냈다. 그러다 갑자기 스피커에서 굉음이 울려퍼졌다. 아이 목소리였다. 남자아이 목소리. 그건 말이 아니었다. 길고 고통스러운 비명이었다.

1분쯤 지나자 목소리가 희미해지고, 침대가 다시 위아래로 펄떡이기 시작했다.

　옷장 문은 아까보다 훨씬 더 큰 힘으로 쾅 열렸다가 닫혔다.

　다른 물건들도 움직이기 시작했다. 족히 5분 동안 방 전체가 살아난 듯 움직였다.

　그러다 곧 죽어버렸다.

　다시금 침묵이 돌아왔다.

　방 안은 도로 따뜻해졌다.

　창문에 낀 성에가 사라지고, 바깥에서는 하얀 고양이가 여전히 종잇조각을 뒤쫓았다.

12월 31일 수요일

10

티나는 초연 파티 자리를 끝내고 수요일 새벽 2시가 다 되어서야 집으로 돌아왔다. 기진맥진하고 살짝 취기가 오른 상태였던 탓에 곧바로 침대에 가서 곤한 잠에 빠졌다.

그렇게 두어 시간쯤 꿈도 꾸지 않고 잤을까. 티나는 다시 대니가 나오는 악몽에 시달렸다. 대니는 깊은 구덩이 바닥에 갇혀 있었다. 티나는 겁먹은 채로 자신을 부르는 아들의 목소리를 듣고 구덩이 가장자리에 서서 아래를 응시했다. 아이가 너무 깊은 바닥에 있어서 아주 작고 창백한 얼굴만 보였다. 이목구비를 분간할 수조차 없었다. 대니는 필사적으로 구덩이에서 나오려 했고, 티나도 아들을 구하려 미친 듯이 애를 썼다. 하지만 대니는 사슬에 묶여 올라올 수 없었다. 구덩이 벽이 너무 가파르고 매끄러워서 도무지 아이에게 닿을 수 없었다.

그때 어디선가 머리끝에서 발끝까지 검게 차려입은 남자가 구덩이 맞은편에 나타났다. 얼굴이 그림자에 가려 보이지 않는 그 남자는 삽으로 구덩이를 메우기 시작했다. 대니가 외치는 소리는 이제 공포 어린 비명으로 바뀌었다. 대니는 생매장당하고 있었다. 티나는 검은 옷을 입은 남자에게 소리쳤지만 남자는 그녀의 목소리를 무시한 채 계속 대니의 머리 위로 흙을 뿌렸다. 티나는 저 개새끼가 하는 짓을 막아야겠다고 생각하며 구덩이 둘레를 돌아 다가갔다. 하지만 그놈은 티나가 한 걸음 다가설 때마다 똑같이 한 걸음 물러섰다. 둘은 구덩이를 둔 채 마주보게 될 뿐이었다. 티나는 남자에게도, 대니에게도 다가갈 수 없었다. 아이의 무릎까지 차오른 흙은 곧 엉덩이, 그리고 어깨까지 쌓였다. 대니는 울부짖으며 비명을 질렀다. 이제 흙은 턱까지 차올랐다. 검은 옷을 입은 남자는 그치지 않고 구덩이를 메웠다.

저 새끼를 죽여야 해. 저 삽으로 때려죽일 거야. 남자를 몽둥이로 패야겠다고 생각하고 있을 때 그가 티나를 바라보았다. 남자의 얼굴이 보였다. 살이 하나도 없는 해골 같은 얼굴이었다. 뼈 위로는 썩은 피부가 늘어져 있고, 눈은 시뻘겋게 불타오르고, 이는 누랬다. 남자의 왼쪽 뺨과 두 눈꼬리에는 징그러운 구더기들이 뭉쳐 매달린 채로 살점을 뜯어먹고 있었다. 이제는 대니가 생매장당할 거란 공포에 자기 목숨마저 위험하다는 두려움까지 뒤섞였다. 대니의 비명은 점점 목멘 소리가 되었고 훨씬 더 다급해졌다. 흙이 얼굴까지 덮고 목구멍으로 들어가고 있었다. 그녀는 아이가 질식하기 전에 그쪽으로 가서 얼굴에 덮인 흙을 치워야 했다. 어찌할 바를 모르는 공포에 휩싸인 채로 그녀는 구덩이 가장자리에서 뛰어내렸다. 끔찍한 심연 속으로 떨어지고 또 떨어지면서……

헉. 티나는 몸을 부르르 떨고 비틀면서 괴롭게 잠에서 깨어났다.

그녀는 확신했다. 이 방 어딘가에 검은 옷을 입은 남자가 있고, 어둠 속에 조용히 서서 히죽 웃고 있다고. 심장이 쿵쿵 뛰는 와중에 침대 옆 램프를 더듬거리며 켰다. 갑자기 쏟아지는 빛에 눈을 몇 번 깜빡이며 정신을 차려보았다. 방에는 아무도 없었다.

"제길."

티나는 힘없이 중얼거렸다.

손으로 얼굴을 쓸었더니 피부를 흠뻑 적신 땀이 후두둑 떨어졌다. 티나는 시트에 손을 문질러 닦았다.

심호흡을 몇 번 하면서 진정해보려 했다.

하지만 떨림이 멈추지 않았다.

그녀는 욕실로 가서 세수를 했다. 거울을 보니 얼굴을 알아볼 수조차 없었다. 초췌하고 핏기 없는 피부. 움푹 팬 눈에는 놀란 기색이 그득했다.

입이 마르고 썼다. 그녀는 물을 한 잔 마셨다.

침대에 다시 누웠지만 불을 끄고 싶지 않았다. 그러자 두려워하는 자기 자신에게 화가 났다. 마침내 그녀는 스위치를 비틀어 껐다.

다시금 찾아온 어둠은 너무나 무서웠다.

도로 잠들 수 있을까. 알 수 없었다. 하지만 노력은 해봐야 한다. 아직 5시도 안 되었다. 세 시간도 채 자지 못했다.

아침에는 대니의 방을 청소해야지. 그러면 악몽이 그칠 것이다.

그녀는 그러리라 확신했다.

대니의 칠판에서 두 번 지웠던 말 두 마디가 떠올랐다. 죽지 않았어. 그러고 보니 마이클에게 전화한다는 걸 잊었다. 마음속 의심을 확실하게 정리해야 했다. 혹시 그가 알리지도 않고 허락 없이 이 집에 와서 대니의 방에 들어갔는지 말이다.

마이클이 아니면 누구겠어.

지금이라도 불을 켜고 그에게 전화할까. 아마 자고 있겠지만 설령 자신 때문에 깬다 해도 미안한 마음은 없다. 티나 역시 마이클 때문에 잠 못 이룬 밤이 얼마나 많았던가. 하지만 당장은 말싸움을 벌일 힘이 없었다. 지친 몸에 와인까지 마셔서 머리가 둔했다. 마이클이 정말로 집에 몰래 들어와 꼬마 남자애처럼 잔인한 장난을 친 거라면, 정말 칠판에 그 말을 쓴 사람이 마이클이라면, 그가 티나를 증오하는 마음이 생각보다 훨씬 더 큰 것이리라. 알고 보니 그는 치가 떨리도록 구역질 나는 인간이었다. 이토록 폭력적이고 말도 안 되는 언사를 퍼붓는 비이성적인 인간을 상대하려면 맑은 정신이어야 했다. 그러니 기력을 회복한 다음에 전화해야 한다.

티나는 하품을 하고 다시 누워 잠들었다. 이번에는 꿈을 꾸지 않았다. 10시에 일어났을 때 어젯밤 거둔 성공이 떠오르며 기분이 상쾌해졌다. 새롭게 힘이 났다.

마이클에게 전화를 걸었지만 그는 집에 없었다. 지난 여섯 달 동안 일하는 시간을 바꾸지 않았다면 오전에는 출근하지 않을 텐데. 그녀는 30분 뒤 다시 전화하기로 마음먹었다.

현관 앞에 배달된《리뷰 저널》을 보니 어느 대중문화 평론가가

「매직!」에서 결점을 하나도 찾지 못했다며 극찬했다. 그 칭찬이 어찌나 야단스러운지 주방에서 혼자 신문을 읽는데도 살짝 민망한 기분이 들었다.

아침 식사로 자몽 주스와 잉글리시 머핀 하나를 간단히 먹은 티나는 대니의 소지품을 정리하러 방으로 향했다. 그녀는 방문을 열자마자 헉 소리와 함께 멈춰 서고 말았다.

방은 난장판이었다. 진열장에서 떨어진 모형 비행기들이 바닥에 흩어져 있었다. 그중 몇 개는 부서졌다. 책장에서 쏟아진 문고판 책들이 방 안 구석구석 널려 있고, 책상에 있던 접착제, 에나멜 물감병, 공예 도구는 다른 물건들과 함께 바닥에 나뒹굴고 있었다. 벽에 붙은 괴물 영화 포스터 한 장은 갈가리 찢겨서 벽에 대롱대롱 붙었다. 침대 머리맡에 있던 액션 피규어들도 넘어져 있었다. 옷장 문은 활짝 열려 있고 그 안에 든 옷 모두가 바닥에 떨어진 것 같았다. 게임기 테이블은 엎어졌다. 카펫에는 이젤이 있었는데 칠판이 뒤집혀 있었다.

티나는 분노로 몸을 부들부들 떨며 방 안으로 들어갔다. 엉망이 된 물건들을 밟지 않으려고 조심조심 이젤 앞에 섰다. 그녀는 주저하며 이젤을 바로 세우고 칠판을 뒤집어보았다.

죽지 않았어

"제길!"

그녀는 분노하며 외쳤다.

어젯밤 비비언이 와서 집을 청소했다. 하지만 이건 전혀 비비언이 할 만한 행동이 아니었다. 만약 그녀가 왔을 때 방이 이미 엉망진창이었다면 청소를 싹 한 다음 원래 모습이 어땠는지 쪽지를 남겨놓았을 것이다. 침입자는 비비언이 떠난 다음 들어온 게 분명했다.

티나는 씩씩거리면서 집 안을 샅샅이 뒤졌다. 창문과 문을 꼼꼼히 살펴보았다. 하지만 누군가가 억지로 집에 들어온 흔적은 없었다.

다시 주방으로 간 그녀는 마이클에게 전화했다. 하지만 여전히 받지 않았다. 그녀는 수화기를 쾅 내려놓았다.

티나는 서랍에서 전화번호부를 꺼내 열쇠 수리 전문점 광고를 훑었다. 그중 가장 커다랗게 광고를 낸 회사를 골랐다.

"앤더링겐 열쇠 보안 회사입니다."

"전화번호부에서 광고 보고 연락드려요. 한 시간 내로 열쇠 수리가 가능한가요?"

"그건 긴급 서비스예요. 추가 비용이 듭니다."

"비용은 상관없어요."

"예약하고 기다리시면 오늘 오후 4시쯤 사람을 보내드릴 수 있어요. 늦어도 내일 아침까지는 반드시 수리 가능합니다. 일반 서비스는 긴급 서비스보다 40퍼센트 저렴합니다."

"어젯밤 집에 누가 들어왔어요."

티나의 말에 앤더링겐 직원이 대꾸했다.

"우리가 사는 세상이 다 그렇죠."

"물건을 잔뜩 부쉈다고요—"

"—아, 참 안타까운 일이네요."

"당장 자물쇠를 바꾸고 싶어요."

"알겠습니다."

"좋은 자물쇠를 설치하려고요. 제일 좋은 걸로 해주세요."

"성함과 주소를 알려주시면 바로 직원을 보내드리겠습니다."

2분 뒤 통화를 마친 티나는 다시 대니의 방으로 가서 피해 상황을 둘러보았다. 그녀는 망가진 물건들을 보며 중얼거렸다.

"마이클, 대체 나한테 뭘 바라고 이러는 거야?"

하지만 그에게 이런 질문을 한들 어떤 대답을 들을 수 있을까. 그는 뭐라고 변명할까? 어떤 배배 꼬인 논리로 이 역겨운 행동을 정당화하려 들까? 아무리 봐도 미친 짓이다. 그가 증오스럽다.

티나의 몸이 부르르 떨렸다.

11

수요일 오후 1시 50분에 밸리스 호텔에 도착한 티나는 발레파킹 요원에게 자동차 키를 건네주었다.

밸리스 호텔의 원래 이름은 MGM 그랜드였다. 계속해서 리모델 링해대는 라스베이거스 스트립의 호텔들 중에서는 오래된 축에 속했다. 밸리스 호텔은 여전히 시내에서 가장 인기 많은 호텔이었고, 올해 마지막 날인 오늘도 손님으로 꽉 찼다. 축구장보다 넓은 카지노에는 남녀노소 다양한 도박꾼 수백 명을 포함해 못해도 2~3천 명이 모여 있었다. 예쁘장한 젊은 여자들, 상냥해 보이는 할머니들, 청바지에 자수로 무늬를 넣은 웨스턴 셔츠를 입은 남자들, 비싸지만 촌스러운 아웃도어를 입은 퇴직자들, 스리피스 슈트를 입은 몇 안 되는 남자들, 영업사원, 의사, 기술자, 비서, 서부에서 죄다 몰려든 미국인, 나랏돈으로 유람 온 동부의 공무원, 일본 관광객, 간혹 보이는 아랍인까지. 이들은 반원형 블랙잭 테이블에 앉아 돈을 밀고 칩을 끌어당겼다. 가끔은 이겨서 돈을 따기도 하고, 카드 다섯 벌이 들어가는 슈*에서 받은 카드를 간절하게 집어 들고 다양하면서도 전형적인 반응을 보였다. 기뻐서 소리를 꽥 지르는 사람, 투덜대는 사람, 씁쓸히 웃으며 고개를 젓는 사람, 더 좋은 카드를 달라고 농담 반 진담 반으로 딜러에게 애원하는 사람, 마치 사업가처럼 자신이 합리적인 투자 계획에 참여하고 있다는 듯 조용하고 예의 바른 모습으로 주의를 기울이는 사람 등등. 그 외에도 수백 명이 도박꾼 뒤에 바짝 붙어 서서 초조한 기색으로 도박판을 바라보며 자리가 나기를 기다리고 있었다.

크랩스 테이블에 모인 사람들은 주로 남자로, 죽어라 블랙잭만 하는 이들보다 더 떠들썩했다. 그들은 비명을 지르고 울부짖기도 하고, 환호하다가도 신음을 흘리고, 주사위를 던지는 사람들을 격려하면서 그들이 던지는 주사위에다 대고 큰 소리로 기도했다. 왼편에는 슬롯머신이 입구부터 저 끝까지 죽 늘어섰다. 환하고 화려하게 빛나는 기계들에서 신경이 거슬릴 정도로 동전이 짤랑거렸다. 거기 앉은 도박꾼들은 카드 게임을 하는 사람들보다는 목소리가 컸지만 크랩스 테이블에서 주사위를 던지는 이들보다는 작게 말했다. 크랩스 테이블 너머 오른편으로는 길게 뻗은 카지노 중간쯤부터 바닥이 좀 더 높이 올라와 있고, 그 자리에 놓인 하얀 대리석과 황동 재질의 바카라 테이블에는 부유하고 차분한 도박사들이 모여들었

---

* 카지노에서 카드를 넣어놓는 장치.

다. 바카라 구역에서는 핏 보스와 플로어맨, 딜러 모두 턱시도를 입었다. 거대한 카지노에는 어딜 가든 짧은 의상을 입고 긴 다리와 가슴골을 드러낸 칵테일 웨이트리스가 있었다. 그녀들은 마치 군중을 한데 연결해주는 실처럼 여기저기를 바쁘게 돌아다녔다.

티나는 넓은 중앙 통로를 가득 메우고 움직이는 구경꾼들을 헤치며 들어갔다. 그리고 단번에 마이클이 어디 있는지 찾아냈다. 그는 첫 번째로 보이는 테이블에서 블랙잭 딜러로 일하고 있었다. 최소 판돈은 5달러였고, 일곱 자리가 모두 찼다. 마이클은 활짝 웃으며 도박꾼들과 친근하게 수다를 떨었다. 냉정한 태도를 유지하며 많은 대화를 나누지 않는 딜러도 있지만, 마이클은 사람들과 친하게 지내야 일이 잘되는 사람이었다. 당연히 대부분의 딜러보다 훨씬 많은 팁을 받았다.

마이클은 늘씬한 체격에 금발이었고, 티나처럼 푸른 눈동자를 지녔다. 언뜻 보면 로버트 레드포드를 닮았다. 남자치고 너무 예쁘장하다 싶은 얼굴이었다. 그래서 게임하러 온 이들 중 남자보다 여자에게 더 자주, 더 후하게 팁을 받았다.

티나가 테이블에 모인 사람들 사이를 비집고 들어가 마이클의 시선을 끌었을 때 그가 보인 반응은 예상과는 아주 딴판이었다. 그녀는 마이클이 자신을 보자마자 얼굴이 싹 굳을 거라 생각했다. 그런데 그는 오히려 더 크게 미소를 지었다. 눈빛은 진짜로 기뻐 보이기까지 했다.

그는 티나를 보면서 카드를 섞었다. 말을 붙이면서도 카드 섞기를 그치지 않았다.

"어, 안녕. 오늘 끝내주네, 티나. 보기 좋은데."

그녀는 이런 환대는 기대하지 않았다. 게다가 따뜻하게 인사까지 하다니.

그는 계속 말했다.

"스웨터 예쁘네. 마음에 들어. 당신은 언제나 파란색이 어울렸지."

그녀는 불편하게 미소를 지으며 여기에 왜 왔는지 애써 떠올렸다. 자신을 잔인하게 괴롭힌 전남편에게 혐의를 따져 물으러 왔다.

"마이클, 나랑 이야기 좀 해."

그는 시계를 슬쩍 보았다.

"5분 있다가 쉬는 시간이야."

"그럼 어디서 이야기할 수 있을까?"

"그냥 여기서 하지 그래? 여기 계신 멋진 분들이 나한테서 돈 따가는 모습도 볼 수 있고 좋잖아."

테이블에 앉은 도박꾼들이 모두 투덜거렸다. 이 딜러에게 돈을 딸 만한 가능성이 없어 보인다는 데 다들 동의했기 때문이다.

마이클은 씩 웃어 보이며 티나에게 윙크했다.

그녀는 어색하게 미소 지었다.

5분은 참 느릿느릿 지나갔고, 그녀는 초조하게 기다렸다. 티나는 카지노의 북적이는 분위기가 언제나 불편했다. 미쳐버린 듯한 사람들과 끊임없이 이어지는 열기는 가끔 광란 수준까지 올라갔다. 그 광경에 티나는 언제나 신경이 곤두섰다.

거대한 공간은 너무 시끄러웠다. 소리가 뒤섞이며 급기야 눈에 보일 듯 뭉치는 것 같았다. 소리는 마치 노랗고 축축한 안개처럼 공기 중에 떠다녔다. 슬롯머신이 짤랑거리며 삑삑 소리를 내고 휘파람을 불고 부르르 떨었다. 구슬이 룰렛 바퀴 주위를 달그락거리며 돌았다. 슬롯머신 너머 살짝 높은 공간에 설치된 칵테일 라운지에서 5인조 밴드가 연주하는 가요가 스피커를 통해 사납게 울려 퍼졌다. 도박꾼들이 게임하며 마시는 술잔 속 얼음이 달그락거렸다. 사람들이 죄다 동시에 지껄여대는 것만 같았다.

마이클이 쉬는 시간이 되자 다른 딜러가 테이블을 넘겨받았다. 마이클은 블랙잭 구역에서 중앙 통로로 나왔다.

"할 말이 있다고?"

그녀는 반쯤 소리치듯 목소리를 높여야 했다.

"여기서 말고. 너무 시끄러워서 내 머릿속 생각조차 안 들릴 정도야."

"그럼 아케이드로 내려가자."

"좋아."

아래층 쇼핑 아케이드로 이어지는 에스컬레이터로 가려면 카지노를 완전히 가로질러야 했다. 마이클은 앞장서서 휴일 인파를 뚫고 옆으로 밀며 길을 냈고, 티나는 그가 터준 길이 다시 막히기 전에 재빨리 따라갔다.

긴 공간을 반쯤 지나왔을까. 사람들이 물러서 있었다. 마이클과 티나는 걸음을 멈췄다. 블랙잭 테이블 앞에 중년 남자가 의식을 잃고 엎드려 있었다. 베이지색 정장에 짙은 갈색 셔츠를 입고 무늬가 있는 베이지색 넥타이를 맨 남자였다. 남자 옆에 의자가 쓰러져 있고, 어림잡아 500달러어치는 돼 보이는 그린 칩이 카펫에 흩어져 있었다. 제복을 입은 안전 요원 두 명이 의식을 잃은 남자에게 응급 처치를 하고 있었다. 그들이 쓰러진 남자의 넥타이와 목깃을 풀고 맥박을 재는 동안 세 번째로 온 요원이 호기심에 모여든 고객들을 저지했다.

마이클이 물었다.

"심장마비인가요, 피트?"

그러자 세 번째 요원이 대답했다.

"안녕하세요, 마이클. 아뇨, 심장마비는 아닌 것 같아요. 분명히 블랙잭 블랙아웃에다가 빙고 방광이 동시에 온 거겠죠. 여기에 여덟 시간을 내리 앉아 있었거든요."

바닥에 쓰러진 베이지색 정장 차림 남자가 신음을 흘렸다. 그의 눈꺼풀이 파르르 떨렸다.

마이클은 고개를 저었다. 어딜 봐도 재미있다는 표정이었다. 그는 그곳을 떠나 다시 인파 사이로 들어갔다.

마침내 두 사람은 카지노 끝에 다다라 쇼핑 아케이드로 향하는 에스컬레이터를 탔다. 티나가 물었다.

"'블랙잭 블랙아웃'이 뭐야?"

마이클은 아직도 재미있다는 표정으로 말했다.

"말 그대로 멍청해서 벌어지는 현상이야. 저 남자는 여기서 도박을 하느라 정신이 팔린 나머지 시간관념이 없어진 거지. 물론 경영진이 원하는 게 바로 그거야. 카지노에 창문이나 시계가 없는 이유지. 하지만 가끔 정말로 시간관념이 없어지는 사람이 있어. 몇 시간이고 일어나지 않고 그저 좀비처럼 계속 도박을 해. 그동안 술은 술

대로 엄청 많이 마시고. 그러다가 일어나서 몸을 조금이라도 빨리 움직이면 머릿속 혈류가 쾅! 하고 터져. 그대로 기절하는 거야. 그걸 블랙잭 블랙아웃이라고 해."

"아아."

"항상 있는 일이야."

"그러면 '빙고 방광'은 뭐야?"

"가끔 도박에 너무 깊이 빠지면 사실상 최면에 걸려. 술을 계속 마시면서도 황홀경에 빠진 나머지 화장실에 가고 싶다는 본능조차 무시하게 되지. 그러다 빙고! 방광에 경련이 일어나는 거야. 정말 상태가 심각한 경우에는 요로가 막히기도 해. 그럴 때는 화장실에 가봤자 소변이 안 나와. 병원에 가서 카테터를 꽂아야 해."

"세상에. 그게 정말이야?"

"그럼."

두 사람은 에스컬레이터에서 내려 인파로 붐비는 쇼핑 아케이드로 들어갔다. 여기 모인 사람들 역시 기념품 가게와 미술관, 보석상, 옷 가게 등 여러 상점으로 몰려들었지만, 위층 카지노처럼 어깨가 부딪힐 정도는 아니었다. 한자리에 고집스레 서 있지도 않았다.

티나가 말했다.

"우리 둘이서 이야기할 수 있을 만한 곳은 안 보이네."

"아이스크림 가게에 가서 피스타치오 콘을 두 개 사자. 어때? 당신 항상 피스타치오 좋아했잖아."

"난 아이스크림 먹고 싶지 않아, 마이클."

그녀는 너무 화가 난 상태로 여기까지 왔는데 이제는 그 추진력을 잃어버렸다. 마이클을 마주 보고 이야기해야 할 목적조차 잃어 버릴까 봐 무서워졌다. 그는 지금 최선을 다해 친절한 모습을 보이고 있었는데, 이건 전혀 마이클답지 않은 행동이었다. 적어도 티나가 지난 2년간 봐온 마이클과는 달랐다. 물론 결혼 생활 초반에는 재미있고 매력적이고 천하태평인 남자였다. 그의 그런 모습을 본 것도 참 오래전 일이었다.

그녀는 다시 말했다.

"아이스크림 안 먹는다니까. 이야기 좀 해."

"음, 당신은 안 먹고 싶을지 몰라도 난 먹고 싶어. 가서 하나만 사 올게. 그다음에 밖으로 나가서 주차장에서 걷자. 바깥은 꽤 따뜻하니까."

"휴식 시간이 얼마나 되는데?"

"20분. 하지만 내가 핏 보스랑 친하거든. 제시간에 돌아가지 않으면 핏 보스가 대신 자리를 맡아줄 거야."

아이스크림 가게는 아케이드 끝에 있었다. 거기까지 걷는 동안 마이클은 도박꾼이 흔히 겪는 특이한 질병 이야기로 티나를 즐겁게 해주려 애썼다.

"우리끼리 '잭팟 어택'이라고 부르는 현상을 알려줄게. 지난 수십 년 동안 라스베이거스에 왔다 간 사람들은 고향 친구들한테 다들 자기가 도박으로 돈을 땄다고 해. 말 같지도 않은 거짓말이지. 다들 자기가 크게 딴 척을 하는 것뿐이야. 그런데 정말로 큰돈을 갑자기 딸 때가 있어. 특히 슬롯머신에서 순식간에 그런 일이 일어나. 그러면 그 사람은 너무 놀란 나머지 기절해버려. 카지노에서는 다른 어떤 곳보다 슬롯머신 앞에서 심장마비가 자주 일어나. 대부분 바가 세 개 쭉 늘어서서 큰돈을 딴 사람들이 심장마비에 잘 걸려.

그리고 '베이거스 증후군'이라는 것도 있어. 도박에 너무 열중한 나머지 판이 벌어지는 여기저기를 뛰어다니느라 하루 종일, 가끔은 그 이상 밥 먹는 것도 잊어버리는 거야. 남자만큼 여자에게도 비슷하게 일어나지. 어쨌든 그러다 결국 배가 고파져서 아무것도 안 먹었다는 걸 깨달으면 또 엄청나게 먹어대. 그러면 머리에 있던 피가 위장으로 확 쏠려서 레스토랑 한가운데서 기절하는 거야. 이건 보통 위험하지는 않지만, 기절했을 때 입속에 음식이 있다면 위험해. 질식해서 죽을 수도 있으니까.

이 중에서 내가 제일 좋아하는 증상은 '타임워프 증후군'이야. 사람들은 따분한 데서 살다가 라스베이거스로 놀러 오잖아. 이곳은 어른들의 디즈니랜드나 마찬가지지. 엄청 많은 일이 일어나고, 볼거리와 놀거리가 가득하고, 언제나 흥분이 가득해서 사람들이 평소 생활 리듬에서 벗어날 수밖에 없어. 새벽에야 잠이 들고 오후에 일어나 오늘이 며칠인지도 모르게 돼. 그러다 흥분이 조금 가시면 호텔 체크아웃을 하러 가는데, 그때가 되어서야 자기가 사흘이 아니라 닷새나 머물렀다는 걸 알아차리지. 당연히 어떻게 된 일인지 믿을 수 없어 해. 그래서 호텔이 요금을 부당하게 받는다고 생각하고 데스크 담당 직원과 싸우는 거야. 그러다 누가 달력이랑 오늘 날짜 신문을 보여주면 큰 충격을 받아. 타임워프를 겪고 이틀을 잃어버린 거야. 참 이상하지 않아?"

마이클은 아이스크림을 가져오는 동안 계속 친근하게 굴었다. 이윽고 호텔 후문을 나와 주차장에 들어섰다. 겨울이지만 햇볕이 따스하게 내리쬐어 따뜻했다. 21도쯤 되는 듯했다.

"그래서 하고 싶다는 이야기가 뭐야?"

티나는 어떻게 말을 꺼내야 할지 알 수 없었다. 원래는 그가 대니의 방을 엉망으로 만든 일을 항의하려 했다. 그녀는 강하게 나갈 준비를 했다. 혹시 마이클이 자기가 저지른 게 아니라고 잡아뗀다 해도 부들부들 떨며 은연중에 죄책감을 드러낼지도 모른다. 하지만 그가 이토록 상냥한 태도를 보였으니, 지금 밉살스럽게 그를 비난한다면 자신은 히스테리를 부리는 잔인한 여자로 보일 터였다. 그녀에게 유리한 점이 남아 있다 해도 금방 전세가 역전될 것이다.

마침내 그녀는 입을 열었다.

"집에 이상한 일이 일어났어."

"이상한 일이라고? 무슨 일인데?"

"누가 집에 무단으로 들어온 것 같아."

"들어온 것 같다니, 무슨 소리야?"

"그러니까…… 그런 느낌이 확실히 들어."

"언제?"

칠판에 쓰인 두 마디 말을 떠올리며 그녀는 말했다.

"지난주에 세 번."

그는 걸음을 멈추고 티나를 빤히 바라보았다.

"세 번이라고?"

"그래. 마지막은 어젯밤이었고."

"경찰에서는 뭐래?"

"경찰에 신고 안 했어."

마이클은 얼굴을 찌푸렸다.

"왜 안 했어?"

"일단, 없어진 게 아무것도 없었어."

"누가 집에 세 번이나 들어왔는데 아무것도 훔쳐가지 않았다고?"

지금 아무것도 모르는 척하는 거라면 그는 생각보다 연기를 아주 잘하고 있다. 티나는 전남편이 연기를 아주 잘한다는 걸 확실히 알았다. 오랫동안 그와 함께 살았으니까. 그리고 행복했던 시절과 비참했던 시절을 겪으며 이 남자의 속임수와 이중적인 모습이 얼마나 대단한지도 알아버렸다. 티나는 마이클의 거짓말을 항상 알아챘다. 그런데 지금 그는 거짓말을 하고 있지 않았다. 눈빛이 좀 묘하기는 했다. 속내를 헤아리려는 눈빛이랄까. 하지만 속이려는 기색은 아니었다. 정말로 집에 무슨 일이 일어났는지 모르는 듯했다. 어쩌면 그는 아무 상관이 없을지도 모른다.

하지만 마이클이 대니의 방을 엉망으로 만들지 않았다면, 칠판에 그 말을 쓰지 않았다면, 대체 누가 그랬단 말인가?

"왜 침입까지 하고서 아무것도 가져가지 않았을까?"

마이클이 물었다.

"내 생각으로는 그냥 나를 화나게 하고 겁주려고 한 것 같아."

"누가 당신한테 겁을 주려고 해?"

그는 진심으로 걱정하는 듯했다. 티나는 뭐라 할 말이 없었다.

"당신은 누군가를 적으로 돌리는 사람이 아니잖아. 당신은 절대로 미워할 수 없는 여자라고."

"당신은 나 미워하잖아."

티나가 말했다. 이건 그를 어떻게든 비난하는 말과 다름없었다.

마이클은 놀라서 눈을 끔뻑였다.

"아, 아니야. 아니라고, 티나. 난 당신을 미워한 적이 한 번도 없어. 그저 당신이 변한 모습에 실망했을 뿐이야. 화가 났던 거라고. 화가 나고 마음에 상처를 받았지. 그 점은 인정할게. 내 입장에서 보면 씁쓸한 점이 아주 많았어. 당연하지. 하지만 미워할 정도로 나빴던 건 아니야."

그녀는 한숨을 쉬었다.

마이클은 대니의 방을 엉망으로 만들지 않았다. 이제 그건 확실하다고 생각했다.

"티나?"

"미안해. 이런 일로 당신을 귀찮게 하는 게 아니었는데. 나도 내가 왜 이러는지 모르겠어. 경찰을 바로 불렀어야 했나 봐."

그는 아이스크림을 핥으며 티나를 찬찬히 바라보다가 슬며시 미소를 지었다.

"이해해. 네 쪽에서 먼저 말을 꺼내기는 어려운 일이지. 어떻게 말해야 할지도 모를 거고. 그래서 이런 이야기를 꾸며내서 찾아온 거구나."

"이야기를 꾸미다니?"

"괜찮아."

"마이클, 이건 꾸며낸 이야기가 아니야."

"부끄러워하지 마."

"난 부끄럽지 않아. 대체 내가 왜 부끄러워해?"

"진정해. 괜찮아, 티나."

그는 부드럽게 말했다.

"누군가가 정말로 집에 침입했다고."

"네 심정 다 이해해."

그의 미소가 변했다. 이제는 히죽거리며 웃고 있었다.

"마이클."

"정말로 다 이해한다니까, 티나."

마이클의 목소리는 상대방을 안심시킬 만큼 확고했지만, 어조는 거들먹거리고 있었다.

"나한테 와서 부탁할 때는 변명 같은 거 안 해도 돼, 자기야. 누가 집에 침입했다는 말 같은 거 지어내지 않아도 된다고. 난 다 이해한다니까. 내가 여기 있잖아. 정말이야. 그러니까 계속 말해봐. 어색해하지 말고 그냥 본론을 이야기해. 다 털어놓으라고."

그녀는 당황했다.

"뭘 이야기하라는 거야?"

"우리는 결혼 생활을 방관했잖아. 그래도 처음에는 오랫동안 잘 지냈지. 우리가 진심으로 노력하면 다시 예전으로 돌아갈 수 있어."

그녀는 이제 어안이 벙벙해졌다.

"정말로 그렇게 생각해?"

"요 며칠 생각해봤어. 그리고 조금 전에 당신이 카지노로 들어오는 걸 봤을 때 내 예감이 맞았다는 걸 알았지. 당신을 보는 순간 내가 생각했던 그대로 전부 이루어질 거라는 사실을 알았다고."

"당신 진짜 그렇게 생각하는구나."

"당연하지."

그는 놀란 티나를 보고 기뻐한다고 착각하고 있었다.

"이제 제작자 일도 실컷 해봤으니 다시 얌전한 생활로 돌아올 때도 됐잖아. 그러니까 말이 되더라고, 티나."

'실컷 해봤다고?' 속에서 화가 치밀었다.

그는 여전히 티나를 라스베이거스에서 제작자가 한번 되어보고 싶어 안달 난 변덕스러운 여자로 여기고 있었다. 저 재수 없는 자식! 너무 화가 났지만 아무 말도 하지 않았다. 입을 열자마자 그의 면전에 대고 고함을 지를 것 같아 무서웠다. 이러다 자제심을 잃을 것 같았다.

마이클이 점잔을 빼며 말했다.

"화려한 경력을 쌓는 일만이 인생의 다가 아니야. 가정생활도 못지않게 중요하다고. 가족이 있어야지. 그것도 인생의 일부란 말이야. 어쩌면 그게 제일 중요한 일일지 어떻게 알아."

그는 엄숙하게 고개를 끄덕이며 말을 이었다.

"가족 말인데. 당신이 제작한 공연이 초연 준비에 들어가면서 요며칠 생각해봤는데, 어쩐지 느낌이 왔어. 당신이 마침내 인생에 무언가 더 중요한 게 있단 걸 깨달을 것 같았지. 공연 제작보다 정서적 만족이 훨씬 더 필요하다는 걸 마침내 깨달을 거란 예감이 딱 들더라고."

물론 티나의 야망 때문에 둘의 결혼 생활이 끝나버렸다는 말은 일면 맞았다. 하지만 그녀의 야망이 문제였다 해도 마이클의 유치

한 태도만 했을까. 그는 블랙잭 딜러로 행복하게 살아왔다. 월급과 두둑한 팁만으로도 충분히 만족했고, 몇 년 동안 관성적으로 살아가는 데 안주했다. 하지만 티나는 흘러가는 대로 사는 삶에 만족할 수 없었다. 그녀가 무용수에서 의상 담당자를 거쳐 안무가로, 더 나아가 라운지 리뷰 코디네이터에서 제작자 자리에 오를 때까지 고생하며 일하는 동안, 마이클은 일에 전념하는 티나를 못마땅하게 여겼다.

　그녀는 남편과 대니에게 한 번도 소홀한 적이 없었다. 티나의 삶에서 가족의 중요성이 줄어들었다는 느낌을 절대로 주지 말자고, 남편과 아들이 그렇게 생각하도록 만들지 말자고 그녀는 결심하곤 했다. 대니는 참 잘해주었다. 아이는 엄마를 이해했다. 하지만 마이클은 그러지 못했다. 어쩌면 애초에 그럴 마음이 없었던 건지도 모른다. 마이클은 성공하고 싶어 하는 그녀의 열정을 못마땅해하는 데서 그치지 않았다. 그의 마음은 음울한 감정으로 더욱 복잡해져 갔고, 티나의 일이 조금만 잘되어도 질투에 휩싸였다. 그녀는 남편을 열심히 격려했다. 딜러에서 승진해 플로어맨이 되고 핏 보스까지 올라가서 카지노 경영을 해보라고. 하지만 그는 승진에 관심이 없었다. 마이클은 점차 벌컥 화를 내는 심술궂은 성격으로 변해갔다. 그러다 점점 다른 여자들을 만나기 시작했다. 티나는 남편의 변화에 충격을 받았다. 혼란스러웠고 결국 깊은 슬픔에 잠기고 말았다. 남편을 붙잡을 유일한 방법은 새로 얻은 직업을 버리는 것뿐이었다. 하지만 그럴 수는 없었다.

　이윽고 마이클은 처음부터 티나를 사랑한 적이 한 번도 없었다는 마음을 분명히 드러냈다. 물론 직접 말하지는 않았지만 행동을 보면 대번에 드러났다. 그는 쇼걸과 무용수, 다른 남자들이 탐낼 만한 작고 예쁘장한 것을 무척 좋아했다. 자기 옆에 두고 자부심을 느낄 만한 예쁜 여자를 필요로 했다. 티나는 무용수로 머물면서 자기 삶을 남편에게 헌신하는 한, 옆에 끼고 탐낼 만한 여자로 남아 있는 한에서만 마이클의 인정을 받을 수 있었다. 하지만 티나가 트로피 아내의 자리에서 벗어나 더 큰 무언가를 원하게 된 순간 마이클은 반기를 들었다.

그 사실을 알고 심한 상처를 받은 그녀는 마침내 남편이 바라던 자유를 주었다.

그런데 마이클이 이제 와서 티나가 자신에게 굽히고 돌아갈 거라고 진심으로 여긴 것이다. 그게 그가 블랙잭 테이블에서 이쪽을 보고 미소를 지은 이유였다. 그래서 그토록 매력적으로 굴었던 거였다. 마이클의 자부심이 어찌나 큰지 새삼 놀랄 지경이었다.

햇빛을 받으며 그녀 앞에 선 마이클의 하얀 셔츠가 은은하게 빛났다. 주차장 차들에 반사된 빛이 셔츠 위로 어른거렸다. 그는 티나에게 호의를 베풀었다. 자기만족에 가득 찬 그의 우월한 미소를 보고 있자니 따스한 날씨에도 불구하고 갑자기 겨울처럼 느껴졌다. 한기가 돌았다.

아주 오래전에는 참 사랑했던 남자였는데. 지금은 왜, 어째서 이런 놈을 사랑했는지 도무지 이해가 가지 않았다.

"마이클, 혹시 몰라 말해두는데, 「매직!」은 대박이 났어. 그것도 엄청 크게. 어마어마한 대박이라고."

"그래. 나도 알아, 자기야. 그래서 참 행복해. 당신과 나를 생각하면 기분이 좋아. 이제 당신은 원하는 대로 할 수 있다는 걸 증명했으니 쉴 때가 됐어."

"마이클, 나는 제작자 일을 그만둘 마음이 없어. 절대로."

"아, 나도 당신이 포기할 거란 생각은 안 했어."

그는 너그럽게 말했다.

"안 했다고?"

"안 했다니까. 왜 그러겠어. 뭔가 재미있게 이것저것 해보는 게 당신한테 좋지. 이제 그걸 알아. 확실하게 깨달았다고. 하지만 「매직!」이 성공적으로 상연되면 할 일이 많지는 않잖아. 예전처럼 열심히 일할 필요도 없고."

"마이클."

그녀는 앞으로의 계획을 말해줄 생각이었다. 내년에 쇼를 하나 더 올릴 생각이라고, 한 공연이 끝나기를 기다리면서 아무것도 안 할 생각은 없다고, 이제는 뉴욕이나 브로드웨이같이 먼 곳으로 공연하러 갈 생각도 있다고. 버스비 버클리 스타일의 뮤지컬 같은 고전적인 작품도 찬사를 받을 거라 예상한다고 말이다.

그러나 마이클은 자기만의 환상에 심하게 빠진 나머지 티나는 그 환상의 일부가 되고 싶은 마음이 전혀 없다는 걸 알아차리지 못했다. 그는 티나가 마이클, 하고 이름을 부르자마자 다시 말을 가로챘다.

"우리는 할 수 있어, 티나. 예전에 참 좋았잖아. 그러니 다시 좋아질 수 있어. 우린 아직 젊어. 다시 가족을 꾸릴 시간이 있다고. 아들

둘 딸 둘 낳으면 어떨까. 난 항상 그러고 싶었어."

그가 말을 멈추고 아이스크림을 핥았다. 티나가 말했다.

"마이클, 그렇게는 안 돼."

"음, 그럴 수도 있겠지. 요즘은 아이를 많이 낳는 게 좋은 건 아니니까. 경기도 안 좋고, 세계적인 문제도 많아. 하지만 그래도 둘 정도는 그럭저럭 돌볼 수 있지 않을까. 운이 좋으면 아들 하나 딸 하나 낳을지 누가 알아. 물론 한 1년은 기다려야 하겠지. 「매직!」 같은 쇼는 초연 뒤에도 할 일이 많을 테니까. 그러니 공연이 순조롭게 진행될 때까지 기다리자. 당신이 시간을 많이 뺏기지 않을 때까지 말이야. 그때 우리가—"

"마이클! 그만해!"

그녀는 거칠게 말했다. 마이클은 뺨이라도 맞은 사람처럼 움찔 놀랐다.

"난 요즘 허무하지 않아. 다시 집에만 박혀 있는 삶으로 돌아갈 마음은 없어. 당신은 우리가 이혼했을 때나 지금이나 변함없이 나를 전혀 이해 못 하고 있어."

놀란 표정이었던 마이클의 얼굴이 천천히 일그러졌다.

"누가 집에 침입했다는 이야기는 지어낸 거 아니야. 내가 연약한 여자라 힘세고 믿음직한 당신한테 남자 노릇 해달라고 찾아온 게 아니라고. 누가 정말로 집에 들어왔어. 내가 여기 온 건 그러니까…… 내가 생각하기에…… 아냐. 이젠 됐어."

그녀는 돌아섰다. 그리고 몇 분 전에 빠져나왔던 호텔 후문 쪽으로 걷기 시작했다.

"잠깐만! 티나! 기다려!"

마이클이 말했다.

티나는 돌아서서 경멸과 슬픔이 어린 눈빛으로 그를 바라보았다. 그가 급히 말을 쏟아냈다.

"미안해. 다 내 잘못이야, 티나. 내가 일을 망쳤어. 이런, 내가 너무 바보처럼 지껄이기만 했네. 그렇지? 당신이 알아서 말하게 두지 못했어. 당신이 알아서 차근차근 말할 때까지 기다렸어야 했는데. 내가 잘못했어. 그냥, 내가 너무 흥분해서 그래, 티나. 그뿐이야. 그냥 난 닥치고 있고 당신이 말하게 둘걸. 미안해, 자기야."

그의 얼굴에 애교 있는 소년 같은 미소가 다시 감돌았다.

"나한테 화내지 마, 알았지? 우리 둘 다 원하는 게 같잖아. 가정생활 말이야. 좋은 가족이 되는 거. 이 기회를 날려버리지 말자."

티나는 그를 노려보았다.

"그래, 당신 말이 맞아. 나는 가정을 원해. 만족스러운 가족을 갖고 싶어. 그건 맞아. 하지만 나머지는 다 틀렸어. 나는 그저 부업으로 재미있게 이것저것 해보려고 제작자가 된 게 아니야. 이것저것 해본다니! 마이클, 무슨 바보 같은 소리야? 그저 재미있게 해보자는 마음으로 일하면서 「매직!」 같은 쇼를 순조롭게 띄울 수 있는 사람은 아무도 없어. 어떻게 그런 말을 할 수 있어? 이건 그저 재미있는 일을 실컷 해보는 수준이 아니라고. 몸과 마음이 무척 고단한 일이었어. 힘들었지만 그래도 순간순간 정말 좋았어! 신이 허락해준다면 나는 이런 작품을 또 만들 거야. 만들고 또 만들 거라고. 나중에는 「매직!」 같은 건 장난이라고 여겨질 만한 대단한 작품을 만들

거야. 언젠가는 다시 엄마가 될 수도 있겠지. 그때는 정말 끝내주게 좋은 엄마가 될 거야. 나에겐 좋은 엄마이자 좋은 제작자 이 두 가지를 모두 잘해낼 지능과 재능이 있어. 난 당신 옆에서 예쁘장한 가정주부로 머물지만은 않을 거야."

마이클은 화가 나려 했다.

"잠깐만, 기다려봐. 기다리라니까. 당신 진짜—"

하지만 티나는 말을 끊어버렸다. 오랫동안 그녀는 상처와 쓰라림을 가득 안고 살았다. 하지만 그 어두운 분노를 단 한 번도 분출한 적 없었다. 처음에는 대니에게 숨기고 싶었다. 아들이 아빠를 등지게 하고 싶지 않았다. 나중에 대니가 죽고 나서도 티나는 자기 감정을 억눌렀다. 마이클 역시 아들을 잃은 슬픔에 몹시 괴로워한다는 걸 알았으니까. 그러지 않아도 고통스러워하는 그에게 상처를 더하고 싶지 않았다. 하지만 이제는 자신을 그토록 오랫동안 좀먹어온 이 독한 마음을 조금이라도 풀고 싶었다. 티나는 그의 말을 중간에서 잘랐다.

"내가 당신한테 굽히고 돌아갈 거라고 생각하다니, 틀렸어. 내가 뭐 하러? 내가 달리 갈 곳이 없다고 한들 당신한테 돌아가야 할 이유가 뭔데? 당신은 애초에 받기만 하는 사람이잖아. 두 배는 되돌려 받을 수 있을 때만 줬지. 당신은 기본적으로 남에게 베풀 줄 모르는 사람이야. 당신이 가족의 위대한 사랑이 어쩌고 감언이설을 더 해대기 전에 확실히 해둘게. 우리 가정을 파탄 낸 건 *내가* 아니야. 여기저기 바람피우고 다닌 건 내가 아니었다고."

"자, 잠깐만……."

"치마만 두르면 좋다고 바람피운 건 당신이야. 내 마음을 아프게 하려고 싸구려 같은 치졸한 불륜을 저지른 건 당신이라고. 밤마다 외박을 한 건 *당신이란* 말이야. 여자 친구 바꿔가며 주말마다 놀러 다닌 건 당신이었어. 그렇게 이 여자 저 여자랑 주말에 자고 다닐 때마다 난 정말 가슴이 미어졌어, 마이클. 가슴이 미어졌다고. 그게 당신이 바라는 거였지. 당신은 아무렇지도 않았어. 하지만 아빠가 없는 게 대니에게 어떤 영향을 미쳤을지 한 번이라도 생각해본 적 있어? 가정을 그토록 중요하게 생각하면서 어째서 주말에 아들과 시간 한번 보내지 않은 거야?"

마이클은 얼굴이 시뻘게졌다. 눈빛에는 낯익은 비열함이 서렸다.

"그래, 내가 받기만 하는 인간이라 이거지? 그럼 당신이 지금 사는 집은 누가 장만했어? 어? 우리가 갈라섰을 때 아파트로 이사 가야 했던 게 누구냐고! 그 집을 차지한 건 누구냔 말이야!"

마이클은 필사적으로 티나의 말을 막고 논점을 바꾸려 했다. 하지만 그가 지금 뭘 하려는지 알아챈 티나는 원래 의도에서 벗어날 마음이 전혀 없었다.

"한심한 소리 마, 마이클. 당신도 잘 알잖아? 집 대출금은 내가 번 돈에서 나갔어. 당신은 항상 빠른 차랑 좋은 옷을 사는 데 돈을 다 썼잖아. 대출금은 전부 내가 냈다고. 그리고 난 위자료도 요구한 적 없어. 어쨌든 이건 요점에서 빗나간 이야기야. 우리는 가족과 대니에 대해 말하고 있으니까."

"내 말 좀 들어봐."

"싫어. 이제 당신이 내 말을 들을 차례야. 시간이 많이 흘렀으니

내 말에도 귀를 기울여봐. 듣는 법을 알기나 하는지 모르겠지만. 내가 싫었다 해도 대니는 주말마다 데리고 다닐 수 있었잖아. 같이 캠핑을 가거나 이틀 정도 디즈니랜드에 갈 수도 있었고. 콜로라도강에 가서 낚시도 하고. 하지만 당신은 여자들이랑 놀아나면서 나한테 상처를 주느라 정신없었지. 당신이 아직도 매력 넘치고 여자들한테 먹히는 남자라는 걸 증명하려고 말이야. 그 시간을 아들이랑 보낼 수도 있었을 텐데. 대니는 아빠를 그리워했어. 대니와 소중한 시간을 보낼 수 있었는데 당신이 원치 않았어. 대니한테는 남은 시간이 많지도 않았는데 말이야."

마이클은 얼굴이 새하얘져서 부들부들 떨었다. 눈에는 어두운 분노가 서렸다.

"넌 예전이나 지금이나 변함없이 망할 년이야."

티나는 한숨을 쉬었다. 몸에서 힘이 빠졌다. 이젠 지쳐버렸다. 할 말을 모두 하고 나니 어쩐지 홀가분했다. 마치 사악하고 신경질적인 에너지가 몸에서 싹 빠져나간 기분이었다.

"여전히 남자 자존심 따위는 생각지도 않는 년이야."

"난 당신이랑 싸우고 싶지 않아, 마이클. 대니 이야기 때문에 마음 아팠다면 미안해. 하지만 다 알고 있듯 당신은 이런 말을 들어도 싸. 당신 마음을 아프게 하고 싶지는 않아. 정말이야. 참 이상하지. 이젠 당신을 미워하지도 않아. 아무런 감정도 없어. 전혀."

티나는 녹아내린 아이스크림이 손에 잔뜩 묻은 마이클을 햇살 아래 세워둔 채 돌아섰다.

다시 쇼핑 아케이드를 지나 에스컬레이터를 타고 카지노로 올라갔다. 시끄러운 인파를 헤치고 현관으로 갔다. 발레파킹 요원이 차를 가지고 왔다. 그녀는 호텔의 가파른 진출로를 따라 출구로 차를 몰았다.

목적지는 골든 피라미드 호텔이었다. 그녀의 사무실이 있고, 그녀가 할 일이 기다리고 있는 곳.

하지만 겨우 한 블록을 운전하고 차를 도로변에 세우고 말았다. 뜨거운 눈물이 얼굴에 온통 흘러내려 어디로 가는지 앞이 보이지 않았다. 티나는 차를 주차하고 큰 소리로 흐느꼈다.

처음에는 왜 우는 건지 알 수가 없었다. 그저 온몸을 휩쓰는 격렬한 슬픔에 몸을 내맡기고 이유를 묻지 않았다.

잠시 후 이건 대니를 위해서 우는 거라고 생각하기로 했다. 불쌍한 내 아들, 사랑스러운 대니. 제대로 살아보지도 못했는데. 이럴 수는 없어. 그다음에는 자기 자신, 그리고 마이클 때문에 울었다. 또 이제껏 있었던 일 때문에, 앞으로 결코 다시는 일어나지 않을 일 때문에도 울었다.

몇 분 그렇게 울고 나자 진정이 되었다. 그녀는 눈물을 닦고 코를 풀었다.

우울하게 지내는 건 그만두자. 이제껏 살면서 충분히 우울했다. 너무나 오래 그리고 지독하게 우울했다.

그녀는 큰 소리로 말했다.

"긍정적으로 생각하자. 어쩌면 과거는 그리 대단치 않았지만 미래는 엄청 좋을 수도 있어."

그녀는 자기 얼굴을 룸미러에 비춰보았다. 생각보다는 괜찮았다.

눈이 빨개졌지만 드라큘라처럼 보이지는 않았다. 핸드백을 열고 화장품을 꺼내 최대한 눈물 자국을 지웠다.

그녀는 다시 시동을 걸고 골든 피라미드 호텔로 차를 몰았다.

한 블록 더 운전하다 신호등 빨간불에 멈춰 섰다. 그제야 아직도 궁금증이 풀리지 않았다는 걸 깨달았다. 마이클이 대니 방에 아무 짓도 하지 않은 건 확실했다. 그렇다면 *대체* 누가 그랬을까? 집 열쇠를 가진 사람은 그 말고는 아무도 없다. 기술 좋은 도둑이라면 흔적 없이 침입할 수 있다. 하지만 그런 일급 도둑이 아무것도 가져가지 않고 자리를 떴다고? 그저 대니의 칠판에다 글씨를 쓰고 죽은 애 물건을 망가뜨리려고 집에 침입했단 말인가?

아무리 봐도 이상하다.

마이클이 이런 더러운 짓을 했다고 의심했을 때는 심란하고 괴롭긴 했어도 무섭지는 않았다. 하지만 알지도 못하는 사람이 그런 짓을 저질러 아이를 잃은 티나를 더 괴롭히려 한다고 생각하니 무척 불안했다. 말이 안 되기에 무서운 것이다. 내가 모르는 사람일까? 그럴 수밖에 없다. 대니가 죽었을 때 그녀를 비난한 건 마이클뿐이었다. 다른 친척이나 지인 중에 그녀에게 간접적이나마 책임이 있다고 말한 사람은 아무도 없었다. 칠판에 조롱 섞인 말을 써놓고 방을 엉망으로 만들어둔 걸 보면 티나가 사고에 책임을 져야 한다고 생각하는 사람의 소행 같았다. 그녀가 모르는 사람일 확률이 컸다. 그런데 어째서 그 사람은 대니가 죽은 걸 두고 그토록 격렬한 감정을 표출하는 걸까?

신호가 바뀌었다.

뒤에서 경적이 울렸다.

교차로를 가로질러 골든 피라미드 호텔로 이어지는 진입로로 차를 몰면서, 티나는 누군가가 자기를 해치려고 감시한다는 섬뜩한 느낌을 떨칠 수가 없었다. 혹시 미행을 당하는 건 아닐까 싶어 백미러를 보았다. 하지만 아무리 봐도 미행하는 사람은 없었다.

12

골든 피라미드 호텔 3층은 경영진과 사무직원이 쓰는 공간이다. 화려하지도 않고 라스베이거스의 매력도 찾아볼 수 없다. 이곳에는 그런 게 없다. 관광객들이 도박을 즐기는 저 위쪽 환상의 벽을 받쳐 주는 기계들이 들어선 곳이 바로 3층이었다. 흰색 도료를 칠한 송판으로 마감된 티나의 사무실은 최신식 인테리어로 꾸민 널찍하고 편안한 공간이었다. 한쪽 벽에는 두꺼운 커튼을 쳐서 이글거리는 사막 지역의 태양 빛을 차단했다. 커튼 뒤 창문으로는 라스베이거스 스트립이 한눈에 내려다보였다.

밤이 되면 전설적인 스트립은 눈부시게 빛났다. 빨강, 파랑, 초록, 노랑, 보라, 분홍, 새파란 하늘빛까지, 인간이 인식할 수 있는 온갖 색상이 어우러진 빛이 강물처럼 흘렀다. 형광등과 네온사인, 광섬유와 레이저가 번쩍이며 물결쳤다. 수십 미터 높이의 간판들, 정확히 말하면 150여 미터 길이의 간판들이 거리에서, 5층, 10층 높이에서 반짝이고 깜빡였다. 빛나는 가스로 가득 차 밝게 빛나는 유리관들이 깜빡거리며 소용돌이쳤고, 수십만 개의 전구들이 호텔 이름을 내보이며 빛으로 온갖 형상을 만들었다. 컴퓨터로 조종하는 온갖 디자인이 나타났다 사라졌다. 소란스럽다 못해 미쳤다 싶은 에너지 낭비였지만 한편으로는 묘하게 아름다웠다.

하지만 낮에는 무자비한 햇빛이 스트립에 가차 없이 내리쬐었다. 이렇게 햇빛을 심하게 받는 지역에서는 거대하고 정교한 건축물이 좋게만 느껴지지 않았다. 수십억 달러짜리 건축물을 모아놓은 스트립이라 해도 가끔은 지저분해 보일 때가 있었다.

정말 안타깝게도 티나는 전설적인 대로의 경치에 별 관심이 없었다. 그걸 감상할 일도 많지 않았다. 밤에 사무실에 올라가는 일이 거의 없다 보니 좀처럼 커튼을 걷지 않았기 때문이다. 오늘 오후도 평소와 다름없이 커튼이 쳐져 있었다. 사무실은 어두웠다. 티나는 자신의 책상에만 부드러운 조명을 켜두었다.

티나가 「매직!」 세트 일부에 들어간 목공 작업 최종 청구서를 두고 곰곰이 생각에 잠겨 있는데, 그녀의 비서 앤절라가 들어왔다.

"제가 퇴근하기 전에 할 일이 또 있을까요?"

티나는 손목시계를 슬쩍 들여다보았다.

"아직 4시 되기 15분 전인데요."

"맞아요. 하지만 오늘은 4시에 퇴근하거든요. 새해 전날이잖아요."

"아, 그러네요. 휴일을 완전히 잊었어요."

"혹시 시키실 일이 있으면 이따 퇴근해도 돼요."

"아니, 아니에요. 다른 사람들이랑 같이 4시에 퇴근하세요."

"그래도 혹시 더 필요하신 거 없으세요?"

앤절라의 물음에 티나는 의자에 등을 기대고 말했다.

"사실 있긴 해요. 우리 정기 고객인 고위공무원과 거물급 도박사 중에서 「매직!」 VIP 시사회에 오지 않은 분들이 많거든요. 컴퓨터에서 그 고객들 이름 좀 찾아봐줄 수 있을까요? 기혼 고객은 결혼기념일도요."

앤절라가 말했다.

"할 수 있어요. 그걸로 뭐 하시려고요?"

"기혼 고객에게 특별 초대장을 발송하려고요. 사흘 동안 휴가를 내고 여기에 와서 결혼기념일을 보내라고 요청하는 거죠. '여러분의 결혼기념일을 「매직!」이 펼치는 마법 세상에서 특별하게 보내세요!' 같은 광고를 낼까 해요. 그리고 아주 로맨틱한 밤을 만들어주는 거예요. 쇼에서 샴페인도 대접하고. 굉장한 프로모션이 될 거예요. 그렇죠?"

티나는 두 손을 들고 강조하듯 말했다.

"골든 피라미드 호텔에서 사랑하는 커플을 위한 「매직!」이 펼쳐집니다!"

앤절라가 답했다.

"호텔이 행복해지겠네요. 언론의 호평도 많이 받을 거고요."

"카지노 경영진도 좋아할 거예요. 큰손 고객들이 분명히 더 많이 놀러올 테니까요. 보통 도박사들은 라스베이거스 여행을 취소하고 다른 곳으로 여행을 가지는 않거든요. 결혼기념일에 한 번 더 여행을 올 거고, 그러면 쇼가 더욱 회자될 테니 나한테도 좋고요."

"좋은 생각이네요. 제가 목록을 뽑아올게요."

티나는 다시 목공 작업 청구서를 검토했다. 앤절라는 4시 5분에 30쪽가량 되는 자료를 갖고 왔다.

"고마워요."

"별말씀을요."

"그런데 지금 추워요? 몸을 떨고 있네요."

앤절라가 몸을 감싸 안으며 답했다.

"네. 에어컨에 문제가 있나 봐요. 요 몇 분간 제가 있는 쪽 사무실이 추워졌어요."

"여기는 따뜻한데요."

"저만 추운가 봐요. 아니면 몸에 이상이 있는지도 모르고요. 아니었으면 좋겠는데. 오늘 밤 아주 멋진 일정이 있거든요."

"파티에 가요?"

"네. 랜초 서클에서 커다란 파티가 있어요."

"거기 아주 부자들만 사는 곳 아니에요?"

"제 남자 친구의 사장이 거기 살거든요. 어쨌든…… 새해 복 많이 받으세요, 티나."

"새해 복 많이 받아요."

"그럼 월요일에 봬요."

"응? 아, 그렇죠. 맞아요. 연휴가 나흘이었죠. 어휴, 내가 술이 덜 깼나 봐요. 나처럼 술을 너무 많이 마시지는 마요."

그 말에 앤절라는 씩 웃었다.

"저도 최소한 하루 정도는 술이 안 깰 것 같아요."

티나는 목공 작업 청구서 확인을 마치고 지불 금액을 승인했다.

이제 3층에 혼자 남은 티나는 노르스름한 스탠드 빛이 동그랗게 쏟아지는 책상에 앉아 어두운 그늘에서 하품을 했다. 이제 5시까지 한 시간 정도 일을 더 하다가 집에 가야지. 엘리엇과 데이트할 준비를 하려면 두 시간 정도 필요할 것이다.

그를 떠올리며 미소 지은 다음, 앤절라가 일을 얼른 끝내려고 안달하며 뽑아준 서류 뭉치를 집어 들었다.

골든 피라미드 호텔은 고객에 대한 정보를 어마어마하게 많이 보유하고 있었다. 만약 이 고객들이 매년 얼마나 돈을 많이 버는지 알고 싶다면 컴퓨터만 두드려보면 됐다. 좋아하는 술의 종류, 아내가 가장 좋아하는 꽃과 향수, 소유하고 있는 자동차, 자녀들 이름과 나이, 앓고 있는 질환이나 신체 상태, 제일 좋아하는 음식과 색깔, 음악 취향과 정치적 성향 등 중요한 것부터 사소한 것까지 오만 가지를 알 수 있었다. 이들은 호텔이 접대하기를 바라 마지않는 고객이었다. 이들에 대해 많이 알면 알수록 더욱 좋은 서비스를 할 수 있었다. 골든 피라미드 호텔은 고객을 행복하게 해주려는 의도로 이런 자료를 수집했다지만, 호텔이 고객 개인정보 일체를 이토록 지나치게 많이 보유하고 있다는 걸 알면 당사자가 과연 얼마나 기뻐할지 티나는 문득 궁금해졌다.

그녀는 「매직!」 시사회에 참석하지 않은 VIP 고객 명단을 훑어보았다. 그리고 빨간 펜으로 결혼기념일이 적혀 있는 고객들 이름에 동그라미를 치며, 어느 정도로 프로모션을 제안해야 할지 가늠해보려고 했다. 그런데 겨우 고객 스물두 명의 이름을 확인했을 때 목록 사이에 찍힌 놀라운 말을 보고야 말았다.

가슴이 죄어들었다. 숨을 쉴 수가 없었다.

티나는 프린트된 글자를 노려보았다. 온몸에 두려움이 차올랐다. 어둡고 차갑고 끈적끈적한 두려움이었다.

도박사들 이름 사이로 찍혀 나온 다섯 줄은 비서에게 요청한 것과 전혀 상관없는 내용이었다.

죽지 않았어

죽지 않았어

죽지 않았어

죽지 않았어

죽지 않았어

손이 떨려서 잡고 있는 종이가 바스락댔다.

처음엔 대니의 방이더니 이제는 여기까지. 대체 누가 이런 짓을 하는 걸까?

앤절라일까?

아냐, 말도 안 돼.

앤절라는 착한 사람이었다. 이런 악랄한 짓을 할 리가 없다. 앤절라는 서류를 훑어볼 시간도 없어서 이런 말이 출력된 것도 못 보았을 것이다.

게다가 앤절라는 티나 집에 침입할 수도 없다. 그녀는 어딜 보아도 일급 도둑이 아니었다.

티나는 재빨리 종이를 넘겨보았다. 역겨운 장난질이 또 있나 찾아보려는 마음이었다. 스물여섯 명의 이름 다음에 글자가 또 나타났다.

대니는 살아 있어
대니는 살아 있어
도와줘
도와줘
날 도와줘

심장에서 피 대신 얼음이 솟구치는 것만 같았다. 온몸에서 뾰족한 고드름이 발산되는 듯했다.

티나는 문득 이곳에 자신밖에 없다는 걸 알아차렸다. 아마도 3층 전체에 티나밖에 없을 것이다.

악몽 속에 나타났던 남자가 떠올랐다. 얼굴에 구더기를 덕지덕지 달고 있던 검은 옷을 입은 남자. 갑자기 사무실 한구석이 조금 전보다 아득하고 어두워 보였다.

그녀는 다시 명단을 훑어보았다. 마흔 개의 이름 다음에 프린트된 글자가 보였다.

나 무서워

나 무서워

날 꺼내줘

날 여기서 꺼내줘

제발…… 제발

도와줘도와줘도와줘도와줘

이상한 글자는 그게 마지막이었다. 나머지 명단에는 그런 말이 없었다.

티나는 출력물을 바닥에 던지고 사무실 바깥으로 나갔다.

앤절라는 불을 꺼두고 퇴근했다. 티나가 다시 불을 켰다.

티나는 앤절라의 책상으로 가서 의자에 앉아 컴퓨터를 켰다. 화면에 부드러운 푸른 불빛이 들어왔다.

책상 가운데 잠긴 서랍에는 암호가 적힌 책이 있었다. 그 암호를 입력하면 개인용 컴퓨터뿐만 아니라 중앙 시스템에만 저장되어 있는 민감한 정보에 접근할 수 있었다. 책을 이리저리 살펴본 티나는 호텔의 최고 고객 명단을 불러올 수 있는 암호를 찾아냈다. 숫자는 1001012였다. 그 암호를 넣으면 '무료'라고 이름 붙은 정보가 나왔다. 이건 '무료 제공 고객'이란 뜻으로, '돈을 많이 잃는 사람'을 완곡하게 표현한 말이다. 정기적으로 적잖은 돈을 카지노에 쓰고 가기 때문에 이들에게는 객실 요금이나 레스토랑 식대를 청구하지 않는다.

티나는 개인 접속번호 EO13331555를 다시 입력했다. 호텔 파일에 있는 자료 중 대다수는 큰손 도박사들에 대한 극비 정보였고,

골든 피라미드 호텔의 단골 목록은 경쟁자들에게 어마어마한 가치가 있기 때문에 오직 승인받은 사람만 자료를 볼 수 있었다. 이 자료에 접속한 사람들의 기록도 다 남았다. 잠시 주춤하던 컴퓨터는 티나의 이름을 물었다. 그녀가 이름을 넣자 컴퓨터는 번호와 이름을 확인하고 다음과 같은 말을 띄웠다.

확인 완료

그녀는 무료 고객 명단을 볼 수 있는 암호를 입력했다. 컴퓨터는 곧바로 응답했다.

처리 중

손가락이 축축해졌다. 땀을 바지에 닦은 그녀는 재빨리 다음 알아내야 할 사항을 컴퓨터에 입력했다. 앤절라가 조금 전에 요청했던 것과 같은 정보였다. 「매직!」 시사회에 참석하지 않은 VIP 고객들의 이름과 주소, 기혼자들의 결혼기념일 정보였다. 명단이 나타나기 시작하며 화면이 쭉 올라갔다. 동시에 레이저 프린터가 덜컥이며 출력을 시작했다.

티나는 출력물이 나오자마자 한 장씩 얼른 잡아챘다. 레이저 프린터에서 스무 명, 마흔 명, 예순 명, 일흔 명의 명단이 조용히 출력되는 동안 처음 뽑은 출력물에 있던 대니에 관한 말은 없었다. 티나는 100명의 명단이 나올 때까지 기다렸다가 결론을 내렸다. 시스템에서 대니에 대한 내용은 한 번만 나오도록 설정되어 있었다고. 오후에 티나의 사무실에서 처음으로 데이터를 요청했을 때만 나오고, 다음번 요청에는 나오지 않도록 누가 손을 봤다고 말이다.

그녀는 데이터 요청을 취소하고 파일을 닫았다. 프린터가 곧 멈추었다.

두어 시간 전만 해도 배후에서 그녀를 괴롭히는 사람은 그녀가 모르는 사람일 거라 생각했다. 하지만 정말로 그렇다면, 집과 호텔 컴퓨터 둘 다에 이토록 쉽게 접근할 수 있었을까? 결국 그녀가 아는 사람이 이런 짓을 벌였단 말인가?

그렇다면 누가?

그리고 *왜?*

대체 누가 자신을 이토록 미워한단 말인가?

공포는 똬리를 푼 뱀처럼 그녀 안에서 몸을 이리저리 꼬며 스르륵 기어갔다. 몸이 부르르 떨렸다.

그러다 문득 깨달았다. 몸이 떨리는 건 공포심 때문만이 아니라는 것을. 실내 공기가 정말로 차가웠다.

아까 앤절라가 했던 불평이 떠올랐다. 그때는 별것 아니라 생각했다.

하지만 티나가 컴퓨터를 쓰러 들어왔을 때만 해도 공기는 따뜻했다. 이렇게 짧은 시간 안에 기온이 뚝 떨어질 수 있는 건가? 에어컨 소리가 들리나 귀 기울여 보아도, 벽에 난 송풍구에서는 아무 소리도 들리지 않았다. 그럼에도 방은 불과 몇 분 전에 비해 훨씬 추웠다.

갑자기 날카롭고 커다란 기계음이 들려왔다. 티나는 깜짝 놀랐다. 요청하지도 않았는데 컴퓨터가 불쑥 추가 정보를 산출하기 시작했다. 그녀는 프린터를 슬쩍 바라보았다. 곧이어 화면 위로 글자들이 깜빡였다.

죽지 않았어 죽지 않았어
죽지 않았어 죽지 않았어
땅속에 묻히지 않았어
죽지 않았어
날 여기서 꺼내줘
날 꺼내줘 꺼내줘 꺼내줘

깜빡거리던 글자들이 이내 화면에서 사라졌다. 프린터도 조용해졌다.

방은 시시각각 점점 더 추워졌다.

아니면 모든 것이 다 기분 탓일까?

그녀는 자기 혼자만 여기 있는 게 아닌 것 같아 미칠 지경이었다. 검은 옷을 입은 남자. 비록 악몽에서 나타난 존재고 그가 실제로 이곳에 있을 리 만무하지만, 그래도 그가 이 방 안에 있다는 생각을, 가슴이 죄어드는 기분을 떨쳐낼 수 없었다. 검은 옷을 입은 남자. 그 사악하고 시뻘건 눈동자. 누런 이를 드러낸 웃음. 그 남자가 자기 뒤에서 차갑고 축축한 손을 뻗고 있는 것만 같았다. 의자를 획돌려보았지만 방에는 아무도 없었다.

당연하잖아. 그 남자는 악몽 속에 나타났던 괴물일 뿐이야. 얼마나 멍청한 생각인가.

그럼에도 혼자가 아니라는 느낌은 여전했다.

다시 모니터를 보고 싶지 않았지만, 고개를 들었다. 그래야 했다.

그 말들은 여전히 시퍼렇게 존재감을 빛냈다.

그러다 사라졌다.

티나는 온몸을 사로잡는 공포에서 벗어나려고 안간힘을 쓰며 키보드에 손을 갖다댔다. 대니에 대한 내용이 컴퓨터에서 출력되도록 미리 프로그래밍 되어 있었는지, 아니면 호텔 내 다른 사무실에 있는 누군가가 정교하게 연결된 사내 네트워크를 통해 몇 초 전에 데이터를 보낸 것인지 알아낼 작정이었다.

이런 사악한 일을 저지른 자가 지금 이 건물 안에, 어쩌면 3층에 같이 있는 게 분명했다. 설명할 수 없는 초자연적인 감각으로 알 수 있었다. 사무실에서 나가 긴 복도를 걸어 다니며 문을 열어보고, 아무도 없는 조용한 사무실을 들여다보다가 마침내 다른 컴퓨터 앞에 앉아 있는 남자를 찾아내는 광경을 상상해보았다. 남자가 놀란 얼굴로 이쪽을 바라보면 누가 이런 일을 벌였는지 마침내 알 수 있을 것이다.

그런데 그다음에는?

그 남자가 자신을 해칠까? 죽일까?

이건 새롭게 떠오른 생각이었다. 그의 궁극적인 목표가 그저 자신을 괴롭히고 겁주는 게 아니라 그보다 더 심한 짓을 하려는 것이라면 어떡하지.

티나는 주저하며 키보드에 손가락을 얹었다. 계속해야 할지 확신
이 들지 않았다. 아마 알아야 할 답은 얻지 못할 것이다. 다른 컴퓨
터 앞에서 작업하는 사람이 누구든 자신이 여기 있다는 사실만 알
려주게 될 터였다. 그러다 또 하나 깨달았다. 만약 그 남자가 근처
에 있다면, 이미 자신이 사무실에 혼자 있다는 걸 알 것이다. 그러
니 이 정보가 어디에서 왔는지 추적해봤자 손해 볼 것은 없었다. 하
지만 다시금 지시를 입력하려던 순간 키보드가 말을 듣지 않았다.
아무리 해도 자판이 눌리지 않았다.

프린터가 윙윙거렸다.

방 안은 이제 북극만큼 추워졌다.

화면에 글자가 떴다.

나 추워 나 다쳤어

엄마? 내 말 들려?

나 너무 추워

나 심하게 다쳤어

날 여기서 꺼내줘

제발 제발 제발

죽지 않았어 죽지 않았어

이런 말들이 화면에서 빛나다가 사라졌다.

그녀는 키보드를 두드렸지만 자판은 계속 먹통이었다.

여전히 이 공간에 다른 누군가가 있다는 느낌이 들었다. 눈에 보

이지는 않지만 위험한 무언가와 함께 있다는 느낌은 실제로 방이 점점 차가워지면서 더욱 강하게 들었다.

에어컨을 켜지도 않았는데 어떻게 방 온도를 내릴 수 있지? 그게 누구든 이 건물 안의 다른 컴퓨터로 티나의 컴퓨터를 제어할 수 있는 사람이다. 그것까지는 납득했다. 하지만 방 안 온도를 이토록 빨리 내리는 일도 가능하단 말인가?

갑자기 화면이 움직이며 방금 사라졌던 문장 일곱 줄을 도로 띄우기 시작했다. 참을 수 없어진 티나는 컴퓨터를 꺼버렸다. 푸르스름하게 빛나던 화면이 모니터에서 사라졌다.

티나가 자리에서 일어나려 할 때 컴퓨터가 저절로 켜졌다.

나 추워 나 다쳤어
날 여기서 꺼내줘
제발 제발 제발

"어디에서 꺼내달라는 거야? 묘지에서?"
그녀가 물었다.

날 꺼내줘 꺼내줘 꺼내줘

정신을 차려야 했다. 방금 대니에게 말을 걸듯 컴퓨터에게 말했다. 하지만 대니가 이 메시지를 보냈을 리 없다. 제길. *대니는 죽었다고!*

티나는 컴퓨터를 확 꺼버렸다. 그러나 컴퓨터는 다시 켜졌다.

뜨거운 눈물이 차올라 눈앞이 흐려졌다. 티나는 눈물을 억눌렀다. 그녀가 미친 게 틀림없었다. 저 빌어먹을 컴퓨터가 어떻게 저절로 *켜질 수 있단 말인가.*

자리에서 일어선 티나는 엉덩이를 모서리에 부딪혀가며 벽에 걸린 플러그를 뽑으려고 서둘렀다. 그동안 프린터에서는 윙윙대며 꼴보기 싫은 말들이 계속 출력되었다.

날 여기서 꺼내줘
날 꺼내줘 꺼내줘
꺼내줘
꺼내줘

티나는 컴퓨터의 전원 플러그와 통신선이 연결된 벽면 콘센트 쪽으로 몸을 숙였다. 두툼한 케이블과 보통 굵기의 전선을 두 손에 잡자, 선들이 마치 한 쌍의 뱀처럼 손에서 저항하는 듯했다. 그녀는 선들을 홱 잡아당겨 모두 뽑았다.

모니터가 어두워졌다. 그리고 다시 켜지지 않았다.

순간 급격하게 방 안이 따뜻해지기 시작했다.

"아, 감사합니다."

목소리가 떨려 나왔다.

앤절라의 책상에서 일어선 그녀는 후들거리는 다리를 이끌고 의자에 앉고 싶은 마음뿐이었다. 그런데 갑자기 복도 쪽 출입문이 벌컥 열렸다. 그녀는 놀라 비명을 질렀다.

검은 옷을 입은 남자인가?

엘리엇이 문가에 서 있었다. 그녀의 비명에 도리어 놀란 얼굴이었다. 그를 보는 순간 티나는 안심이 되었다.

"티나? 왜 그래요? 괜찮습니까?"

그녀는 엘리엇에게 한 걸음 다가갔다가 문득 깨달았다. 이 남자역시 3층 다른 사무실에서 컴퓨터를 쓰다가 여기로 곧장 왔을지도몰라. 그렇다면 자신을 괴롭혀왔던 사람이 이 남자인가?

"티나? 세상에, 얼굴이 너무 창백해요!"

그가 한 걸음 앞으로 다가왔다. 그녀는 소리쳤다.

"그만! 잠시만요!"

당황한 그가 멈췄다.

티나는 떨리는 목소리로 물었다.

"여기서 뭐 하시는 거예요?"

엘리엇은 어리둥절한 표정이었다.

"업무차 호텔에 있었습니다. 혹시 아직도 당신이 사무실에 있을까 싶어서 한번 들러본 겁니다. 인사하려고요."

"지금까지 다른 컴퓨터를 만지고 계셨나요?"

"네?"

엘리엇은 그녀의 질문에 당황한 기색이 역력했다. 티나는 계속물었다.

"3층에서 뭐 하고 계셨는데요? 누구를 만났어요? 모두 다 퇴근했는데. 여긴 저 혼자뿐이라고요."

아직도 어리둥절한 기색이었지만, 그녀의 질문에 슬슬 인내심이 다한 엘리엇이 대답했다.

"저는 3층에 있지 않았습니다. 아래층 레스토랑에서 찰스와 만나 커피를 마시며 회의했어요. 몇 분 전에 볼일이 끝나서 혹시 당신이 여기 있나 와본 겁니다. 그런데 무슨 일이 있었습니까?"

티나는 그를 뚫어져라 바라보았다.

"티나? 무슨 일이에요?"

그의 얼굴을 샅샅이 훑어보며 거짓말을 하고 있나 살폈지만 당황한 표정은 진짜인 듯했다. 만약 엘리엇이 거짓말을 했다면, 찰리와 커피를 마셨다는 이야기를 지어내지는 않았으리라. 그건 조금만 알아봐도 증명되거나 뒤집어질 수 있는 이야기였으니까. 정말로 알리바이가 필요했다면 더 나은 이야기를 꾸몄을 터였다. 그의 말은 진실이었다.

"미안해요. 전 그저…… 그러니까…… 여기서 이상한…… 일이 일어나서요……."

그가 다가왔다.

"무슨 일이었는데요?"

가까이 다가온 엘리엇은 두 팔을 벌렸다. 그녀를 품에 안고 위로해주는 것이야말로 세상에서 가장 자연스러운 일이라는 듯이. 예전에도 여러 번 그랬던 것처럼. 그녀는 같은 마음으로 친숙함을 느끼며 그의 품에 기댔다. 이제 더는 혼자가 아니야.

13

티나의 사무실 한쪽에는 술을 잘 갖추어놓은 바가 있었다. 그런 경우가 많지는 않지만 사업차 만나는 사람들과 오랫동안 일할 때 그들을 접대하기 위해서였다. 그런데 티나 자신이 마시려고 그 바에 간 건 처음이었다.

엘리엇은 그녀의 요청대로 레미 마르탱을 두 잔 따라서 잔 하나를 그녀에게 건넸다. 티나는 손이 너무 떨려서 술을 제대로 따를 수조차 없었다.

두 사람은 베이지색 소파에 앉았다. 램프에서 나오는 불빛보다 그늘이 더 짙은 자리였다. 그녀는 술잔을 제대로 들기 위해 두 손으로 쥐어야 했다.

"어디서부터 말해야 할지 모르겠네요. 대니 이야기부터 해야 할 것 같아요. 대니에 대해 들어본 적 있나요?"

"당신 아들 말인가요?"

"맞아요."

"헬렌이 말해줬습니다. 1년도 더 전에 세상을 떠났다고요."

"어쩌다 그렇게 되었는지도 들었어요?"

"자보스키 캠프 참가자였다고요. 그 사건은 신문 1면에도 났죠."

빌 자보스키는 야생 생존 전문가이자 스카우트 대장이었다. 그는 16년 동안 겨울마다 극기 훈련 참가자들을 이끌고 리노강을 넘어 시에라네바다산맥에서 7일간 야생 생존 탐험을 했다.

티나는 말했다.

"그건 인격 수양 캠프였어요. 남자아이들은 단원으로 선발되려고 1년 내내 열심히 경쟁했죠. 절대 위험할 리 없는 캠프였어요. 빌 자보스키는 이 나라에서 제일 뛰어난 겨울 생존 전문가니까요. 다들 그렇게 말했죠. 그 캠프에 동행한 어른 톰 링컨도 자보스키만큼 뛰어난 인물이라고 했어요. 전 그 사람들을 믿었어요. 그래서 더없이 안전할 거라 생각했고요."

그녀의 목소리가 점점 가늘어지고 그만큼 비통함이 더해졌다.

"그 일로 자책해서는 안 됩니다. 그들은 10여 년 넘게 아이들을 데리고 산에 올라갔어요. 그동안 자그마한 상처라도 입고 온 아이는 한 명도 없었고요."

티나는 코냑을 삼켰다. 목구멍이 뜨거워졌지만 그녀 안에 도사린 추위까지는 녹이지 못했다.

1년 전 자보스키의 극기 훈련에는 열두 살부터 열여덟 살 사이의 소년 열네 명이 참가했다. 모두들 최고의 스카우트 단원이었다. 그런데 자보스키와 링컨을 포함해 모두 다 죽었다.

엘리엇이 물었다.

"정부에서는 왜 그런 사고가 일어났는지 정확히 알아냈습니까?"

"왜 사고가 일어났는지는 몰라요. 앞으로도 결코 조사하지 않겠죠. 정부가 아는 것이라고는 어떻게 죽었는지뿐이에요. 캠프 대원들은 사륜구동 미니버스를 타고 산으로 들어갔어요. 그 버스는 겨울철 시골길을 오가는 용도였죠. 타이어가 커다랗고 체인을 설치한 차였어요. 앞에는 제설용 넉가래도 달려 있었고요. 원래 야생 한가운데로 들어갈 계획은 없었어요. 길에서 벗어난 곳은 가지 않기로 되어 있었죠. 제정신이 박힌 사람이라면 열두 살밖에 안 된 아이들을 데리고 시에라네바다산맥에서 가장 깊은 곳으로 갈 리가 없으니까요. 만반의 준비를 갖추었다 해도, 물자도 많고 다들 훈련을 받았다 해도, 아이들을 돌볼 어른이 제아무리 강하고 수가 많았다 해도 그런 데는 가지 말았어야 했어요."

상황이 괜찮다면 자보스키는 미니버스를 몰고 고속도로에서 벗어나 옛 벌목꾼들이 다니던 길로 들어설 생각이었다. 거기서부터 사흘간 스노슈즈를 신고 배낭을 메고 하이킹을 한 뒤, 버스를 세워둔 곳을 중심으로 커다랗게 원을 그리며 이동하면서 캠핑을 하다 주말에 되돌아오는 일정이었다.

"아이들에게는 제일 좋은 방한복과 최고급 거위털 침낭이 있었어요. 겨울용 텐트도 제일 좋은 걸로 가져갔죠. 숯과 열원도 많았고, 음식도 많았어요. 야생 전문가도 두 명이나 있었고요. 그러니 아주 안전할 거라고들 말했어요. 절대로 위험하지 않을 거라고. 그런데 대체 뭐가 잘못되었던 걸까요?"

티나는 가만히 앉아 있을 수가 없었다. 일어서서 코냑을 한 모금 더 마신 그녀는 방 안 여기저기를 걷기 시작했다.

엘리엇은 아무 말도 하지 않았다. 어쩐지 그녀가 이 말을 전부 꺼내놓고 마음속에서 지워버려야 한다는 걸 아는 듯 보였다.

"분명히 뭔가가 잘못되었던 거예요. 이유는 몰라도 버스는 고속도로를 벗어나 무려 6킬로미터를 넘게 달렸어요. 6킬로미터 넘도록 그놈의 산을 올라갔어요. 구름이 드리워진 곳까지요. 비탈지고 아무도 가지 않는 벌목용 길이었어요. 황량한 흙길은 너무 위험했어요. 눈으로 뒤덮여서 꽝꽝 언 길이었어요. 보통 사람이라면 절대로 가지 않았을 길이고, 바보 같은 사람이 가겠다고 고집을 부려도 걸어서 가지 차를 타고 가지는 않을 곳이었어요."

버스는 길에서 벗어났다. 가드레일도 없고, 길옆으로 완만하게 경사진 둔덕 같은 것도 없었다. 버스는 미끄러졌고, 결국 수십 미터 아래로 추락해 바위에 부딪혔다. 연료 탱크가 폭발했다. 버스는 깡통처럼 터진 채로 수십 미터를 다시 굴러 나무 사이로 들어갔다.

"아이들이…… 모두…… 죽었어요."

티나는 자기 목소리에 서린 비통함을 깨닫고 너무나 실망하고 말았다. 거의 회복하지 못했다는 게 전부 드러나버렸다.

"왜 그랬을까요? 왜 자보스키 같은 사람이 그런 어리석은 짓을 저질렀을까요?"

여전히 소파에 앉아 있던 엘리엇은 고개를 저으며 코냑을 내려다보기만 했다.

그녀는 대답을 기대하지 않았다. 정말로 궁금해서 물은 것도 아니었다. 누군가에게 묻는다면 신에게나 물어야 할 것이다.

"왜였을까요? 자보스키는 최고의 전문가였어요. 최고 중 최고였어요. 아주 능숙한 사람이라 16년 동안이나 어린 소년들을 시에라네바다산맥으로 안전하게 데리고 갔다 올 수 있었어요. 그건 다른 겨울 생존 전문가들은 손도 못 대는 대단한 일이었어요. 자보스키는 똑똑하고 강하고 영리하고, 자신이 겪은 위험도 잘 알고 자연을 존중하는 사람이었다고요. 무모한 사람이 아니었어요. 그런 사람이 어째서 그런 멍청하고 무모한 짓을 저질렀을까요? 그 상황에서 왜 그런 길로 차를 몰았을까요?"

엘리엇은 그녀를 올려다보았다. 눈빛에 상냥함과 깊은 공감이 가득 담겨 있었다.

"아마 그 답은 절대로 알 수 없겠지요. 저 역시 이유를 알 수 없는 상황이 얼마나 힘든지 압니다."

"힘들어요. 정말로 힘들어요."

그녀는 다시 소파로 돌아왔다.

엘리엇은 티나의 손에서 잔을 가져갔다. 잔은 비어 있었다. 그녀는 자신이 언제 코냑을 다 마셨는지 기억이 나지 않았다. 그는 바를 향해 다가갔다.

"괜찮아요. 취하고 싶지 않아요."

그녀의 말에 엘리엇은 고개를 저었다.

"취하다뇨. 지금 당신은 신경이 곤두선 기분을 전부 떨쳐내려 하고 있지 않습니까. 이런 상태에서 술을 두 모금 더 마신다 한들 아무런 영향도 받지 않을 겁니다."

그는 레미 마르탱을 더 따라서 가져왔다. 이제 그녀는 한 손으로 잔을 들 수 있었다.

"고마워요, 엘리엇."

"칵테일을 만들어달라고는 하지 마세요. 저는 이 세상 최악의 바텐더라 할 만큼 그쪽에는 소질이 없어요. 그저 술을 따르는 것밖에 못 합니다. 얼음이나 좀 넣거나. 보드카와 오렌지 주스도 제대로 섞질 못해요."

"술 때문에 고맙다는 건 아니었어요. 고마운 이유는…… 제 이야기를 잘 들어주셨으니까요."

"변호사 대다수가 말이 많은 편이기는 하죠."

둘은 잠시 말없이 앉아 코냑을 홀짝였다.

티나는 점점 긴장되었다. 하지만 마음속은 더 이상 춥지 않았다.

엘리엇이 입을 열었다.

"그런 아이를 떠나보내다니…… 정말 가슴 아픈 일입니다. 하지만 아까 제가 여기 들어왔을 때는 아들을 생각하다가 마음이 안 좋아진 기색은 아니었는데요."

"어떻게 보면 아들 때문인 건 맞아요."

"뭔가가 더 있다는 말이군요."

티나는 그에게 최근 일어난 이상한 일들을 모두 털어놓았다. 대니의 칠판에 쓰인 말들, 아이 방이 난장판이 된 일, 컴퓨터 화면에 뜬 명단 사이에 나타난 끔찍한 조롱의 말들까지.

엘리엇은 출력물을 자세히 보았고, 티나와 함께 앤절라의 사무실에 있는 컴퓨터를 검사했다. 그들은 다시 플러그를 꽂고 아까 일어났던 일을 재현해보려 했지만 소용없었다. 컴퓨터는 평소처럼 제대로 작동했다.

"누군가 대니에 대한 말을 출력하도록 프로그래밍 했을지도 모릅니다. 하지만 어떻게 컴퓨터가 저절로 켜졌는지는 모르겠네요."

"정말로 켜졌어요."

"당신 말을 못 믿는 게 아닙니다. 그냥 이해가 안 간다는 거죠."

"그리고 공기가…… 너무 차가워졌어요…….""

"온도 변화는 기분 탓 아니었을까요?"

그 말에 티나는 얼굴을 찡그렸다.

"제가 그저 상상했다는 말씀이신가요?"

"그때 당신은 겁먹은 상태였고ㅡ"

"하지만 이건 제 상상이 아니에요. 그 출력물을 뽑으면서 처음으로 냉기를 느낀 건 앤절라였어요. 저희 둘 다 같은 상상을 했을 리는 없잖아요."

그는 컴퓨터를 골똘히 바라보았다.

"그렇군요. 그럼 가시죠."

"어디로요?"

"당신 사무실로요. 거기 제 잔을 두고 왔어요. 그리고 생각도 좀 정리해야 하고요."

티나는 그를 따라 목재로 벽을 꾸민 안쪽 사무실로 돌아갔다.

엘리엇은 소파 앞 테이블에서 자기 잔을 가져와 그녀의 책상 모서리에 앉았다.

"누굴까요? 누가 당신에게 이런 짓을 하는 걸까요?"

"감이 잡히질 않아요."

"누군가 염두에 둔 사람은 있을 텐데요."

"저도 있었으면 좋겠어요."

"분명한 사실은, 이건 당신을 좋아하지 않는 사람의 소행이라는 겁니다. 아주 싫어하는 것까지는 아니라 해도요. 누군가 대니의 죽음을 당신 탓으로 돌리면서 당신을 괴롭히고 싶어 해요. 그리고 분명 개인적인 원한이 있을 겁니다. 그러니 모르는 사람일 리가 없어요."

티나는 그의 분석을 듣고 마음이 더 착잡해졌다. 자기 생각과 일치했기 때문이다. 그녀는 어쩔 수 없이 예전에 했던 맹목적인 생각으로 빠져들었다. 그녀는 책상과 커튼이 드리워진 창문 사이를 오가며 말했다.

"저는 오늘 오후에 이게 모르는 사람의 소행이 틀림없다고 결론을 내렸어요. 그쪽이 저를 어떻게 알고 미워하는 건지 모르겠지만, 저는 제가 아는 사람 중에 대체 누가 이런 짓을 할 수 있는지 도무지 감이 안 잡혀요. 그리고 대니가 죽은 걸 두고 제 탓을 할 만한 사람은 마이클 말고는 아무도 없어요."

엘리엇이 눈썹을 치켜 올렸다.

"마이클이 당신 전남편입니까?"

"네."

"그런데 대니가 죽은 게 당신 탓이라고 한다고요?"

"제가 자보스키 캠프에 가는 걸 허락하지 말았어야 했다고요. 하지만 이 일은 마이클이 꾸민 계략이 아니에요."

"제 생각엔 다시없을 용의자 같은데요."

"그건 아니에요."

"확신하십니까?"

"절대로 아니에요. 이건 다른 사람 짓이에요."

엘리엇은 코냑을 다시 마셨다.

"이런 속임수를 쓰는 놈을 잡아내려면 전문가의 도움이 필요할 겁니다."

"경찰에 신고하란 말씀인가요?"

"경찰은 별 도움이 안 될 거예요. 이런 건 심각한 문제가 아니니 시간 낭비라고 생각할 게 뻔합니다. 당신을 위협한 건 아니니까요."

"이건 암묵적인 위협이나 마찬가지예요."

"그렇죠. 제 생각도 그렇습니다. 무섭기도 하고. 하지만 경찰 집단은 상상력이 부족해서 암묵적인 위협은 그다지 크게 생각하지 않습니다. 게다가 당신 집을 제대로 감시해야 하는데 그것만도 인력이 많이 필요하고요. 살인 사건이나 유명인 납치 사건, 마약 수사같은 데 투입할 인력을 제외하더라도 경찰은 업무가 너무 많아요."

그녀는 걸음을 멈췄다.

"그렇다면 아까 하셨던 말씀은 뭐죠? 이 미친놈을 잡으려면 전문가의 도움이 필요할 거라고 하셨잖아요."

"사설탐정을 고용하는 거죠."

"그런 건 드라마에나 나오는 거 아닌가요?"

그 말에 엘리엇은 쓴웃음을 지었다.

"음, 지금 당신을 괴롭히는 사람이야말로 드라마 같은 일을 벌이고 있지 않습니까?"

그녀는 한숨을 쉬고서 코냑을 마신 다음 소파 끝에 앉았다.

"모르겠어요…… 정말 사설탐정을 고용해야 할지도. 그런데 막상 탐정은 다른 사람이 아닌 나를 범인으로 지목할 수도 있어요."

"그건 또 무슨 말입니까?"

티나는 마음속 생각을 곧바로 말할 수가 없어서 코냑을 한 모금 더 마셔야 했다. 하지만 술을 마셔도 취기가 느껴지지 않았다. 아까 엘리엇이 했던 말이 옳았다. 10분 전에 비해 마음은 한결 편안해졌지만 술기운은 조금도 돌지 않았다.

"그런 생각이 들었어요…… 어쩌면 그 칠판에 글을 쓴 사람은 저일지도 모르겠다고요. 대니 방을 어지럽힌 사람도 저고요."

"무슨 말인지 모르겠는데요."

"자다가 그랬을 수도 있으니까요."

"그건 말도 안 됩니다, 티나."

"그럴까요? 저는 9월쯤 대니의 죽음을 극복하기 시작했다고 생각했어요. 그때는 잠이 잘 왔거든요. 혼자 있을 때도 대니의 죽음을 오래전에 겪은 일처럼 여기고 연연하지 않았어요. 그래서 최악의 시기는 지나갔구나 싶었죠. 그런데 한 달 전쯤부터 꿈에 대니가 나오기 시작했어요. 첫 주에는 두 번 꿨어요. 둘째 주에는 네 번 꿨고요. 지난 2주 동안은 매일 밤 꿨어요. 꿈은 점점 더 나빠져서 이제는 완전히 악몽으로 변했어요."

엘리엇은 소파로 돌아와 그녀 곁에 앉았다.

"꿈의 내용은 어떻습니까?"

"대니가 살아서 어딘가에 갇혀 있어요. 보통은 깊은 구덩이나 낭떠러지나 우물 같은 땅 아래에. 그 애가 절 부르면서 구해달라고 빌어요. 그런데 전 그럴 수가 없어요. 아이에게 다가갈 수가 없어요. 그러다 아이 주위의 땅이 꺼지기 시작하고, 저는 비명을 지르면서 땀에 흠뻑 젖은 채로 깨어나요. 그리고 저는…… 그때마다 대니가 죽지 않았다는 강렬한 느낌이 들어요. 오래가지는 않지만요. 잠에서 깨어날 때마다 어딘가에 아들이 살아 있을 것만 같아요. 아시겠지만 전 아들이 죽었다는 사실을 의식적으로 확신하고 있어요. 하지만 잠이 들면 무의식이 나오잖아요. 제 무의식은 대니가 죽었다는 걸 아직 확신하지 못하고 있는 거예요."

"그러니까 당신 생각에는 몽유병 같다는 겁니까? 자면서 대니의 죽음을 거부하는 마음을 칠판에 썼다거나?"

"그럴 가능성은 없을까요?"

엘리엇이 대답했다.

"아뇨. 뭐…… 어쩌면 그럴지도요. 그럴 수도 있겠죠. 저는 심리학자가 아니라서 확실하게 말은 못 해요. 하지만 제가 보기에는 아닙니다. 아직 당신을 전부 아는 건 아닙니다만, 그래도 이제껏 봐온 걸 토대로 생각하면 당신은 그런 식으로 반응하지는 않을 것 같아요. 문제를 정면에서 마주하는 분이잖아요. 만약 대니의 죽음을 받아들이지 못하는 게 정말 심각한 문제였다면 그걸 잠재의식 속에만 감춰두고 있지는 않을 겁니다. 어떻게든 이겨내려고 하겠지요."

그녀는 미소를 지었다.

"저를 아주 높이 평가하시는군요."

"맞아요. 높이 평가합니다. 게다가 칠판에 글을 쓰고 아이 방을 엉망으로 만든 게 당신이라면, 밤중에 여기 와서 사무실 컴퓨터에 프로그램을 설치하고 대니에 대한 말을 출력하게 만든 것도 당신이 란 말이잖습니까. 정말로 그런 일을 하고도 스스로 기억을 못 한다고 생각해요? 다중 인격이어서 다른 인격이 한 일을 기억하지 못한 다고 보는 겁니까?"

티나는 소파에 등을 기대고 몸을 수그렸다.

"아뇨."

"본인도 잘 알고 있군요."

"그러면 이제 어떻게 되는 걸까요."

"좌절하지 마세요. 좋아지고 있으니까요."

"그런가요?"

"그럼요. 우리는 가능성을 하나씩 살펴보면서 용의자를 지우고 있습니다. 이제 용의자 명단에서 당신이 빠졌네요. 마이클도요. 그 런데 여전히 전 용의자가 모르는 사람일 리는 없다고 생각해요. 그 렇다면 범위가 확 줄어들죠."

"전 친구나 친척도 아니라는 확신이 들어요. 그러면 남는 게 뭔 지 아세요?"

"뭡니까?"

그녀는 몸을 앞으로 숙이고 코냑 잔을 탁자에 놓았다. 그러고는 잠시 두 손에 얼굴을 파묻었다.

"티나?"

그녀는 고개를 들었다.

"어떻게 해야 제 생각을 가장 잘 전달할 수 있을지 고민했어요. 이건 너무 엉뚱한 생각이라서요. 터무니없고, 역겹기까지 해요."

엘리엇은 그녀를 다독였다.

"미쳤다고 생각하지 않을 테니 말해봐요. 어떤 생각이죠?"

그녀는 주저했다. 입을 열기 전, 자기 말이 어떻게 들릴지 가늠해보려 했다. 과연 입 밖으로 낼 만한 가치가 있는 말일까. 지금 하려는 말이 현실일 가능성은 희박하기만 했다.

그녀는 마침내 마음을 먹고 말했다.

"뭐냐면…… 어쩌면 대니가 살아 있을지도 모른다는 생각이 들어요."

엘리엇은 고개를 슬쩍 숙이고는 어둡고 날카로운 시선으로 그녀를 찬찬히 살펴보았다.

"살아 있다고요?"

"시체를 보지 못했거든요."

"시체를 못 봤다고요? 왜죠?"

"검시관과 장의사 말로는 시신 상태가 너무 안 좋다고 했어요. 끔찍하게 훼손돼서 저와 마이클이 보지 않는 편이 낫겠다고 했어요. 저희는 물론 아이의 시신이 온전한 상태라 해도 차마 보지 못했을 거예요. 그래서 권유를 받아들였어요. 관 뚜껑을 닫고 장례를 치렀지요."

"당국에서는 어떻게 신원을 확인했습니까?"

"저희한테서 대니 사진을 받아 갔어요. 하지만 치과 기록으로 확인했을 거라고 생각해요."

"치과 기록은 지문만큼이나 정확하죠."

"그래요. 하지만 대니가 그 사고로 죽은 게 아니라면요? 어쩌면 대니는 살아 있을지도 몰라요. 대니가 어디 있는지 아는 누군가가 제게 대니가 살아 있다는 걸 알려주려고 이러는 걸 수도 있어요. 저를 위협하려는 목적이 아니라 대니가 죽지 않았다는 사실을 일깨워주려고 이 이상한 말들을 썼을지도 모른다고요."

"전부 다 가정일 뿐이죠."

"그렇지 않을 수도 있어요."

엘리엇은 그녀의 어깨에 손을 얹고 부드럽게 잡았다.

"티나, 그건 말도 안 돼요. 대니는 죽었어요."

"보세요, 당신도 결국 제가 미쳤다고 생각하는군요."

"아뇨. 지금 마음이 심란하신 거라고 생각해요. 이해할 수 있어요."

"아이가 살아 있을 가능성은 전혀 없을까요?"

"어떻게 살아 있을 수 있겠어요?"

"모르겠어요."

"아까 말씀하신 그런 사고에서 살아날 방법이 있을까요?"

"모르겠어요."

"만약 무덤 속에 있는 게 아니라면…… 그동안 대니는 대체 어디에 있었을까요?"

"그것도 모르겠어요."

엘리엇은 참을성 있게 말했다.

"만약 아이가 살아 있다면 누군가가 당신에게 와서 이야기했을 겁니다. 이런 수상쩍은 일을 벌일 리가 없어요. 안 그렇습니까?"

"그럴지도요."

티나는 자신의 대답에 그가 실망한 것을 알아차렸다. 그녀는 자기 손을 내려다보았다. 맞잡아 깍지 낀 손에 얼마나 힘을 주었는지 마디가 새하얘졌다.

엘리엇은 그녀의 얼굴을 잡고서 부드럽게 자기 쪽으로 돌렸다.

그의 아름답고 강렬한 눈빛에 티나를 향한 걱정 어린 마음이 그득했다.

"티나, 당신이 말한 그런 일이 일어날 수 없다는 건 당신도 알 겁니다. 누구보다 잘 알겠죠. 만약 대니가 살아 있고 누군가가 그 소식을 당신에게 전하려 한들 이런 식으로는 하지 않을 겁니다. 이렇게 극적으로 단서를 전하지는 않을 거라고요. 제 말이 틀렸습니까?"

"틀리지 않아요."

"대니는 죽었습니다."

그녀는 아무 말도 하지 않았다.

"아이가 살아 있다고 확신하고 희망을 품어 봤자 다시금 마음이 무너질 일만 남은 겁니다."

티나는 그의 눈을 우두커니 응시했다. 그러다 결국 한숨을 쉬면서 고개를 끄덕였다.

"당신 말이 맞아요."

"대니는 죽었습니다."

"네."

그녀는 가느다란 목소리로 대답했다.

"그 점을 확실히 아시겠습니까?"

"네."

"좋습니다."

티나는 소파에서 일어나서 창문으로 다가갔다. 그리고 커튼을 젖혔다. 문득 스트립을 보고 싶다는 충동이 확 일었다. 죽음에 대한 이야기를 너무 많이 나눈 뒤라서, 무언가 생동감 넘치고 활기찬 삶을 보아야 했다. 낮에는 장렬하게 내리쬐는 사막의 태양 아래서 지저분해 보이긴 해도, 널따란 대로는 낮이든 밤이든 항상 분주하고 활력이 넘쳤다.

초겨울의 황혼이 도시에 내려앉은 시각이었다. 눈부신 빛깔이, 물결 가운데 수백만 개의 불빛이 거대한 간판 위에서 깜빡였다. 번잡한 거리에 차 수백 대가 느릿느릿 지나갔고, 택시들은 조금이라도 빨리 가려는 경솔한 생각으로 여기저기 휙휙 끼어들었다. 보도 위를 지나는 인파는 이 카지노에서 저 카지노로, 이 라운지에서 저 라운지로, 이 쇼에서 저 쇼로 계속 흘러갔다.

티나가 다시 엘리엇을 바라보았다.

"제가 하고 싶은 일이 뭔지 아세요?"

"뭡니까?"

"무덤을 열어보고 싶어요."

"대니의 시신을 발굴하고 싶으십니까?"

"네. 아이 시신을 한 번도 보지 못했으니까요. 그래서 아이가 떠났다는 걸 받아들이기가 이토록 힘든 거예요. 악몽을 꾸는 것도 그래서고요. 시체를 봤다면 아이가 죽었다는 걸 확실히 알았을 테니 대니가 여전히 살아 있을 거란 상상도 하지 않았을 거예요."

"하지만 시신의 상태가……."

"상관없어요."

그녀가 말했다. 엘리엇은 얼굴을 찌푸렸다. 관을 열어보는 것이 과연 현명한 처사일지 확신하지 못해서였다.

"시체는 밀폐된 관 속에 있지만, 관계자들이 보지 말라고 권했던 1년 전보다 상태가 훨씬 나빠졌을 겁니다."

"전 *봐야겠어요.*"

"*끔찍한 광경을 보고 주체하지 못하게 될 수도―*"

그녀는 재빨리 말했다.

"바로 그거예요. 충격을 받고 싶어요. 남은 의심을 확 날려버릴 만큼 강력한 충격이 필요해요. 제가 대니의…… 남은 부분을 본다면 다시는 이런 의심을 하며 헛된 희망을 품지는 않겠죠. 악몽도 멈출 거고요."

"그럴 수도 있겠죠. 하지만 반대로 더 나쁜 꿈을 꾸게 될지도 모릅니다."

티나는 고개를 저었다.

"지금보다 더 나빠질 수는 없을 거예요."

"게다가 무덤을 다시 열어본다고 해서 지금의 문제가 해결되는 것도 아닙니다. 당신을 괴롭히는 사람을 발견하는 데는 아무런 도움이 안 되니까요."

"그럴지도요. 그 소름 끼치는 자가 누구인지, 이렇게 하는 이유가 뭔지는 몰라요. 한 가지 확실한 건 정서가 불안한 인간이라는 거죠.

병적인 사람 같아요. 그렇지 않나요? 그런 사람이 정체를 드러내도록 하려면 어떻게 해야 할까요? 혹시라도 무덤을 열어볼 거란 사실을 알면 강력하게 반응할지도 몰라요. 뭐든 가능하죠."

"맞는 말입니다."

"이런 치 떨리는 장난을 누가 한 건지 알아내지 못한다 해도 상관없어요. 적어도 무덤을 열고 보면 제가 대니를 생각하는 마음만은 편해질 거예요. 제 심리 상태도 분명히 나아질 거고, 그러면 그 소름 끼치는 사람이 누구든, 이런 장난을 계속 치든 말든 잘 처리해 낼 수 있을 거예요. 그러니까 어느 쪽으로든 최선의 선택이에요."

창문에서 돌아선 티나는 엘리엇의 옆자리에 다시 앉았다.

"이 일을 하려면 변호사가 필요하겠지요?"

"무덤을 여는 것 말입니까? 그렇죠."

"그럼 이 일을 맡아주시겠어요?"

엘리엇은 주저하지 않고 대답했다.

"물론입니다."

"어려울까요?"

"글쎄요. 지금 무덤을 열어야 할 긴급한 법적 근거가 존재하지 않긴 합니다. 다시 말해 사인에 대한 의심도 없고, 새로운 검시 보고서가 나와서 재판을 해야 하는 것도 아니니까요. 만약 그랬다면 한시라도 빨리 무덤을 열었겠죠. 하지만 그게 없다 해도 불가능한 일은 아닙니다. 제가 고통받는 어머니 심정에 초점을 맞춰 이야기하면 법원도 분명 공감할 겁니다."

"예전에 이런 일을 해보신 적이 있나요?"

엘리엇이 말했다.

"사실 있습니다. 5년 전이었죠. 여덟 살 난 소녀가 예기치 못하게 선천성 신장병으로 죽었습니다. 양쪽 신장이 하룻밤 만에 기능을 멈췄어요. 그제까지만 해도 그저 즐겁게 지내는 평범한 아이였는데, 다음 날 감기 기운이 있어 보이더니 사흘째 되는 날 죽은 겁니다. 아이 어머니는 쓰러질 지경이었고, 차마 시신을 보지 못했습니다. 대니와는 다르게 그 딸아이는 심각한 외상을 입지도 않았어요. 아이 어머니는 장례식에 참석하지도 못했습니다. 그러다 장례를 치른 지 2주 뒤부터 아이의 마지막을 제대로 보지 못했다는 죄책감에 시달리기 시작했죠."

티나는 자신이 겪었던 고통을 떠올리며 말했다.

"알아요. 아, 그 마음이 어땠을지 너무나 잘 알아요."

"그 죄책감은 결국 심각한 정서적 문제로 이어졌습니다. 장례식장에서 시신을 보지 못했기 때문에 딸이 정말로 죽었다는 사실을 받아들일 수가 없었던 거죠. 그 아이 어머니는 당신보다 훨씬 심각했습니다. 내내 히스테리를 일으키면서 천천히 무너져갔으니까요. 저는 무덤을 여는 일을 주관했습니다. 당국에 보낼 시신 발굴 요청을 준비하는 과정에서 저는 그 의뢰인이 보이는 반응이 전형적이라는 걸 알 수 있었죠. 아이가 죽었을 때 부모가 할 수 있는 가장 나쁜 일은 바로 아이가 관 속에 누운 모습을 보는 걸 거부하는 것입니다. 고인과 함께 시간을 보내는 일은 중요합니다. 시신이 다시 살아나지 않는다는 걸 받아들일 수 있을 만큼요."

"그래서 의뢰인은 아이의 무덤을 열어보고 좋아졌나요?"

"아, 네. 대단히 호전되었습니다."

"그래요?"

엘리엇이 대답했다.

"하지만 기억하세요. 그 아이의 시체는 훼손되지 않았습니다."

티나는 우울하게 고개를 끄덕였다.

"게다가 장례를 치른 지 불과 두 달 만에 다시 무덤을 판 겁니다. 1년 넘게 있다 판 게 아니었어요. 시신은 여전히 좋은 상태였죠. 하지만 대니는…… 그렇지 않을 겁니다."

"그 점은 알아요. 저 역시 이러고 싶지 않아요. 하지만 해야 할 일이란 생각이 들어요."

"알겠습니다. 그럼 제가 맡죠."

"시간은 얼마나 필요하세요?"

"전남편이 여기에 이의를 제기할까요?"

티나는 몇 시간 전 본 마이클의 증오 어린 표정을 떠올렸다.

"네. 분명히 그러겠죠."

엘리엇은 구석에 있는 바 쪽으로 빈 술잔을 가져간 다음 싱크대 위 불을 켰다.

"전남편이 말썽을 일으킬 것 같으면 이 사실을 널리 알리지 않고 빠르게 움직이는 편이 낫습니다. 우리가 영리하게만 행동한다면 무덤을 여는 게 기정사실이 될 때까지 전남편은 전혀 모를 거예요. 내일은 휴일이니 금요일부터 공식적으로 일할 수 있습니다."

"연휴가 나흘이나 되니 그때까지도 할 수 없을 거예요."

엘리엇은 싱크대 밑에 보관된 세제와 수세미를 찾아냈다.

"보통 때라면 월요일까지 기다려야 할 거라고 말씀드렸을 겁니다. 하지만 제가 아주 합리적으로 행동하는 판사 한 분을 알아요. 해럴드 케네빅이란 분입니다. 육군 정보부에서 같이 근무했죠. 그는 제 상관이었습니다. 만약 제가—"

"육군 정보부요? 그러면 스파이셨나요?"

"그렇게까지 거창하지는 않았습니다. 트렌치코트를 입지도 않았고요. 어두운 골목에서 살금살금 다닌 적도 없어요."

"가라테를 하고 청산가리 캡슐을 갖고 다니지는 않으셨나요?"

"음, 무술 훈련을 많이 받기는 했습니다. 아직도 일주일에 두 번은 수련하니까요. 몸매 유지에 좋거든요. 하지만 그렇더라도 영화에서 보는 것과는 다릅니다. 헤드라이트 뒤에 기관총을 장착한 본드카를 몰고 다니지는 않아요. 주로 시시한 정보수집을 하는 게 다입니다."

"그래도 말씀하시는 것보다는 훨씬 더…… 흥미로운 느낌이 드는데요."

"아닙니다. 문서를 분석하고 위성 정찰 사진을 지루하리만큼 많이 해석합니다. 대부분 정말 따분한 일뿐이죠. 어쨌든 케네빅 판사는 저와 인연이 깊습니다. 우리는 서로를 존경해요. 그분은 가능한 한 빨리 일을 처리해줄 겁니다. 내일 오후에 있는 신년 파티에서 그분을 만나기로 했으니 이 상황을 한번 논의해보겠습니다. 어쩌면 금요일에 법원에 잠깐 가서 무덤 발굴 요청을 검토하고 기꺼이 처리해주실 수도 있어요. 몇 분이면 되는 일이니까요. 그러면 토요일 아침에 무덤을 열 수 있을 겁니다."

티나는 바로 가서 의자에 앉았다. 그러고는 카운터를 사이에 두고 엘리엇을 바라보았다.

"빠르면 빠를수록 좋아요. 마음을 먹었으니 어서 실행에 옮기고 싶어요."

"그 마음 이해합니다. 그리고 이번 주에 일을 처리하는 게 좋은 이유가 또 있어요. 우리가 빨리 움직인다면 마이클이 우리 계획을 알아낼 확률이 낮아지죠. 만약 그가 어떻게든 낌새를 알아챈다 해도 별 방도가 없을 겁니다. 휴일에도 남아서 발굴 명령을 기꺼이 철회해줄 다른 판사를 찾지 못한다면요."

"그렇게 할 판사가 있을까요?"

"아뇨. 바로 그게 요점입니다. 연휴 기간이 다가오면 판사들은 대개 자리에 없죠. 근무하는 판사들은 아마도 음주 운전자와 주취 폭행에 연루된 사람들을 기소하고 보석 심리를 하느라 무척 바쁠 겁니다. 그러니 마이클은 월요일 아침에서야 판사와 연락이 닿을 거고, 그때는 이미 늦었겠죠."

"교활하시네요."

"그게 바로 제 특징입니다."

그는 첫 번째 술잔을 씻고서 뜨거운 물에 헹군 다음 그릇 건조대에 놓았다.

"교활하신 엘리엇 스트라이커 변호사님."

티나의 말에 그는 미소 지었다.

"당신을 위해 일하고 있죠."

"제 변호사라 다행이에요."

"제가 정말로 해낼 수 있는지는 가봐야 압니다."

"할 수 있을 거예요. 어떤 문제든 정면으로 돌파하는 분이잖아요."

"저를 아주 높이 평가하시는군요."

그는 아까 티나가 한 말을 되돌려주었다. 그녀는 미소를 지었다.

"그래요. 높이 평가해요."

이제껏 죽음과 공포와 광기와 고통에 대해 이야기하고 있었건만, 불과 몇 초 만에 그 모든 이야기가 먼 과거처럼 느껴졌다. 저녁 시간을 조금 즐겁게 보내고 싶어진 두 사람은 분위기를 잡아가기 시작했다.

엘리엇이 두 번째 잔을 헹구어 건조대에 놓는 모습을 보고 티나가 말했다.

"집안일을 아주 잘하시네요."

"하지만 전 창문까지 닦지는 않습니다."

"전 가정적인 남자가 보기 좋더라고요."

"그럼 제가 요리하는 걸 보셔야겠군요."

"요리도 하세요?"

"무척 잘합니다."

"가장 잘하는 요리는 뭐예요?"

"전 다 잘합니다."

"와, 요리 쪽에도 자신감이 대단하시구나."

"훌륭한 요리사란 본인의 요리 솜씨에 극단적인 자신감을 가져야 하는 법이죠. 주방에서 제대로 일하려면 자기 재능을 평가할 때 한 치의 흔들림도 없어야 합니다."

"당신 요리를 제가 마음에 들어 하지 않는다면요?"

"그러면 제 몫에 더해 당신 몫까지 제가 다 먹을 겁니다."

"그럼 전 뭘 먹고요?"

"제가 맛있게 먹는 모습을 보면 먹지 않아도 배가 부를 겁니다."

몇 달 동안 슬픔에 잠겨 있던 티나는 함께 있으면 재미있는 이 매력적인 남자와 저녁을 먹게 되어 기분이 무척 좋았다.

엘리엇은 세제와 수세미를 치웠다. 그리고 수건에 손을 닦으면서 말했다.

"저녁 예약은 취소하는 게 어떨까요? 대신 제가 요리해드리죠."

"이렇게 갑자기요?"

"요리를 준비하는 데는 별로 시간이 많이 들지 않습니다. 전 금 방 획 만들거든요. 게다가 당신이 옆에서 힘든 일을 해주실 수도 있 고요. 야채를 다듬고 양파를 써는 일 같은 거요."

"전 먼저 집에 가서 외출 준비를 해야겠는데요."

"그럴 필요 없습니다. 지금도 너무 아름다우니까요."

"게다가 차도 가져와서—"

"차로 운전해서 저희 집까지 따라오세요."

그들은 불을 끄고 방에서 나간 다음 문을 닫았다.

티나는 복도로 나가면서 초조한 눈초리로 앤절라의 컴퓨터를 슬 쩍 바라보았다. 혹시나 컴퓨터가 저절로 켜질까 봐 무서웠다.

하지만 불을 끄고 엘리엇과 함께 사무실을 나설 때까지 컴퓨터 화면은 조용하고 어두웠다.

14

엘리엇 스트라이커는 라스베이거스 컨트리클럽 골프장이 내려
다보이는 크고 쾌적한 현대식 주택에 살았다. 방은 따뜻했고 매력
적이었으며 자연스러운 색감으로 꾸며져 있었다. J. 로버트 스콧 가
구를 기본으로 몇 가지 고가구를 더해놓았고, 바닥에는 풍성한 질
감의 에드워드 필즈 카펫을 깔았다. 그는 에위빈드 얼, 제이슨 윌리
엄슨, 래리 W. 다이크, 샬럿 암스트롱, 칼 J. 스미스를 비롯해 미 서
부에 거주하며 주로 올드 웨스트나 뉴 웨스트를 주제로 삼은 화가
그림을 소장하고 있었다.

그는 집에 대한 그녀의 반응을 무척 듣고 싶어 했다. 티나는 곧바
로 입을 열었다.

"아름다워요. 정말 깜짝 놀랐어요. 누가 인테리어를 했나요?"

"제가 했습니다."

"정말요?"

"가난했던 시절, 전 예쁜 것들로 가득 찬 아름다운 집을 가질 날만을 애타게 바랐습니다. 최고의 인테리어 전문가의 손길을 거친 집을 갖고 싶었어요. 그런데 막상 돈을 버니 알지도 못하는 사람한테 제 집을 맡기고 싶지 않더라고요. 저도 그 재미를 직접 느끼고 싶었습니다. 세상을 떠난 아내 낸시와 함께 우리의 첫 집을 꾸몄지요. 집 꾸미기는 아내의 천직이었고, 저 또한 법조계 일만큼이나 인테리어에 시간을 많이 쏟았습니다. 우리 둘은 홀린 듯이 가구점을 돌아다녔어요. 라스베이거스부터 로스앤젤레스, 샌프란시스코를 다니며 온갖 골동품 전문점, 화랑, 벼룩시장, 최고급 상점 곳곳을 들렀습니다. 그땐 정말 즐거웠어요. 그러다 아내가 세상을 떠나고 나니…… 아내와의 추억으로 가득한 집에 머물면 슬픔을 감당할 길이 없다는 걸 알게 됐죠. 대여섯 달은 물건을 볼 때마다 낸시가 떠오르니 정서가 붕괴되더군요. 결국 아내를 추억할 만한 물건 열두어 개만 남겨두고 나머지는 전부 치웠어요. 집도 팔았죠. 그러고 나서 산 게 이 집입니다. 인테리어도 전부 다시 했어요."

"아내분과 사별하신 줄은 몰랐어요. 그러니까, 헤어졌다고 해서 이혼하신 줄 알았거든요."

"세상을 떠난 지 3년 되었습니다."

"어쩌다가요?"

"암이었어요."

"세상에. 정말 마음이 아프네요, 엘리엇."

"그래도 투병 기간은 길지 않았어요. 췌장암이었거든요. 아주 치명적이었죠. 진단받은 지 두 달 만에 세상을 떠났습니다."

"결혼 생활은 몇 년이나 하셨나요?"

"12년요."

티나는 엘리엇의 팔을 잡았다.

"12년이라니 정말 상심이 컸겠어요."

그는 생각보다 두 사람 사이에 공통점이 많다는 사실을 깨달았다.

"맞아요. 생각해보니 당신도 대니를 거의 12년 동안 키웠네요."

"저는 아들을 떠나보낸 지 1년이 좀 넘었을 뿐이에요. 그런데 당신은 3년이 되었군요. 그렇다면 뭐 하나만 물어봐도 될까요……."

"뭐가 궁금하십니까?"

"이게 끝나기는 하나요?"

"아픈 마음 말입니까?"

"네."

"아직도 끝나지는 않았습니다. 아마 4년째 되어도 끝나지는 않을 것 같고요. 5년이 지나도, 10년이 지나도 안 끝날지 모르죠. 하지만 처음처럼 아프지는 않습니다. 그리고 언제나 아픈 것도 아니고요. 하지만 때로 그런 순간들이 있기는 하죠……."

엘리엇은 집 안을 마저 보여주었고, 그건 티나도 바라는 바였다. 세련된 무대 공연을 만들어내는 그녀의 능력은 요행이 아니었다. 그녀는 예쁘기만 한 것과 진정으로 아름다운 것의 차이, 그저 기발한 것과 진짜 예술의 차이가 무엇인지 바로 알아보는 안목이 있었다. 그는 티나와 함께 골동품과 그림에 대해 즐겁게 이야기를 나누었고, 한 시간이나 대화가 이어졌지만 10분밖에 지나지 않은 것 같왔다.

집 구경은 거대한 주방에서 마무리되었다. 주방 천장은 구리로 빛났고 바닥에는 산타페 스타일의 타일이 깔렸다. 주방 기구들은 레스토랑에서 쓰는 것 같았다. 티나는 창고형 냉장고를 살펴보고, 마당만큼 널찍한 그릴과 철판, 커다란 오븐 두 개와 전자레인지, 쭉 늘어선 노동 절약형 가전제품을 자세히 관찰했다.

"여기에만도 적잖은 비용을 투자하셨네요. 여느 라스베이거스 변호사 사무실과는 다르게 당신 사무실에서는 이혼 소송만 잔뜩 다루지는 않나 봐요."

엘리엇은 미소를 지었다.

"저는 스트라이커·웨스트·드와이어·코페이·니콜스 로펌의 창립 파트너입니다. 우리는 시내에서 제일 큰 로펌 중 하나예요. 하지만 그건 제가 잘해서만은 결코 아닙니다. 운이 좋았어요. 시기가 좋을 때 장소를 잘 잡아서 들어갔거든요. 오웬 웨스트와 저는 12년 전 이 동네가 유례없는 호황이었을 때 개업을 했어요. 점포 앞에 딸린 싸구려 사무실이었죠. 우리는 당시 다른 데서 맡아주지 않는 사람들의 일을 봐주었습니다. 좋은 아이디어는 많지만 돈은 별로 없는 기업을 상대로 신규 가입비를 받고 일해줬어요. 당시 고객 중에 도박업과 라스베이거스 부동산 시장이 폭발적으로 성장할 때 지혜롭게 처신해서 단숨에 업계 1위로 치고 올라간 분들이 좀 있었어요. 그 기세 덕분에 우리도 같이 성장할 수 있었죠."

티나가 말했다.

"재미있네요."

"제 이야기가 재미있으세요?"

"당신이 재미있다고요."

"제가요?"

"대단한 로펌을 세운 일을 이야기할 때는 상당히 겸손하시면서, 요리에는 아주 자부심이 넘치시잖아요."

엘리엇이 웃었다.

"제 변호 솜씨보다 요리 솜씨가 더 좋기 때문이죠. 자, 제가 정장을 갈아입고 오는 동안 칵테일을 좀 만들어주시면 어떨까요? 5분 뒤에 돌아오겠습니다. 진정한 요리 천재가 작업하는 모습을 곧 보게 되실 겁니다."

"작업이 잘 안 되면 우리는 언제든 차를 타고 맥도날드 햄버거를 먹으러 갈 수도 있겠죠."

"왜 이렇게 절 괴롭히시죠?"

"웬만한 요리는 맥도날드 햄버거보다 맛있기 힘들어요."

"나중에 후회하지 마세요. 후회를 곱씹게 될 테니."

"후회라는 거, 많이 질기게 요리하실 건가 봐요? 곱씹어야 할 정도인가요?"

"아주 재미있습니다."

"음, 맛있게 요리하는 게 아니라 재미있게 요리하실 거라면, 먹고 싶어질지는 잘 모르겠어요."

"제가 정말로 후회를 요리할 수 있다면, 그조차도 맛있을 겁니다. 한 조각도 남김없이 다 먹고도 모자라 손가락을 핥으면서 제발 더 달라고 할걸요."

티나의 미소는 너무나 아름다웠다. 그는 저녁 내내 그 입술의 사랑스러운 곡선을 바라만 봐도 좋을 것만 같았다.

*

엘리엇은 무척 즐거웠다. 티나가 이토록 자신에게 큰 영향력을 끼칠 줄이야. 그는 오늘 저녁처럼 주방 일에 서툴렀던 적이 언제였는지 기억도 나지 않았다. 숟가락을 떨어뜨리질 않나, 향신료 통과 병 여러 개를 쓰러뜨리질 않나. 냄비를 보는 걸 깜빡한 나머지 솥이 끓어 넘쳤다. 그는 샐러드드레싱을 잘못 섞어서 처음부터 다시 만들어야 했다. 그녀 때문에 당황해서였다. 그래서 무척 좋았다.

"엘리엇, 정말로 사무실에서 마신 코냑에 취하지 않은 거 맞아요?"

"절대 안 취했습니다."

"그러면 여기서 마신 술 때문일까요?"

"아뇨. 이게 제 요리 스타일입니다."

"물건을 마구 흘리는 게 당신 스타일이라고요?"

"주방 도구를 열심히 쓰는 것 같아서 보기 좋잖습니까."

"정말로 맥도날드 안 가도 되겠어요?"

"맥도날드에 가면 이렇게 열심히 요리한 흔적이 엿보이는 주방까지 보여줄까요?"

"거긴 햄버거 말고도 맛있는 게 있는데—"

"맥도날드 햄버거는 열심히 만든 티가 나서 보기 좋기는 하죠."

"감자튀김이 아주 끝내준다고요."

"그래서 제가 물건들을 엎지르는 겁니다. 훌륭한 요리사라고 해서 꼭 우아하게 요리할 필요는 없습니다만."

"하지만 요리사는 기억력이 좋아야 하는 거 아니에요?"

"네?"

"방금 샐러드에 겨잣가루를 넣으려고 했잖아요."

"그런데요?"

"1분 전에 벌써 넣었어요."

"그랬나요? 알려주서서 고맙습니다. 이 빌어먹을 가루를 세 번이나 넣고 싶지는 않으니까요."

그녀는 깔깔대며 웃었다. 어쩐지 낸시와 비슷한 웃음이었다.

물론 티나는 여러 면에서 낸시와 달랐다. 하지만 그녀와 함께 있으니 낸시와 있는 것 같았다. 아내는 언제나 쉽게 말이 통했다. 밝고 재미있고 감수성이 풍부한 사람이었지.

아직 확신하기에는 너무 이를지 모르지만 이런 생각이 들기 시작했다. 운명의 여신이 그분답지 않게 너그러운 기분에 휩싸여서, 자신에게 행복할 기회를 한 번 더 준 거라고.

*

티나와 함께 디저트까지 먹고 난 엘리엇은 커피 두 잔을 따랐다.

"아직도 맥도날드에서 햄버거를 먹고 싶습니까?"

버섯 샐러드와 페투치니 알프레도, 자바글리오네*는 훌륭했다.

"정말 요리할 줄 아시는군요."

"제 말이 설마 거짓이었겠습니까?"

"전 이제 후회를 곱씹어야겠어요."

"방금 하신 것 같으니 괜찮습니다."

"그런가요? 하지만 후회가 별로 질기지 않았는걸요."

티나와 엘리엇은 이제껏 주방에서 농담을 나누었다. 그리고 그녀는 저녁 식사가 미처 차려지기도 전부터 오늘 밤 이 남자와 자게 될지도 모른다는 생각이 들었다. 그러다 저녁을 다 먹었을 때는 자게될 거라고 확실히 예감했다. 엘리엇은 그녀를 몰아붙이지 않았다. 그 점은 티나 역시 마찬가지였다. 둘 다 자연적인 힘에 이끌리고 있었다. 급류가 위에서 아래로 흘러가듯, 폭풍이 계속 휘몰아대면 번개가 치듯. 둘 다 육체적으로, 정신적으로, 또 감정적으로 서로를 원하고 있었다. 둘 사이에 무슨 일이 일어나도 좋을 것 같았다.

둘 사이는 빨랐다. 하지만 딱 맞는 사이, 피할 수 없는 사이였다.

저녁이 되자 은근히 흐르는 성적 긴장감 때문에 그녀는 초조해졌다. 열아홉 살 이후로 14년 동안 마이클 외에는 잠자리를 함께한 남자가 없었다. 그리고 지난 2년 동안은 그 누구와도 잔 적이 없었다. 문득 그 2년을 수녀처럼 꼼짝하지 않고 지내다니 미쳤다 싶을 만큼 바보짓이라고 느껴졌다. 물론 2년 중 앞선 1년은 아직 마이클과 혼인 관계였기 때문에 아내 된 도리를 해야 한다는 강박관념이

---

* 과일과 달걀노른자로 만든 디저트.

있었다. 그땐 이미 별거에 들어갔고 이혼 절차를 밟고 있었는데도 말이다. 게다가 남편은 티나처럼 도덕관념에 얽매이지 않고 멋대로 살았다. 이혼한 뒤로는 무대 공연을 기획하고 대니의 죽음을 견디느라 무거운 압박감에 짓눌려서 연애에 신경 쓸 기분이 아니었다. 그래서 지금 티나는 자신이 경험 없는 소녀처럼 느껴졌다. 어쩔 줄 모르는 사람처럼 굴까 봐, 침대에서 솜씨 없고 서툴까 봐, 바보처럼 우스꽝스럽게 굴까 봐 걱정됐다. 그래서 속으로 생각했다. 섹스는 자전거와 같아서 배운 걸 잊어버릴 수는 없을 거라고. 하지만 이런 말도 안 되는 비유를 들어 마음을 다독여봐도 자신감이 생기지는 않았다.

그러나 차츰 엘리엇과 함께 연애의 정석을 차근차근 밟아가면서, 좀 빠른 감은 있긴 했지만 어쩐지 안심이 되었다. 풋풋한 관계에서 볼 수 있는 성적인 밀고 당기기는 익숙한 연애 규칙이었다. 정말 오랜만의 일인데도 이토록 편안하게 느껴지다니 놀라웠다. 어쩌면 정말로 자전거 타기처럼 한번 배우면 잊을 수 없는 것인지도 모른다.

저녁 식사 후 두 사람은 서재로 자리를 옮겼다. 엘리엇은 검은 화강암 벽난로에 불을 붙였다. 사막 지역의 겨울 날씨는 극단적이다. 낮에는 다른 지역의 봄만큼이나 따스할 때가 많지만 밤이 되면 언제나 춥고 때로는 견딜 수 없을 정도로 춥다. 시린 밤바람이 창문에서 신음을 흘리며 처마 밑에서 쉴 새 없이 울부짖었지만, 벽난로의 불길은 아늑하고 따스했다.

티나는 신발을 벗었다.

둘은 벽난로 앞 소파에 나란히 앉아 넘실대는 불길과 이따금 터지는 주홍빛 불씨를 바라보았다. 그리고 음악을 들으며 계속해서 이야기를 나누었다. 티나는 저녁 내내 쉼 없이 이야기를 나눈 기분 이었다. 아주 급한 용무가 있다는 듯이, 대단히 중요한 정보가 엄청 나게 많아서 헤어지기 전에 상대방에게 반드시 전해야 한다는 듯이 둘은 조용히 이야기를 나누었다. 이야기할수록 공통점이 계속해서 나왔다. 벽난로 앞에서 한 시간을 보내고, 또 한 시간이 흘렀다. 티 나는 엘리엇에 대해 알면 알수록 그가 좋아졌다.

누가 먼저 키스를 시작했는지는 정확히 알 수 없었다. 그가 먼 저 티나에게 기댔을까, 아니면 그녀가 엘리엇 쪽으로 고개를 돌렸 을까. 정신을 차리고 보니 둘의 입술이 부드럽게 살짝 닿아 있었다. 키스가 이어졌다. 또다시 세 번째로. 그런 다음 엘리엇은 그녀의 이 마, 눈, 뺨, 코, 입가, 턱에 자그마한 입맞춤을 해댔다. 귀에 닿았던 입술은 다시 눈으로 향했다가 이제는 목선을 타고 내려갔다. 마침 내 그가 다시 입술에 키스했고 그 키스는 전보다 더욱 진했다. 티나 는 곧바로 입을 열어 그의 입맞춤을 받았다.

엘리엇의 손이 몸을 어루만지며 그녀가 얼마나 단단한지, 또 얼 마나 탄력 있는지 가늠했다. 티나도 그를 만졌다. 어깨와 팔을, 딱딱 한 등 근육을 부드럽게 잡아보았다. 그 순간 엘리엇이 달아올랐다 는 사실이 티나는 더없이 좋았다.

둘은 꿈결처럼 서재를 떠나 침실로 향했다. 그는 서랍장 위 작은 램프를 켜고 침대 시트를 젖혔다.

티나는 잠시 몸을 떼고 있는 사이에 혹시나 이 분위기가 깨지지 는 않을까 두려웠다. 엘리엇이 돌아섰을 때 티나는 머뭇거리며 그에게 키스했다. 그러자 아무것도 바뀐 게 없다는 걸 알게 되었다. 그녀는 한 번 더 그를 몰아붙였다.

예전에도 둘이서 이런 적이 있었던 것 같았다. 이렇게, 서로 꼭 안고 있던 적이 많았던 것만 같은 이 기분.

티나가 말했다.

"우리는 서로에 대해 잘 모르잖아요."

"그렇게 느껴져요?"

"아뇨."

"나도 아니에요."

"난 당신을 너무 잘 아는 기분이에요."

"아주 오래전부터 아는 것처럼요."

"그런데 사실은 이틀밖에 안 됐잖아요."

엘리엇이 물었다.

"너무 빠른가요?"

"어떻게 생각해요?"

"나에겐 하나도 안 빠릅니다."

"나도 전혀 안 빨라요."

그녀도 고개를 끄덕였다.

"정말로?"

"그래요."

"당신은 사랑스러워요."

"날 사랑해줘요."

엘리엇은 몸집이 아주 크지는 않았지만, 마치 어린아이를 안듯이 티나를 품에 꼭 안았다.

티나는 그에게 매달렸다. 엘리엇의 짙은 눈에 간절한 욕망이 드러났다. 강렬하게 그녀를 원하는 마음은 성욕만이 아니었다. 티나의 눈빛에 서린 소중하게 사랑받고 싶은 욕망을 그 역시 틀림없이 보았다.

엘리엇은 그녀를 들고 침대로 옮긴 다음 등을 대고 눕게 했다. 서두르지는 않았지만, 숨 가쁜 기대감에 타오르는 얼굴로 그는 티나의 옷을 벗겼다.

그리고 재빨리 자신도 옷을 벗은 다음 침대에 누운 그녀를 품에 안았다.

엘리엇은 느릿하고도 신중하게, 처음에는 눈빛으로, 다음에는 사랑 가득한 손짓으로, 그다음에는 입술과 혀로 그녀를 탐험했다.

티나는 그제야 깨달았다. 슬퍼하는 동안 누구도 만나지 말아야 한다고 생각했던 건 잘못이었다. 그 반대로 했어야 했다. 그녀를 아껴주는 남자와 건강하고 좋은 사랑을 나누었더라면 훨씬 더 빨리 회복할 수 있었을 터였다. 섹스는 죽음의 반대니까. 인생을 즐겁게 기리는 행위이자 무덤의 존재감을 지우는 행위니까.

호박색 불빛이 엘리엇의 근육 위로 부드럽게 내려앉았다.

그는 고개를 숙였다. 두 사람은 입을 맞추었다.

그녀는 손을 둘 사이로 내리고 그의 분신을 꼭 잡은 다음 쓰다듬었다.

자신이 난잡하고 부끄럼도 모르게 된 것 같았다. 그저 끝없는 욕망만이 느껴졌다.

그가 들어왔다. 그녀는 손으로 엘리엇의 미끈한 옆선을 따라 그 몸을 가만히 쓸었다.

"당신이 너무 좋아요."

엘리엇은 이렇게 말하고는 예부터 전해 내려오는 사랑의 리듬을 시작했다. 두 사람은 그들에게 죽음이 존재했다는 사실을 정말 오랜만에 잊었다. 다만 비단결처럼 부드럽고 감미로운 사랑의 표면을 탐구하면서, 그 빛나는 시간에 빠져 영원히 둘이서 살아갈 수 있을 것만 같았다.

1월 1일 목요일

15

티나와 엘리엇은 하룻밤을 함께 보냈다. 진심으로 아끼는 사람과 한 침대에 눕는 게 얼마나 즐거운 일이던가. 엘리엇은 잊고 지내던 즐거움을 새삼 깨달았다. 물론 지난 2년간 다른 여자들과도 잠자리를 했고 그중 몇 명과는 함께 아침을 맞이했지만 티나처럼 같이 있다는 사실만으로 만족스러웠던 관계는 없었다. 티나와의 섹스는 곁가지로 따라오는 즐거운 보너스 내지는 덤일 뿐, 그녀를 곁에 두고 픈 주된 이유가 아니었다. 물론 그녀는 굉장한 상대였다. 매끈하고 부드럽고 거리낌 없이 자기 욕망을 추구하는 여자였다. 하지만 티나는 연약하고 상냥했다. 어둠 속에서 만난, 겉옷 아래 가려졌던 흐릿하고 그늘진 형체는 외로움을 떨쳐버리게 해주는 부적과도 같았다.

이윽고 그는 잠이 들었다. 그런데 새벽 4시에 티나의 괴로운 비명을 듣고 잠에서 깨고 말았다.

티나는 벌떡 일어나 시트를 꼭 쥐고 앉아 있었다. 악몽에서 막 벗어난 모습이었다. 꿈에서 검은 옷을 입은 남자를 보았다고, 괴물 같은 형체였다고 덜덜 떨며 숨을 헐떡였다.

엘리엇은 침대 옆 등을 켰다. 그러고는 그녀에게 이 방에는 둘 말고 아무도 없다고 확인시켜주었다.

그녀는 이미 그 꿈 이야기를 한 적이 있었다. 하지만 그게 얼마나 끔찍한 꿈인지 엘리엇은 이제야 깨달았다. 아무리 끔찍하고 두려워도 대니의 시체를 파내 관 뚜껑을 열고 현실을 직시하는 게 티나에게 도움이 될 것 같았다. 유해를 보고 나서 이 피비린내 나는 악몽을 끝낼 수만 있다면, 비록 우울한 경험이기는 해도 도움이 될 것이다.

엘리엇은 등을 끄고 티나를 달랜 다음 다시 자리에 누웠다. 그리고 떨림이 멈출 때까지 안아주었다.

놀랍게도 그녀의 공포는 새로운 욕망으로 재빠르게 변했다. 아까 더없이 기쁘게 즐겼던 속도와 리듬으로 둘은 쉽사리 빠져들었다. 그런 다음 다시금 함께 잠들었다.

*

아침 식사를 하는 도중 엘리엇은 티나에게 오후에 열릴 파티에 함께 가자고 권했다. 그곳에서 케네벡 판사를 밀어붙여 무덤을 열기 위한 허가를 받아낼 생각이었다. 하지만 티나는 집으로 돌아가 대니의 방을 청소하고 싶었다. 해보겠다는 용기를 이제 막 낸 참이라, 다시 주저앉기 전에 그 일을 끝낼 작정이었다.

"그럼 우리 오늘 밤에 또 만나는 거 어떨까요?"

"그래요."

"이번에도 제가 요리하겠습니다."

티나는 짓궂게 미소 지었다.

"무슨 뜻으로 하는 말이죠?"

그러고는 의자에서 일어나 식탁 위로 몸을 숙이고 그에게 입을 맞추었다.

그녀의 향기와 떨리는 푸른 눈동자, 얼굴에 손을 대면 느껴지는 나긋한 피부의 감촉까지, 이 모든 것이 그의 안에 애정과 갈망을 넘실대는 파도처럼 일으켰다.

엘리엇은 진입로에 대놓은 차 앞까지 티나를 바래다주었다. 그녀는 운전석에 앉고 나서도 창문을 내린 틈으로 몸을 기댔고, 엘리엇이 오늘 저녁에 요리할 음식에 대해 15분 동안이나 늘어놓는 설명을 만족스럽게 들었다.

마침내 티나가 떠나고, 엘리엇은 그녀의 차가 모퉁이를 돌아 사라질 때까지 지켜보았다. 그제야 왜 그녀를 보내고 싶지 않았는지 이유를 알았다. 이렇게 차를 몰고 가버리고 나면 다시는 그녀를 못 보게 될까 봐 두려웠던 것이다.

어째서 이런 비관적인 생각이 드는 걸까. 쓸데없는 생각이었다. 티나를 괴롭히는 그 정체 모를 인간에게는 확실히 폭력적인 의도가 있는 듯했다. 그러나 티나 본인이 그다지 심각한 위험은 아니라 여겼고, 엘리엇도 얼마간은 그 말에 동의했다. 그 사악한 인간은 티나가 정신적으로 괴로워하고 고통받기를 바랐다. 하지만 죽기를 바라는 건 아니었다. 죽으면 재미가 없어질 테니까.

그녀를 떠나보내며 엘리엇이 느낀 공포는 순전히 미신적이었다. 그녀가 자기 삶에 나타난 뒤 너무 큰 행복을 너무 빠르게, 너무 급작스럽게, 또 너무 쉽게 받았다는 확신이 들었다. 그래서 운명의 여신이 자신을 다시 나락으로 떨어뜨릴 계획을 짜고 있다는 무시무시한 의심이 들었다. 낸시를 빼앗겼듯 티나도 그렇게 될까 봐 두려웠다.

그는 암담한 예감을 떨쳐버리지 못한 채 집으로 돌아왔다.

엘리엇은 한 시간 반 동안 서재에 박혀 법률 판례집을 뒤적였다. 법정 용어로 말하면 '고인의 뒤에 남은 특정 유가족을 고려하는 인도적인 이유만으로 긴급한 법적 필요성이 없는 상황에서 시신을 발굴하는' 판례를 열심히 찾아보았다. 엘리엇은 케네벡이 자기 일을 방해할 거라고는 생각하지 않았다. 또 대니의 무덤을 열어보는 일처럼 비교적 간단하고 해가 될 게 없는 사안을 두고 판사가 판례를 요청할 거라고도 예상하지 않았다. 하지만 어쨌든 준비는 제대로 해서 갈 생각이었다. 육군 정보부에서 겪어보았듯, 케네벡은 공정하지만 언제나 요구가 많은 상관이었다.

1시가 되었다. 엘리엇은 은색 벤츠 S600 스포츠 쿠페를 몰고 선라이즈 마운틴에서 열린 신년 파티에 참석했다. 눈부시도록 새파랗게 맑은 하늘을 보니 세스나 경비행기를 몰고 몇 시간 하늘을 날면 좋겠다는 생각이 들었다. 하늘을 날기에 완벽한 날씨였다. 이런 날 세상 위를 날면 마음도 깨끗하고 자유로워질 것 같은, 티 없는 수정처럼 맑은 날이었다.

일요일에는 무덤을 팔 수 없으니 낮에 티나를 데리고 애리조나

나 로스앤젤레스까지 비행해도 좋을 것이다.

선라이즈 마운틴에 자리 잡은 커다랗고 비싼 집들은 대부분 자연에 맞추어 조경했다. 잔디와 관목, 나무 대신 바위와 색이 있는 돌과 선인장을 예술적으로 배열해두었다. 인간이 제아무리 사막을 차지해 봤자, 그 공간은 얼마 되지도 않고 보잘것없다는 사실을 인정하는 듯한 모습이었다. 이 산자락에서 내려다보이는 라스베이거스의 야경은 누구나 인정할 만한 장관이었지만, 그것 말고는 여기에 살려는 이유가 무엇인지 엘리엇은 도무지 이해할 수 없었다. 도시에 여기보다 오래되고 녹음이 우거진 지역이 있었다. 더운 여름날이 되면 이곳의 메마른 산자락은 끔찍해 보였다. 적어도 앞으로 10년간은 절대로 녹음이 무성하거나 푸르러질 일이 없을 것 같았다. 갈색 언덕에 솟은 거대한 집들은 사라진 고대 종교의 황량한 유적처럼 보였다. 선라이즈 마운틴에 사는 주민들은 가끔 찾아오는 전갈, 독거미, 방울뱀과 베란다와 나무 바닥과 수영장 한 자락을 함께 쓴다고 봐야 했다. 바람 부는 날이면 먼지가 안개처럼 짙게 끼었고, 더러운 먼지는 문틈과 창틈, 다락방 환기구 사이로 슬그머니 밀고 들어왔다.

파티는 산등성이를 반쯤 올라가면 나오는 커다란 토스카나 양식 저택에서 열렸다. 삼면이 막힌 부채꼴 모양 천막이 뒷마당 잔디밭에 설치되었는데, 한쪽 면은 길이가 20미터인 수영장과 맞닿아 있었다. 천막 입구는 집 쪽으로 두었다. 화려한 줄무늬 캔버스 천막 뒤편에서는 18인조 오케스트라가 곡을 연주했다. 초대받은 손님 200여 명이 집 뒤에서 춤을 추거나 이리저리 움직였고, 20여 개의 방을 갖춘 집 안에도 손님이 100명은 더 있었다.

엘리엇은 그중 많은 사람을 알아보았다. 손님 중 절반은 변호사와 그 아내들이었다. 청렴한 법조인이라면 못마땅하게 생각할 수도 있겠지만, 검사, 국선 변호사, 세법 전문 변호사, 형사 전문 변호사, 기업 자문 변호사 무리가 매주 사건을 놓고 목소리를 높이던 재판정 판사들과 한데 뒤섞여 얼큰하게 취해가고 있었다. 이것이 라스베이거스 나름의 법조계 분위기이자 표준이었다.

20여 분 동안 사람들과 부지런히 어울린 끝에 엘리엇은 마침내 케네벡을 찾아냈다. 그는 키가 크고, 따분해 보이는 얼굴에 곱슬머리가 하얗게 센 판사였다. 케네벡은 엘리엇에게 반갑게 인사했다. 두 사람은 공통 관심사인 요리와 경비행기 조종, 급류 래프팅에 관한 이야기를 나누었다.

엘리엇은 열두어 명의 변호사가 듣는 자리에서 케네벡에게 부탁하고 싶지는 않았다. 오늘 이 집에는 사생활을 보장받을 수 있는 곳이 한 군데도 없었다. 그들은 바깥으로 나가 거리를 거닐면서 롤스로이스부터 레인지로버까지 파티 참석자들이 타고 온 온갖 종류의 자동차를 지나쳤다.

케네벡은 대니의 무덤을 여는 일에 관한 엘리엇의 비공식적인 변론을 흥미롭게 들었다. 엘리엇은 티나가 겪은 악의적인 장난은 언급하지 않았다. 쓸데없이 일을 복잡하게 만들 것 같아서였다. 그는 일단 무덤을 파서 대니가 죽었다는 사실을 확실하게 입증하기만 하면, 그런 장난을 가장 확실하고 빠르게 처리하는 방법은 일급 사설탐정을 고용해 가해자를 추적하는 것이라 여겼다. 지금은 판사와 이야기하고 있었다. 왜 갑자기 시신을 봐야겠다는 호기심이 중요한 문제로 대두되었는지 설명하기 위해, 엘리엇은 티나가 겪은 괴로움과 혼란이 모두 아이의 시신을 보지 못해 생긴 결과라고 과장해서 설명했다.

케네벡은 내내 무표정을 유지했다. 그는 실제로 포커 플레이어처럼 딱딱하고 평범하고 어두운 인상이었다. 그래서 지금 그가 곤경에 처한 티나에게 조금이라도 동정심을 품고 있는지 알아보기는 어려웠다. 두 사람이 함께 햇볕이 내리쬐는 거리를 거니는 동안, 케네벡은 족히 1분은 아무 말 없이 그 문제를 곰곰이 생각하고서는 마침내 입을 열었다.

"아이 아버지는 뭐라고 하나?"

"그 질문은 안 하시길 바라고 있었습니다."

"아아."

케네벡은 이렇게만 대답했다.

"아이 아버지는 항의할 겁니다."

"확실한가?"

"네."

"종교적인 이유로?"

"아닙니다. 그 애가 죽기 바로 전에 안 좋게 이혼했거든요. 마이클 에번스는 전처를 싫어합니다."

"아, 그러니까 다른 이유가 아니라 전처를 속상하게 만들고 싶어서 유해 발굴을 거부할 것이다?"

"그렇습니다. 다른 이유는 없습니다. 정당한 이유는 없죠."

"그래도 아이 아버지 의사를 고려해야겠는데."

"법적으로는 종교적 반대가 없는 한, 이런 경우 부모 중 한쪽의 허가만 있으면 됩니다."

"그렇다 해도 나는 모든 사람의 이익을 보호할 의무가 있네."

"만약 아버지 측이 항변할 기회를 얻는다면 분명히 법적 싸움을 벌이며 일을 질질 끌게 될 겁니다. 그러면 법원도 어쩔 수 없이 무척 긴 시간을 할애해야겠지요."

엘리엇의 말에 케네벡은 사려 깊게 대답했다.

"그건 바라지 않네. 법원 일정은 지금도 과부하야. 판사도 돈도 모자란 처지일세. 아주 허술한 체계로 힘겹게 굴러가고 있어."

"어쨌든 법정 싸움을 한다 해도 결국 제 의뢰인이 시신을 발굴할 권리를 갖게 될 겁니다."

"그렇겠지."

"확실합니다. 남편은 그저 원한 서린 방해 행위를 하는 것뿐이니까요. 전처를 괴롭히는 과정에서 시간을 며칠 잡아먹는다 해도 결과는 달라지지 않을 겁니다. 처음부터 항변할 기회를 얻었다 해도 결과는 똑같았을 거예요."

"으음."

케네벡은 얼굴을 살짝 찌푸리며 대꾸했다.

두 사람은 다음 블록 끝에서 걸음을 멈추었다. 케네벡은 눈을 감고 따스한 겨울 햇살을 맞으며 섰다.

마침내 그가 말했다.

"나더러 절차를 무시하라는 거군."

"그렇지는 않습니다. 그저 아이 어머니 요청대로 발굴을 허가해 달라는 것뿐입니다. 법이 허용하는 일이니까요."

"당장 명령을 내려주길 바라는 것 같은데."

"가능하면 내일 아침에 해주셨으면 합니다."

"그러면 내일 오후에 무덤을 열게 되겠군."

"적어도 토요일까지는 끝마치려고 합니다."

"아이 아버지 측에서 다른 판사한테 접근 금지 명령을 받기 전에 처리하려는 거군."

"일이 문제없이 진행된다면, 아이 아버지 측은 무덤 발굴에 대해 아예 모르고 넘어가겠죠."

"흐음."

"이건 모든 사람이 이득을 보는 일입니다. 법원은 시간과 노력을 절약할 수 있습니다. 제 의뢰인은 불필요한 고통을 크게 줄일 수 있고요. 전남편 측도 우리를 막으려는 헛된 마음으로 변호사 비용을 잔뜩 써서 돈 날릴 일이 없습니다."

"아아."

케네벡은 이렇게만 대꾸했다. 그들은 말없이 저택으로 돌아갔다. 파티는 시시각각 시끄러워지고 있었다.

블록을 반쯤 왔을 때 마침내 케네벡이 말했다.

"잠시 생각 좀 해봐야겠네, 엘리엇."

"얼마나 시간이 필요하십니까?"

"글쎄, 자네는 여기에 오후 내내 있을 건가?"

"모르겠습니다. 변호사들과 함께 있으니 휴일인데도 휴일 같지가 않아서요. 안 그러십니까?"

케네벡이 물었다.

"그럼 집에 갈 건가?"

"네."

그는 이마에 드리워진 하얀 곱슬머리를 쓸어 올리며 대답했다.

"그러면 내가 오늘 밤에 집으로 전화하겠네."

"최소한 어느 쪽으로 마음이 기우는지만이라도 알려주실 수 있
겠습니까?"

"자네에게 유리한 쪽인 것도 같고."

"제가 옳다는 거 아시지 않습니까, 해리."

그러자 케네벡은 미소를 지었다.

"이미 자네 변론은 들었다네, 변호사 양반. 일단은 그쯤 해두게.
생각해보고 내 오늘 저녁 집으로 전화하지."

케네벡이 요청을 거절하지는 않았지만, 엘리엇은 사실 더 빠르게
만족스러운 대답을 받을 수 있을 거라 기대했다. 그는 과한 부탁을
한 게 아니었다. 게다가 두 사람은 굉장히 오래전부터 알고 지낸 사
이였다. 물론 케네벡이 신중한 사람이라는 건 알았지만 그 신중함이
지나친 정도는 아니었다. 이 문제는 비교적 간단한 사안인데 어째서
그토록 주저하는지 엘리엇은 이상하다는 생각이 들었다. 그러나 더
는 말하지 않았다. 케네벡이 연락하기를 기다리는 수밖에 없었다.

이윽고 저택에 도착한 두 사람은 묽고 가벼운 올리브유와 마늘,
스위트바질로 만든 소스를 곁들인 파스타가 참 맛있다는 이야기로
화제를 돌렸다.

*

엘리엇은 파티에 두 시간만 머물고 자리를 떴다. 다른 업계 사람은 별로 없고 변호사만 가득한 파티는 지루했다. 파티장 어디서나 불법행위, 영장, 변론 취지서, 고소, 맞고소, 재심청구, 항소, 양형 거래, 최신 조세회피처 같은 이야기가 들려왔다. 일주일에 다섯 번 직장에 가서 여덟 시간에서 열 시간 내내 듣는 이야기와 다를 게 없었다. 이런 짜증 나는 화제로 수다를 떨면서 휴일을 보낼 마음은 없었다.

4시에 집에 돌아온 그는 주방에서 일을 시작했다. 티나는 6시에 오기로 되어 있었다. 그녀가 오기 전에 집안일을 좀 마무리해놓으면, 어젯밤처럼 중노동을 하느라 시간을 많이 쓰지 않아도 될 터였다. 그는 싱크대에 서서 작은 양파의 껍질을 벗긴 다음 썰고, 셀러리 여섯 줄기를 닦고, 가느다란 당근 여러 개를 골라 껍질을 벗겼다. 발사믹 식초가 담긴 병을 열고서 계량컵에 30밀리리터쯤 부었을 때였다. 뒤에서 무슨 소리가 들렸다.

뒤를 돌아보자 낯선 남자가 식당에서 주방으로 들어오고 있었다. 173센티미터쯤 되어 보이는 키에 얼굴이 갸름하고 금발 턱수염을 깔끔하게 다듬은 모습이었다. 남자는 진청색 양복을 입고 흰 셔츠에 파란 넥타이를 맸다. 손에는 의료용 가방을 들고 있었다. 그는 어딘가 초조해 보였다.

"뭡니까?"

엘리엇이 말했다.

첫 번째 남자 뒤로 두 번째 남자가 나타났다. 그는 같이 온 남자보다 훨씬 더 만만찮은 상대로 보였다. 덩치가 크고 선이 굵은 외모에다 커다란 손은 손마디가 굵고 피부가 가죽처럼 질겨 보였다. 마치 곰과 인간의 교배종을 만드는 유전자 재조합 실험실에서 탈출한 듯한 모습이었다. 갓 다림질한 주름 없는 바지, 빳빳한 파란 셔츠에 무늬 있는 넥타이를 매고 회색 캐주얼 재킷을 걸친 남자는 마피아 두목 손주의 세례식에 참석해서 어색해하는 전문 킬러처럼 보였다. 하지만 그는 전혀 초조해 보이지 않았다.

"지금 뭐 하는 겁니까?"

엘리엇이 따져 물었다.

불쑥 나타난 두 사람은 냉장고 옆에서 멈췄다. 엘리엇과 3~4미터쯤 떨어진 곳이었다. 작은 남자는 안절부절못했고, 커다란 남자는 미소를 지었다.

"여긴 어떻게 들어왔죠?"

"자물쇠 해제 장치를 사용했지."

커다란 남자는 친근하게 웃더니 고개를 끄덕이고는 자그마한 남자를 가리키며 말했다.

"여기 있는 밥이란 친구가 아주 깔끔한 연장 세트를 갖고 다니거든. 일을 쉽게 처리할 수 있어."

"대체 뭐 하는 짓입니까?"

그러자 커다란 남자가 말했다.

"진정하쇼."

"나는 집에 돈을 두지 않아요."

"아니, 아니야. 돈 때문이 아니야."

커다란 남자가 말했다. 밥 역시 그 말이 옳다는 식으로 고개를 저었다. 자신이 그저 그런 도둑으로 오해받아 당황한 듯했다.

"그냥 편히 있으라고."

커다란 남자가 다시 말했다. 엘리엇은 단호하게 대꾸했다.

"사람 잘못 찾아왔습니다."

"당신이 맞아. 정확하게 찾아왔어."

밥 역시 말했다.

"맞습니다. 당신이 그 사람이에요. 잘못 온 게 아닙니다."

이게 무슨 '이상한 나라의 앨리스' 같은 상황이란 말인가. 종잡을 수 없는 대화는 계속 어긋나기만 했다.

식초병을 내려놓고 대신 칼을 집어 든 엘리엇이 말했다.

"당장 여기서 꺼져."

"진정하쇼, 스트라이커 씨."

커다란 남자가 말하자 밥도 끼어들었다.

"그래요, 제발 진정하세요."

엘리엇은 그들에게 한 걸음 다가섰다.

커다란 남자는 소음기가 장착된 권총을 어깨띠에서 꺼냈다. 회색 캐주얼 재킷 안에 있어 보이지 않았던 총이었다.

"진정해. 침착하게 굴라고. 얌전하게."

엘리엇은 싱크대 쪽으로 물러섰다.

"그래, 좋아."

커다란 남자가 말했다. 밥도 고개를 끄덕였다.

"훨씬 낫군요."

어둠의 눈

"칼을 내려놔. 그럼 우리 모두 다 기분 좋게 있을 수 있다고."

"이대로 기분 좋게 있자고요."

밥도 동의했다.

"그래. 좋게 좋게 가자고."

그러나 이 미친 모자 장수 같은 놈은 언제든 돌변할 수 있으리라.

"칼을 내려놔. 자, 어서."

커다란 남자의 말에 엘리엇은 결국 칼을 내려놓았다.

"칼을 조리대 위로 쭉 밀어. 손에 닿지 않게."

엘리엇은 시키는 대로 했다.

"당신들은 누굽니까?"

"당신이 협조하는 한 다치지 않을 거야."

커다란 남자가 장담하듯 말했다.

"빨리 하자고요, 빈스."

밥이 말했다. 커다란 남자, 빈스가 말을 이었다.

"저쪽 구석에 있는 아침 식사 공간으로 가자고."

밥은 둥그런 단풍나무 탁자로 갔다. 그리고 검은색 의료용 가방을 내려놓고 그 안에서 소형 녹음기를 꺼냈다. 그는 물건을 계속 꺼냈다. 기다란 고무관, 혈압계, 호박색 액체가 든 작은 병 두 개, 일회용 주사기 한 봉지.

엘리엇은 재빨리 머리를 굴려가며 현재 로펌에서 다루는 사건들을 떠올렸다. 하지만 이 두 사람이 집까지 침입할 만한 사건은 떠오르지 않았다.

커다란 남자가 총을 들고 손짓했다.

"탁자로 와서 앉아."

"이게 무슨 일인지 말해주기 전에는 싫습니다."

"이건 명령이야."

"받아들일 수 없어요."

"움직이지 않으면 머리에 구멍을 내주지."

엘리엇은 최대한 자신만만한 목소리로 말했다.

"아니, 그렇게는 못 할걸요. 사실은 쏘지 못 할 거면서. 나를 쏘면 계획대로 안 될 텐데요."

"당장 이 탁자로 오라니까."

"당신들이 누군지 설명해주기 전엔 안 갈 겁니다."

빈스는 그를 노려보았다.

엘리엇도 그 눈빛에 지지 않고 마주 노려보았다.

마침내 빈스가 말했다.

"이성적으로 행동하라고. 우리는 몇 가지 물어보러 온 것뿐이야."

엘리엇은 마음을 단단히 먹었다. 자신이 사실은 겁에 질려 있다는 걸 절대로 드러내지 않아야 했다. 여기서 조금이라도 공포에 질린 모습을 보이면 자신이 약하다는 증거밖에 되지 않을 터였다. 그가 입을 열었다.

"혹시라도 여론조사를 하러 온 거라면 방법이 잘못되어도 한참 잘못되었습니다."

"이리 와."

"저 주사기는 뭐에 쓰려고 가져왔습니까?"

"이리 오라고."

"주사기의 용도가 뭡니까?"

빈스는 한숨을 쉬었다.

"당신이 진실을 말하는지 확인해야 하니까."

"100퍼센트의 진실 말입니다."

밥이 말했다. 엘리엇이 되물었다.

"약물이군요?"

"효과적이고 믿을 만한 겁니다."

"그리고 질문이 끝나면 내 뇌는 흐물흐물 엉망이 되겠군요."

그러자 밥이 대답했다.

"아니, 아닙니다. 이 약물은 신체적으로나 정신적으로 지속적인 피해를 주지는 않습니다."

"무슨 질문을 할 겁니까?"

엘리엇의 물음에 빈스가 대답했다.

"슬슬 내 인내심에 한계가 오네."

"나도 마찬가지입니다."

엘리엇이 단호하게 대답했다.

"이리 오라고."

하지만 엘리엇은 꼼짝도 하지 않았다. 그는 권총의 총구를 고집스레 보지 않았다. 총 때문에 겁먹은 티를 내고 싶지 않았다. 하지만 속으로는 소리굽쇠처럼 덜덜 떨고 있었다.

"이 자식아, *이리 오라고!*"

"무슨 질문을 하고 싶은 겁니까?"

커다란 남자는 얼굴을 찌푸렸다.

"아 제발, 빈스. 그냥 말해줘요. 어쨌든 저 사람한테 질문할 거 아닙니까. 빨리 끝내고 헤어지자고요."

밥이 이렇게 말하자 빈스는 콘크리트 블록처럼 단단해 보이는 턱을 삽 같은 손으로 긁적이더니 재킷 안에 손을 넣었다. 그리고 안 주머니에서 접힌 서류 몇 장을 꺼냈다.

총구가 흔들렸지만, 엘리엇이 기회를 잡을 만큼 겨누는 각도가 흐트러지지는 않았다.

빈스는 엘리엇 쪽으로 서류를 흔들면서 말했다.

"이 목록에 있는 질문을 전부 해야 해. 무려 30~40개나 된다고. 하지만 당신이 여기 앉아 협조하면 오래 걸리지 않을 거야."

엘리엇은 순순히 따르지 않았다.

"무슨 질문입니까?"

"크리스티나 에번스에 관한 거야."

엘리엇이 전혀 예상하지 못한 주제였다. 그는 어안이 벙벙해졌다.

"티나요? 그 사람이 왜요?"

"그 여자가 왜 아들 무덤을 열고 싶어 하는지 알아야 하니까."

엘리엇은 놀란 얼굴로 남자를 응시했다.

"그걸 당신들이 어떻게 압니까?"

"알 거 없어."

밥 역시 빈스의 말을 거들었다.

"그래요. 우리가 어떻게 알았는지는 알 거 없습니다. 중요한 건 우리가 확실히 알고 있다는 거죠."

"네놈 새끼들이 티나를 괴롭혔나?"

"뭐?"

"티나에게 계속 이상한 메시지를 보낸 게 너희들이야?"

밥이 물었다.

"메시지라니요?"

"네놈들이 그 애 방을 엉망으로 만들었나?"

빈스가 말했다.

"지금 무슨 소리를 하는 거야? 우린 전혀 모르는 얘기야."

"누군가가 그 아이에 대한 메시지를 보냈단 말입니까?"

밥이 물었다.

그들은 진짜로 놀란 듯 보였다. 그 모습을 보니 이들이 티나를 겁
주려고 했던 자들은 아니라는 확신이 강하게 들었다. 비록 둘 다 약
간 괴짜 같은 인상이었지만, 힘없는 여자를 겁주며 쾌감을 느끼는
경계성 성격 장애 사이코패스나 협잡꾼 같지는 않았다. 그들의 모
습과 행동을 보면 조직원 같기도 했다. 비록 저 커다란 녀석은 일반
적인 깡패라고 보기에는 좀 과한 감이 있지만 말이다. 소음기 달린
권총에 자물쇠 해제 장비도 모자라 자백 주사까지. 저런 걸 가지고
다니는 걸 보니 이자들은 상당한 자원을 보유한 수준 높은 조직에
서 일하고 있는 듯했다.

"그 여자가 받았다는 메시지가 뭐지?"

빈스는 여전히 엘리엇을 쳐다보며 물었다.

"그게 이제 당신들이 나한테 해야 하는 질문이겠죠."

엘리엇의 말에 빈스가 차갑게 대꾸했다.

"우린 답을 알아낼 거다."

"모든 답을 알아낼 겁니다."

밥도 고개를 끄덕였다.

"자, 이제 탁자로 와서 엉덩이를 붙이고 앉아. 아니면 올 마음이 생기도록 이걸 써줄까?"

그는 권총을 다시 보여주었다.

순간 머릿속을 스치고 지나가는 이름에 엘리엇은 깜짝 놀라고 말았다.

"케네벡! 무덤을 여는 일을 이렇게 빨리 알아낼 방법은 케네벡이 이야기해주는 것밖에 없어."

두 남자는 서로를 흘끔 바라보았다. 판사의 이름을 듣고는 기분이 썩 좋지 않아 보였다.

"누구라고?"

빈스가 되물었지만, 이미 그들이 서로 주고받은 눈빛을 무마하기에는 너무 늦었다.

"그래서 선뜻 대답하지 않았던 거군. 당신들이 나한테 올 시간을 벌어주려고. 대니의 무덤을 열든 말든 케네벡이 대체 무슨 상관인데? 왜 당신들이 그 일에 신경을 쓰지? 대체 당신들은 누구야?"

'모로 박사의 섬'*에서 탈출한 곰같이 생긴 남자는 더 이상 참지 않았다.

"잘 들어, 멍청한 자식아. 이제 장난은 끝이야. 네놈이 당장 이 탁자로 와서 앉지 않으면 질문 따위는 관두고 정말로 네놈 가랑이에

---

* 반인반수 유전자 실험에 관해 쓴 허버트 조지 웰스의 공상과학소설.

총알을 쏴버릴 거야."

엘리엇은 그 협박을 못 들은 척했다. 총은 여전히 무서웠지만, 총보다 더 무서운 생각이 떠올랐다. 이 사람들이 여기 온 건 대니가 죽은 사고에 무언가가 있기 때문이다. 등줄기가 오싹해졌다.

"대니의 죽음에 뭔가가 있군…… 스카우트 단원들이 모두 죽은 게 이상하긴 하지. 사람들이 이야기하는 것과 진실은 달라. 그 버스 사고…… 거짓말이지?"

아무도 대답하지 않았다.

엘리엇은 말을 이어갔다.

"진실은 훨씬 더 나쁜 것일 테고. 너무 끔찍해서 권력자들이 덮고 싶어 하는 거야. 케네벡이라…… 역시 한번 요원은 영원한 요원이군. 너희는 어디 소속이지? FBI는 아닐 테지. 그쪽은 요즘 전부 아이비리그 출신만 뽑으니까. 세련된 고학력자만. CIA도 마찬가지고. 너희는 너무 상스러워. 미 검찰국도 물론 아니고. 너희에게선 군기라고는 찾아볼 수가 없으니까. 내가 맞혀볼까? 너넨 아직 사람들이 들어본 적 없는 기관에서 일하지? 뭔가 비밀스럽고 더러운 일을 하는 곳에서."

빈스의 얼굴이 철판에 구운 햄 조각처럼 어둡게 변했다.

"제길. 네놈은 이제부터 질문에 대답해야 한다고 말했을 텐데."

하지만 엘리엇은 말을 멈추지 않았다.

"진정해. 나도 예전에는 너와 비슷한 일을 했어. 육군 정보부에서 근무했거든. 그러니 나도 아주 외부인은 아니야. 일이 어떻게 돌아가는지 알지. 규칙과 절차를 안다고. 그러니 나한테 심하게 굴 필요는 없어. 마음을 열고 날 좀 봐. 그러면 나도 그쪽을 봐줄 테니."

빈스는 무척 흥분해서 폭발 직전이었다. 그걸 알아챈 밥은 이래 봤자 임무를 수행하는 데 도움이 되지 않을 거라 판단하고 재빨리 말했다.

"잘 들어요, 스트라이커. 우리는 질문에 대답할 수 없어요. 왜냐하면 우리도 모르니까. 당신 말대로 우리는 정부 기관에서 일합니다. 당신이 들어본 적 없고 앞으로도 들을 일 없을 곳인 것도 맞아요. 하지만 우리는 이 대니 에번스라는 아이가 왜 이토록 중요한지는 모릅니다. 자세한 이야기는 못 들었어요. 아는 건 절반도 안 된다고요. 게다가 알고 싶지도 않아요. 내 말 뭔지 알겠죠. 아는 게 적을수록 나중에 찍혀나갈 일도 적어요. 제길. 우리는 조직에서 거물급도 아닙니다. 그냥 거드는 인력으로 고용됐을 뿐이고, 윗선에서는 우리한테 최소한만 알려줬어요. 그러니 좀 진정하고 여기 와서 앉아요. 내가 주사를 놓을 테니 질문에 답만 해요. 그러면 우리 모두 좋게 헤어질 수 있습니다. 여기 평생 이러고 있을 수는 없잖아요."

"정부 정보기관에서 일하고 있다면 돌아가서 법적 서류를 갖고 와. 영장과 소환장을 보여달라고."

엘리엇의 말에 빈스가 사납게 대답했다.

"그럴 수 없다는 걸 잘 알 텐데."

"우리가 일하는 기관은 공식적으로는 존재하지 않습니다. 존재하지 않는 기관인데 어떻게 법원에서 소환장을 받아온단 말입니까? 생각 좀 해보세요, 스트라이커 씨."

"만약 내가 그 주사를 맞으면, 대답한 다음에 나는 어떻게 되는 거지?"

"아무 일도 없을 거야."

빈스의 말에 밥도 동의했다.

"아무 일도 없을 겁니다."

"그걸 내가 어떻게 믿지?"

이 말은 엘리엇이 거의 다 넘어왔다는 신호나 마찬가지였기에, 커다란 남자는 여전히 분노로 얼굴이 시뻘건 상태였지만 약간 긴장을 풀었다.

"말했잖아. 우리는 원하는 답을 들으면 떠날 거라고. 왜 크리스티나 에번스라는 여자가 무덤을 열고 싶어 하는 건지만 정확히 알면 돼. 누가 그 여자를 꼬드긴 건지 알아야 한다고. 만약 뒤에 누가 있다면 그 새끼가 누군지 밝혀내야겠지. 하지만 당신에게는 아무 짓도 안 해. 개인적인 일이 아니니까. 우리는 알고 싶은 것만 알아내면 떠날 거야."

"그렇게 떠난 다음 내가 경찰에 신고하면 어쩌려고?"

빈스는 거만하게 대답했다.

"경찰 따위 겁나지 않아. 제길. 우리가 누군지, 어디 가서 찾아야 하는지 당신이 어떻게 알고 말하겠어? 경찰은 아무것도 찾을 수 없을걸. 전혀. 그걸로 끝이지. 어디선가 우리의 꼬리를 밟는다 해도, 빨리 손 떼라고 압박하면 그만이야. 이건 국가안보 사업이라고, 친구. 아주 큰 사업이란 말이야. 정부는 마음만 먹으면 규칙을 어길 수도 있어. 결국 정부가 만든 거니까."

"로스쿨에서 배우는 내용은 확실히 아니군."

밥이 초조한 듯 넥타이를 고쳐 매며 말했다.

"그렇죠, 뭐. 로스쿨은 세상과 동떨어진 상아탑 같은 곳이니."

빈스도 대꾸했다.

"맞아. 그리고 이건 현실이지. 이제 얌전히 저 탁자에 앉아."

"부탁입니다, 스트라이커 씨."

밥이 말했다.

"싫어."

그들은 답을 얻고 나면 엘리엇을 죽일 참이었다. 그를 살려둘 생각이었다면 대놓고 본인들 실명을 말하지도 않았을 것이다. 엘리엇의 협조를 얻으려고 많은 시간을 허비하며 구슬릴 필요 없이 바로 무력을 사용했을 것이다. 폭력을 쓰지 않고 협조를 구하는 건 그의 몸에 흔적을 남기고 싶지 않아서였다. 남자들은 엘리엇의 죽음을 사고사나 자살로 위장하려 하고 있다. 시나리오는 뻔했다. 분명 자살로 처리할 것이다. 그가 약물에 취해 있는 동안 유서를 쓰게 한 다음 서명을 받아낸다. 안 봐도 뻔한 각본이었다. 그런 다음 그를 차고로 데려가 자그마한 벤츠에 넣고 안전벨트를 채운 다음 차고 문을 닫은 채로 시동을 걸 것이다. 약물에 취해 움직일 수 없는 그를 일산화탄소가 처리한다. 하루나 이틀 정도 지난 다음 누군가가 와서 죽은 그를 발견할 것이다. 청색도 초록색도 아닌 회색 얼굴빛에, 검게 변한 혀를 길게 빼물고 눈두덩에서 불룩 튀어나온 눈으로 앞 유리창을 멍하니 응시하며 지옥으로 운전해 가듯 죽어버린 그의 시체를 말이다. 만약 그의 몸에 특별한 흔적이 없고 자살이라는 검시관 소견을 뒤엎을 상처도 없다면 경찰은 재빨리 사건을 처리하고 만족스러워할 터였다.

엘리엇은 이번에 더 큰 소리로 말했다.

"싫다고. 네놈 자식들이 날 저 탁자에 앉히고 싶다면 먼저 약물을 써야 할 거다."

16

티나는 단단히 마음을 먹고 난장판이 된 대니의 방을 치우며 소지품을 챙겼다. 모두 비영리단체에 기부할 생각이었다.

대니의 물건을 하나하나 볼 때마다 추억이 물밀듯이 밀려와 그녀는 몇 번이고 눈물을 글썽였다. 하지만 이를 꽉 물고 정리를 그만두고 뛰쳐나가고픈 마음을 억눌렀다.

어느덧 정리가 끝나갔다. 이제 벽장 깊숙이 있는 상자 세 개만 남았다. 상자 하나를 들어보려 했지만 너무 무거웠다. 티나는 상자를 질질 끌어 침실로 가지고 왔다. 그러고는 카펫 위로 잡아당겨 오후의 불그스름한 금빛 햇살이 비쳐드는 곳으로 옮겼다. 햇살이 아늑한 나무 그늘을 뚫고 먼지 낀 창문 사이로 들어왔다.

상자를 열어보니 대니가 모은 만화책과 그래픽 노블 잡지가 들어 있었다. 대부분 공포 만화였다.

그녀는 아이에게 이런 병적인 면이 있다는 걸 이제껏 이해할 수가 없었다. 괴수 영화와 공포 만화, 뱀파이어 소설, 온갖 형태로 발행된 온갖 종류의 무서운 이야기들. 처음에는 아이가 이런 귀신 이야기에 흥미를 붙이는 심리가 건강해 보이지 않았지만, 그래도 이런 걸 좋아할 자유를 제한한 적은 한 번도 없었다. 대니의 친구들은 거의 다 귀신과 괴물을 열렬히 좋아했다. 게다가 대니가 괴기스러운 것만 좋아하는 건 아니었기에 티나는 걱정하지 않았다.

상자 안에는 만화책이 두 줄로 쌓여 있었는데, 맨 위에 있는 만화책 두 권은 총천연색 표지가 어딘지 섬뜩했다. 첫 번째 만화책 표지는 눈을 사악하게 부릅뜬 검은 말 네 마리가 끄는 검은 마차가 한밤의 고속도로를 질주하는 그림이었다. 보름달이 뜬 밤, 목 없는 남자가 고삐를 잡고 날뛰는 말들을 앞으로 몰고 있었다. 머리가 잘린 마부의 목에서 새빨간 피가 줄줄 흘렀고, 끈적한 핏덩이가 구겨진 하얀 셔츠에 달라붙은 모습이었다. 섬뜩하게 잘린 머리는 뒤에 보이는 마부석에 놓여 있었는데, 몸뚱이에서 잔혹하게 잘려나갔는데도 사악한 생명력에 가득 차서 악마처럼 히죽히죽 웃고 있었다.

티나는 얼굴을 찡그렸다. 대니는 자기 전에 이런 책을 읽고도 어떻게 그토록 잘 잤던 걸까? 그 애는 언제나 깊게 잠이 들어 좀처럼 뒤척이는 법이 없었다. 악몽에 시달리는 것 같지도 않았다.

그녀는 옷장에서 다른 상자를 꺼냈다. 두 번째 상자도 첫 번째 것만큼이나 무거워서 그 안에도 만화책이 들었을 거라고 생각했다. 어쨌든 확인은 해보려고 상자를 열었다.

충격을 받은 티나는 숨을 헉 몰아쉬었다.

그 남자였다. 상자 안에서 그녀를 노려보고 있는 그래픽 노블 잡지의 표지. 그가 맞았다. 온통 검은 옷을 입은 남자. 바로 이 얼굴. 깡마르고 축 처진 얼굴, 앙상하게 튀어나온 눈두덩, 인간 같지 않은 위협적인 붉은 눈에 가득한 강렬한 적의. 한쪽 눈초리와 뺨에 득실대는 구더기 덩어리와 누렇게 썩은 이를 드러내며 웃는 입까지. 혐오스러운 모습 하나하나가 악몽에 계속 나타나는 흉측한 존재와 똑같았다.

바로 어젯밤 꿈에 나타났던 흉측한 남자가, 불과 몇 시간 만에, 오늘 이 자리에서 떡하니 그녀를 기다리고 있다니 대체 어떻게 된 일인가?

티나는 마분지 상자에서 뒷걸음쳤다.

그림 속 괴물의 형상에서 붉게 타오르는 눈동자가 이쪽으로 따라오는 것만 같았다.

아마도 대니가 잡지를 사 온 날 이 무시무시한 그림을 봤던 게 틀림없다. 그림을 본 기억이 잠재의식 속에 지긋지긋하도록 단단히 박혀 있다가 결국 악몽으로 나타난 거다.

이렇게밖에 설명되지 않았다.

하지만 티나는 알고 있었다. 그게 아니라는 걸.

그녀는 전에 이 그림을 본 적이 단 한 번도 없었다. 대니가 용돈을 받아 처음으로 공포 만화를 사 모으기 시작했을 때 그녀는 이 책들이 아이에게 해롭지는 않을지 자세히 살펴봤다. 하지만 이런 책을 읽게 두어도 괜찮다고 마음을 먹은 다음에는 아들이 뭘 사든 전혀 들여다보지 않았다.

그런데 검은 옷을 입은 그 남자가 꿈에 나온 것이다.

그리고 그 남자가 지금 여기 있었다. 그녀를 보고 웃으면서.

이런 삽화가 그려진 잡지에는 대체 어떤 이야기가 실려 있을까 궁금해졌다. 티나는 상자로 다가서서 그 잡지를 집어 들었다. 만화 책보다 두꺼운, 반지르르한 종이에 인쇄한 잡지였다.

손가락 끝으로 반질반질한 표지를 만져보고 있는데 초인종이 울렸다.

그녀는 움찔하며 숨을 들이켰다.

초인종이 다시 울리자 그제야 정신이 들었다. 누군가가 현관에 왔다.

티나는 현관으로 갔다. 심장이 쿵쾅거렸다.

현관문 외시경을 들여다보니 파란 모자를 쓴 말쑥한 젊은이가 서 있었다. 모자에 새겨진 표식은 알아볼 수 없었다. 그는 미소를 지으며 자신을 알아봐주길 기다리고 있었다.

그녀는 현관문을 열지 않았다.

"무슨 일이시죠?"

"가스 회사에서 나왔습니다. 집 안으로 연결되는 관을 확인해야 해서요."

티나는 눈살을 찌푸렸다.

"1월 1일에 말인가요?"

남자는 닫힌 문에 대고 말했다.

"긴급 확인차 나왔습니다. 이 주변에 혹시 가스 누출이 있는지 조사하고 있거든요."

그녀는 머뭇대다가 묵직한 도어체인을 풀지 않고 문을 열었다. 그리고 좁은 문틈으로 그를 자세히 살펴보았다.

"가스 누출요?"

그는 안심하라는 듯 미소를 지었다.

"별 위험은 없을 테지만요. 저희 회사 라인에서 압력이 낮아진 걸 확인했습니다. 그래서 원인 조사를 하고 있습니다. 대피하셔야 하는 건 아니니 겁내실 필요 없습니다. 하지만 집집마다 확인은 해야 해서요. 혹시 주방에 가스레인지가 있나요?"

"아뇨. 전기 인덕션을 써요."

"난방은 어떻게 하세요?"

"가스 난방장치를 써요."

"그렇군요. 이 지역은 모두 가스 난방을 하는 것 같더라고요. 제가 한번 보고 부속과 들어오는 가스를 확인해보겠습니다. 그러면 끝납니다."

그녀는 조심스럽게 남자를 훑어보았다. 가스 회사 유니폼을 입고 가스 회사 로고가 찍힌 커다란 공구 상자를 들고 있었다.

"신분증을 볼 수 있을까요?"

"물론입니다."

그는 셔츠 주머니에서 코팅된 신분증을 꺼내 내밀었다. 신분증에는 가스 회사의 인장이 찍혀 있고, 사진과 이름, 신체 정보 등이 적혀 있었다.

티나는 쉽사리 겁먹는 할머니처럼 구는 자신이 살짝 바보 같다는 생각이 들었다.

"미안해요. 위험한 사람이라고 생각해서 그런 건 아니었어요. 그냥—"

"저, 괜찮습니다. 사과하지 마세요. 신분증 확인은 잘하신 거예요. 요즘 같은 세상에 문밖에 누가 있는지도 모르면서 문을 열어주면 미친 거죠."

그녀는 재빨리 문을 닫고 도어체인을 풀었다. 그리고 문을 연 다음 뒤로 물러섰다.

"들어오세요."

"가스 난방장치는 어디 있습니까? 차고에 있나요?"

라스베이거스 지역의 주택은 대부분 지하실이 없었다.

"네, 차고에 있어요."

"원하신다면 바로 차고 문으로 들어가도 됩니다."

"아뇨, 괜찮아요. 들어오세요."

그는 현관으로 들어섰다.

"좋은 곳에 사시네요."

"고맙습니다."

"아늑한 집이에요. 색상 배치도 잘하셨고요. 모두 자연스러운 색으로 통일하셨네요. 재미있군요. 저희 집이랑 살짝 비슷해요. 제 아내도 색상 배치를 정말 잘하거든요."

"이런 색이 편안한 느낌을 주죠."

"그렇죠? 정말 좋고 자연스러워요."

"차고는 이쪽이에요."

남자는 그녀를 따라 주방을 지나쳐 짧은 복도를 걷다가 세탁실로 들어갔다. 그곳은 차고로 이어졌다.

티나는 불을 켰다. 어둠은 사라졌지만, 벽과 구석에는 아직도 그림자가 남아 있었다.

차고에는 곰팡이가 살짝 슬었을 뿐, 가스 냄새는 느껴지지 않았다.

"별문제 없어 보이는데요. 가스 냄새는 안 나네요."

"아마 그럴 겁니다. 하지만 확신할 수는 없죠. 집 밑으로 지나는 지하 연결관에서 샐 수도 있거든요. 콘크리트 바닥 아래에서 가스가 새서 계속 고이는 경우엔 곧바로 냄새가 안 날 수 있어요. 하지만 폭탄 위에 앉아 있는 거나 마찬가지죠."

"생각만 해도 무섭네요."

"그런 일이 일어나니까 인생이 재미있는 거겠죠."

"이게 재미있다니, 가스 회사 홍보 부서에서 일하지는 마세요."

그가 웃어 보였다.

"걱정하지 마세요. 제가 정말로 그런 일이 벌어질 거라고 생각하면 이렇게 웃으면서 여기 서 있겠습니까?"

"그건 그렇죠."

"안심하셔도 좋아요. 정말로요. 걱정하지 마세요. 이건 그냥 정기 점검이나 마찬가지예요."

그는 난방장치로 다가가 무거운 공구 상자를 바닥에 놓고 몸을 굽혔다. 경첩이 달린 금속판을 여니 장치의 내부가 드러났다. 환하게 빛나며 넘실대는 불꽃 고리가 보이자, 으스스한 푸른 불빛이 남자의 얼굴을 휘감았다.

"어떤가요?"

그는 티나를 올려다보았다.

"15분에서 20분 정도 걸릴 것 같습니다."

"금방 끝날 줄 알았는데요."

"이런 상황에서는 철저하게 검사하는 게 제일 좋거든요."

"그럼 철저하게 해주세요."

"가서 다른 일을 보셔도 됩니다. 제가 요청드릴 건 이제 없으니까요."

티나는 검은 옷을 입은 남자가 그려진 잡지 표지를 생각했다. 그런 존재가 등장하는 이야기는 어떤 내용일지 궁금했다. 어쩐지 대니가 죽은 이야기와 비슷할 거라는 이상한 느낌이 들었다. 분명 엉뚱한 생각이었다. 하지만 그 생각을 떨쳐버릴 수가 없었다.

"저는 뒷방을 청소하고 있었거든요. 그러니 정말로 필요한 게 없으시다면—"

"그럼요. 가서 일 보세요. 저 때문에 방해를 받으시면 안 되죠."

그녀는 어두운 차고에 남자를 남겨두고 떠났다. 그의 얼굴은 은은한 푸른 불빛을 받아 파랗게 빛났고, 두 눈에는 한 쌍의 불꽃이 비쳐 보였다.

17

싱크대에 서 있는 엘리엇이 주방 구석에 있는 아침 식사용 식탁으로 가지 않겠다고 버티자, 두 사람 중 체구가 작은 밥이 머뭇거리다가 마지못한 자세로 그에게 한 걸음 다가섰다.

"잠깐만."

빈스의 말에 밥은 걸음을 멈추었다. 딱 봐도 같이 온 덩치 큰 동료가 엘리엇을 상대한다고 하니 안심한 기색이었다. 빈스가 충고하듯 말했다.

"내가 먼저 할 테니 물러서. 이 개새끼를 손 좀 봐줘야겠어."

밥은 탁자 쪽으로 물러섰고, 엘리엇은 덩치 큰 남자 쪽으로 주의를 돌렸다.

빈스는 오른손에 권총을 쥐고 왼손은 주먹을 쥐었다.

"너 나랑 정말 한판 붙어보고 싶구나? 이 조그만 놈이, 제길. 내

주먹이 네 머리통만 한 거 모르겠냐? 너 이 주먹으로 맞을 때 느낌이 어떤지는 아냐?"

엘리엇은 그 느낌을 아주 잘 알고 있었다. 겨드랑이와 등줄기에 땀이 흘렀지만 움직이지 않았다. 그리고 낯선 이의 조롱에도 반응하지 않았다.

"화물열차에 정면충돌한 기분이 들 거다. 그러니 망할 놈의 고집 그만 부리라고."

그들은 끝까지 폭력을 쓰지 않도록 애쓸 작정이었다. 나중에 타살로 의심받을 만한 상처를 엘리엇의 몸에 남기지 않을 거라는 추측은 사실로 굳어졌다.

사람이 되려다 만 곰처럼 생긴 빈스가 미적대며 다가왔다.

"마음을 바꾸고 싶지? 이제 협력할 마음이 들지?"

엘리엇은 여전히 움직이지 않았다.

"배에 이 주먹 한 대 맞아볼래? 그러면 속에 든 걸 신발에다가 모조리 토하게 될 거야."

빈스는 한 걸음 더 다가왔다.

"네가 다 토한 다음에는 내가 네놈 불알을 잡고서 탁자로 끌고 가주지."

한 걸음 더 가까워졌다.

이제 빈스의 커다란 덩치가 멈췄다.

팔을 뻗으면 닿을 거리가 되었다.

엘리엇은 밥을 슬쩍 바라보았다. 그는 손에 주사기 봉지를 쥐고 여전히 아침 식사용 식탁 앞에 서 있었다.

"쉽게 갈 수 있는 마지막 기회야."

빈스가 말했다.

엘리엇은 번개처럼 빠르고 매끄러운 동작으로 계량컵을 움켜쥐었다. 몇 분 전에 식초 30밀리리터를 부어둔 컵이었다. 그는 식초를 빈스의 얼굴에 확 뿌렸다. 빈스는 놀라움과 고통이 뒤섞인 비명을 질러댔다. 그는 일시적으로 앞이 보이지 않게 되었다. 엘리엇은 계량컵을 던지고 곧바로 총을 잡았지만 빈스가 먼저 반사적으로 총을 쏘았다. 총알은 엘리엇의 얼굴을 스쳐 지나 싱크대 위 창문을 박살냈다. 엘리엇은 빈스가 거칠게 휘두르는 훅 펀치를 슬쩍 피해 가까이 다가갔다. 빈스가 순순히 내놓지 않고 있는 권총을 계속 붙잡은 채였다. 엘리엇은 한쪽 팔을 휘둘러 팔꿈치로 빈스의 목을 가격했다. 그의 머리가 뒤로 홱 꺾이는 순간 엘리엇이 손날로 목젖을 쳤다. 무릎으로 상대방의 가랑이를 올려 찬 엘리엇은 빈스의 손가락이 느슨해지자 곰 같은 주먹에서 총을 떼어냈다. 빈스는 몸을 말고 숨이 막힌다는 듯 색색댔다. 엘리엇이 총의 개머리판으로 빈스의 머리를 가격하자 돌끼리 부딪치는 소리가 났다.

엘리엇은 한 발짝 물러섰다.

빈스는 무릎을 털썩 꿇고 고꾸라지더니 그 상태로 입을 벌리고 타일 바닥에 얼굴을 비벼댔다.

싸움에 걸린 시간은 10초도 되지 않았다.

덩치 큰 빈스는 스스로를 너무 과신했다. 키가 15센티미터는 더 크고 근육량도 40킬로그램은 더 나가는 자신을 엘리엇이 이길 수 없다고 확신했겠지만, 그의 생각은 틀렸다.

엘리엇은 다른 침입자인 밥 쪽으로 몸을 돌려 권총을 겨누었다.

밥은 이미 주방을 벗어나 식당을 거쳐 현관 쪽으로 달려가고 있었다. 보아하니 그는 총을 가져오지 않은 데다 자기 동료가 너무 쉽고 빠르게 당하는 걸 보고 무척 놀란 모양이었다.

엘리엇은 밥을 뒤쫓았지만 식당 의자들이 넘어져 있어서 빠르게 지나갈 수 없었다. 밥이 도망치면서 일부러 뒤엎은 것이었다. 거실에도 가구가 쓰러지고 책이 널려 있었다. 현관까지 가는 길이 내내 장애물 코스 같았다.

엘리엇이 현관을 통과해 집 밖으로 나갈 즈음, 밥은 진입로를 다 달려 나가 큰길에 들어선 참이었다. 그는 아무런 표식이 없는 진녹색 쉐보레 세단에 올라타고 있었다. 엘리엇이 큰길로 나갔을 때 쉐보레는 이미 끼익 하는 타이어 소리와 굉장한 엔진 소리를 내며 멀어져갔다.

차량 번호도 알아볼 수 없었다. 번호판에는 진흙이 묻어 있었다.

엘리엇은 급히 집으로 들어갔다.

주방에 있는 빈스는 여전히 의식이 없었다. 아마 10분에서 15분 정도는 이 상태일 것이다. 엘리엇은 그의 맥박을 확인하고 눈꺼풀을 뒤집어 보았다. 빈스는 생명에는 지장이 없을 테지만 입원해야 할 거고, 며칠간은 무언가를 삼킬 때마다 고통을 느낄 것이다.

엘리엇은 빈스의 주머니를 뒤졌다. 잔돈 얼마와 빗, 지갑, 서류가 나왔다. 엘리엇에게 대답을 받아내려 한 질문이 적힌 종이였다.

그는 종이를 접어서 뒷주머니에 꽂았다.

빈스의 지갑에는 92달러가 들어 있었다. 신용카드나 운전면허

증은 없었고 하다못해 신분증도 보이지 않았다. 분명 FBI는 아니었다. FBI 요원은 제대로 된 자격증을 소지했다. CIA도 아니었다. CIA 요원은 비록 가짜 신분이라도 신분증이 있었다. 엘리엇이 아는 한, 신분증이 없다는 건 대놓고 가짜 신분증을 갖고 다니는 기관들보다 더욱 좋지 않다는 뜻이었다. 절대적인 익명성이 비밀경찰 조직의 낌새를 풍겼다.

'비밀경찰이라.' 그 가능성을 떠올리자 엘리엇은 무척 겁에 질렸다. 미국에 이런 게 존재할 줄이야. 절대로 있어서는 안 되는 조직 아닌가. 중국이나 러시아, 이란, 이라크 같은 나라에서는 있을 수 있다. 해외 원조로 살아가는 남미에서도 가능하다. 지구상 나라 절반 가까이에는 비밀경찰이나 현대판 게슈타포가 있어서 시민들이 늦은 밤 누군가가 문을 두드릴까 무서워하며 살아간다. 하지만 미국에서는 그러면 안 된단 말이다, 제길.

정부가 비밀경찰을 승인했다 해도, 어째서 그들이 이토록 조바심을 내며 대니의 죽음에 얽힌 진실을 감추려 하는 걸까? 시에라네바다산맥에서 어떤 비극이 벌어졌기에? 그 산에서 정말 무슨 일이 일어났던 것일까?

티나.

순간 엘리엇은 자신만큼이나 티나도 위험한 상황이라는 걸 깨달았다. 만약 이 사람들이 무덤 발굴을 막으려는 이유만으로 자신을 죽이려 들었다면 티나도 *반드시* 죽일 것이다. 사실 그녀가 가장 주요한 목표임이 틀림없다.

엘리엇은 서둘러 달려가 주방 전화기를 홱 들었다. 그제야 그녀의 전화번호를 모른다는 걸 알았다. 전화번호부를 급히 뒤적거렸지만 크리스티나 에번스라는 이름은 없었다.

전화 교환원에게 목록에 없는 번호를 구슬려 알려달라고 할 수도 없는 노릇이었다. 경찰에 전화해서 상황을 설명한다 한들, 그때쯤이면 티나를 돕기에 너무 늦었을지도 모른다.

엘리엇은 속이 타들어갔다. 티나를 잃을지도 모른다는 생각에 정신이 점점 멍해졌다. 한쪽 입꼬리가 살짝 올라간 그녀의 미소, 새파란 산천처럼 빠르게 변하는, 깊고 시원하고 푸르른 그녀의 눈동자가 떠올랐다. 가슴속 압박 때문에 숨조차 쉴 수 없었다.

그러다 티나의 집 주소가 떠올랐다. 이틀 전 「매직!」의 시사회가 끝나고 참석한 파티에서 받았던 주소였다. 그녀는 여기서 멀지 않은 곳에 살았다. 5분이면 도착할 수 있을 터였다.

소음기가 장착된 권총이 여전히 손에 들려 있었다. 총은 가지고 가기로 했다.

엘리엇은 진입로에 주차된 차로 달려갔다.

18

티나는 차고에 가스 회사 직원을 남겨두고 다시 대니의 방으로 갔다. 상자에서 그래픽 노블 잡지를 꺼내 든 그녀는 침대 끝에 가 앉았다. 빛바랜 구릿빛 햇살이 창문을 뚫고 자그마한 동전처럼 쏟아져 내렸다.

그 잡지에는 삽화가 들어간 무서운 이야기 여섯 편이 실렸다. 표지 그림이 들어간 이야기는 16쪽 분량이었다. 지면의 글자들은 썩은 수의 위에 새겨놓은 듯한 디자인이었다. 삽화가는 첫 장에 비에 흠뻑 젖은 무덤을 실감 나게 그려놓고 그림 윗부분에 제목을 선명히 써놓았다. 티나는 믿을 수 없는 충격에 휩싸여 그 제목을 노려보았다.

죽지 않은 소년

칠판, 그리고 컴퓨터 출력물에 나타났던 글자가 떠올랐다. 죽지 않았어, 죽지 않았어, 죽지 않았어……

손이 덜덜 떨렸다. 가만히 잡지를 쥐고 읽기가 어려울 정도였다.

이 이야기는 의사가 종종 환자의 생사 판단을 정확히 할 수 없었던 19세기 중반이 배경이었다. 케빈이라는 소년이 지붕에서 떨어져 머리를 심하게 다친 뒤 혼수상태에 빠졌다. 당시 의료 기술로는 소년의 활력징후를 세밀히 판단할 수가 없었다. 의사는 사망 선고를 내렸고, 케빈의 부모는 아이를 무덤에 묻었다. 당시에는 시체를 방부 처리하지 않았기 때문에 소년은 산 채로 매장당한 것이다. 장례식이 끝난 뒤 케빈의 부모는 살던 도시를 떠나 시골에 있는 여름 별장에서 한 달간 머물기로 한다. 그들은 사업이나 사회적 의무를 다해야 한다는 압박에서 벗어나 앞서 떠나보낸 아이를 좀 더 애도하고 싶었다. 하지만 시골에 도착한 첫날 어머니는 케빈이 산 채로 묻혀서 자신을 부르는 환상을 본다. 그 환상이 너무나 생생하고 마음을 뒤흔들어 부부는 그날 밤 서둘러 도시로 돌아가 새벽에 무덤을 파헤치려 한다. 하지만 죽음은 케빈을 자기 것이라고 정해놓은 상태였다. 이미 장례식이 거행되고 무덤이 닫혔다. 죽음은 부모가 묘지에 제때 도착하지 못해서 아들을 구할 수 없게 하려고 막는다. 케빈의 부모는 온갖 좀비에게 공격을 받고, 살아 있는 시체와 뱀파이어와 시체 먹는 악귀와 귀신에게 갖은 방해를 받지만 결국 승리한다. 그들은 새벽녘에 무덤에 도착해 관을 열고, 아들이 혼수상태에서 깨어나 살아 있는 모습을 본다. 마지막 삽화는 부모와 아이가 묘지에서 걸어나가는 모습을 지켜보는 죽음을 묘사하고 있었다. 죽음은 이렇게 말하고 있었다. "이건 잠시의 승리일 뿐이다. 너희 모두는 곧 내 것이 되리라. 언젠가는 돌아와야 할 것이다. 너희를 기다리고 있으마."

티나는 입이 바짝 말라왔다. 몸에 힘이 빠졌다.

이 말도 안 되는 이야기를 어떻게 받아들여야 할까?

이건 그저 웃기는 만화일 뿐이었다. 말 같지도 않은 무서운 이야기기도 했다. 하지만…… 이 섬뜩한 이야기와 최근 자신의 삶에 일어난 추악한 장난질에는 뭔가 기묘한 유사점이 있었다.

그녀는 잡지 표지가 바닥에 닿도록 내려놓았다. 구더기가 달라붙고 새빨갛게 빛나는 죽음의 눈과 마주치고 싶지 않아서였다.

죽지 않은 소년이라니.

이상했다.

그녀는 대니가 생매장당하는 꿈을 꾸었다. 대니가 모은 구간 그래픽 노블 잡지에 실린 섬뜩한 인물 그림이 꿈속에 나타났다. 이 이야기는 대니 또래인 소년이 실수로 사망 선고를 받고 생매장되었다가 무덤이 열려 구출되는 내용이었다.

우연일까?

아니, 아니다. 이런 게 우연이라면 해가 졌다가 뜨는 것도 우연으로 봐야 한다.

미친 생각이지만, 티나는 자신이 꾼 악몽이 단순히 마음에서 비롯된 게 아닌 것 같았다. 스스로 꾼 꿈이 아니라 마치 다른 존재나 힘이 모종의 이유로 그녀의 머릿속에 이 꿈을 전달한 것 같았다…….

그 이유가 뭘까?

대니가 생매장됐다는 사실을 알리려고?

그럴 리 없다. 아들이 산 채로 묻혔을 리 없다. 아이는 온몸이 부서지고 화상을 입고 꽁꽁 얼었다고 했다. 버스 폭발로 몸이 끔찍하게 찢겼고, 의심의 여지없이 사망했다고 했다. 당국도, 장의사도 그렇게 말했다. 게다가 지금은 19세기 중반도 아니다. 요즘 의사들은 아주 희미한 심장박동이나 얕디얕은 호흡, 매우 가느다란 뇌파까지 잡아낼 수 있다.

무덤에 묻혔을 때 대니는 분명히 죽은 상태였다.

그리고 만약, 정말 백만 분의 1 확률로 아이가 매장 당시 살아 있었다 해도 1년이 족히 지난 지금에 와서 영적인 세상으로부터 이런 환상을 받는다?

여기까지 생각이 미치자 티나는 깊은 충격을 받았다. 영적인 세상? 환상? 투사 경험? 그녀는 초능력이나 초자연적 현상 따위는 믿지 않았다. 이제껏 믿지 않는다고 여겨왔다. 그런데 지금은 어떤가. 자신이 꾼 꿈이 다른 세계가 보내는 신호일 가능성을 진지하게 따져보고 있다. 아주 쓸데없는 생각이었다. 말이 안 돼도 한참 안 되는 소리다. 모든 꿈은 정신에 저장된 경험에서 비롯된다. 꿈은 영혼이나 신이나 악마가 저세상에서 보내는 전보 같은 게 아니란 말이다. 그런데 한순간에 이토록 감쪽같이 정신이 팔려버리다니. 그녀는 그 사실에 스스로 매우 놀랐다. 대니의 시신을 파보기로 결정했는데도 기대만큼 효과적으로 정서가 안정되지 않았다.

티나는 침대에서 일어났다. 그리고 창가로 가서 조용한 거리와 야자나무, 올리브나무를 바라보았다.

의심의 여지가 없는 사실에 집중해야 한다. 어떤 외부의 힘이 꿈을 꾸게 만든다는 말도 안 되는 생각은 그만해야 한다. 이건 *그녀의* 꿈이고, 전적으로 *그녀가* 만든 것이다.

하지만 이 잡지는 어떻게 설명해야 할까?

그녀가 보기에 논리적인 설명은 하나밖에 없었다. 대니가 가판대에서 잡지를 사 온 첫날 표지에 실린 기괴한 죽음의 모습을 슬쩍 보았던 게 틀림없다.

하지만 그걸 본 적이 없다는 사실은 스스로 잘 알았다.

그리고 그 그림을 언젠가 보았다 한들 「죽지 않은 소년」 이야기를 읽은 적이 없다는 건 분명했다. 그녀는 이런 특이한 이야기가 혹시나 아이에게 해로운 영향을 미치지는 않을까 걱정이 되어 대니가 산 잡지들을 처음 두 부 정도만 넘겨보았을 뿐이다. 표지의 날짜를 보니 「죽지 않은 소년」이 수록된 권호는 티나가 처음 들춰보았던 잡지가 아니라는 점은 확실했다. 이건 불과 2년 전에 출간되었다. 티나가 공포 만화가 해롭지 않다고 결론을 내리고서도 한참 뒤에야 발행된 것이다.

그러자 생각이 원점으로 돌아왔다.

자신의 꿈은 이 공포 이야기의 이미지를 본떠 만들어졌다. 그건 논쟁의 여지가 없다.

하지만 이 이야기를 읽은 건 불과 몇 분 전 일이다. 그것도 사실이다.

이 문제를 풀 수 없는 자신의 무능력함에 지치고 화가 난 티나는 창문에서 돌아섰다. 침대로 다시 가서 아까 놓아둔 잡지를 보려 했을 때였다. 집 앞에서 가스 회사 직원이 티나를 불렀다. 그녀는 깜짝 놀랐다.

그는 현관 옆에 서서 티나를 기다리고 있었다.

"일을 끝냈습니다. 제가 떠난다는 걸 알려드리려고요. 그러니 문을 잠그시면 됩니다."

"문제없이 잘되었나요?"

"아, 네. 물론이죠. 모든 게 다 좋습니다. 이 동네에서 가스가 누출됐다 해도 이 집은 아닐 겁니다."

티나가 직원에게 감사를 표하자 그는 자기 할 일을 했을 뿐이라고 말했다. 그들은 서로에게 '좋은 하루 보내세요'라고 인사했고, 직원이 떠난 뒤 티나는 문을 잠갔다.

그녀는 대니의 방으로 돌아가 그 무시무시한 잡지를 다시 집어 들었다. 표지에서 죽음이 굶주린 눈으로 그녀를 노려보았다.

침대 끝에 앉은 티나는 이야기를 다시 읽었다. 혹시 처음 읽었을 때 무언가 중요한 점을 놓쳤다면 이번에는 알아챌 수 있지 않을까 기대했다.

3~4분가량 지난 뒤 초인종이 울렸다. 한 번, 두 번, 세 번, 네 번. 끈질기게 울렸다.

티나는 잡지를 들고 누가 왔는지 보러 나갔다. 현관문에 다다르는 10초 동안 벨은 세 번 더 울렸다.

"뭐가 그리 급해서 이러나."

그녀는 투덜거렸다.

놀랍게도 현관문 외시경 너머로 몸을 숙이고 있는 엘리엇이 보였다.

그녀가 문을 열자 엘리엇은 웅크린 채로 잽싸게 안으로 들어왔다. 그리고 그녀 너머와 좌우, 거실, 식당을 훑어보며 다급한 목소리로 재빨리 말했다.

"괜찮아요? 별일 없었습니까?"

"괜찮아요. 그런데 왜 그래요?"

"혼자 있습니까?"

"당신이 왔으니 이제 혼자가 아니죠."

그는 문을 닫고는 걸어 잠갔다.

"집을 떠나야 하니 짐을 싸세요."

"네?"

"여기는 안전하지 않은 것 같습니다."

"엘리엇, 이거 총인가요?"

"네. 나는—"

"진짜 총이라고요?"

"그래요. 날 죽이려던 놈에게서 뺏었어요."

그녀는 엘리엇이 정말 위험에 처했다기보다는 그저 장난을 치고 있는 거라는 생각이 들었다.

"누가요? 언제요?"

"몇 분 전에 우리 집에서요."

"하지만—"

"잘 들어요, 티나. 그들은 내가 당신을 도와서 대니의 시신을 발굴하려 했다는 이유로 날 죽이려 했어요."

그녀는 입을 딱 벌리고 그를 바라보았다.

"지금 무슨 소리를 하는 건가요?"

"살인이 일어날 겁니다. 음모가 있어요. 아주 이상한 일이죠. 그들은 분명 당신도 죽이려 할 겁니다."

"하지만 이게—"

"미친 소리라는 거 압니다. 하지만 사실이에요."

"엘리엇—"

"빨리 짐을 쌀 수 있습니까?"

처음에는 반쯤은 그가 농담하는 거라고, 그녀를 재미있게 해주려 연극을 하는 거라고 생각했다. 이런 건 하나도 재미없다고 말해줄 참이었다. 하지만 엘리엇의 어둡고 강렬한 눈동자를 보자, 그의 말 한마디 한마디가 진심이라는 걸 알게 되었다.

"세상에, 엘리엇. 정말로 누가 당신을 죽이려 했다고요?"

"자세한 건 나중에 말할게요."

"다쳤어요?"

"아니, 아닙니다. 하지만 이게 무슨 일인지 알아내기 전까지는 몸을 사려야 합니다."

"경찰에 신고했나요?"

"그건 별로 좋은 생각이 아니에요."

"왜요?"

"그들도 한패일 수 있어요."

"한패라고요? *경찰이요?*"

"여행 가방은 어디에 있습니까?"

그녀는 현기증이 났다.

"어디로 갈 건데요?"

"아직은 몰라요."

"하지만―"

"자, 서둘러요. 짐을 싸서 이곳을 빠져나가야 합니다. 그놈들이 또 나타나기 전에요."

"침실 옷장에 여행 가방이 있어요."

그는 티나의 등에 손을 얹더니 다정하지만 단호하게 밀어서 그녀를 집 안으로 데리고 들어갔다.

그녀는 당황한 채 침실로 향했다. 서서히 무서워졌다.

엘리엇은 그녀의 뒤를 바짝 따라왔다.

"오늘 오후에 누가 여기에 왔습니까?"

"여긴 나밖에 없었어요."

"내 말은, 그러니까 누가 주위를 서성이거나 하지 않았냐는 겁니다. 문가에 온 사람도 없었어요?"

"없었어요."

"어째서 그놈들이 나한테 먼저 왔는지 모르겠군요."

"아, 가스 회사 직원이 왔어요."

티나는 침실로 이어지는 짧은 복도를 서둘러 걷다가 말했다.

"뭐라고요?"

"가스 회사에서 점검을 한다고 직원이 왔어요."

엘리엇은 침실에 들어가려던 그녀의 어깨에 손을 얹어 멈춰 세웠다.

"가스 회사 직원요?"

"네. 걱정하지 마세요. 신분증을 확인했거든요."

엘리엇은 눈살을 찌푸렸다.

"하지만 오늘은 휴일인데요."

"긴급 점검을 한다고 했어요."

"무슨 긴급한 일이 있어서요?"

"가스관의 압력이 떨어졌대요. 그래서 이 지역에 누출이 생길지도 모른다고요."

엘리엇의 주름이 더 깊어졌다.

"그래서 그 직원이 어디를 보여달라고 했습니까?"

"난방장치를 점검한다고 했어요. 가스가 누출되는지 확인한다면서요."

"그래서 집에 들였습니까?"

"그랬죠. 사진이 붙은 가스 회사 신분증을 갖고 있었어요. 난방장치를 점검해보더니 이상은 없다고 했어요."

"그게 언제였습니까?"

"당신이 오기 1~2분 전에 막 떠났어요."

"그 사람이 얼마나 있었습니까?"

"15분인가 20분쯤요."

"난방장치 점검이 그렇게 오래 걸립니까?"

"철저하게 보고 싶어 했어요. 말로는—"

"그동안 옆에 있었습니까?"

"아뇨. 나는 대니의 방을 정리하고 있었어요."

"난방장치는 어디 있습니까?"

"차고에 있어요."

"보여주세요."

"짐은 안 싸고요?"

"지금은 때가 아닌 것 같습니다."

이렇게 말하는 엘리엇의 얼굴이 창백했다. 이마에 송골송골 난 땀이 머리 선을 따라 흘러내렸다.

티나의 얼굴에서 핏기가 가셨다.

"세상에. 설마 지금—"

"난방장치 어디 있습니까!"

"이쪽이에요."

여전히 잡지를 손에 들고서, 티나는 급히 집 안을 가로질러 주방을 지나 세탁실로 뛰어 들어갔다. 좁은 직사각형 공간 끝에 문이 있었다. 문손잡이를 잡는 순간, 차고에서 가스 냄새가 났다.

"문 열지 마요!"

엘리엇이 경고했다.

그녀는 독거미라도 만진 듯 재빨리 문에서 손을 뗐다.

"문을 여는 순간 불꽃이 일지도 모릅니다. 여기서 어서 나갑시다. 현관으로요. 자, 서둘러요!"

그들은 왔던 길을 되돌아갔다.

돌아가는 길에는 초록 잎사귀가 무성한 화분이 있었다. 키가 1미터 20센티미터쯤 되는 홍콩야자 화분이었다. 티나는 처음 샀을 때 지금의 4분의 1 높이밖에 안 되었던 화분을 이만큼 키워놓았다. 앞으로 집이 언제 폭발할지는 모르겠지만 위험을 감수하고라도 잠시 멈춰서 화분을 가져가고픈 정신 나간 충동이 일었다. 그때 붉은 눈빛과 누런 피부가 떠올랐다. 죽음의 음흉한 얼굴이 머릿속을 스치자 그녀는 계속 움직였다.

그녀는 그래픽 노블 잡지를 왼손에 꼭 쥐었다. 이걸 잃어버리지 않는 게 중요했다.

현관에 다다른 엘리엇은 문을 홱 열고 티나를 자기 앞으로 밀어내보냈다. 늦은 오후 쏟아지는 황금빛 햇살 아래로 둘은 함께 곤두박질치다시피 나왔다.

"큰길로 가요!"

엘리엇이 재촉했다.

마음 한구석에 오싹한 상상이 들었다. 거대한 폭발이 일어나 집이 산산조각 나고, 부서진 목재와 유리 파편과 금속 조각이 바람을 가르며 그녀를 덮쳐와 머리부터 발끝까지 날카로운 조각 수백 개에 꿰뚫리는 상상이었다.

앞마당 잔디를 가로질러 깔아놓은 판석 길이 마치 꿈속에 나왔던 움직이는 오솔길 같았다. 아무리 열심히 달리고 달려도 길은 점점 늘어나는 것처럼 보였다. 그러다가 마침내 끝에 다다랐고, 티나는 큰길로 쏜살같이 달렸다. 엘리엇의 벤츠는 저쪽 연석에 있었다. 차까지 2미터쯤 남았나 싶은 순간, 갑자기 바깥으로 확 퍼지는 폭발의 충격파에 그녀는 앞으로 고꾸라졌다. 그 여파에 비틀거리다 벤츠 스포츠카 옆으로 넘어지면서 무릎을 땅에 세게 부딪혔다.

티나는 공포에 사로잡혀 꿈틀대며 엘리엇의 이름을 불렀다. 그는 무사했다. 그녀 바로 뒤에서 충격파를 견디다 균형을 잃고 앞으로 비틀거렸지만 다친 곳은 없었다.

차고가 먼저 터졌다. 커다란 차고 문이 경첩에서 떨어져 나가 진입로를 부수었다. 지붕 위로 흔들리는 기와와 불타는 잔해가 꽃가루처럼 휘날리며 사라져갔다. 티나가 엘리엇에게서 눈을 돌려 불길을 바라보았을 때, 아직 기왓장이 땅으로 다 떨어지지도 않은 상태에서 2차 폭발이 일어나 집을 뒤흔들었다. 자욱한 불꽃이 굉음을 내며 집 이쪽 끝에서 저쪽 끝까지 타올랐다. 그러면서 처음 폭발 때 기적적으로 깨지지 않았던 유리창 몇 장이 죄다 터졌다.

티나는 창문에서 솟아오른 불길이 근처에 있던 마른 야자나무로 옮겨붙는 모습을 망연자실하게 바라보았다.

엘리엇이 차 문을 가리고 있는 티나를 벤츠 옆에서 밀어내고 조수석 문을 열며 소리쳤다.

"어서 타요, 빨리!"

"하지만 우리 집에 불이 났어요!"

"이젠 어쩔 수 없습니다."

"소방차가 올 때까지 기다려야 해요."

"여기 오래 있을수록 놈들의 표적이 될 뿐이에요."

엘리엇은 티나의 팔을 잡고 불타는 집을 보지 못하게 돌려세웠다. 불길이 눈에 보이지 않자 그녀는 최면에서 천천히 풀려나듯 정신을 되찾기 시작했다.

"제발, 티나, 차에 타요. 총격이 시작되기 전에 떠나자고요."

겁에 질린 티나는 자신의 세상이 믿을 수 없이 빠른 속도로 허물어져가는 걸 멍하니 지켜보았다. 그녀는 엘리엇의 말을 따랐다.

엘리엇은 티나를 차에 태워 조수석 문을 닫고 운전석으로 달려가 앉았다.

"괜찮아요?"

엘리엇의 물음에 티나는 멍하니 고개만 끄덕였다.

"그래도 우린 아직 살아 있습니다."

엘리엇은 총부리가 티나의 반대편 문 쪽을 향하게끔 권총을 자기 무릎에 올려놓았다. 차 키는 그대로 꽂혀 있었다. 그는 시동을 걸었다. 손이 덜덜 떨렸다.

티나는 차창 밖으로 눈을 돌렸다. 믿을 수 없는 광경이 펼쳐졌다. 처참하게 부서진 차고 지붕에서 집 지붕으로 불길이 퍼져가고 있었다. 늦은 오후의 주홍빛 햇볕이 내리쬐는 가운데, 넘실대는 불꽃이 길고 새빨간 혀로 그녀의 집을 게걸스레 핥고 또 핥아대고 있는 것만 같았다.

19

불타는 집에서 차를 몰아 나오면서, 위험을 감지하는 엘리엇의 본능적인 감각은 군복무 시절만큼 예민해졌다. 그는 동물적인 감각과 초조함이 서린 광기 사이를 아슬아슬하게 넘나들었다.

백미러를 슬쩍 보니 검은 밴이 반 블록 뒤의 연석에서 멀어지는 모습이 보였다.

"우리는 쫓기고 있습니다."

이제껏 집 쪽을 돌아보던 티나가 스포츠카 뒤편 유리창을 쏘아보았다.

"내 난방장치에 손댄 개새끼가 분명 저 밴에 타고 있을 거예요."

"그럴 겁니다."

"그 새끼를 잡을 수만 있다면, 눈알을 파버릴 텐데."

티나가 분노하는 모습을 보자 엘리엇은 놀라우면서도 기뻤다. 아까까지만 해도 그녀는 엘리엇이 예기치 못하게 당한 폭행과 집을 잃었다는 상실감에 더해 죽을 뻔한 경험까지 겪고 얼이 빠져 반쯤 정신이 나간 것 같았다. 그런데 이제는 갑자기 제정신으로 깨어났다. 그녀가 기운을 차리자 엘리엇도 용기를 얻었다.

"안전벨트 매세요. 빠른 속도로 저들을 따돌릴 겁니다."

그녀는 앞을 바라보며 안전벨트를 맸다.

"저들을 따돌려보시려고요?"

"해보겠다는 게 아니라, *진짜*로 따돌릴 겁니다."

주택가의 제한 속도는 시속 40킬로미터였다. 엘리엇은 액셀러레이터를 꾹 밟았다. 차체가 낮은 미끈한 2인용 벤츠가 앞으로 확 달려 나갔다.

그들 뒤를 따라오던 밴의 모습이 빠르게 작아졌다. 이제 거리는 한 블록 반이나 벌어졌다. 그러나 곧 밴도 속도를 높여 따라붙기 시작했다.

"저 차는 우리를 따라잡을 수 없어요. 기껏 해 봤자 더 뒤처지지 않을 뿐이죠."

집집에서 나온 사람들이 거리 양옆에 늘어서서 어디에서 폭발음이 났는지 찾고 있었다. 벤츠가 쏜살같이 지나가자 그들은 고개를 돌려 차 쪽을 보았다.

시속 95킬로미터로 달리던 엘리엇은 두 블록을 쭉 가다가 브레이크를 잡고 모퉁이를 돌았다. 타이어에서 끼익 소리가 나면서 차가 옆으로 미끄러졌지만, 차의 서스펜션과 조종장치 반응성이 워낙 좋아서 크게 호를 그리면서도 뒤집히지는 않았다.

티나가 물었다.

"저들이 총을 쏘지는 않을까요?"

"나도 몰라요. 저들은 당신이 가스 폭발 사고로 죽은 것처럼 보이길 바랐을 겁니다. 그리고 나도 죽이고 자살로 위장하려 했어요. 하지만 이제 우리가 놈들을 쫓는 걸 그쪽도 알았으니 겁이 나서 무슨 짓이든 할 수 있습니다. 모르겠어요. 지금 확실하게 알 수 있는 건, 우리를 그냥 순순히 떠나보내지는 않을 거란 사실이에요."

"하지만 누가—"

"내가 아는 게 있어요. 나중에 말할게요."

"대니가 대체 무슨 상관인데요?"

"나중에."

엘리엇은 성급하게 말을 잘랐다.

"전부 다 미친 짓 같아요."

"그거 *나한테* 하는 말인가요?"

엘리엇은 모퉁이를 계속 돌고 또 돌았다. 대체 두 사람이 어디로 간 건지 아주 많은 여지를 남겨 밴에 탄 놈들을 혼란에 빠뜨리기 위해 그들 앞에서 사라지길 반복했다. 그러다가 교차로에서 너무 늦게 표지판을 보고 말았다. 막다른 길. 하지만 이미 모퉁이를 돌아 좁은 막다른 길로 접어들었다. 양옆에는 수수한 집 열 채가 있었다.

"제길!"

"다시 나가는 게 좋겠어요."

"그럼 그놈들과 정면으로 마주칠 겁니다."

"총이 있잖아요."

"저쪽은 아마 한 명 이상이고 중무장했을 거예요."

왼쪽에 다섯 번째 집 차고가 열려 있는 게 보였다. 그 안에 차는 없었다.

"거리에서 벗어나 그들 눈앞에서 사라져야 합니다."

엘리엇은 이렇게 말하며 마치 자기 집인 것처럼 거리낌 없이 열린 차고로 차를 몰았다. 그리고 시동을 끈 다음 급히 차에서 내려 커다란 차고 문으로 달려갔다. 하지만 문은 내려가지 않았다. 그는 잠시 문을 내리려 애쓰다가 문이 자동 시스템이라는 걸 깨달았다.

티나가 그의 뒤에서 말했다.

"물러서요."

그녀는 이미 차에서 내려 차고 벽에 있는 제어 버튼을 찾아낸 참이었다.

엘리엇은 바깥을 슬쩍 내다보고 좌우를 살폈다. 밴은 보이지 않았다.

문이 덜컹거리며 내려와 아무도 그들을 볼 수 없게 가려주었다.

엘리엇은 그녀에게 다가섰다.

"아슬아슬했어요."

티나는 그의 손을 꼭 잡았다. 그녀의 손은 차가웠지만, 단단히 힘이 들어가 있었다.

"그래서, 그 사람들이 대체 누구죠?"

"케네벡이 연루되어 있어요. 내가 말했던 판사 말입니다. 그는ㅡ"

그때 차고와 집을 연결하는 문이 예고도 없이 열렸다. 기름칠이 안 된 경첩에서 날카롭고 메마른 마찰음이 끼익 울려댔다.

구겨진 치노 바지와 하얀 티셔츠를 입은 덩치 좋은 남자가 차고 등을 달칵 켰다. 가슴이 떡 벌어진 남자는 호기심 어린 눈초리로 두 사람을 쳐다보았다. 남자의 팔은 육중했다. 팔 둘레가 엘리엇의 허벅지와 맞먹을 정도였다. 두툼한 근육질 목을 보니 저 목둘레에 맞는 와이셔츠는 쉽게 구할 수 없을 듯했다. 바지허리 위로 불룩 솟은 뱃살까지 만만치 않아 보이는 남자였다.

아까는 빈스, 지금은 이 남자. 오늘은 거인을 만나는 날인가 보다.

"당신들은 누구요?"

남자는 마치 뇌하수체 이상으로 거인이 된 것 같았다. 외모와는 달리 목소리는 부드럽고 온화했다.

엘리엇은 끔찍한 예감이 들었다. 티나가 닫은 지 불과 1분도 안 되었는데 이 남자가 손을 뻗어서 버튼을 눌러 차고 문이 열리면 검은 밴이 거리를 천천히 돌고 있을 것만 같았다.

엘리엇은 시간을 끌려고 입을 열었다.

"아, 안녕하세요. 저는 엘리엇이라고 합니다. 이쪽은 티나입니다."

그러자 커다란 남자가 말했다.

"톰입니다. 톰 폴럼비."

톰은 자기 차고에 낯선 사람이 둘이나 있는데도 별로 걱정하는 기색이 아니었다. 그저 당황한 것 같았다. 이 정도 몸집의 남자라면 웬만한 일에는 쉽게 겁먹지 않는 게 분명했다. 쑥대밭이 된 도쿄에서 별것도 아닌 바주카포를 든 군인 인간들을 마주한 고질라처럼 말이다.

"차가 좋은데."

톰의 목소리에 숨길 수 없는 감탄의 기색이 어렸다. 그는 탐욕스러운 눈빛으로 벤츠 S600을 응시했다.

엘리엇은 그만 웃을 뻔했다. *차가 좋다니!* 지금 낯선 이가 자기 차고에 들어와 차를 세우고 차고 문을 멋대로 닫은 상황인데, 나와서 기껏 한다는 말이 *차가 좋은데!* 라니.

"조그마한 게 되게 예쁘네."

톰은 고갯짓을 해 보이고는 입술을 핥으며 벤츠를 뚫어져라 바라보았다.

보아하니 톰은 강도나 사이코패스 연쇄 살인마 같은 인간쓰레기들도 돈만 있으면 벤츠를 살 수 있다는 걸 상상도 못 하는 것 같았다. 톰이 보기에 벤츠를 모는 사람은 곧 제대로 된 사람이었다.

만약 두 사람이 고물 쉐보레를 몰고 이 차고에 끼익대며 들어왔다면 톰은 어떻게 반응했을까? 엘리엇은 문득 궁금해졌다.

차에서 탐욕스러운 시선을 마지못해 거둔 톰이 물었다.

"그런데 여기서 뭐 하는 거요?"

그의 목소리에는 여전히 아무런 의심이나 경계심이 없었다.

엘리엇이 말했다.

"약속대로 왔습니다만."

"응? 난 아무한테도 약속한 게 없는데?"

"우리는 여기에…… 보트 때문에 왔습니다."

엘리엇은 아무 말이나 내뱉었다. 이 말을 앞으로 어떻게 이어가야 할지는 알 수 없었다. 그저 톰이 차고 문을 열고 자신들을 내쫓지 않도록 무슨 말이든 할 작정이었다.

톰은 눈을 깜빡였다.

"무슨 보트?"

"6미터짜리 보트인데요."

"난 6미터짜리 보트 없는데."

"에빈루드 모터가 달린 보트요."

"그런 건 여기 없소."

"뭔가 착오가 있으신 게 분명합니다."

"당신들이 집을 잘못 찾아온 것 같군."

톰은 이렇게 말하며 문가에서 벗어나 차고로 들어왔다. 그리고 커다란 차고 문을 열려고 버튼 쪽으로 다가갔다.

그때 티나가 말했다.

"잠시만요, 톰 폴럼비 씨. 정말로 뭔가 착오가 있어요. 주소는 여기가 정확히 맞거든요."

톰은 버튼을 누르려다가 멈추었다. 티나가 말했다.

"우리는 당신을 만나러 온 게 아니에요. 그뿐이죠. 우리가 만나려는 사람이 당신한테 보트 이야기를 하는 걸 깜빡했나 봐요."

엘리엇은 눈을 깜빡였다. 티나가 너무나 자연스럽게 거짓말을 하는 모습이 놀라웠다.

"당신들이 만나기로 한 사람이 누군데 그러쇼?"

톰이 눈살을 찌푸리며 물었다. 티나는 놀라는 기색을 내보이더니 망설임 없이 대답했다.

"솔 피츠패트릭이에요."

"그런 사람은 여기 없는데."

"하지만 그 사람이 우리한테 여기 주소를 가르쳐줬어요. 차고 문이 열려 있을 테니 바로 들어가라고요."

유창하게 둘러대는 티나의 말을 듣고 엘리엇은 그녀를 껴안아주고 싶었다.

"그래요. 솔 말로는 차고 안에 차를 대놓으라고 했습니다. 진입로에 있지 말라고요. 그래야 솔이 여기로 보트를 가져왔을 때 놓을 데가 있을 테니까요."

톰은 머리를 긁적이더니 한쪽 귀를 잡아당겼다.

"솔 피츠패트릭이라고?"

"그래요."

"들어본 적 없는 이름인데. 근데 뭐 하러 그 사람이 여기로 보트를 가져온다는 거요?"

"우리가 보트를 샀거든요."

티나의 말에 톰이 고개를 저었다.

"아니, 내 말은 그러니까, 왜 하필이면 여기냐고."

"글쎄요. 우리는 여기가 그 사람 집이라고 생각했습니다."

엘리엇의 말에 톰이 반박했다.

"하지만 아니란 말이지. 여기 사는 건 나요. 나랑 아내랑 딸내미가 산다고. 둘은 지금 외출했고, 여기에 솔 피츠패트릭이라는 사람이 산 적은 없어."

"아니, 그러면 왜 그 사람은 여기 주소를 알려준 거죠?"

티나는 얼굴을 찡그리며 물었다.

"그야 나도 전혀 모르겠소. 아니 잠깐만…… 혹시 그 사람에게 보트값을 줬소?"

"그게…….'

"아니면 계약금이라도 걸었소?"

엘리엇이 대답했다.

"보증금으로 2천 달러를 주긴 했습니다.'

엘리엇의 대답에 티나가 거들었다.

"보증금은 환불 가능하다고 했어요.'

"그렇습니다. 우리가 직접 보고 마음을 먹을 때까지 보트를 다른 데 팔지 말라고 준 보증금이었어요.'

톰은 미소를 지었다.

"내 보기엔 순순히 환불받을 수 있을 것 같진 않군."

짐짓 놀란 체하며 티나가 말했다.

"설마 지금 솔이 우리에게 사기를 쳤다는 말씀이신가요?"

톰은 딱 봐도 즐거워 보였다. 벤츠를 살 만한 형편이 되는 사람도 결국 그다지 똑똑하지 않다고 생각하는 모양이었다.

"그쪽이 보증금을 치렀는데, 솔 피츠패트릭이라는 사람이 이 주소를 주면서 여기 산다고 말했다는 거잖소. 그러면 그 작자는 애초에 보트를 가지고 있지 않을 확률이 아주 높지."

"제길."

엘리엇이 말했다. 티나 역시 시간을 벌려고 충격받은 것처럼 연기했다.

"우리가 사기를 당했다고요?"

톰은 이제 활짝 웃으며 말했다.

"뭐, 사기를 당했다고 생각하면 당한 거고. 아니면 그 친구가 아주 거하게 인생 공부를 시켜줬다고 생각해도 좋고."

"사기였다니."

티나가 고개를 저으며 말했다.

"해가 동쪽에서 뜨는 것만큼이나 명백한 사기라니까."

티나는 고개를 돌려 엘리엇을 보았다.

"어떤 것 같아요?"

엘리엇은 차고 문을 슬쩍 보더니 손목시계로 눈길을 돌리고서 말했다.

"지금쯤이면 떠나도 안전할 것 같습니다."

"안전하다고?"

티나는 톰을 가볍게 지나쳐 버튼을 누르고 차고 문을 열었다. 그리고 당황한 톰에게 미소를 지으며 조수석에 올랐다. 그동안 엘리엇은 운전석 문을 열었다.

톰은 황당한 표정으로 엘리엇과 티나를 번갈아 바라보았다.

"안전하다고?"

엘리엇이 대답했다.

"말 그대로 안전했으면 좋겠습니다. 도와주셔서 감사합니다."

그는 차에 올라 차고에서 후진했다.

안전했던 차고를 조심스럽게 빠져나가 진입로를 지나 거리로 들어서자 이제껏 톰을 상대하며 느꼈던 즐거움이 순식간에 사라져버렸다. 그는 긴장한 자세로 운전대를 잡고 이를 악물었다. 혹시라도 총알이 앞 유리를 뚫고 얼굴을 박살내진 않을지 걱정스러웠다.

이런 긴장감은 익숙하지 않았다. 신체는 아직도 강하고 단단했다. 하지만 정신과 감정은 한창 잘나갈 때와 비교해보면 무뎌졌다. 육군 정보부에서 일한 지도 꽤 오래되었다. 페르시아만에서, 또 중동과 아시아에 흩어진 수많은 도시에서 무시무시한 밤을 보내던 때는 이미 아주 오래전이었다. 그때는 젊어서 무슨 일을 당해도 금방 회복했고 지금처럼 죽음에 대한 부담감이 크지도 않았다. 누군가를 뒤쫓는 일이 쉬웠다. 인간을 사냥감으로 두고 추격하는 게 즐겁기도 했다. 제길. 그때는 심지어 누군가에게 쫓기는 것도 제법 재미있었다. 그를 추적하는 사냥꾼을 따돌림으로써 우월함을 증명할 수 있었기 때문이다. 하지만 지금은 많은 것이 바뀌었다. 그는 물러졌다. 문명사회에서 성공한 변호사로서 안락한 삶을 살고 있다. 그는 이런 죽음의 게임을 다시 하게 되리라고는 예상하지 못했다. 하지만 다시 한번, 믿을 수 없게도 그는 쫓기게 되었고, 지금은 얼마나 더 오래 살 수 있을지 감이 서지 않았다.

엘리엇이 진입로에서 빠져나와 차를 몰자 티나는 거리 양쪽을 슬쩍 살펴보았다.

"검은 밴은 없네요."

"언제 또 나타날지 모르죠."

황혼녘 하늘 아래 북쪽으로 몇 블록 떨어진 장소, 바로 티나의 집이 있던 자리에서 흉측한 연기 기둥이 솟아올랐다. 솟아오르는 연기는 저무는 해가 마지막으로 비추는 분홍빛 하늘 끝자락을 새카맣게 물들였다.

엘리엇은 주택가 여기저기로 차를 몰면서 연기가 나는 지점에서 꾸준히 멀어졌다. 주요 도로를 향해 달리면서 교차로를 지날 때마다 검은 밴을 마주치지는 않을까 염려했다.

티나 역시 엘리엇 못지않게 상황을 비관적으로 보는 듯했다. 엘리엇이 그녀를 슬쩍 바라보니 그녀는 앞으로 몸을 웅크리고 새로운 거리로 진입할 때마다 샅샅이 살펴보거나, 자리에서 몸을 반쯤 틀고 백미러를 내다보고 있었다. 핼쑥한 얼굴에 아랫입술을 깨문 채였다.

하지만 메릴랜드 파크웨이, 사하라 가, 라스베이거스 대로를 지나 찰스턴 대로에 다다르자 긴장이 풀리기 시작했다. 이제 티나의 동네에서 먼 곳까지 왔다. 누가 그들을 찾고 있다 해도, 제아무리 큰 조직이 그들과 대적한다 해도 이 도시는 너무 커서 구석구석 훑어볼 수 없었다. 인구가 백만이 넘고 1년에 2천만 명 이상 관광객이 몰려오는 데다 사방으로 거대한 사막이 뻗어 있는 라스베이거스에는 도주 중인 두 사람 정도는 안전하게 숨을 돌리고 앞으로 어떻게 할지 방법을 알아볼 만한 은밀하고 조용한 골목이 수도 없이 많았다.

적어도 엘리엇은 그렇게 믿고 싶었다.

"어디로 가죠?"

찰스턴 대로에서 서쪽으로 방향을 틀었을 때 티나가 물었다.

"이쪽으로 몇 킬로미터 더 간 다음에 이야기해보죠. 상의할 게 많습니다. 계획도 짜야 하고."

"무슨 계획요?"

"살아남을 계획요."

20

엘리엇은 운전을 계속하며 티나에게 자기 집에서 일어난 일을 말해주었다. 엘리엇 집에 들이닥친 깡패 두 명이 대니의 무덤을 여는 일에 관심을 보였고, 정부 기관에서 일한다고 시인했으며, 엘리엇에게 주사를 놓으려 했던 것 모두.

티나가 말했다.

"어쩌면 당신 집으로 돌아가야 하지 않을까요? 빈스가 아직 거기 있다면 우리가 그 약물을 써봐야 해요. 빈스가 정말로 자기 조직이 왜 대니의 무덤 발굴에 관심이 있는지 모른다 해도, 적어도 누가 상관인지는 알 거예요. 이름을 알아내야 해요. 빈스한테 알아낼 수 있는 게 많을 거예요."

벤츠가 빨간불에서 멈춰 섰다. 엘리엇은 티나의 손을 잡았다. 그러자 힘이 났다.

"나도 정말로 빈스를 심문하고 싶지만 그럴 수가 없습니다. 그놈은 지금쯤 내 집에서 나갔을 거예요. 정신을 차리고 허둥대고 있겠죠. 내 예상보다 훨씬 인사불성이 되었다 해도, 내가 당신에게 달려가는 동안 이미 그쪽 사람들이 와서 끌고 갔을 겁니다. 우리 집으로 다시 돌아가는 건 사자 입속으로 걸어 들어가는 거나 마찬가지예요. 그쪽에서 감시하고 있을 테니까요."

신호가 초록불로 바뀌었다. 엘리엇은 마지못해 손을 놓았다.

"그 사람들이 우리를 잡을 수 있는 유일한 방법은 우리가 제 발로 걸어 들어가는 것뿐입니다. 그들이 누군지는 몰라도 전지전능하지는 않으니까요. 필요하다면 오랫동안 숨어 있을 수 있습니다. 우리를 찾지 못하면 죽일 수도 없죠."

찰스턴 대로 서쪽으로 계속 차를 모는 동안 티나가 말했다.

"이 일로 경찰에 신고할 수는 없다고 했잖아요."

"맞습니다."

"왜 못 한다는 거예요?"

"경찰도 한패일 가능성이 있습니다. 적어도 빈스의 상관이 압력을 넣을 정도는 되겠죠. 게다가 우리는 정부 기관을 상대하고 있는 겁니다. 정부 기관은 서로 협력하는 경향이 있죠."

"모두 너무 음모론적이군요."

"어디든 보는 눈이 있습니다. 그쪽이 판사를 쥐고 흔든다면 경찰 몇 명쯤이야 매수를 못 할까요?"

"하지만 당신은 케네벡을 존경한다고 했잖아요. 좋은 판사라면서요."

236

"맞아요. 법에 정통한 사람이고 공정하죠."

"그런데 왜 이런 킬러들에게 협력한다는 말이죠? 판사가 지녀야
할 직업의식에 어긋나잖아요?"

"한번 요원은 영원한 요원이죠. 그게 그 바닥의 생리입니다. 난
그렇게 생각하지 않지만, 많은 요원에게 들어맞는 말이에요. 어떤
이들에게는 요원의 자세를 버리지 않는 충성심이야말로 유일하게
남은 능력이 되니까요. 케네벡은 다양한 정보기관에서 여러 가지
일을 했습니다. 30여 년 동안 그 바닥에 깊이 관여했어요. 10년 전
에 은퇴했을 때도 나이는 쉰셋이었지만 여전히 젊은이처럼 힘이 넘
쳐서 뭔가 시간을 때울 일을 필요로 했습니다. 그는 법학 학위가 있
어도 매일같이 법률 회사에 묶여 일하고 싶어 하진 않았죠. 그래서
법원 판사 선거에 나갔고, 당선되었습니다.* 내가 보기에 케네벡은
자기 일을 진지하게 여기는 사람입니다. 그런데도 판사로 일한 기
간보다 정보국 요원으로 일했던 기간이 너무 길다 보니, 제 버릇 개
못 준 거죠. 아니면 사실은 아직 은퇴하지 않았을 수도 있습니다.
어쩌면 알 수 없는 기관에 여전히 고용된 상태일지도 모르고요. 겉
으로는 은퇴한 척하고 이곳 라스베이거스에 와서 판사로 선출된 것
까지 다 계획의 일부였을 수 있죠. 그러면 윗선 입장에선 이 도시에
우호적인 판사 연줄이 생기는 거니까요."

"그게 가능한 일인가요? 그러니까, 케네벡이 판사 선거에서 이긴
다고 어떻게 장담할 수 있었던 거죠?"

---

* 미국에는 판사를 선거로 뽑는 제도가 있다.

"아마도 당선되게 조작했겠죠."

"말도 안 돼요. 진짜 그게 가능하다고요?"

"10년 전 텍사스 선거 관리위원이 린든 존슨 대통령의 첫 번째 지방 선거가 조작이라고 폭로한 사건 기억합니까? 그 남자는 오랜 세월이 지나 양심의 가책을 덜고 싶었을 뿐이라 말했죠. 하지만 차라리 숨죽이고 사는 게 나을 뻔했어요. 아무도 눈 하나 깜빡하지 않았거든요. 그런 일은 종종 일어납니다. 케네벡이 당선된 것처럼, 작은 지역 선거에서는 돈과 정부의 힘만으로 판을 뒤엎기가 쉬워요."

"그렇다면 워싱턴이나 뉴욕 같은 중요한 곳이 아니라 왜 라스베이거스 법원으로 케네벡을 보낸 거죠?"

"아, 라스베이거스는 아주 중요한 도시입니다. 검은돈을 세탁하기에 여기만큼 좋은 곳은 없으니까요. 위조 여권이나 위조 운전면허증 같은 걸 사고 싶다면, 이곳에서 세계 최고의 문서 위조 전문가를 마음대로 고를 수 있습니다. 여기에 그런 사람들이 많이 사니까요. 프리랜서 살인 청부업자나 불법 무기를 대량으로 들이는 거래상, 심지어 해외로 소규모 원정을 함께 떠날 용병을 찾고 싶다면 여기서 모두 찾을 수 있습니다. 네바다 주의 법령은 미국의 어느 주보다 적습니다. 세율도 낮고요. 주 소득세는 전혀 없죠. 카지노 업자들은 예외긴 해도, 은행과 부동산 업자를 비롯한 대부분의 사람은 확실히 라스베이거스에서 세금으로 골치 아파할 일이 적습니다. 여기서는 특히 검은돈을 현금으로 투자하고 싶은 사람들이 혜택을 봅니다. 미국의 다른 주에 비해 네바다 주는 개인에게 자유를 많이 주죠. 개인적으로는 좋다고 봅니다. 하지만 개인의 자유가 큰 곳일수록 자유주의적 법률 구조를 통해 공정하게 얻을 수 있는 이익 그 이상을 취하는 부분이 생겨요. 라스베이거스는 미국에 있는 유령 회사들의 중요한 활동 무대입니다."

"그러니까 정말로 사방에 보는 눈이 있군요."

"어떤 의미에선 그렇죠."

"만약 케네벡의 상관이 라스베이거스 경찰에 행사하는 영향력이 크다 해도, 경찰들이 우리를 죽게 내버려둘까요? 정말 그렇게까지 한다고요?"

"우리를 죽일 수 없을 만큼 보호해주지는 못할 겁니다."

"대체 어떤 정부 기관이기에 이런 식으로 법망을 피해갈 수 있단 말이에요? 대체 어떤 기관에 죄 없는 민간인을 걸리적거린다는 이유로 죽일 권한이 있어요?"

"어딘지 계속 따져보는 중입니다. 정말 죽을 만큼 무서워요."

그들은 또다시 빨간불에 걸려 멈추었다. 티나가 물었다.

"그래서 어떡하자는 거죠? 이 모든 일을 우리끼리 처리해야 한다는 건가요?"

"적어도 당분간은요."

"하지만 가망이 없잖아요! 우리가 어떻게 해요?"

"가망이 없지는 않습니다."

"평범한 사람 둘이 어딘지도 모르는 정부 기관을 상대한다고요?"

찰스턴 대로로 방향을 튼 이후 1~2분마다 계속 그래왔듯, 엘리엇은 백미러를 슬쩍 바라보았다. 아무도 그들을 따라오지는 않았지만 그래도 계속 확인했다. 그는 다시 말했다.

"가망이 없지는 않습니다. 생각할 시간과 계획을 짤 시간이 좀 필요할 뿐이에요. 어쩌면 우릴 도와줄 사람을 생각해낼 수도 있고요."

"그 사람이 누군데요?"

신호가 초록불로 바뀌었다. 엘리엇은 속력을 높여 교차로를 가로지르면서 다시금 백미러를 슬쩍 보았다.

"예를 들면 기자들요. 우리에겐 뭔가 심상치 않은 일이 일어나고 있다는 증거가 있으니까요. 빈스한테서 뺏은 소음기 장착 권총이나, 폭발해버린 당신 집도 그렇고…… 이름도 얼굴도 모르는 사람들이 잔뜩 몰려와서 우리가 대니 무덤을 열지 못하게 막는 이유가 뭔지, 시에라네바다산맥에서 일어난 비극에 어떤 이상한 일이 얽혀 있는지 그 증거를 가지고 기사를 써줄 기자 하나쯤은 분명히 있을 겁니다. 그러면 많은 사람이 남자아이들의 시신을 모두 발굴해보자고 압력을 넣겠죠. 새롭게 부검과 조사를 해보자는 요구가 나올 겁니다. 케네벡의 상관들은 우리가 공식적인 설명을 끌어낼 만큼 의심의 씨앗을 뿌리기 전에 막고 싶은 겁니다. 하지만 일단 의심이 싹트고 나면, 다른 스카우트 단원들의 부모와 도시 전체가 조사를 요구할 테고 케네벡 쪽 사람들은 우리를 제거해 봤자 얻을 게 없어지겠죠. 그렇게 가망 없지는 않아요, 티나. 쉽게 포기하는 건 당신답지 않습니다."

그녀는 한숨을 쉬었다.

"난 포기하지 않아요."

"좋습니다."

"대니에게 정말로 무슨 일이 일어난 건지 알기 전까지는 그만두지 않을 거예요."

"그래야죠. 내가 아는 티나 에번스다운 말입니다."

저물어가는 하늘에 어둠이 슬며시 깔리기 시작했다. 엘리엇은 헤드라이트를 켰다.

티나가 말했다.

"지난…… 1년 동안은 대니가 말도 안 되는 무의미한 사고로 죽었다는 사실을 받아들이려고 애써왔어요. 그런데 내가 그걸 다 받아들이고 새롭게 출발하고 있다고 생각한 순간에 아이가 사고로 죽지 않았을지도 모른다는 걸 알게 되었잖아요. 갑자기 모든 게 다 붕뜬 기분이에요."

"다시 가라앉을 겁니다."

"그럴까요?"

"그럼요. 우리는 끝까지 이 사건을 파헤칠 테니까요."

그는 백미러를 슬쩍 보았다.

수상한 기척은 없었다.

그는 티나가 자신을 바라보고 있다는 걸 알아차렸다. 잠시 후 그녀가 말했다.

"있잖아요."

"네?"

"내가 보기에…… 어쩐지…… 당신은 이 일을 즐기고 있는 것 같아요."

"뭘 즐긴다고요?"

"추적하는 거요."

"아, 아니에요. 나보다 머리 하나는 더 큰 덩치들한테 총을 뺏는 일 따위는 하나도 즐겁지 않습니다만."

"당연히 그렇겠죠. 내 말은 그게 아니에요."

"게다가 멋있고 평화롭고 조용한 내 삶을 뒤엎는 선택은 절대로 하지 않아요. 도망자가 되느니 편안하고 고상하지만 따분한 시민으로 살겠습니다."

"그런 말이 아니에요. 선택할 수 있었다면 당연히 그런 삶을 택했겠죠. 하지만 일이 이렇게 되고 당신이 위협을 받았는데도 전혀 기분 나빠하지 않잖아요. 당신 마음 깊은 곳 어딘가에 어느 정도 쾌감을 느끼면서 도전에 응하는 부분이 있어요."

"허튼소리 마시죠."

"동물적 감각이랄까…… 오늘 아침만 해도 이런 종류의 에너지는 당신에게 없었거든요."

"내가 딱 하나 달라진 점이 있다면, 오늘 아침에는 온몸이 굳을 만큼 무섭지 않았지만 지금은 무섭다는 겁니다."

"무서워하는 것도 그 일부예요. 위험한 상황이 닥치니 당신 안에 특정 부분이 자극받은 거겠죠."

티나의 말에 그는 미소를 지었다.

"간첩과 정보국 요원으로 활동하던 전성기 때처럼 말입니까? 미안하지만 아니에요. 나는 그런 상황을 전혀 바라지 않아요. 난 타고난 활동가는 아닙니다. 예전에도 그랬고, 지금도 마찬가지로 그냥 나일 뿐입니다."

"어쨌든 당신이 내 옆에 있으니 좋아요."

"옆이 좋으시군요. 그런데 난 당신이 내 위에 있을 때가 더 좋더라고요."

엘리엇이 이렇게 말하며 그녀에게 윙크했다.

"언제나 그런 엉큼한 생각을 하나요?"

"아뇨. 처음부터 그랬던 건 아니에요. 그래서 언제나 그럴 수 있도록 열심히 노력했죠."

"이런 엄청난 사태가 벌어졌는데도 농담이 나오시나 보네요."

"이런 말이 있죠. '웃음은 고통받은 이들을 위한 연고이자 절망에 맞서는 최선의 방어고 우울증에 듣는 유일한 약이다.'"

"누가 한 말이에요? 셰익스피어가 한 말인가요?"

"그루초 막스*가 한 말일걸요."

티나는 몸을 숙여 발밑 바닥에서 무언가를 주워 들었다.

"그리고 이 빌어먹을 것도 있어요."

"뭘 찾아냈습니까?"

"우리 집에서 가져온 거예요."

엘리엇은 가스 폭발이 일어나기 전에 서둘러 나오느라 그녀가 들고 다닌 물건을 알아차리지 못했다. 운전 중에는 잠깐 그녀의 손에 시선이 갔지만 차 안이 그다지 환하지 않아 뭘 들고 있는지 몰랐다.

"그래픽 노블 잡지예요. 대니의 방을 청소하다 찾았어요. 다른 잡지들이 잔뜩 든 상자 안에 이게 있었어요."

"그래서요?"

---

* 20세기 초중반에 활동했던 미국의 희극배우이자 영화배우.

"내가 꾼 악몽 기억해요?"

"그럼요."

"내 꿈에 나온 괴물이 바로 이 잡지 표지에 있었어요. 이 남자요. 자세한 부분까지 똑같았어요."

"예전에 그 잡지를 본 적이 있겠죠. 그래서—"

"아녜요. 나도 그렇게 이해해보려 했어요. 하지만 이걸 본 건 오늘이 처음이에요. 확실히 한 번도 본 적 없어요. 대니가 가판대에서 새로 나온 잡지를 사 와도 저는 따로 검사하지 않았어요. 한 번도 기웃댄 적 없다고요."

"어쩌면 당신이—"

"잠깐만요. 아직 최악의 부분이 남았어요."

도심에서 벗어날수록 차선은 점점 한산해졌다. 연보랏빛 노을이 아스라한 서쪽 하늘에 검은 산이 으스스하게 일어섰다.

티나는 엘리엇에게 「죽지 않은 소년」 이야기를 했다.

이야기 자체도 무섭지만 그들이 대니의 무덤을 열어보려는 실제 상황이 유사하다는 사실에 엘리엇은 소름이 끼쳤다.

"이야기 속에서 죽음이 부모를 막으려 했던 것처럼 지금 누군가가 내 아들의 무덤을 여는 걸 막으려는 거예요."

그들은 이제 도시에서 아주 멀리 나왔다. 길옆으로 어둠이 굶주린 듯 사방을 덮쳤다. 찰스턴산으로 갈수록 지대가 높아지기 시작했다. 여기서 한 시간도 안 되는 거리에 눈 덮인 소나무 숲이 있었다. 엘리엇은 차를 돌려 다시 도시의 불빛이 반짝이는 쪽으로 출발했다. 도시는 평평하고 검은 사막 위로 거대하게 반짝이는 곰팡이 같았다.

"유사점이 확실히 있군요."

"바로 그거예요. 너무 많아요."

"하지만 커다란 차이점도 하나 있습니다. 그 이야기에서 아이는 산 채로 묻혔어요. 하지만 대니는 죽었습니다. 유일한 의문점은 어떻게 죽었느냐는 거죠."

"하지만 그 이야기의 기본 줄거리와 우리가 겪는 일의 차이점은 그것뿐이에요. 그리고 죽지 *않았다*는 말도 제목에 있어요. 이야기에 나오는 아이도 대니 나이뻘이고요. 비슷한 점이 너무 많아요."

티나의 말이 끝나고, 그들은 잠시 말없이 차를 몰았다.

마침내 엘리엇이 대답했다.

"맞아요. 이건 우연의 일치가 아닙니다."

"그러면 이게 어떻게 벌어진 일 같아요?"

"모릅니다."

"저랑 같은 처지가 되셨군요."

오른쪽 도로변에 작은 식당이 보였다. 엘리엇은 식당 주차장으로 들어갔다. 입구에 있는 수은등 하나가 흐릿한 보랏빛으로 빛나며 주차장을 3분의 1쯤 밝혔다. 엘리엇은 식당 뒤로 차를 몰아 가장 어둡게 그늘진 곳을 찾아 벤츠를 세웠다. 도요타 셀리카와 자그마한 캠핑카 사이에 세우니 거리에서는 보이지 않았다.

"배고픕니까?"

"배고파 죽겠어요. 하지만 식당에 들어가기 전에 그들이 물어보려고 한 질문 목록부터 확인해봐요."

"식당에 들어가서 보죠. 거기가 더 환할 테니까요. 식당 안에 사람이 많지는 않아 보이네요. 아무도 엿듣지 못할 공간에서 이야기해야 합니다. 잡지도 가져가죠. 그 이야기를 읽어보고 싶어요."

차에서 내린 엘리엇은 옆에 주차된 캠핑카의 한쪽 창문에 주의를 기울였다. 그는 눈을 가늘게 뜨고 새카만 창문 안쪽을 노려보았다. 그러자 말도 안 되지만, 누군가가 그 안에 숨어서 이쪽을 응시하고 있다는 느낌이 들었다.

'편집증적인 생각은 그만두자고.' 그는 자신에게 경고했다.

캠핑카에서 돌아서자 이번에는 식당 뒤쪽에 있는 쓰레기통 주변의 짙은 그늘이 신경 쓰였다. 또다시 누군가가 거기서 자신을 몰래 지켜보고 있다는 느낌이 들었다.

자신이 티나에게 케네벡의 상관들은 전지전능하지 않다고 말하지 않았던가. 그 점을 명심해야 한다. 시에라에서 일어난 비극의 진상을 묻으려는 자들, 강력하고 위험한 무법자 조직에 자신과 티나가 맞서고 있는 건 분명하다. 하지만 제아무리 정부 조직이라 한들 알고 보면 평범한 남자와 여자로 구성되어 있을 뿐이고, 그들 중 누구도 신처럼 모든 걸 파악할 수는 없다.

그렇지만……

티나와 함께 주차장을 가로질러 식당으로 가는 길에도, 엘리엇은 누군가 혹은 무언가가 자신들을 지켜보고 있다는 느낌을 떨칠 수 없었다. 이건 사람이 아닐 수도 있었다. 말하자면…… 무언가…… 기괴하고 이상한 것, 인간을 넘어선 것이면서도 인간이 아닌 그 무언가랄까. 이 무슨 이상야릇한 생각인가. 평소에는 이런 생각 따위는 전혀 해본 적이 없다. 그는 기분이 좋지 않았다.

　보랏빛 수은등 불빛 아래 다다랐을 때 티나가 걸음을 멈췄다. 그녀는 의아한 표정을 지으며 차 쪽을 흘끔 돌아보았다.

　"왜 그럽니까?"

　"모르겠어요……."

　"뭔가를 봤어요?"

　"아뇨."

　그들은 어두운 그늘을 노려보았다. 마침내 티나가 입을 열었다.

　"느껴져요?"

　"뭐가요?"

　"지금…… 따끔따끔한 느낌이 들어요."

　그는 아무 말도 하지 않았다.

　"당신도 확실히 느끼는군요?"

　"그래요."

　"우리 말고 누군가가 있는 느낌이에요."

　"미친 소리 같지만, 누가 나를 쳐다보고 있다는 느낌이 듭니다."

　엘리엇의 말에 그녀는 부들부들 떨었다.

　"하지만 사실은 아무도 없잖아요."

　"사람은 아닌 것 같습니다."

　두 사람은 눈을 계속 가늘게 뜬 채 무언가 움직임이 있나 살펴보았다.

　"혹시 우리 둘 다 너무 긴장해서 신경쇠약에라도 걸린 걸까요?"

　"그냥 초조해서 그렇게 느껴지는 것뿐입니다."

엘리엇은 이렇게 대답했다. 하지만 이걸 그저 상상이라고만 할 수 있는지는 자신도 확신이 서지 않았다.

부드럽고 시원한 바람이 불어왔다. 사막에서 자라는 마른 잡초와 알칼리성 모래 내음이 바람결을 따라 실려왔다. 바람은 근처에 있는 대추야자 나뭇가지 사이를 쉭쉭대며 스쳐갔다.

"아주 강렬한 느낌이에요. 내가 지금 무슨 생각을 하는지 알아요? 앤절라의 사무실에서 컴퓨터가 저절로 켜졌을 때 받았던 바로 그 느낌이에요. 마치…… 누군가가 나를 지켜보는 정도가 아니라…… 뭔가 더…… 어떤 존재가…… 내가 볼 수 없는 그 무엇이 바로 옆에 있는 것 같았어요. 그 존재가 지금도 느껴져요. 공기 중에 기척이 있다고요…… 뭔가 무시무시한 게 어렴풋이 말이죠."

엘리엇은 그녀가 무슨 말을 하는지 정확히 파악했다. 하지만 도저히 납득할 수가 없었기 때문에 동조하고 싶지 않았다. 그는 엄정한 사실을, 있는 그대로의 현실을 상대하는 게 좋았다. 그 덕분에 아주 훌륭한 변호사가 될 수 있었고, 증거의 실마리를 잡고 소송을 유리하게 이끄는 데 능숙했다.

"우리 둘 다 너무 지쳐버린 게 맞습니다."

"그렇다고 이 느낌이 변하지는 않아요."

"이제 뭘 좀 먹죠."

그녀는 잠시 더 서서 어둠을 다시 응시했다. 보랏빛 수은등 빛이 닿지 않은 그 어둠 속을.

"티나……?"

바람 한 자락을 따라 마른 회전초 한 줄기가 데구루루 구르다가 아스팔트 위로 휙 날아갔다.

새 한 마리가 머리 위 어두운 하늘을 휙 지나갔다. 엘리엇은 새를 볼 수 없었지만 날갯짓 소리는 들을 수 있었다.

티나는 목을 가다듬고 말했다.

"있죠, 마치…… 밤 자체가 우리를 보고 있는 것 같아요…… 밤과 그림자와, 어둠의 눈이요."

바람결에 엘리엇의 머리카락이 휘날렸다. 쓰레기통에 느슨하게 달린 뚜껑이 덜컹댔다. 커다란 식당 간판이 지지대 사이에서 삐걱거렸다.

마침내 그와 티나는 식당으로 들어갔다. 둘 다 애써 뒤를 돌아보지 않았다.

21

기다란 L자 모양 식당은 크롬과 유리, 플라스틱, 노란색 합성수
지, 빨간 비닐 등으로 내부가 온통 반짝거렸다. 주크박스에서는 가
스 브룩스의 컨트리 음악이 흘러나오고, 노랫소리는 달걀프라이와
베이컨, 소시지 냄새와 함께 식당 안을 떠돌았다. 누군가가 라스베
이거스의 생활 리듬에 맞춰, 해가 지고 나서야 아주 푸짐한 아침 식
사로 하루를 시작하는 모양이었다. 티나는 식당 안으로 들어서자마
자 입에 침이 고였다.

L자 모양 내부에서 긴 쪽 끝인 입구 근처에는 열한 명의 손님이
옹기종기 모여 있었다. 다섯 명은 바 테이블 의자에, 여섯 명은 빨
간 부스 좌석에 앉았다. 엘리엇과 티나는 사람들과 최대한 떨어져
서 짧은 쪽 공간의 가장 뒤쪽 부스에 앉았다.

주문을 받으러 온 웨이트리스는 엘비라라는 이름의 빨간 머리

여자였다. 동그란 얼굴에 보조개가 패었고, 왁스를 칠한 듯 눈이 반들반들했으며 텍사스 사투리를 썼다. 엘리엇과 티나는 치즈버거 두 개와 감자튀김, 코울슬로와 쿠어스 맥주를 주문했다.

엘비라가 자리를 뜨고 둘만 남게 되자 티나가 말했다.

"그 남자한테 뺏어온 서류 좀 보여줘요."

엘리엇은 뒷주머니에서 종이를 꺼내 탁자 위에 올려놓았다. 총 세 장이었고, 페이지마다 10~12개의 질문이 인쇄되어 있었다.

둘은 마주 앉아 몸을 굽히고 조용히 읽어 내려갔다.

1. 크리스티나 에번스를 안 지 얼마나 되었나?

2. 크리스티나 에번스는 왜 다른 변호사가 아닌, 하필이면 당신에게 아들의 시신 발굴 처리를 부탁했나?

3. 그녀가 아들이 죽었다는 공식적인 이야기를 의심하는 이유는 무엇인가?

4. 그녀는 아들이 죽었다는 공식적인 이야기가 거짓이라는 증거를 갖고 있는가?

5. 그녀가 그런 증거를 가지고 있다면, 어떤 증거인가?

6. 그녀는 어디서 그 증거를 얻었는가?

7. '판도라 프로젝트'에 대해 들어본 적 있는가?

8. 시에라네바다산맥에 있는 군사 연구 시설과 관련된 자료를 받은 적이 있는가?

엘리엇은 종이를 읽다가 고개를 들었다.

"판도라 프로젝트라는 걸 들어본 적이 있습니까?"

"아뇨."

"시에라네바다산맥에 있는 비밀 연구소에 대해서는요?"

"아, 그건 들어봤어요. 비비언이 전부 이야기해줬거든요."

"비비언은 누굽니까?"

"우리 집에 청소해주러 오시는 할머니요."

"또 농담하시는군요."

"이럴 때는 가끔 해요."

"고통받은 사람들을 위한 연고이자, 우울증에 듣는 유일한 약이니까요?"

"그루초 막스의 명언이죠."

"이자들은 판도라 프로젝트를 진행하는 일원 중 하나가 비밀을 누설했다고 생각하는 게 분명합니다."

"그렇다면 대니 방에 들어왔던 사람이 바로 그일까요? 판도라 프로젝트에 속한 누군가가 칠판에 글씨를 쓰고…… 컴퓨터가 작동하게 손을 썼다고요?"

"그럴지도요."

"당신은 그렇다고 생각하지 않는군요?"

"글쎄요. 누군가가 양심의 가책을 느꼈다고 한다면, 어째서 당신에게 직접 접근하지 않았을까요?"

"무서웠던 거죠. 분명 뭔가 이유가 있을 거예요."

티나의 말에 엘리엇이 대꾸했다.

"그럴 수도 있겠죠. 하지만 내가 보기엔 생각보다 복잡한 일인 것 같습니다. 그냥 직감일 뿐이지만요."

그들은 나머지 내용을 재빨리 읽었다. 하지만 아무것도 감이 잡히지 않았다. 질문은 대부분 티나가 시에라 사고의 진실에 대해 얼마나 많이 알고 있는지, 엘리엇에게 무슨 말을 했는지, 마이클에게는 얼마나 이야기했는지, 이 문제를 함께 상의한 사람이 있는지를 알아내려는 것이었다. 판도라 프로젝트처럼 흥미를 당길 만한 부분도, 단서나 실마리도 없었다.

엘비라가 살얼음이 낀 컵과 차가운 쿠어스 맥주병을 가져왔다.

주크박스에서는 이제 앨런 잭슨의 슬픈 노래가 흘러나왔다.

엘리엇은 맥주를 홀짝이면서 대니의 유품인 그래픽 노블 잡지를 넘겨보았다. 그리고 「죽지 않은 소년」 부분을 빠르게 읽고는 말했다.

"놀랍군요."

"이 내용을 악몽으로 꿨다면 훨씬 더 놀랐을 거예요. 자, 이제 우리는 어떡할까요?"

"대니의 장례는 관 뚜껑을 닫고 치렀다고 했죠? 다른 열세 명의 아이들도 마찬가지였습니까?"

"반 정도는 시신을 보지 않고 매장했어요."

"부모들이 시신을 본 적이 없단 말입니까?"

"아, 그건 아니에요. 다른 부모들은 아이의 신원을 파악해야 하니까 시신을 봐달라는 요청을 받았어요. 시신 중 일부는 너무 끔찍한 상태라서 관을 열고 장례식을 치를 수 있을 만큼 복원하지 못했지만요. 아무튼 시신을 보지 말라고 강력하게 권유받은 사람은 저와 마이클뿐이었어요. 대니만큼 심하게…… 으스러진 시체는 없었거든요."

시간이 이만큼이나 흘렀지만, 대니가 이 땅에서 보낸 마지막 순간이 아무리 짧았다 해도 얼마나 끔찍했을지, 얼마나 심한 고통을 당했을지 생각하자 티나는 슬픔과 연민으로 목이 메어오기 시작했다. 그녀는 눈을 깜빡여 눈물을 참고는 맥주를 한 모금 마셨다.

그때 엘리엇이 말했다.

"제길."

"왜 그래요?"

"난 우리가 다른 부모들을 빨리 설득할 수 있을 거라 생각했습니다. 만약 그들도 아이 시신을 보지 않았다면 당신처럼 1년 내내 의심을 했을지도 모르니까요. 그러면 무덤을 전부 열어봐달라 요청하자고 그들을 쉽게 설득할 수 있었을 거예요. 많은 수가 요구하면 빈스의 상관들이 그 요구를 전부 무시하는 위험을 감수하지 못할 거고, 우리는 안전하겠죠. 하지만 다른 부모는 모두 시신을 볼 기회가 있었다면, 그래서 당신이 품고 있는 의심을 함께할 이유가 전혀 없다면…… 그들은 지금쯤 마음을 정리했을 겁니다. 이제 와서 우리가 알 수 없는 음모가 있다며 엉뚱한 이야기를 들이대도 별로 듣고 싶어 하지 않을 거예요."

"그러면 아직 우리 편은 없네요."

"그렇죠."

"기자와 연락할 수도 있다고 했잖아요. 언론의 관심을 끌어볼 수 있다고요. 혹시 염두에 둔 기자가 있나요?"

"지역 신문 기자는 두어 명 압니다. 하지만 지역 언론과 접촉하는 건 현명하지 않은 처사일 수 있어요. 빈스의 상관들이 우리에게 기대하는 게 바로 그런 걸지도 모릅니다. 기다리며 지켜보고 있다가, 기자에게 한두 마디 던지기도 전에 우리를 죽일 거예요. 내 생각에는 이 이야기를 지역 밖으로 확산시켜야 해요. 그러려면 언론과 접촉하기 전에 몇 가지 사실을 더 알아야 합니다."

"기자들이 관심을 보일 만큼 충분히 흥미로운 이야기라고 하지 않으셨나요? 빈스한테 뺏은 권총이나, 우리 집이 폭발한 거나……."

"그 정도면 충분할지도 모르죠. 확실히 라스베이거스 지역 신문이라면 충분하고도 남습니다. 이 도시 사람들은 여전히 시에라네바다산맥에서 벌어진 자보스키 캠핑 사고를 기억하고 있으니까요. 바로 이 지역에서 일어난 비극이니까. 하지만 우리가 로스앤젤레스나 뉴욕 같은 다른 도시의 언론사와 접촉한다면 이야기가 달라져요. 그곳 기자들은 전국적으로 알려야 할 이유가 있는 이야기가 아니라면 별 관심을 안 보일 겁니다. 어쩌면 우리는 이미 대대적인 특종이라고 다른 지역 기자들을 설득할 만한 기삿거리를 가진 것일 수도 있죠. 하지만 아직 확신은 서지 않아요. 난 언론에 터뜨리기 전에 반드시 확신하고 싶습니다. 가장 이상적인 건, 스카우트 단원들에게 실제로 어떤 일이 일어났는지 깔끔하게 정리한 가설을 기자에게 전달하는 거예요. 이야기를 확 띄울 수 있을 만한 선정적인 가설을요."

"예를 들어 얼마나 선정적이어야 하는데요?"

티나의 물음에 그는 고개를 저었다.

"아직은 모르겠습니다. 하지만 짐작 가는 구석은 분명 있습니다.

캠핑 일행이 보지 말아야 할 무언가를 목격한 게 아닐까 싶어요."

"그게 판도라 프로젝트일까요?"

엘리엇은 맥주를 홀짝이고서 윗입술에 묻은 거품을 손가락으로 닦아냈다.

"군사기밀이겠죠. 그게 아니라면 빈스 같은 사람이 이토록 깊게 연관된 조직을 움직일 만한 이유가 없습니다. 그 정도 덩치와 정교한 장비를 갖춘 정보국 팀이 애들 장난 같은 일에 시간을 쏟지는 않으니까요."

"하지만 군사기밀이라니…… 너무 나간 것 아닌가요?"

"모르시는 것 같으니 말씀드리죠. 냉전이 끝나고 캘리포니아가 국방 예산을 어마어마하게 축소한 뒤로 네바다 주는 펜타곤이 산업과 설비를 미국에서 가장 많이 지원하는 지역이 되었습니다. 넬리스 공군 기지나 핵 실험장 같은 뻔한 이야기를 하는 게 아닙니다. 네바다 주는 비밀 내지는 준 비밀급의 첨단 보안 무기 연구 중심지로 아주 적합한 곳입니다. 일단 이곳에는 아무도 살지 않는 미개척지가 수천 제곱킬로미터나 있죠. 사막도 있고, 아주 험한 산맥도 있고요. 게다가 모두 연방정부 소유입니다. 만약 아무도 없는 땅 한가운데에 비밀 기지를 설치한다면 보안 유지가 아주 잘될 건 분명하죠."

티나는 탁자에 팔을 올리고 양손으로 맥주잔을 감싸 쥔 채 엘리엇 쪽으로 몸을 숙였다.

"그러면 자보스키와 링컨과 아이들이 시에라네바다산맥에서 그런 곳을 우연히 발견했다는 건가요?"

"가능한 이야기죠."

"그런데 보지 말아야 할 걸 본 거고요."

"그럴 수 있죠."

"그래서 어떻게 되었다는 거예요? 말하자면…… 본 것 때문에 전부 살해되었다?"

"기자라면 흥분할 만한 가설이죠."

하지만 그녀는 고개를 저었다.

"우연히 신무기 같은 걸 슬쩍 봤다고 해서 정부가 어린아이들을 무더기로 살해했을 거라니, 믿을 수 없어요."

"왜 아닐 거라 생각합니까? 웨이코 포위전을 생각해보세요. 아이들도 다 죽었습니다. 루비 리지 사건에서는 FBI가 쏜 총에 열네 살짜리 소년이 죽었죠. 워싱턴 공원에서 빈스 포스터*의 시체가 발견되었을 때, 법의학적 증거로 따지면 타살로 봐야 하는데도 공식적으로는 자살 처리되었습니다. 아무리 좋은 정부라 해도 덩치가 커지면 아주 못된 상어 같은 놈들이 어두운 물살에 숨어 휘젓고 다니게 마련이에요. 우리는 이런 이상한 시대에 살고 있습니다, 티나."

밤바람이 불어와 부스 옆 커다란 유리창에 부딪혔다. 창 너머를 보니 갑자기 불어온 돌풍에 먼지와 종잇조각이 소용돌이치고 있었다. 찰스턴 대로에서 빠져나온 차들이 아스라한 불빛을 내뿜었다.

티나는 오싹해졌다.

"하지만 아이들이 뭘 얼마나 봤을까요? 시설은 황무지 한가운데

---

* 42대 미 대통령 클린턴 재임 당시 백악관 수석 고문.

에 있으니 보안이 잘 유지됐을 거라고 당신이 말했잖아요. 아이들이 그런 곳에 가까이 다가갔을 리 없어요. 슬쩍 봤다 해도 그 이상 뭘 어쩔 수 없었을 테고요."

"슬쩍 본 것만으로도 죄가 되기에 충분했을지도 모르죠."

"하지만 아이들은 뭘 제대로 관찰하진 못하잖아요. 감수성이 예민하고 흥분하기 쉽고, 과장해대는 게 아이들 특징이라고요. 만약 무언가를 정말 봤다고 해도 서로 다른 이야기를 떠들면서 돌아왔을 거고, 정확한 건 아무것도 없었을 거예요. 어린 남자애들이 몰려가 봤댔자 비밀 기지 보안에 무슨 위협이 되었을까요?"

"맞습니다. 하지만 냉정한 보안 요원들은 그런 식으로 생각하지 않았을 수도 있죠."

"글쎄요. 살인이 가장 안전한 일 처리 방식이라고 생각한다면 정말 멍청한 거예요. 사람을 모두 죽이고 사고로 가장하느니, 차라리 아이들이 산에서 뭔가 특이한 것을 봤다며 어설픈 이야기를 지어내게 두는 편이 훨씬 위험 부담이 적었을 거라고요."

"기억해요. 아이들 말고도 어른이 둘 있었습니다. 사람들이 아이들 말은 곧이곧대로 듣지 않을 수 있지만, 자보스키와 링컨의 말은 믿었을 겁니다. 어쩌면 너무 위험 부담이 컸기 때문에 시설 경비원들이 자보스키와 링컨을 죽이기로 결정했을 거예요. 그리고 그 두 건의 살인을 덮으려면 증인이 될 아이들도 없애야 했고."

"그건…… 너무 악마 같은 짓이에요."

"하지만 가능성 있는 이야기입니다."

티나는 맥주잔이 탁자에 남긴 동그란 물기를 내려다보았다. 그

동그라미 안에 물을 찍어 무시무시한 입과 코와 눈을 그려넣으며 엘리엇이 한 말을 생각해보았다. 거기에 뿔을 두 개 그려넣자 동그란 물기는 작은 악마의 얼굴로 변했다. 그녀는 손바닥으로 악마를 지워버렸다.

"모르겠어요…… 비밀 기지라니…… 군사기밀이라니…… 모두 믿기지 않아요."

"내 눈엔 믿을 만한 이야기처럼 보입니다. 가능하다고는 할 수 없어도 그럴듯한 이야기죠. 어쨌든 실제로 그런 일이 일어났다는 건 아니고, 어디까지나 가설입니다. 하지만 우리가 그 가설을 뒷받침할 만한 근거를 찾아낸다면 똑똑하고 야심만만한 기자 손에서 아주 큰 특종이 될 수 있어요."

"그러면 케네벡 판사는 어떨까요?"

"그 사람은 왜요?"

"우리가 알고 싶어 하는 걸 이야기해줄 수 있는 사람이잖아요."

"우리가 케네벡의 집에 갔다면 살해당한 뒤 자살로 위장됐을 겁니다. 빈스 일당이 거기서 우리를 기다리고 있을 게 뻔해요."

"그러면 그들을 따돌리고 케네벡에게 연락할 방법은 없나요?"

엘리엇은 고개를 저었다.

"불가능합니다."

티나는 한숨을 쉬면서 부스에 등을 털썩 기댔다. 엘리엇이 말을 이었다.

"게다가 케네벡도 전체적인 이야기는 알지 못할 겁니다. 나를 찾아온 남자랑 똑같은 거죠. 아마도 자기가 알아야 할 것만 들었을 거예요."

그때 엘비라가 음식을 가져왔다. 치즈버거의 고기는 육즙이 풍부한 등심이었다. 감자튀김은 바삭했고, 코울슬로는 너무 시지 않고 새콤했다.

무언의 합의에 따라, 티나와 엘리엇은 식사하는 동안에는 대니 문제를 이야기하지 않았다. 꼭 대니 문제가 아니어도 먹는 동안에는 대화 자체를 많이 하지 않았다. 그저 주크박스에서 흘러나오는 컨트리 음악을 듣고, 창문 너머로 찰스턴 대로를 바라보며 사막의 먼지 폭풍 때문에 헤드라이트 불빛을 뿌옇게 빛내며 어쩔 수 없이 느릿느릿 달리는 차들을 응시했다. 그리고 둘 다 말하고 싶지 않은 주제, 바로 과거의 살인과 현재의 살인을 두고 생각에 잠겼다.

식사를 마치고 나서 티나가 먼저 입을 열었다.

"언론을 찾아가기 전에 더 많은 증거를 모아야 한다고 했잖아요."

"그래야죠."

"하지만 증거를 어떻게 구하죠? 어디에서? 누구한테?"

"생각해봤는데, 지금 할 수 있는 가장 좋은 방법은 무덤을 다시 여는 겁니다. 만약 시신을 발굴해서 최고의 병리학자에게 재조사를 부탁한다면, 대니의 사인이 당국의 발표와는 다르다는 증거를 확실히 찾아낼 수 있을 거예요."

"하지만 우리 둘이 무덤을 열 수는 없어요. 한밤중에 몰래 묘지에 들어갈 수도 없고, 삽으로 1톤이나 되는 흙을 파낼 수도 없죠. 게다가 거긴 높은 담으로 둘러싸인 사설 묘지라서 시설 훼손을 방지하려고 보안장치도 해놓았을 거예요."

"케네벡의 부하들도 감시하고 있을 거고요. 그러니 우리는 시신을 파낼 수가 없어요. 그렇다면 그다음으로 최선인 조처를 취해야겠죠. 시신을 마지막으로 본 사람과 이야기를 해봅시다."

"네? 그게 누군데요?"

"음…… 내 생각으로는 검시관일 것 같은데요."

"리노에 있는 검시관을 말하는 건가요?"

"거기서 사망진단서를 발급했습니까?"

"네. 시신을 산에서 가지고 내려온 뒤 리노로 옮겼어요."

"아…… 다시 생각해보니 검시관은 안 될 것 같군요. 이 사고를 우연한 죽음으로 처리해야 했던 인물이니, 케네벡 쪽과 협력해왔을 소지가 다분합니다. 어쨌든 절대 우리 편이 아니라는 건 확실해요. 그쪽에 다가가는 건 위험할 듯합니다. 그 사람을 한번은 만나야 하겠지만 먼저 시신을 수습한 장의사를 찾아가보는 게 낫겠어요. 어쩌면 장의사가 더 많은 걸 말해줄지 모릅니다. 장의사는 라스베이거스에 있습니까?"

"아뇨. 리노에 있어요. 관이 여기 도착했을 때는 이미 봉해져 있었어요. 우리는 관을 열지 않았고요."

엘비라가 테이블로 다가와 필요한 게 더 있는지 물었고, 두 사람은 없다고 답했다. 엘비라는 계산서를 두고 다 먹은 음식 접시를 치웠다.

엘리엇이 티나에게 물었다.

"리노에 있다는 장의사의 이름을 기억합니까?"

"네. 벨리코스티예요. 루치아노 벨리코스티."

엘리엇은 맥주잔에 남은 마지막 한 모금을 비웠다.

"그럼 리노로 가죠."

"벨리코스티에게 전화해보면 안 되나요?"

"요즘은 전화가 죄다 도청이 되니까요. 게다가 우리가 장의사를 만나면 그 말이 진실인지 아닌지 더욱 잘 알 수 있을 겁니다. 장거리 전화로는 알 수 없어요. 그러니 직접 가봐야 해요."

마지막 남은 맥주를 마시려던 그녀의 손이 덜덜 떨려왔다. 엘리엇이 말했다.

"왜 그럽니까?"

티나도 자신이 왜 이러는지 알 수 없었다. 갑자기 새로이 두려움이 밀려왔다. 지난 몇 시간 동안 자기 안에서 타올랐던 공포보다 더욱 커다란 공포였다.

"나…… 나는요…… 리노에 가기 무서워요."

엘리엇은 탁자 위로 손을 뻗어 그녀의 손을 잡았다.

"괜찮아요. 그곳이 여기보다 무서울 일은 없습니다. 여기야말로 우리를 죽이려는 자들이 쫓고 있는 곳이죠."

"알아요. 물론 나도 그놈들이 무서워요. 하지만 그것보다 더 무서운 건…… 대니의 죽음에 대한 진실을 알아내는 거예요. 리노에서 그걸 알아낼 것만 같다는 느낌이 강하게 들어요."

"알고 싶은 게 그거 아니었습니까?"

"맞아요. 하지만 동시에 무섭기도 해요. 안 좋을 게 뻔하니까요. 진실은 정말로 끔찍할 거예요."

"아닐 수도 있죠."

"그럴 리 없어요."

"유일한 대안은 포기하는 것뿐입니다. 물러서서 무슨 일이 일어 났는지 모르는 채로 지내는 거요."

"그건 더 나쁜 상황이에요."

티나는 인정할 수밖에 없었다.

"어쨌든 시에라네바다산맥에서 무슨 일이 일어났는지 알아내야 합니다. 우리가 진실을 알아낸다면, 그 진실이 우리 목숨을 구해줄 거예요. 살아남을 희망은 그뿐입니다."

엘리엇의 말에 그녀가 물었다.

"그러면 언제 리노로 떠나죠?"

"오늘 밤. 당장. 내 세스나 스카이레인을 타고 갈 겁니다. 멋있고 자그마한 비행기죠."

"비행기로 움직이면 그쪽은 모를까요?"

"아마 모를 겁니다. 나는 오늘에서야 당신과 한패가 되었으니, 그 쪽은 내가 누군지 알아낼 시간이 없었을 거예요. 그렇다 해도 공항 까지 조심히 움직일 겁니다."

"세스나를 타면 리노까지 얼마나 걸릴까요?"

"몇 시간이면 됩니다. 벨리코스티와 만나 이 난장판에서 빠져나 갈 방법을 찾을 때까지 2~3일간 리노에 있는 게 현명할 겁니다. 사 람들은 여전히 라스베이거스에서 우리를 찾을 테니까요. 여기서 벗 어나면 숨통은 조금 트이겠죠."

"하지만 난 여행 가방도 챙겨오지 못했는데요. 옷도 갈아입어야 하고요. 칫솔 같은 물품도 필요해요. 우리 둘 다 코트도 안 입었잖아요. 이맘때 리노는 무척 추워요."

"떠나기 전에 필요한 건 뭐든 사죠."

"난 돈이 하나도 없어요. 한 푼도요."

"나한테 좀 있습니다. 200달러쯤. 지갑에 신용카드도 잔뜩 있어요. 카드만 있으면 세계 일주도 가능합니다. 물론 카드를 쓰면 추적을 당하겠지만 이틀은 족히 걸릴 거예요."

"하지만 오늘은 휴일인데요―"

"여기는 라스베이거스잖아요. 어딘가 문을 연 상점이 반드시 있을 겁니다. 호텔 상점은 당연히 열었을 거고요. 지금이 1년 중 가장 바쁜 시기니까요. 코트며 필요한 걸 다 살 수 있는 건 물론이고, 아주 빨리 찾을 수 있을 겁니다."

그는 웨이트리스에게 후한 팁을 남기고는 자리에서 일어섰다.

"가죠. 이곳을 빨리 떠날수록 더 안전하단 느낌이 들 겁니다."

티나는 그를 따라 계산대로 갔다. 계산대는 입구 옆에 있었다.

계산원은 두꺼운 안경을 쓴, 부엉이를 닮은 백발 남자였다. 그는 미소를 지으며 엘리엇에게 식사가 만족스러웠냐고 물었다. 엘리엇은 좋았다고 대답했고, 노인은 관절염 걸린 손가락을 움직여 느릿느릿 잔돈을 거슬러 주었다.

주방에서 칠리소스 냄새가 풍겨왔다. 풋고추와 양파, 할라피뇨 향, 녹은 체다 치즈와 몬터레이 잭 치즈의 향도 물씬 풍겨왔다.

L자형 식당의 긴 공간은 손님들로 가득 차 있었다. 손님 40여 명이 저녁을 먹거나 주문을 기다리고 있었다. 누군가가 웃었다. 젊은 커플 한 쌍이 부스 좌석 맞은편에 앉아 머리를 맞대다시피 하고 뭔

가를 모의 중이었다. 사람들은 활기찬 대화를 나누었고, 연인과 유쾌한 친구들, 혼자 온 사람 모두가 나흘의 휴가 중 남은 사흘을 기대하고 있었다.

문득 티나는 그들이 가슴 아프도록 부러웠다. 자신도 이렇게 운 좋은 사람 중 한 명이 되고 싶었다. 평범하고 행복한 일상의 한가운데서 평범하게 식사를 즐기며 평범한 저녁 시간을 보내고 싶었다. 오래오래 편안하고 평범한 삶을 기대할 만반의 이유를 갖고 싶었다. 여기 있는 그 누구도 전문 킬러와 이상한 음모와 가스 회사 직원으로 위장한 조직원과 소음기가 장착된 총과 무덤 발굴 같은 걸 걱정할 필요가 없을 것이다. 이들은 자신이 얼마나 운이 좋은지 모르고 있다. 티나는 자신과 이들 사이에 절대로 메꿀 수 없는 엄청난 차이가 벌어져 있다는 느낌이 들었다. 지금 이곳에서 식사하는 다른 사람들처럼, 언젠가 자신도 다시금 마음이 편안한 상태에서 근심 없이 지낼 수 있을까.

순간 날카롭고 차가운 바람이 그녀의 목덜미를 스쳤다.

티나는 누군가가 식당에 들어왔는지 보려고 고개를 돌렸다.

하지만 문은 닫혀 있었다. 들어온 사람은 아무도 없었다.

그런데 공기는 여전히 서늘했다. 온도가 *바뀌었다.*

문 왼쪽에 있는 주크박스에서 최근 인기 있는 컨트리 발라드가 흘러나왔다.

베이비, 베이비, 베이비, 널 여전히 사랑해.

우리 사랑은 이어질 거야. 난 알고 있어.

네가 믿어도 좋은 한 가지는 바로

우리 사랑이 아직 죽지 않았다는 거야.

그래, 우리 사랑은 죽지 않았어—

죽지 않았어—

죽지 않았어—

죽지 않았어—

음악이 이상하게 한 구간만 반복되었다.

티나는 믿기지 않는다는 듯 주크박스를 응시했다.

죽지 않았어—

죽지 않았어—

죽지 않았어—

엘리엇은 계산대에서 돌아서서 티나의 어깨에 손을 얹었다.

"대체 이게……?"

티나는 아무 말도 할 수 없었다. 움직일 수조차 없었다.

기온이 급격하게 떨어졌다.

그녀는 몸을 부르르 떨었다.

다른 손님들도 말을 멈추고 버벅거리는 주크박스를 바라보았다.

죽지 않았어—

죽지 않았어—

죽지 않았어—

죽지 않았어—

티나의 머릿속에 썩어가는 죽음의 얼굴이 떠올랐다.

"제발 그만해."

그녀는 애원했다. 누군가가 말했다.

"저 기계 좀 쏴버려."

또 누군가가 말했다.

"저 망할 놈의 것을 차버리라고."

엘리엇은 주크박스로 다가가 기계를 부드럽게 흔들었다. 그러자 두 마디 말을 반복하던 기계음이 멈추었다. 노래는 다시 매끄럽게 흘러나왔다. 하지만 단 한 소절뿐이었다. 엘리엇이 주크박스에서 돌아서자, 묘하게 의미심장한 그 구간이 다시 반복되기 시작했다.

죽지 않았어—

죽지 않았어—

죽지 않았어—

티나는 식당을 돌아다니며 손님들의 멱살을 하나하나 잡고 싶었다. 목덜미를 흔들고 위협해서 누가 주크박스를 조작했는지 알아내고 싶었다. 동시에 그게 이성적인 생각이 아니라는 것도 알았다. 이게 대체 어떻게 된 일이든, 설명은 간단하지 않았다. 이곳에서 기계를 조작한 사람은 아무도 없었다. 조금 전까지만 해도 이들이 아주 평범한 삶을 살아가는 모습을 보며 부러워하지 않았던가. 이 중에 자기 집을 날려버린 비밀 조직 요원이 있다고 의심하는 건 아주 우습고 편집증적인 생각이었다. 이들은 그저 도로변 식당에서 저녁을 먹고 있는 평범한 사람들이었다.

죽지 않았어―
죽지 않았어―
죽지 않았어―

엘리엇이 다시 주크박스를 흔들어보았지만 이번에는 소용이 없었다.

공기는 계속해서 차가워졌다. 티나는 몇몇 손님이 불평하는 소리를 들었다.

엘리엇은 아까보다 더 세게 기계를 흔들었지만, 그래 봤자 주크박스는 컨트리 가수의 목소리로 두 마디 말을 반복할 뿐이었다. 마치 보이지 않는 손이 레이저디스크 판을 단단히 잡고 있는 듯했다.

백발의 노인이 카운터에서 나왔다.

"내 알아서 하죠, 여러분."

그는 웨이트리스 한 명을 불렀다.

"제니, 온도조절기를 확인해봐. 오늘은 에어컨이 아니라 난방장치를 틀어놨어야 한다고."

노인이 다가오자 엘리엇은 뒤로 물러섰다.

아무도 주크박스에 손을 대지 않았는데 소리가 저절로 커지더니 두 마디 말이 식당 안에 울려 퍼지다 못해 공간을 쩌렁쩌렁 뒤흔들었다. 창문이 부르르 떨리고 탁자 위 식기들이 달그락거렸다.

　죽지 않았어—
　죽지 않았어—
　죽지 않았어—

　몇몇 사람이 움찔하며 두 손으로 귀를 막았다.
　주크박스에서 소리가 폭발음처럼 터져 나와 노인은 자기 말이 들리도록 고함을 쳐야 했다.
　"기계 뒤에 레이저디스크를 꺼내는 버튼이 있어."
　티나는 귀를 막을 수가 없었다. 두 팔을 그저 옆으로 늘어뜨리고 있었다. 온몸이 얼어붙고 경직된 상태로 주먹을 꼭 쥐고 있을 뿐이었다. 팔을 들어 올릴 마음도 힘도 없었다. 비명을 지르고 싶었지만, 소리조차 나오지 않았다.
　주변은 계속 추워졌다.
　그녀에게 익숙한 영적인 존재가 느껴졌다. 앤절라의 사무실에서 컴퓨터가 저절로 작동했을 때 느꼈던 것과 같은 존재였다. 아까 주차장에서 누군가가 자신을 보고 있는 느낌을 받았을 때와도 같았다.
　노인은 기계 옆에 웅크리고 앉아 뒤로 손을 뻗어 버튼을 찾았다. 그리고 버튼을 몇 번이나 눌렀다.

　죽지 않았어—

죽지 않았어—

죽지 않았어—

"플러그를 뽑아야 해!"

노인이 말했다. 소리는 다시 커졌다. 스피커에서 쩌렁쩌렁 터진 두 마디 말은 식당 구석구석 뼛속까지 떨릴 정도로 어마어마하게 울려 퍼졌다. 이 정도로 신경을 긁어대는 소리를 낼 수 있다니, 기계의 성능이 놀라울 지경이었다.

엘리엇은 벽에서 주크박스를 당겨내 노인이 플러그를 잡을 수 있게 해주었다.

그 순간, 티나는 이 섬뜩한 징후 뒤에 숨은 존재를 두려워할 필요가 없단 걸 깨달았다. 그 존재는 그녀를 해칠 의도가 없다. 실은 정반대다. 번뜩이며 찾아온 깨달음에 그녀는 수수께끼의 핵심을 단번에 파악했다. 이제껏 꼭 쥐고 있던 주먹에서 힘이 빠지면서 손이 다시 펴졌다. 목과 어깨에 서렸던 긴장이 풀렸다. 바위를 뚫는 공기드릴처럼 쿵쿵대던 심장박동이 잦아들었다. 물론 여전히 정상적인 박동은 아니었다. 공포가 지나간 뒤 흥분이 찾아왔기 때문이다. 비명을 지르려면 얼마든 지를 수 있었지만 티나는 비명을 지르고 싶지 않아졌다.

백발 노인이 관절염에 걸린 손으로 플러그를 움켜쥐고 벽의 소켓에서 흔들어 뽑으려 할 때 티나는 하지 말라고 말할 뻔했다. 주크박스를 조종하고 있는 존재가 방해받지 않는다면 그다음에는 어떤 일이 벌어질지 알고 싶었다. 이런 이상한 부탁을 어떻게 전달해야 할지 생각하는 동안 노인은 기어이 기계의 플러그를 뽑고 말았다.

그러자 귀청을 찢을 듯한 단조로운 두 마디 말은 사라졌다. 다시금 퍼진 침묵에 어안이 벙벙해졌다.

놀라며 안도한 것도 잠시, 식당 안 사람 모두가 노인에게 박수를 쳐주었다.

웨이트리스인 제니는 카운터 뒤에서 그를 불렀다.

"앨 아저씨, 난 온도조절기를 만지지 않았어요. 지금 보니 난방이 되고 있어요. 온도도 21도에 맞춰놓았다고요. 와서 직접 보세요."

앨이 대답했다.

"네가 뭔가 건드렸을 거야. 다시 따뜻해지고 있잖아."

"안 건드렸다니까요."

제니는 계속 주장했다.

앨은 그 말을 믿지 않았지만, 티나는 믿었다.

엘리엇은 주크박스에서 고개를 돌려 걱정스러운 눈빛으로 티나를 바라보았다.

"괜찮습니까?"

"네, 세상에, 난 괜찮아요! 정말 오랜만에 괜찮아진 기분이에요."

그녀의 미소에 당황한 엘리엇이 눈살을 찌푸렸다.

"이게 뭔지 알겠어요. 엘리엇, 뭔지 알겠다고요! 자, 어서 가요."

티나는 흥분해서 말했다.

엘리엇은 갑자기 변한 그녀의 태도에 당황했지만, 티나는 식당 안에서 이야기하고 싶지는 않았다. 그녀는 문을 열고 밖으로 나갔다.

22

바람은 아직도 불고 있었다. 하지만 엘리엇과 티나가 식당 창문 너머로 봤을 때만큼 사납게 몰아치지는 않았다. 상쾌한 바람이 동쪽에서부터 도시를 가로질러 몰려왔다. 사막에서 실려 온 고운 가루 같은 하얀 모래와 먼지를 품은 바람은 그들의 얼굴을 어루만지고 불쾌한 느낌을 남겼다.

그들은 고개를 숙이고 식당을 돌아 보라색 수은등 빛 아래를 지나갔다. 그리고 건물 뒤편 어두운 그림자 속으로 서둘러 들어갔다.

어둠에 둘러싸인 벤츠 안에서 차 문을 잠그고 티나가 말했다.

"이제껏 이해를 못 했던 게 당연해요!"

"왜 갑자기 그렇게—"

"우리가 지금까지 완전히 잘못 생각했어요—"

"기분이 확 좋아졌는지—"

"─반대로 생각했다고요. 그러니 답을 못 찾은 게 당연해요."

"지금 무슨 말을 하는 겁니까? 안에서 내가 본 걸 당신은 못 봤습니까? 주크박스 소리 못 들었어요? 왜 이토록 신이 났는지 모르겠군요. 나는 온몸이 오싹했는데요. 정말 *이상했어요.*"

하지만 티나는 흥분해서 말했다.

"들어봐요. 우리는 이제껏 누군가가 대니가 죽었다는 사실을 들먹이며 괴롭힌다고 생각했어요. 아니면 대니가 어떻게 죽었는지 그 진실이 내가 들은 것과는 다르다는 걸 우회적으로 알려주려고 한다거나. 하지만 그 메시지는 날 괴롭히려는 사람이 보낸 게 아니에요. 시에라 사고의 진실을 폭로하고 싶은 사람이 보낸 것도 아니고요. 전혀 모르는 사람이 보낸 것도, 마이클이 보낸 것도 아니에요. 이건 *정확히 있는 그대로의 말이라고요!*"

당황한 엘리엇이 말했다.

"그럼 당신이 보기에는 이게 무엇인 것 같습니까?"

"도와달라고 외치는 거예요."

"뭐라고요?"

"*대니가 보내는 메시지라고요!*"

엘리엇은 그녀를 빤히 쳐다보았다. 아스라이 비쳐오는 불빛을 받은 어두운 눈빛에 놀라움과 연민이 섞여 있었다.

"대체 무슨 말입니까? 그러니까 대니가 무덤에서 당신에게 연락해 식당에서 그 소동이 일어났다는 겁니까? 티나, 정말로 그 주크박스에 귀신이 씌었다고 생각하는 건 아니죠?"

"아니, 아니, 아니에요. 내 말은, 대니가 죽지 않았다는 거예요."

"잠깐만요. 잠깐만."

"내 아들 대니는 살아 있어요! 확실해요."

엘리엇은 그녀에게 다시금 말했다.

"우린 벌써 이 문제를 놓고 이야기했습니다. 아니라는 걸 인정했 잖아요."

"우리가 틀렸어요. 자보스키와 링컨, 다른 아이들은 시에라네바 다산맥에서 죽었을지 몰라도 대니는 죽지 않은 거예요. 난 알 수 있 어요. 느껴져요. 이건 그러니까…… 계시랄까…… 환상 같은 거예 요. 사고는 분명 났겠지만 우리가 아는 것과는 달랐을 거예요. 뭔가 아주 다른 일이, 엄청나게 이상한 일이 있었던 거예요."

"그 역시 이미 확실하다고 결론을 내렸지만, 그래도―"

"정부는 숨겨야 했던 거예요. 케네벡이 몸담은 조직은 이 사건을 책임지고 감춰야 했고요."

엘리엇이 말했다.

"그 점은 나도 동의합니다. 일리가 있죠. 하지만 대니가 살아 있 다는 건 어떻게 압니까? 그런 결론은 도출되지 않는데요."

"어떻게 아는 건지는 몰라요. 느낌이에요. 하지만 난 알 수 있어 요. 어마어마하게 편안한 마음이랄까, 확신 같은 게 식당 안에서 날 덮쳤어요. 당신이 주크박스를 끄기 직전에 말이에요. 이건 그저 마 음의 평화 같은 게 아니었어요. 내 바깥에서 오는 어떤 힘이었어요. 마치 파도처럼요. 아, 이런. 어떻게 설명해야 할지 정말 모르겠네요. 난 그저 느끼는 대로 확신할 뿐이에요. 대니는 나를 안심시키려고 했고, 나한테 아직도 자신이 살아 있다는 걸 알리려고 했어요. 난 알 수 있어요. 대니는 그 사고에서 살아남았지만 사람들이 돌려보내지 않았던 거예요. 다른 사람들이 죽은 게 정부 책임이라고 알릴까 봐요. 그러면 비밀 기지의 존재가 만천하에 드러날 테니까요."

"지금 지푸라기라도 잡는 심정으로 말하는 거 아닙니까?"

하지만 그녀는 고집을 부렸다.

"아니에요, 아니라고요."

"그렇다면 대니는 대체 어디 있는 거죠?"

"어딘가에 갇혀 있겠죠. 왜 대니를 죽이지 않았는지는 모르겠어요. 얼마나 오래 이런 식으로 아이를 가둬둘 생각인지도 모르겠고요. 하지만 그들은 아이를 가둬두고 있어요. 그런 일이 벌어지고 있다고요. 상황을 정확히는 모르지만, 아마 이 생각이 진실에 가깝지 않을까요?"

"티나—"

그녀는 끼어들려는 엘리엇을 가로막았다.

"비밀경찰 조직, 케네벡 뒤에 있는 사람들…… 그들은 판도라 프로젝트의 관련자 중 하나가 조직을 배신하고 나한테 대니에 관한 진실을 이야기한 거라 생각하고 있어요. 물론 그 생각은 틀렸어요. 관련자가 아니라 대니가 말한 거니까요. 어떻게 한 건지는…… 모르겠지만…… 대니가 나한테 연락한 거예요."

그녀는 식당 안에서 깨달은 것을 애써 설명하려 했다.

"어떻게 한 걸까요…… 어쩌면…… 나한테 연락한 건…… 정신력인 것 같아요. 대니가 칠판에 그 글자를 쓴 거예요. 정신력으로."

"하지만 그 말을 뒷받침할 증거는 느낌 말고는 없잖습니까……

당신이 본 환상하고요."

"환상이 아니라—"

"환상이 아니라 해도, 어쨌든 증거가 없어요."

"나한테는 이것만으로도 충분해요. 그리고 당신에게도 충분한 증거가 될 거예요. 당신도 식당에 있을 때 같은 경험을 했잖아요. 내가 느낀 걸 느꼈잖아요. 내가 사무실에 있을 때도 대니가 연락해 온 거였어요…… 사무실에 있는 날 찾아서…… 컴퓨터를 이용해 나한테 메시지를 보내려 한 거였어요. 그리고 지금은 주크박스를 통해서요. 대니는…… 초능력자인 게 틀림없어요. 그래요! 그거라고요. 그 애는 초능력자예요. 어떤 능력으로 나한테 연락을 하는 거예요. 자기가 살아 있다고 알리고, 그곳까지 찾아와서 구해달라고 부탁하는 거라고요. 그런데 아이를 가둬둔 사람들은 그 애가 뭘 하는지 모르고 있는 거죠! 그래서 내부의 누군가가, 판도라 프로젝트 관련자가 정보를 유출했다고 생각하는 거예요."

"티나, 그건 너무 상상이 과한 가설입니다만, 그래도—"

"과할지도 모르죠. 하지만 가설이 아니라 진짜예요. 사실이라고요. 뼛속까지 사실인 게 느껴져요. 여기서 허점을 발견할 수 있어요? 내가 틀렸다는 걸 증명할 수 있겠어요?"

엘리엇이 말했다.

"우선, 대니가 자보스키와 함께 산으로 가기 전을 생각해보죠. 함께 살면서 대니가 초능력자라는 낌새를 느낀 적이 있습니까?"

티나는 눈살을 찌푸렸다.

"아뇨."

"그렇다면 어쩌다가 이런 놀라운 능력을 갖게 된 걸까요?"

"잠깐만요. 네, 소소하지만 좀 이상했던 일 몇 가지는 확실히 기억나요."

"어떤 거였죠?"

"한번은 대니가 아빠 직업이 뭔지 정확히 알고 싶어 했던 적이 있어요. 여덟 살인가 아홉 살 때였을 거예요. 딜러가 무슨 일을 하는지 궁금해서 마이클이 대니와 식탁에 앉아 블랙잭을 했어요. 대니는 어려서 규칙을 간신히 이해할 정도였고, 전에는 한 번도 그런 게임을 해본 적이 없었죠. 최고의 도박사들이나 지닐 만한 능력을 타고나지도 않았고요. 모든 카드를 기억해서 자기 기회가 언제인지 계산할 수 있을 만큼 나이가 많지 않았는데도 대니는 계속 이겼어요. 마이클은 카지노에서 쓰는 칩 대신 단지 속에 가득 든 땅콩을 썼는데, 대니가 그 속에 있던 땅콩을 전부 땄어요."

"게임이 조작되었던 게 분명합니다. 마이클이 아들이 이기도록 해줬나 보죠."

"나도 처음에는 그렇게 생각했어요. 하지만 마이클은 절대 아니라고 맹세했어요. 게다가 대니가 계속 이기니까 진심으로 놀라는 것 같았어요. 그리고 마이클에게 카드를 변조하는 기술 같은 건 없어요. 카드 한 벌을 섞으면서 그 순서를 다 기억할 만큼 잘 다루지 못해요. 참, 엘머에 관한 일도 있네요."

"엘머는 누굽니까?"

"우리가 기르던 개요. 작고 귀여운 강아지였죠. 2년 전이었던가, 하루는 내가 주방에서 사과 파이를 만들고 있는데 대니가 오더니 마당을 아무리 찾아도 엘머가 없다는 거예요. 보니까 정원사가 왔을 때 강아지가 대문을 빠져나간 모양이었어요. 대니가 말했어요. 엘머는 트럭에 치여 죽었기 때문에 돌아오지 않을 거라고요. 나는 대니에게 걱정하지 말라고 말했죠. 엘머는 다친 데 없이 안전하게 집에 돌아올 거라고요. 하지만 그러지 못했어요. 무슨 수를 써도 찾을 수가 없었거든요."

"강아지를 찾을 수 없었다고 해서 트럭에 치였다는 증거가 되지는 않습니다."

"대니에게는 그걸로 충분했어요. 몇 주 동안 슬퍼했지요."

엘리엇은 한숨을 쉬었다.

"블랙잭에서 몇 번 이겼다라. 그건 당신 말처럼 그저 운이 따른 거죠. 그리고 집을 나간 개가 차에 치여 죽은 사실을 안 것도 역시 합리적으로 가정한 것뿐입니다. 만약 그게 초능력의 증거가 된다 해도, 당신이 지금 추측하는 그 일을 대니가 했다고 보기에는 너무 미미한 증거들이죠."

"알아요. 어떻게 이런 일이 가능한지는 모르겠지만, 대니의 능력은 훨씬 강해졌어요. 어쩌면 지금 처한 상황 때문일지도 모르죠. 공포와 스트레스 때문에."

"만약 공포와 스트레스 때문에 초능력이 강해졌다면 어째서 몇 달 전부터 연락해오지 않았을까요?"

"아마 그 능력을 개발하려면 적어도 1년 동안은 공포와 스트레스를 받아야 했던 게 아닐까요. 나도 모르겠어요."

티나의 온몸에 이유 모를 분노가 확 덮쳤다.

"제길. 내가 그 이유를 어떻게 알겠어요?"

"진정해요. 허점을 발견해보라고 한 건 당신이었습니다. 나는 그 말을 따르고 있고요."

"아뇨. 내 생각에 당신은 허점을 하나도 발견하지 못했어요. 대니는 살아 있고, 어딘가에 잡혀 있어요. 그래서 정신력으로 나에게 연락하려 한 거예요. 텔레파시 같은 걸로요. 아니, 텔레파시는 아니죠. 정신으로 물체를 움직이게 하는 걸 뭐라고 부르죠? 이런 능력을 가리키는 말은 없나요?"

"염력이라고 하죠."

"맞아요! 그거예요. 그 아이는 염력을 쓰는 거예요. 식당에서 일어난 일을 이보다 더 잘 설명할 수 있을까요?"

"음…… 아뇨."

"그러면 이 두 단어가 반복해서 나타나는 게 그저 우연이라고 보시나요?"

"아뇨. 우연은 아니었습니다. 이게 우연일 가능성은 대니가 이 메시지를 보냈을 가능성보다 훨씬 더 낮죠."

"내 말이 맞다는 거죠?"

"그건 아닙니다. 더 나은 설명을 할 수 없기는 하지만, 난 아직 당신의 말을 받아들일 준비는 안 되어 있어요. 초능력 같은 건 믿어본 적이 없거든요."

잠시 둘은 아무 말도 하지 않았다. 그들은 어두운 주차장과 그 너머에 190리터들이 드럼통이 가득 놓인 울타리 창고를 바라볼 뿐이었다. 형광색으로 희미하게 빛나는 깔때기 모양 먼지바람과 종잇조각들과 연기가 어두운 밤의 <u>으스스</u>한 유령처럼 움직였다.

마침내 티나가 말했다.

"내 말이 맞아요, 엘리엇. 난 확신해요. 내 가설로 모든 걸 설명할 수 있어요. 심지어 악몽까지도요. 그 꿈도 대니가 나에게 연락하려는 시도였을 거예요. 대니가 지난 몇 주간 나한테 악몽을 보낸 거라고요. 그래서 그 꿈이 예전에 꿨던 꿈과 아주 다르게 더 강렬하고 생생했던 거예요."

엘리엇은 티나가 지금 하는 말은 아까 했던 말보다 더 터무니없다고 생각하는 듯했다.

"잠깐만요, 잠깐만. 이제는 염력에 더해 또 다른 능력이 있다는 겁니까?"

"한 가지 능력만 있으라는 법 있나요?"

"조금 더하면 대니가 신이라고도 말하겠군요."

"염력과 내 꿈에 간섭할 수 있는 영향력 정도인 거죠. 그러면 어째서 내 꿈에 그 만화책에 있는 끔찍한 죽음의 이미지가 나왔는지 설명이 돼요. 만약 대니가 꿈으로 메시지를 보낸 거라면, 그 애가 자기한테 친숙한 이미지를 쓰는 게 자연스럽죠. 가장 좋아하던 공포 이야기 속 괴물 같은 걸로요."

"하지만 정말로 그 꿈을 대니가 보낸 거라면, 어째서 단순 명료하고 깔끔한 메시지를 주지 않는 걸까요? 무슨 일이 일어났고 자신이 어디 있는지 알려주면 되잖습니까? 그편이 훨씬 더 빠르게 도움을 받는 길 아닙니까? 왜 이렇게 불분명하고 간접적인 방식을 사용하죠? 드라마 「환상특급」에 나오는 것처럼 간결하게 정신력으로 메시지를 보내거나, 초능력 이메일을 쓰면 이해하기 훨씬 좋을 텐데요."

"비꼬지 마세요."

"비꼬는 게 아닙니다. 대놓고 물어보는 것뿐이죠. 당신의 이론에 나타난 허점이니까요."

하지만 티나는 좀처럼 물러서지 않았다.

"그건 허점이 아니에요. 잘 설명할 수 있어요. 내가 말했듯 대니가 쓰는 건 정확히는 텔레파시가 아니에요. 염력이죠. 정신력으로 물체를 움직이는 거요. 그리고 어느 정도는 꿈에도 영향을 줄 수 있고요. 하지만 완전한 텔레파시를 쓰는 건 아닌 것 같아요. 그래서 자세한 생각을 전달하지는 못하는 거예요. '간결하게 정신력으로 메시지를 보내는 일'을 못 하는 건, 아직 능력이 충분하지 않거나 힘을 제어할 수 없어서인 듯해요. 대니는 지금 할 수 있는 한 어떻게든 나한테 연락하려는 거예요."

"지금 우리가 대체 무슨 말을 하는 거죠?"

"나는 무슨 말인지 아주 잘 알겠는데요."

"우리가 하는 말을 들어보면 둘 다 당장 정신병원에 들어가야 할 것 같군요."

"아뇨. 우리는 아주 멀쩡해요."

"초능력이라니⋯⋯ 상식 있는 사람들이 할 말이 아니잖습니까."

"그렇다면 식당 안에서 일어난 일은 어떻게 설명하실래요?"

"못 합니다. 제길. 못 한다고요."

그는 신앙심이 심하게 흔들리는 사제처럼 말했다. 물론 그가 의

문을 품기 시작한 건 종교에 대한 신앙심이 아니라 과학에 대한 신앙심이었다.

"변호사처럼 생각하지 마요. 산더미 같은 사실들을 깔끔하게 논리적으로 설명하려 들지 마시라고요."

"나는 지금까지 그렇게 훈련하며 살았습니다."

티나는 동정 어린 어조로 대꾸했다.

"알아요. 하지만 이 세상은 비논리적인 일로 가득하죠. 그 비논리적인 일이 진실이고요. 이번 일 역시 그렇죠."

바람이 스포츠카를 뒤흔들더니, 창문을 따라 신음하며 안으로 들어갈 길을 찾아댔다.

엘리엇이 말했다.

"만약 대니에게 정말로 초능력이 있다면, 어째서 당신에게만 연락한 걸까요? 최소한 아빠인 마이클에게도 연락해야 하는 거 아닙니까?"

"마이클에게 연락하고 싶은 마음이 들 만큼 아빠와 가깝다는 느낌을 못 받았던 거예요. 따져보면 우리 결혼 생활 중 마지막 2년 동안 마이클은 다른 여자들과 많이 놀아났거든요. 집에 머문 시간이 별로 없었어요. 나보다 대니가 버림받았다는 느낌을 더 심하게 받았죠. 나는 마이클에게 뭐라 한 적이 한 번도 없었어요. 심지어 남편의 행동을 정당화하려고도 해봤어요. 대니가 아빠를 미워하지 않기를 바랐거든요. 하지만 대니도 똑같이 상처받았어요. 그러니 그 애가 아버지가 아닌 나에게 연락하는 건 자연스러운 일이에요."

바람결에 실린 먼지가 차 위로 한 겹 부드럽게 내려앉았다.

그녀가 물었다.

"아직도 내 가설에 구멍이 많다고 생각하나요?"

"아뇨. 변론을 꽤 잘하시네요."

"변호사에게 칭찬을 받으니 좋네요."

"그래도 당신 말이 믿기지는 않습니다. 아주 똑똑한 사람 중에도 초능력을 믿는 사람이 있다는 건 알지만, 난 못 믿겠어요. 이런 초능력 운운하는 소리를 차마 받아들일 수가 없다고요. 앞으로야 어찌 되든 아직은 아니라는 겁니다. 그러니 난 계속해서 덜 이상한 방식으로 설명할 방법을 찾아보겠습니다."

티나가 말했다.

"달리 설명할 방법을 하나라도 찾아내신다면 나도 진지하게 생각해볼게요."

엘리엇은 그녀의 어깨에 손을 얹었다.

"내가 당신과 이렇게 언쟁하는 이유가 뭔지 압니까……? 당신이 걱정되어서입니다, 티나."

"내가 정신이 이상해진 것 같아요?"

"아니, 아니죠. 초능력이라고 설명하는 게 마음에 걸리는 이유는, 다른 게 아니라 이것 때문에 당신이 대니가 아직 살아 있다고 희망을 품기 때문입니다. 그건 위험해요. 결국 이렇게 희망을 품다가 아주 심하게 실망하고 큰 고통을 당할 거 같아요."

"아니. 전혀 아니에요. 왜냐하면 대니는 정말로 살아 있으니까요."

"그게 아니면 어떡합니까?"

"그 애는 살아 있어요."

어둠의 눈   283

"만약 대니가 죽은 걸 확인하고 나면 아이를 잃은 슬픔을 전부 다시 겪게 될 겁니다."

그러나 티나는 고집을 부렸다.

"대니는 안 죽었어요. 느낌이 그래요. 느껴진다고요. 난 알 수 있어요, 엘리엇."

"그래도 만약 정말로 죽었다면요?"

엘리엇 역시 그녀만큼이나 고집스럽게 물었다.

티나는 잠시 주저하다가 입을 열었다.

"난 극복할 수 있을 거예요."

"확실합니까?"

"그래요."

희미한 불빛 아래에서는 가장 밝은 것이라 봤자 연보랏빛 어두운 그림자로 보일 뿐이었다. 그 안에서도 엘리엇은 티나의 눈을 찾아내 강렬한 시선으로 마주 보았다. 그 눈빛은 그저 바라보는 것이 아니라 그녀의 속을 파고들어 꿰뚫는 것만 같았다. 마침내 그는 몸을 숙이고 그녀의 입가에 키스했다. 키스는 뺨과 눈으로 이어졌다.

"당신이 마음 아파하는 걸 보고 싶지 않아요."

"아프지 않을 거예요."

"아파하지 않는 모습을 보기 위해서 뭐든 할 겁니다."

"알아요."

"하지만 내가 할 수 있는 게 많지는 않군요. 내 손을 떠난 일이니까요. 우리는 일이 흘러가는 대로 따라야 합니다."

티나는 엘리엇의 목 뒤로 손을 뻗어 그의 얼굴을 가까이 당겼다.

그 입술의 감촉과 그의 따스함에 그녀는 이루 말할 수 없는 행복을 느꼈다.

엘리엇은 한숨을 쉬면서 그녀에게서 물러나 시동을 걸었다.

"이제 이동하는 게 좋겠습니다. 쇼핑해야 하니까요. 겨울 코트를 사야겠죠. 칫솔도 두 개 사고."

대니가 살아 있다는 확신에는 변함이 없었다. 티나는 계속 그 믿음에 의지하고 있었다. 하지만 찰스턴 대로로 차를 몰자 공포심이 다시금 스멀스멀 올라오기 시작했다. 리노에서 끔찍한 진실을 마주하는 일은 이제 두렵지 않았다. 대니에게 실제로 무슨 일이 있었는지 알게 된다면 끔찍하고 마음이 찢어지는 것 같겠지만, 아이의 '죽음'을 받아들였을 때만큼 힘들지는 않을 거라 생각했다. 지금 무서운 이유는 자신이 대니를 찾아내고도 혹시 구해내지 못할 가능성 때문이었다. 아이가 어디 있는지 찾는 과정에서 자신과 엘리엇이 죽을 수도 있었다. 대니를 찾아내 구하려다 죽는다면 그것이야말로 운명의 여신이 저지르는 고약한 속임수리라. 운명의 여신이 그 풍성한 소맷자락 속에 얼마나 고약한 속임수를 많이 담아두었는지는 경험으로 잘 알고 있었다. 그것이야말로 죽을 만큼 무서운 것이었다.

23

윌리스 브룩스터는 키노* 티켓을 보며 카지노 천장의 전광판에서 반짝이면서 나타나는 당첨 숫자와 신중하게 비교했다. 그는 게임 결과에 아주 관심 있는 척하려 노력했지만, 실은 전혀 관심이 없었다. 손에 쥔 티켓은 아무런 가치가 없었으니까. 그는 그걸 창구에 등록하지도 않았고, 돈을 걸지도 않았다. 키노 게임은 위장용이었다.

브룩스터는 카지노 어디에나 존재하는 보안 요원들의 이목을 끌고 싶지 않았다. 그들의 주목을 피하는 가장 쉬운 방법은 이 거대한 내부에서 가장 위협적이지 않은 촌놈처럼 보이는 것이었다. 그 점을 염두에 둔 그는 싸구려 초록색 폴리에스터 운동복을 위아래로 차려입고 검은 구두에다 흰 양말을 신었다. 그리고 슬롯머신 도박

---

* 빙고와 로또를 혼합한 형태의 카지노 게임.

꾼들을 업소로 끌어들이려고 카지노에서 나눠주는 할인 쿠폰 북을 두 개 들고 목에는 끈 달린 카메라를 걸었다. 보안 요원들은 영리한 도박사나 사기꾼을 주로 지켜보는데, 이 두 부류가 전혀 관심을 두지 않는 게 바로 키노 게임이었다. 브룩스터는 자기 모습이 어딜 봐도 둔하고 평범해 보인다고 확신했다. 경비원이 자기를 보고 하품을 한다 해도 놀라지 않을 것이다.

그는 이 임무를 반드시 완수하기로 마음먹었다. 앞으로 승승장구할지 완전히 망할지는 순전히 이번 일에 달렸다. 네트워크는 대니 에번스의 시체 발굴에 압박을 가할 만한 인물을 모두 제거하길 바랐다. 그런데 엘리엇 스트라이커와 크리스티나 에번스를 제거하기로 한 요원들이 그 명령을 제대로 수행하지 못했다. 그들이 미숙하게 일을 처리하는 바람에 브룩스터가 돋보일 수 있는 기회가 찾아왔다. 만약 이곳, 사람으로 북적이는 카지노에서 목표물을 깨끗이 처리한다면 브룩스터는 당연히 승진하게 될 것이다.

그는 아래층 쇼핑 아케이드에서 밸리스 호텔의 카지노 층으로 올라오는 에스컬레이터 앞에 섰다. 주기적으로 찾아오는 게임 테이블 휴식 시간마다 피곤한 딜러들이 뻣뻣해진 목과 쑤시는 어깨, 무거운 팔을 주무르며 아래층에 있는 휴게실과 로커 룸으로 향했다. 곧바로 오른쪽 에스컬레이터를 타겠지. 딜러들은 이제 곧 교대 전 마지막 게임을 하러 돌아갈 예정이었다. 브룩스터는 그들 중 한 명을 기다리고 있었다. 바로 마이클 에번스를.

카지노에서 마이클을 만날 거라고는 예상하지 못했다. 마이클이 무너진 집에서 밤을 새울 거라 생각했기 때문이다. 소방관들은 지금도 연기가 자욱한 잔해를 헤집으며 거기 묻혀 있을지 모르는 여자의 시신을 찾아 헤매고 있었다. 하지만 브룩스터가 30분 전 호텔에 들어왔을 때 마이클은 블랙잭 테이블에서 손님들과 잡담을 나누며 농담을 주고받고 있었다. 최근 중요한 일은 아무것도 일어나지 않았다는 듯 빙그레 웃기까지 하면서.

어쩌면 마이클은 자신이 예전에 살던 집에서 폭발 사고가 일어난 사실을 모르고 있을 것이다. 아니면 알면서도 전처에게는 전혀 신경 쓰지 않는다거나. 이혼 과정이 혹독했을지 모른다.

브룩스터는 아까 휴식 시간이 시작되고 딜러들이 블랙잭 구역을 떠날 때 마이클에게 가까이 다가가지 못했다. 그래서 결국 이곳 에스컬레이터 근처에 키노 보드에 관심이 있는 척 진을 치고 섰다. 몇 분 뒤 딜러들이 휴게실에서 나올 때야말로 마이클을 처리할 적기라 확신했다.

마지막 키노 당첨 번호가 전광판에 떴다. 브룩스터는 번호를 노려보다 게임 티켓을 구겨버렸다. 힘들여 번 돈을 잃었다는 듯 실망과 혐오감이 확 드러나는 모습으로 말이다.

그는 에스컬레이터를 슬쩍 내려다보았다. 검은 바지에 하얀 셔츠를 입고 스트링 타이를 맨 딜러들이 올라오는 중이었다.

브룩스터는 에스컬레이터 옆으로 비켜서서 키노 티켓을 폈다. 그리고 자신이 잘못 본 것이기를 간절히 바란다는 듯 전광판에 뜬 번호와 다시 비교했다.

마이클은 에스컬레이터에서 일곱 번째로 내렸다. 잘생기고 느긋해 보이는 남자였다. 그는 서두르지 않고 느긋하게 걷다가 멈춰 서서 눈에 띄게 예쁜 칵테일 웨이트리스와 몇 마디를 나누었다. 다른 딜러들은 계속 가던 길을 갔고, 마이클이 마침내 웨이트리스에게서 돌아섰을 때는 블랙잭 구역으로 이동하는 딜러 중 꼴찌가 되었다.

마이클을 따라 거대한 카지노를 가득 메운 와글와글한 인파를 밀치며 나아가는 동안 브룩스터는 목표물 옆에서 뒤쪽으로 살짝 처졌다. 그는 운동복 주머니에 손을 넣어 자그마한 스프레이 캔을 하나 꺼냈다. 입 냄새 제거제 스프레이보다 살짝 더 큰 캔은 손에 숨기기에 딱 좋았다.

딜러들은 웃으면서 멈춰 서 있는 사람들 한 무리와 마주쳤다. 무리는 지금 자신들이 중앙 통로를 가로막고 있다는 걸 전혀 깨닫지 못하는 듯했다. 브룩스터는 잠깐 멈춰 선 기회를 틈타 사냥감의 어깨를 두드렸다.

마이클이 돌아서자 브룩스터가 말했다.

"이거 떨어뜨리신 것 같은데요?"

"네?"

브룩스터의 손은 마이클의 눈에서 45센티미터 아래에 있었다. 마이클은 떨어뜨렸다는 물건이 뭔지 확인하려고 아래를 내려다보았다.

그때 엄청난 압력으로 분사되는 미세한 스프레이가 그의 얼굴 정면으로 뿜어져 나와 코와 입술을 지나 콧구멍 속으로 빠르고도 깊숙이 파고들었다. 완벽하게.

마이클은 지극히 당연한 반응을 보였다. 자기 얼굴에 뭔가가 분사됐다는 걸 깨닫고 놀라서 숨을 헉 들이켰다.

숨을 들이켜자 치명적인 분무 입자가 콧구멍을 타고 올라갔다. 빠르게 작용하는 신경 독이 부비강 점막에 순간적으로 흡수되었다. 독은 2초 만에 핏줄로 들어갔고, 심장에 첫 발작이 일어났다.

마이클의 놀란 표정은 이내 충격받은 표정으로 바뀌었다. 이윽고 잔인한 고통이 그의 몸을 강타하며 얼굴이 거칠게 뒤틀렸다. 그는 아무 말도 못하고 입가에 침만 흘리고 있었다. 하얀 침 거품이 주르륵 흘러나와 턱을 타고 내려갔다. 마이클은 눈이 뒤집힌 채로 쓰러졌다.

브룩스터는 작은 스프레이 캔을 주머니 속에 넣고서 말했다.

"여기 사람이 쓰러졌어요!"

모두가 그를 돌아보았다. 브룩스터가 말했다.

"다들 물러서요. 이런, 누가 의사를 좀 불러요!"

아무도 살인 장면을 보지 못했을 것이다. 인파로 둘러싸인 안전한 공간에서 살인이 일어났다. 암살자와 희생자는 군중에 철저히 가려졌다. 누군가가 머리 위 카메라로 이 구역을 감시한들 눈에 띄는 점은 발견하지 못할 터였다.

브룩스터는 마이클 옆에서 재빨리 무릎을 꿇고 마치 아직 맥이 잡힐지도 모른다는 듯이 맥박을 짚었다. 심장박동은 전혀 느껴지지 않았다. 두근두근 희미하게 뛰는 기색조차 없었다.

희생자의 코와 입술과 턱에 얇게 습기가 찼다. 독소 때문에 일시적으로 배출되지 못했던 무해한 액체였다. 신경 독은 이미 희생자의 몸에 침투해 일을 마치고 일련의 자연발생적 화학물질로 분해되기 시작했다. 그러니 나중에 검시관이 통상적인 법의학적 검사 결과를 판단할 때도 별 이상이 나타나지 않을 것이다. 몇 초 만에 습기마저 증발하고 나면, 처음 와서 검사하는 의사가 의심할 만한 특이 사항은 아무것도 남지 않으리라.

호기심에 모여든 구경꾼 무리를 어깨로 밀치고 나타난 제복 차림의 경비원이 브룩스터 옆으로 몸을 숙였다.

"아, 이런. 마이클 에번스잖아. 대체 무슨 일입니까?"

브룩스터가 말했다.

"난 의사가 아닙니다. 하지만 딱 보니 심장마비 같아요. 뻣뻣하게 몸이 굳더니 쓰러졌거든요. 우리 삼촌 네드도 지난 7월 4일에 불꽃놀이를 보다가 이렇게 쓰러졌죠."

경비원은 맥을 짚어보려 했지만 맥박은 뛰지 않았다. 다음으로 심폐소생술을 시작했지만 이내 그만두었다.

"내 생각에는 가망이 없어요."

브룩스터는 의아해하며 물었다.

"어떻게 이렇게 젊은 사람에게 심장마비가 일어나죠? 세상에, 언제 골로 갈지는 아무도 모르는 거네요."

"아무도 모르는 일이죠."

경비원이 고개를 끄덕였다.

호텔 의사는 시신을 검사한 뒤 심장마비 판정을 내렸다. 검시관 역시 그럴 것이다. 사망진단서에도 그렇게 기록될 것이다.

완벽한 살인이군.

브룩스터는 지그시 미소를 참았다.

24

케네벡 판사는 배 모형을 병 속에 정교하게 구현하는 취미가 있었다. 서재 벽에는 그의 작품이 쭉 늘어서 있었다. 17세기 네덜란드산 피니스 모델은 작고 창백한 푸른 병 안에서 끊임없이 항해 중이었다. 돛대가 네 개 달린 커다란 스쿠너는 약 20리터짜리 병을 가득 채웠다. 한쪽에는 바람을 받는 듯 팽팽해진 돛이 네 개 달린 바컨틴이 있고, 또 다른 쪽에는 16세기 중반 스웨덴식 낡은 카라벨이 있었다. 15세기 스페인 카라벨과 영국 상선, 볼티모어 쾌속 범선까지 다양했다. 배들은 놀랄 만큼 세심하고 정교했다. 모양이 독특한 병에 담겨 있어 만들기가 무척 어렵지만 그만큼 감탄을 자아냈다.

케네벡은 진열장 앞에 서서 18세기 후반 프랑스 소형 구축함의 정밀하게 작업된 삭구 부분을 꼼꼼히 바라보았다. 배 모형을 바라보며, 그는 과거의 한순간이나 먼바다에서 모험하는 환상을 떠올리는 대신 최근 일어나고 있는 '에번스 사건'의 전개 양상을 골똘히 생각했다. 유리병 안 세계에 갇혀 있는 배들을 보면 마음이 편해졌다. 그는 해결해야 할 문제가 있거나 초조할 때 배를 보며 시간을 보내길 좋아했다. 배를 보면 마음이 고요해지고, 그 고요함 덕분에 머리가 아주 잘 돌아갔다.

곱씹어볼수록 케네벡은 크리스티나 에번스라는 여자가 아들에 대한 진실을 알고 있다는 사실이 더더욱 믿기지 않았다. 판도라 프로젝트 관계자가 그 많은 스카우트 단원들에게 무슨 일이 일어났는지 말해줬다면, 그녀가 침착한 반응을 보이지는 않았을 게 분명했다. 겁에 질리고 깜짝 놀랐을 테고, 미친 듯이 화도 냈을 것이다. 곧바로 경찰이나 언론을 찾아갔을 것이다. 아니면 두 군데 다 가든가.

하지만 그녀는 엘리엇 스트라이커에게 갔다.

바로 그 지점에서 예상치 못한 역설이 생겨났다. 어떻게 보면 그녀는 진실을 모르는 사람처럼 행동했다. 그러나 엘리엇의 도움을 받아 아들의 무덤을 열려 했다. 그걸 보면 무언가를 알고 있는 것도 같았다.

만약 엘리엇의 말을 있는 그대로 믿는다면, 티나의 동기는 꽤 순수했다. 엘리엇의 말에 따르면 그녀는 장례를 치르기 전 아들의 망가진 시체를 볼 용기를 내지 못한 걸 두고 죄책감을 느끼고 있었다. 죽은 아들에게 마지막 조의를 표하지 못한 기분이라고 했다. 아이 엄마의 죄의식은 점차 심각한 심리 문제를 일으켰다. 티나가 매일 밤 끔찍한 꿈에 시달리고 있다는 게 엘리엇이 내놓은 이야기였다.

케네벡은 엘리엇을 믿는 쪽으로 마음이 기울었다. 우연이라 보기에는 수상쩍은 요소가 있긴 했지만, 때로 우연은 그저 우연일 뿐이다. 평생을 정보국에서 일해온 사람들은 별 의미 없는 우연도 있다는 걸 잊고 살 때가 많아서 문제. 티나는 시에라 사고에 관한 공식적인 설명을 들은 뒤로 단 한 점의 의심도 품지 않았을 것이다. 무덤을 열어달라 요청했을 때도 분명 판도라 프로젝트에 대해서는 아무것도 몰랐을 것이다. 하지만 타이밍이 나빠도 너무 나빴다.

만약 이 여인이 숨겨진 사실을 실제로 전혀 몰랐다면, 네트워크는 그녀의 전남편과 법률을 이용해 무덤을 여는 절차를 지연시켰을 수도 있었다. 그동안 네트워크 요원들은 지난 1년 동안 관에 있었던 대니의 시체처럼 보이도록, 비슷한 정도로 부패한 소년의 시체를 찾아냈을 것이다. 그리고 묘지가 문을 닫은 밤에 대니의 무덤을 열고 구해온 가짜 시체를 지금 관 속에 들어 있는 돌과 바꿔치기했을 것이다. 그러면 죄책감에 시달려온 어머니는 마지막으로 아들의 유해를 무시무시한 눈빛으로 바라보게 되었으리라.

그건 발각될 위험이 다분한, 복잡한 작업이었다. 하지만 그 정도 위험은 각오할 만했다. 그랬다면 아무도 죽이지 않아도 됐을 텐데.

안타깝게도 네트워크의 네바다 지국장 조지 알렉산더는 이 여인의 진짜 의도를 차분히 파악할 만한 인내심이나 기술력이 없었다. 그는 최악의 상황을 가정하고 거기에 맞춰 행동해왔다. 그래서 케네벡이 엘리엇의 무덤 발굴 요청 건을 알리자 지국장은 즉시 강력한 무력으로 대응했다. 엘리엇은 자살 처리하고, 여자는 우발적인 사고로 위장해 살해하고, 전남편 쪽은 심장마비로 처리할 계획을 짰다. 이렇게 서둘러 조직한 암살 시도 중 두 건이 실패했다. 엘리엇과 여자는 사라졌다. 이제는 네트워크 전체가 곤경에 처해버렸다. 그것도 아주 *심한* 곤경에.

프랑스 구축함에서 고개를 돌린 케네벡이 자신도 위험해지기 전에 네트워크에서 발을 빼야 하는 건 아닐까 생각하고 있을 무렵, 알렉산더가 아래층 복도를 지나 열려 있는 문을 통해 서재로 들어왔다. 그는 훤칠하고 우아하며 독보적인 외모를 지닌 남자였다. 구찌 구두와 비싼 정장, 수제 실크 셔츠와 금장 롤렉스 시계를 차고 있었다. 맵시 있게 자른 갈색 머리는 관자놀이에서 살짝 희끗희끗하게 세어 있었다. 초록색 눈동자는 맑고 초롱초롱했지만, 시간을 두고 차분히 살펴보면 위협적으로 보이기도 했다. 도드라진 광대뼈에 좁고 쭉 뻗은 콧날과 얇은 입술이 잘 어우러진 얼굴이었다. 미소를 지으면 왼쪽 입꼬리가 살짝 올라가서 어렴풋하게 거만한 표정이 되었다. 하지만 그는 미소 짓는 순간에도 진짜 웃고 있지는 않았다.

케네벡은 알렉산더를 5년 동안 알고 지냈고, 처음 만난 그날부터 그를 경멸해왔다. 그리고 그쪽도 자신을 보며 마찬가지 감정을 품을 거라 내심 생각했다.

그들 사이에 이런 적대감이 생긴 원인 중 하나는 두 사람이 극도로 다른 환경에서 태어났는데, 둘 다 자신의 태생을 자랑스러워하면서 상대방의 태생을 경멸했기 때문이다. 케네벡은 극빈층 가정에서 자랐고, 남들이 뭐라 해도 이 정도면 자수성가해서 꽤 높이 오른 사람이라는 자부심이 있었다. 반대로 알렉산더는 펜실베이니아의 부유하고 영향력 있는 집안의 일원으로, 150년 이상 이어져온 명문가에서 태어났다. 케네벡은 굳은 의지로 열심히 일해서 이 자리까지 올라왔다. 알렉산더는 힘든 일이라고는 아무것도 몰랐다. 그는 마치 신성한 통치권을 지닌 왕자처럼 자기 분야에서 가장 높은 자리에 올랐다.

케네벡은 알렉산더의 위선도 짜증 났다. 그 가문의 사람은 모두 위선자였다. 이 사회가 공인하는 알렉산더 가의 인간들은 공직에 몸담아온 가문의 역사를 자랑스러워했다. 그들 중 많은 수는 연방정부에서 대통령이 임명하는 고위직으로 일했고, 몇몇은 대통령 자문위원회와 행정부 여섯 군데에서 일했다. 하지만 그들 중 선거로 공직에 들어가려 한 이는 아무도 없었다. 대단한 펜실베이니아의 알렉산더 가문은 항상 소수자 권리를 위한 투쟁이니, 남녀평등 헌법 수정안이니, 사형제 폐지 운동이니, 사회적 이상주의와 연관된 온갖 일에 관여했다. 하지만 알렉산더 가문 출신의 많은 이들이 FBI나 CIA, 여러 다양한 정보기관과 경찰 조직에서 일했고, 그중 몇몇은 더러운 일도 저질렀다. 바로 자기 가문 사람들이 공개적으로 비판하고 비난하는 그 조직들에서 말이다. 지금 알렉산더는 미국 최초의 진정한 비밀경찰 조직에서 네바다 지국장으로 일하고 있었다. 그러나 이 사실이 그의 자유주의적 양심에 별 부담이 되지는 않는 모양이었다.

케네벡의 정치 성향은 극우였다. 그는 한 치도 변할 마음이 없는 전체주의자였고, 스스로 그 점을 조금도 부끄러워하지 않았다. 젊었을 적 처음 정보기관에서 일을 시작했을 때, 케네벡은 첩보에 몸담은 사람 중에 자신처럼 극우적 견해를 지니지 않은 사람도 있다는 걸 알고 깜짝 놀랐다. 그는 동료 모두가 애국심에 불타오르는 우파일 거라 예상했다. 첩보 분야에 좌파들이 배치되다니, 이럴 수가. 그러다 케네벡은 깨달았다. 극좌와 극우는 기본적으로 같은 목표 두가지를 공유한다는 사실 말이다. 둘 다 이 사회를 원래 생긴 그대로가 아니라 더욱 질서정연하게 만들고 싶어 하고, 강력한 정부가 국민을 중앙집권적으로 통제하길 바랐다. 물론 자세히 보면 좌파와 우파가 생각이 다르지만, 그들의 유일한 논쟁점인 '과연 누가 지배계층이 되는가'는 일단 중앙집권화가 이루어진 다음 일이었다.

케네벡 판사는 서재로 들어오는 알렉산더를 바라보며 생각했다. '적어도 나는 내 동기에 떳떳해. 나는 겉으로 내보이는 의견과 속마음이 같다고. 저자는 갖추지 못한 미덕이지. 나는 위선자가 아니야. 난 알렉산더와는 전혀 달라. 맙소사, 저자는 완전 속물이야. 두 얼굴을 가진 야누스 같은 개새끼!'

알렉산더가 입을 열었다.

"방금 스트라이커의 집을 감시하는 자들과 이야기를 해봤는데, 아직 나타나지 않았다더군요."

"거기에 다시 가지 않을 거라고 내가 말했잖소."

"언젠간 오겠죠."

"아니. 완전히 사건이 종결되었다고 확신하기 전까지는 안 올 거요. 그때까진 숨어 있을걸."

"언젠가는 분명히 경찰에 가게 될 겁니다. 그러면 우리가 그를 잡을 거고요."

케네벡이 말했다.

"경찰한테 뭐라도 도움받을 수 있을 거라고 생각했다면 벌써 갔겠지. 하지만 아직 나타나지 않았잖소. 그러니 앞으로도 안 갈 거요."

알렉산더는 손목시계를 슬쩍 보았다.

"뭐, 어쩌면 여기에 불쑥 나타날지도 모르죠. 분명 그자는 당신에게 물어볼 게 아주 많을 테니까."

케네벡이 대꾸했다.

"분명히 나한테 물어볼 게 많겠지. 내 가죽을 벗겨버리고 싶어 할 테고. 하지만 안 올 거요. 더군다나 오늘 밤에는. 온다 해도 오랜 시간이 흐른 다음이겠지. 그는 우리가 기다리고 있다는 걸 알고 있소. 이 판이 어떻게 돌아가는지 안단 말이오. 한때 그도 요원이었다는 사실을 잊지 마시오."

알렉산더가 더는 참지 못하고 말했다.

"그건 이미 오래전 이야기 아닙니까? 그 뒤로 15년을 민간인으로 지냈으니 이젠 실전 감각이 없을 텐데. 타고난 재능이 있다 해도 예전만큼 날카로울 리도 없고."

케네벡이 눈처럼 하얀 머리칼을 이마에서 쓸어 넘기며 말했다.

"내가 계속 말했잖소. 엘리엇은 바보가 아니라고. 그는 내 밑에서 근무했던 이들 중에 가장 훌륭하고 똑똑한 요원이었소. 타고난 인재였다고. 그땐 아직 어리고 상대적으로 경험이 적었는데도 뛰어났지. 만약 겉으로 보이는 것만큼 속도 무르익었다면, 아마 지금이 더 영리할지도 모르오."

알렉산더는 그런 말을 듣고 싶지 않았다. 비록 명령했던 임무 중 두 개가 완전히 실패했지만, 그는 여전히 자신만만했다. 결국 자신이 승리할 거라고 확신했다.

298

케네벡은 생각했다. '저자는 언제나 빌어먹게 자신만만하군. 근거 없는 자신감이지. 만약 본인의 단점을 인식하고 나면 저 새끼는 무너지는 제 자존심에 깔려 죽어버리고 말 거야.'

알렉산더가 거대한 단풍나무 책상으로 가서 케네벡의 안락의자에 앉았다.

케네벡이 그를 노려보았다.

알렉산더는 케네벡의 불쾌한 기분을 눈치채지 못한 척했다.

"아침 전까지 스트라이커와 그 여자를 찾아낼 겁니다. 그건 의심의 여지가 없죠. 우리는 모든 기지를 다 파악하고 있으니까. 사람을 써서 호텔과 모텔을 다 확인했고—"

케네벡이 그의 말을 끊었다.

"시간 낭비요. 엘리엇은 호텔에 자기 본명을 남기고 숙박할 만큼 멍청하지 않소. 게다가 라스베이거스에는 이 세상 그 어떤 곳보다 호텔과 모텔이 많단 말이오."

알렉산더가 대답했다.

"나도 이 일이 복잡하다는 건 충분히 알고 있습니다. 하지만 우리가 운이 좋을지도 모르죠. 스트라이커의 로펌 동료와 친구들, 여자의 친구들을 비롯해 그들이 도움을 청했을 만한 사람을 전부 확인하고 있습니다."

하지만 케네벡은 고개를 저었다.

"그걸 전부 파악할 만한 인력이 충분하지가 않잖소. 아직도 모르겠소? 당신은 수하들을 좀 더 분별력 있게 부려야 한다는 걸. 인력을 너무 널리 분산시키고 있소. 지금 해야 할 일은—"

알렉산더가 차갑게 대꾸했다.

"그런 결정은 *내가* 하는 겁니다."

"공항은 파악했소?"

케네벡의 물음에 알렉산더가 자신 있게 대답했다.

"그건 해결했죠. 모든 출국 항공편의 승객 명단을 훑어보고 있습니다."

그는 상아 손잡이가 달린 종이칼을 들고 손으로 이리저리 뒤집으며 말을 이었다.

"어쨌든 우리가 인력을 좀 분산시켰다 해도 별 문제는 없을 겁니다. 나는 이미 어디서 스트라이커를 잡아낼지 알고 있으니까. 바로 여기지. 이 집이라고. 그래서 내가 여기서 노닥거리고 있는 겁니다. 아, 나도 알아요, 안다고요. 당신은 스트라이커가 여기 오지 않을 거라고 생각한다는 거. 하지만 당신은 오래전 그의 멘토였죠. 그가 존경하는 남자이자 본받고 싶어 했던 남자. 그런데 이제 당신이 배신을 하지 않았습니까? 그러니 그는 위험하다는 걸 알면서도 여기 와서 당신과 맞설 겁니다. 내 장담하죠."

케네벡은 시큰둥하게 말했다.

"정말 우습군. 우리 관계는 절대 그렇지 않았소. 그는—"

"나는 인간의 본성에 대해 잘 알아요."

알렉산더가 말했다. 하지만 그는 케네벡이 이제껏 본 사람들 중에서 가장 관찰력이 떨어지고 분석력이 부족한 사람이었다.

요즘은 정보기관에서 뛰어난 인물이 좀처럼 나오지 않는다. 언제나 저런 쓰레기들이 휘젓고 다닐 뿐.

화가 나고 답답해진 케네벡은 다시 프랑스 구축함이 든 병을 바라보았다. 그때 그는 엘리엇에 대해 중요한 사실을 떠올렸다.

"아아."

알렉산더가 에나멜 담뱃갑을 빤히 쳐다보다가 내려놓고 물었다.

"왜 그럽니까?"

"엘리엇은 파일럿이오. 자가 비행기가 있지."

알렉산더는 눈살을 찌푸렸다. 케네벡이 물었다.

"공항의 경비행기 이륙 사항도 확인했소?"

"아뇨. 그냥 예정된 비행 편과 전세기만 봤습니다."

"으음."

"이렇게 캄캄한 밤에 비행기를 탔을 리 없죠. 그가 계기 비행* 면허를 땄단 말입니까? 영업용으로 비행기를 몰거나 취미로 조종하는 사람들은 보통 시계 비행 면허만 땁니다만."

케네벡이 대꾸했다.

"공항에 사람을 보내는 게 좋을 거요. 엘리엇이 벌써 당신 코앞에서 이 도시를 빠져나갔다는 데 내 100달러 걸지."

*

세스나 터보 스카이레인 RG는 네바다사막에서 3킬로미터 상공의 어둠을 뚫고 날았다. 낮게 드리운 구름을 아래에 깔고 날아오른

---

* 전적으로 계기만 보고 비행경로와 고도를 파악해 조종하는 비행 방법으로, 시야를 보며 운행하는 시계 비행과 구별된다.

비행기 날개는 달빛을 받아 은빛으로 반짝였다.

"엘리엇?"

"으음?"

"이런 일에 휘말리게 해서 미안해요."

"내가 같이 가는 게 싫습니까?"

"내 말이 무슨 뜻인지 알잖아요. 정말로 미안해요."

"티나, 당신 때문에 이런 일에 휘말린 게 아닙니다. 날 억지로 끌고 온 게 아니잖아요. 나는 실제로 당신을 도와서 무덤을 열려고 했는데, 거기서부터 일이 잘못된 거죠. 이건 당신 잘못이 아닙니다."

"그래도…… 일이 이렇게 돼서 목숨을 부지하려고 도망치고 있잖아요. 전부 나 때문이에요."

"말도 안 되는 소리. 내가 케네벡과 이야기한 다음에 이런 일이 일어날지 어떻게 알았겠습니까?"

"그래도 당신을 끌어들였다는 죄책감이 드는 건 어쩔 수 없어요."

"내가 아니었다면 다른 변호사를 만났겠지요. 그리고 그 변호사는 빈스를 상대하는 법을 몰랐을 겁니다. 그랬다면 그 변호사도 죽고 당신도 죽었을 테고요. 이런 식으로 생각하면 가능한 시나리오 중 가장 잘 풀렸다고 볼 수 있죠."

"당신은 정말 대단하네요."

"어떤 게 대단합니까?"

"많은 부분이요."

"예를 들면?"

"정말 멋있고요."

"그건 아닌데요. 또 뭐가 대단하죠?"

"용감해요."

"바보들이 특히 용감하죠."

"똑똑하고요."

"내가 생각만큼 똑똑하지는 않아요."

"냉정하기도 해요."

"나는 슬픈 영화를 보면 우는 사람입니다. 봐요, 그러니 생각만큼 대단하지는 않아요."

"요리도 잘하잖아요."

"아, 그건 맞는 말입니다!"

세스나는 에어 포켓*에 휘말려 90미터가량 속이 울렁일 정도로 급강하한 다음 곧바로 정상 고도를 회복했다.

"요리는 참 잘하는데 조종은 진짜 못하시네요."

"이번 건 피할 수 없는 난기류였어요. 이런 현상을 만든 신을 원망하시죠."

"리노 착륙까지 얼마나 남았나요?"

"8분 남았습니다."

*

알렉산더는 전화를 끊었다. 그는 여전히 케네벡의 안락의자에 앉

---

* 비행기를 급강하하게 만드는 저기압 지역.

아 있었다.

"스트라이커와 여자가 매캐런 국제공항에서 두 시간 전에 이륙 했다는군요. 개인용 세스나를 타고 갔다고 합니다. 행선지로 플래 그스태프를 적어 냈고요."

케네벡은 걸음을 멈추었다.

"애리조나에 간다고?"

"내가 아는 플래그스태프는 애리조나 주에 있는 곳뿐이죠. 그런 데 왜 하필이면 애리조나에 가는 걸까요?"

케네벡이 말했다.

"아마 거기가 아닐 거요. 엘리엇이 당신을 따돌리려고 행선지를 거짓으로 제출한 거 같소."

그는 심술궂게도 엘리엇의 영리함이 자랑스러웠다.

"만약 정말로 플래그스태프로 갔다면 분명 지금쯤 착륙했겠죠. 공항 야간 근무 담당자에게 FBI인 척 전화를 걸어서 무슨 말을 하 는지 들어봐야겠습니다."

네트워크는 공식적으로 존재하는 기관이 아니었으므로, 정보수 집을 할 때 대놓고 공권력을 사용할 수가 없었다. 그래서 네트워크 요원은 일상적으로 FBI 요원으로 위장했고, 실제 존재하는 FBI 요 원의 이름이 적힌 위조 자격증을 갖고 있었다.

알렉산더가 플래그스태프 공항에서 야간 근무 담당자와 통화하 는 동안 케네벡은 통화가 끝나길 기다리며 모형 배들을 바라보았 다. 병 속에 든 모형 배를 보고도 마음이 진정되지 않는 건 생전 처 음이었다.

15분 뒤 알렉산더가 전화를 끊었다.

"스트라이커는 플래그스태프 공항에 없군요. 영공에서도 확인되지 않았고."

"그러면 제출한 행선지는 연막작전이었군."

"어쩌면 여기저기 다니다가 비행기가 추락했을지도 모르고."

알렉산더는 그랬으면 좋겠다는 어투로 말했다. 케네벡이 얼굴을 찌푸렸다.

"그의 비행기는 추락하지 않았소. 그렇다면 대체 어디로 갔을까?"

"아마 정반대 방향으로 갔겠죠. 캘리포니아 남부라든가."

"아아. 로스앤젤레스?"

"아니면 샌타바버라, 버뱅크, 롱비치도 있죠. 온타리오나 오렌지 카운티도. 그 조그마한 세스나가 갈 만한 공항은 많으니까."

그들은 조용히 생각에 잠겼다. 그러다 케네벡이 말했다.

"리노. 그들이 간 곳은 리노요."

"당신은 그 두 사람이 시에라 연구소에 대해서는 아무것도 모른다고 확신하지 않았습니까? 그새 마음이 바뀌었습니까?"

"아니. 나는 아직도 당신이 다 제거하라는 명령을 내리지 않았을 수도 있다고 생각하오. 보시오. 그들이 산으로 올라갈 수는 없소. 연구소가 어디 있는지도 모르니까. 빈스 이멀먼에게서 빼낸 질문지에 있는 내용 말고는 판도라 프로젝트에 대해서도 아는 게 없을 거요."

"그런데 왜 리노란 말입니까?"

방 안을 가만히 걸으며 케네벡이 말했다.

"우리가 그들을 죽이려 하는 걸 보고 그들도 알게 된 거지. 시에라 사고는 전적으로 꾸며낸 이야기라는 걸 말이오. 그 어린애 시신에 뭔가 문제가 있다고, 우리가 차마 보여줄 수 없을 만큼 이상한 뭔가가 있다고 추정한 거요. 그래서 이제 예전보다 배는 더 시신을 보고 싶게 된 거고. 할 수만 있다면 불법적으로 무덤을 파려 들 테지만 우리가 지켜보고 있으니 묘지에 올 수는 없게 됐지. 엘리엇은 분명 알고 있을 거요. 우리가 연루되어 있다는 걸. 그러니 무덤을 직접 파헤칠 수 없다면 그 대신 뭘 하려고 하겠소? 다음으로 제일 좋은 일은 바로 관을 봉인하기 전에 아이의 시신을 마지막으로 봤을 거라 추정되는 사람에게 가서 물어보는 거지. 그 사람에게 가서 당시 시신 상태를 자세하게 말해달라고 청할 거요."

"리노에 있는 검시관은 리처드 패너핀입니다. 그가 사망진단서를 발급했죠."

"아니. 그들은 검시관에게 가지 않을 거요. 그 역시 사건 은폐에 연루되었다고 여길 테니까."

"사실이 그렇기도 하죠. 패너핀은 내켜 하지 않았지만."

"그러니 그들은 아이의 시신 매장을 준비했을 것으로 추정되는 장의사를 만나러 갈 거요."

"벨리코스티 말이군요."

"그게 그 사람 이름이오?"

케네벡의 물음에 알렉산더가 대답했다.

"루치아노 벨리코스티. 하지만 정말로 그에게 가는 거라면, 그저 숨어서 상처나 핥고 있는 정도가 아니군. 맙소사, 진심으로 공격에 나서다니!"

"엘리엇의 육군 정보부 경력이 아직 죽지 않은 거요. 내가 계속 말했잖소. 그는 쉬운 목표물이 아니오. 기회의 여지를 조금이라도 준다면 네트워크를 부숴버릴 수도 있소. 그리고 여자 역시 문제에서 숨거나 도망치는 성품이 아닌 게 분명하고. 평소보다 더욱 조심성 있게 이 둘을 추격해야 할 거요. 그 장의사는 어떤 사람이오? 입을 잘 다물어줄까?"

알렉산더는 불안한 기색으로 말했다.

"나도 모르죠. 우리가 꽤 큰 약점을 쥐고 있긴 합니다. 그는 이탈리아 출신 이민자니까. 시민권을 신청하기 전까지 8년인가 9년인가 여기 살았죠. 우리가 협력해줄 장의사가 필요했을 무렵까지 그는 아직 시민권 서류를 받지 못한 상태였습니다. 우리는 이민국에 제출했던 그의 서류를 동결시켰고, 우리 뜻에 따르지 않으면 추방하겠다고 위협했죠. 그는 내키지 않아 했지만 시민권이 아주 큰 당근 역할을 해서 우리 뜻대로 움직이긴 움직였어요. 하지만…… 계속해서 그 당근 전략을 쓰는 건 안 좋을 것도 같고."

케네벡이 말했다.

"이건 정말 중요한 문제요. 게다가 내가 듣기로는 그 장의사가 너무 많은 걸 알고 있는 것 같은데."

"그 개새끼를 죽여야겠군."

"결국에는 그래야겠지. 하지만 꼭 지금일 필요는 없소. 사망자가 한꺼번에 너무 많이 나오면 주목을 끌게 될 테고—"

하지만 알렉산더는 고집을 부렸다.

"그럴 기회를 주지 않으면 되죠. 그를 제거할 겁니다. 검시관도 같이 없애는 게 낫겠군요. 흔적을 싹 지워버려야겠어요."

이렇게 말하며 알렉산더가 전화기를 들었다.

"엘리엇이 정말 리노로 향하고 있는지 확실해질 때까지는 그런 극단적인 행동은 하지 않는 게 좋을 거요. 그가 어딘가에 착륙하기 전까지는 일이 어찌 될지 모르잖소."

알렉산더는 전화기에 손을 대고 머뭇거렸다.

"하지만 이렇게 기다리는 건 그저 그놈에게 한 발짝 앞서 나갈 기회를 줄 뿐이죠."

그는 걱정스러운 채로 계속 주저하며 불안하게 입술을 씹었다.

"정말로 리노로 가는 건지 알아낼 방법이 하나 있소. 거기 도착하면 차가 필요할 테지. 벌써 렌터카를 마련해놓았을지도 모르고."

케네벡의 말에 알렉산더가 고개를 끄덕였다.

"리노 공항에 있는 렌터카 회사에 전부 전화해봐야겠군요."

"전화할 필요 없소. 컴퓨터 운영 팀 해커들이 분명 모든 렌터카 회사의 데이터 파일에 원격으로 접근이 가능할 테니까."

알렉산더는 전화기를 들고 명령을 내렸다.

15분 뒤 컴퓨터 운영 팀이 전화로 보고했다. 엘리엇 스트라이커가 리노 공항에서 심야 픽업 렌터카를 예약했다는 내용이었다.

케네벡이 말했다.

"엘리엇치고 행동이 좀 엉성한데. 이제까지 꽤 영리하게 행동해 온 것에 비해선."

"우리가 리노가 아니라 애리조나에 초점을 맞출 거라 생각하니까요."

케네벡이 실망한 기색으로 말했다.

"그래도 엉성해. 스스로를 보호하려면 철저하게 차단막을 쳐야 하는데."

알렉산더가 비뚤어진 미소를 지었다.

"내가 말한 대로군요. 그는 예전처럼 영리하지 않아요."

"너무 쉽게 자만하지는 마시오. 우리는 아직 그를 잡지 못했소."

케네벡이 이렇게 말했지만 알렉산더는 평정심을 되찾은 듯했다.

"잡을 겁니다. 리노에 있는 우리 쪽 사람들이 빨리 움직여야 하겠지만, 어떻게든 하겠죠. 스트라이커와 여자를 공항 같은 공공장소에서 치는 건 안 좋을 것도 같고."

'이젠 또 본인답지 않게 신중한 척을 하는군.' 케네벡은 신랄하게 생각했다.

"그들이 도착하자마자 사람을 붙여야 한다고는 생각하지 않습니다. 스트라이커는 분명 미행당할 걸 예상하겠죠. 요리조리 빠져나갈 수는 있겠지만, 어쨌든 겁을 먹을 테고."

"그러기 전에 렌터카를 손보시오. 거기에 위치추적기를 붙여야지. 그러면 여력이 될 때 들키지 않고 추적할 수 있잖소."

"그렇게 할 겁니다. 30분도 남지 않았으니 시간이 될지는 모르겠지만. 설령 그 망할 놈의 차에 추적기를 붙이지 못한다 해도 괜찮습니다. 어디로 가는지 알고 있으니까. 그냥 벨리코스티를 제거한 다음에 장례식장에 덫을 놓죠."

그는 전화기를 집어 들고는 리노에 있는 네트워크 사무실 번호를 눌렀다.

25

리노는 '세계에서 가장 큰 소도시'를 자처하는 곳이었다. 자정이 다 되어 도착한 리노의 온도는 영하 6도를 맴돌았다. 공항 주차장을 비추는 서릿발 같은 불빛 위로 구름 낀 하늘은 달빛도 별빛도 없이 그저 어두웠다. 이리저리 불어대는 바람결에 눈송이가 춤을 추듯 흩날렸다.

엘리엇은 라스베이거스를 떠나기 전 두툼한 외투를 사 와서 다행이라고 생각했다. 하지만 곧 장갑도 샀으면 좋았을 거라고 후회했다. 손이 꽁꽁 얼어붙었으니까.

그는 하나뿐인 여행 가방을 쉐보레 트렁크에 던져 넣었다. 차가운 공기 사이로 뿜어져 나온 배기가스가 그의 다리를 뭉게뭉게 휘감았다.

엘리엇은 트렁크를 쾅 닫고 주차장에 있는 눈 덮인 차들을 하나 하나 살펴보았다. 하지만 그 안에 누가 있는지는 보이지 않았다. 감시당한다는 느낌은 들지 않았다.

그들은 착륙할 때부터 활주로와 개인 비행기 도킹 공간에 수상한 움직임이 있는지 긴장을 늦추지 않았다. 수상한 차는 없는지, 지상 근무자들이 평소보다 많지는 않은지 눈여겨보았다. 하지만 평소와 다른 점은 없었다. 엘리엇은 렌터카 계약서에 서명하고 야간 근무자에게 차 키를 수령할 때도 한쪽 손을 코트에 넣고 있었다. 라스베이거스에서 빈스에게 빼앗은 권총을 쥐고 있었기 때문이다. 하지만 거기서도 문제는 일어나지 않았다.

어쩌면 가짜 비행 일정을 제출했던 게 먹혀서 추적을 따돌렸는지도 모른다. 그는 운전석으로 가서 쉐보레에 올랐다. 티나는 히터를 조작하는 중이었다.

"온몸의 피가 꽁꽁 얼 것 같아요."

엘리엇은 히터 송풍구에 손을 댔다.

"벌써 따뜻해지고 있군요."

그는 외투에서 권총을 꺼내 총구를 계기판 쪽으로 향하게 해서 자신과 티나 사이에 두었다.

티나가 물었다.

"정말로 이 시간에 벨리코스티를 직접 만나야 한다고 생각해요?"

"그럼요. 그렇게 늦은 시간도 아니잖습니까?"

티나는 공항 터미널 전화번호부에서 루치아노 벨리코스티 장례식장의 주소를 알아냈다. 렌터카를 예약해둔 회사의 야간 근무자는 장례식장 위치를 정확히 알고 있었다. 그는 렌터카와 함께 주는 무료 지도에 그곳까지 가는 최단경로를 표시해주었다.

엘리엇은 실내등을 켜고 지도를 꼼꼼히 본 다음 티나에게 건넸다.

"문제없이 길을 찾을 수 있을 것 같습니다. 하지만 길을 잃으면 당신이 길을 알려주세요."

"알겠습니다, 기장님."

그는 실내등을 끄고 기어를 넣으려고 손을 뻗었다.

그때 달칵 소리가 또렷하게 들리더니 방금 껐던 실내등이 저절로 다시 켜졌다.

엘리엇은 티나를 바라보았다. 티나 역시 그와 눈이 마주쳤다.

그는 다시 실내등을 껐다.

실내등은 곧바로 다시 켜졌다.

"시작이군요."

티나가 말했다.

이제는 라디오가 켜졌다. 디지털 숫자판이 주파수를 휩쓸고 상승하기 시작했다. 음악 소리, 광고, 디제이의 목소리가 의미 없이 뒤섞여 스피커에서 마구 울려 퍼졌다.

"대니예요."

앞 유리창 와이퍼가 엄청난 속도로 쿵쿵대기 시작하더니, 그러지 않아도 시끄러운 쉐보레 내부에 단조로운 리듬을 더했다.

헤드라이트가 켜졌다 꺼지며 깜빡였다. 반복적으로 깜빡이는 속도가 어찌나 빠른지 흩날리는 눈이 '얼어붙은' 듯 보이게 만드는 특수효과와 같았다. 땅으로 떨어지는 하얀 눈송이들이 덜컥대며 춤을 추는 듯했다.

매서울 정도로 차가워진 차 안 공기는 시시각각 얼어붙었다.

엘리엇은 오른손을 히터 송풍구에 대보았다. 분명히 열기가 나오고 있었지만 내부 온도는 계속 떨어졌다.

글러브박스가 불쑥 열렸다.

재떨이가 불쑥 튀어나왔다.

티나는 웃었다. 분명히 기쁜 목소리였다.

엘리엇은 그 웃음소리에 깜짝 놀랐지만, 결국 자기 또한 이 폴터가이스트 현상이 위협적으로 느껴지지 않는다는 사실을 인정하고 말았다. 사실, 위협이 아니라 정반대였다. 지금 목격한 장면은 어린 아이의 영혼이 보여주는 즐거운 기교 내지는 다정한 인사, 혹은 신나는 환영식이었다. 정말로 공기 중에서 호의, 사랑과 애정이 뒤섞인 감정이 느껴져서 놀라움에 어안이 벙벙할 정도였다. 등줄기를 타고 오르는 전율이 불쾌하지 않았다. 분명 티나를 웃게 만든 사랑의 파동이 자신에게도 영향을 주고 있었다. 놀라운 깨달음이었다.

그녀가 말했다.

"우리가 가고 있어, 대니. 내 말 들리니, 아가? 우리가 널 구하러 가고 있어. 가고 있다고."

라디오가 꺼졌다. 실내등도 꺼졌다.

앞 유리창의 와이퍼가 움직임을 멈추었다.

헤드라이트가 꺼지더니 더는 빛나지 않았다.

모든 게 정지했다.

사방이 고요했다.

흩날리는 눈발만이 부드럽게 앞 유리창에 부딪칠 뿐이었다.

차 안 공기가 다시 따뜻해졌다.

"어째서 아이가…… 초능력을 사용할 때마다 추워지는 겁니까?"

"누가 알겠어요? 어쩌면 대니는 공기 중의 열에너지를 이용해서 사물을 움직이는 것일지도요. 에너지를 변화시켜서요. 아니면 아예 다른 힘일 수도 있고요. 우리는 절대로 알 수 없을 거예요. 대니조차 자신의 힘을 이해하지 못할지도 모르고요. 어쨌든 그건 중요한 게 아니에요. 중요한 건 대니가 *살아 있다는* 거예요. 의심의 여지가 없어요. 지금은 의심해서는 안 돼요. 더는 안 돼요. 그런데 질문을 듣고 보니 당신도 대니가 살아 있다고 생각하는군요."

엘리엇은 자신의 심경이 변했다는 데 여전히 살짝 놀란 채로 대답했다.

"그래요. 맞아요. 당신 말이 옳을지도 모른다고 생각합니다."

"내 말이 맞아요."

"뭔가 특이한 일이 스카우트 단원들에게 생긴 겁니다. 그리고 아주 이상한 일이 당신 아들에게 일어났고요."

"하지만 적어도 대니는 죽지 않았어요."

엘리엇은 티나의 눈에서 반짝이는 기쁨의 눈물을 보았다. 그는 걱정스럽게 말했다.

"티나, 아직 완전히 희망을 가지진 않는 게 좋습니다. 알죠? 우리는 아직도 갈 길이 너무나 멉니다. 대니가 어디에 있는지, 지금 어떤 상태인지도 모르는 상황이니까요. 아이를 찾아서 데려오기까지는 더 어려운 문제를 헤쳐 나가야 할 겁니다. 아이에게 닿기도 전에 둘 다 죽을 수도 있어요."

그는 차를 몰고 공항을 빠져나갔다. 그가 파악하는 한, 따라오는
자는 아무도 없었다.

26

칼턴 돔비 박사는 때때로 폐소공포증을 앓았다. 지금도 마치 악마의 배 속에 산 채로 삼켜진 듯했다.

지하 3층 규모 시에라 비밀 기지에 깊숙이 자리 잡은 이 방은 가로 12미터, 세로 6미터짜리 넓은 공간이었다. 낮은 천장에 동글동글한 자갈 모양을 한 누런 스펀지 같은 방음재를 붙여놓아서 방 안은 묘하게 자연스러운 느낌이 들었다. 책상 위에는 차가운 형광등 불빛 아래 컴퓨터들이 잔뜩 놓였고, 그 옆으로 잡지와 기록물, 서류철, 실험 기구와 커피 잔 두 개가 보였다.

6미터 길이의 벽 한쪽에는 통로가 있었고, 서쪽으로 난 맞은편 벽 한가운데에는 너비가 1미터 80센티미터, 높이가 90센티미터인 유리창이 있어서 옆방을 들여다볼 수 있었다. 옆방은 이 방 넓이의 반밖에 되지 않았다. 유리창은 이중 구조였다. 2.5센티미터 두께의 방탄유리 두 장을 2.5센티미터 간격으로 떼어놓고 그 사이에 불활성 기체를 채워놓았다. 이중창은 철판만큼 튼튼했다. 창틀은 스테인리스 강철이었고, 사면은 고무패킹으로 막아두었다. 이 창문은 총격부터 지진에 이르기까지 모든 충격을 견딜 수 있도록 설계되었다. 부수는 건 사실상 불가능했다.

바깥쪽 커다란 작업실에서 일하는 이들에게는 항상 안쪽 작은 방을 방해 요소 없이 관찰하는 일이 중요했다. 그래서 유리창에 물기나 습기가 차지 않도록 각 방의 네모난 천장 환기구에서 따뜻하고 건조한 공기가 계속 흘러나와 방 안을 뒤덮었다. 그런데 지금 그 공기 순환 시스템이 먹통이어서 유리창 면적 4분의 3 정도에 성에가 끼어 있었다.

곱슬머리에 숱 많은 콧수염을 기른 돔비는 창가에 서 있었다. 그는 물기로 젖은 손을 하얀색 가운에 닦고 성에가 끼지 않은 유리창 구석을 걱정스레 바라보았다. 지금 그는 갑자기 닥친 폐소공포증 발작 기운을 애써 뿌리치려 노력하고 있었다. 지금 자기 머리 위에 자연스러운 색깔의 낮은 천장, 수천 톤의 콘크리트와 강철 덩어리 대신 탁 트인 하늘이 있다고 생각해보려 해도 잘 되지 않았다. 그런데 실은 무시무시한 폐소공포증보다 지금 저 창문 너머에서 일어나는 일이 훨씬 더 걱정됐다.

에런 재커라이어 박사는 돔비보다 젊은 남자로, 말끔하게 면도를 하고 갈색 머리를 스포츠형으로 깎은 모습이었다. 그는 컴퓨터 쪽으로 몸을 숙이고 모니터에 흘러가는 데이터를 읽었다. 그리고 걱정스러운 목소리로 말했다.

"지난 1분 30초 동안 온도가 16도나 떨어졌어요. 저 애에게 좋을 리가 없는데."

돔비가 대답했다.

"하지만 온도가 떨어졌을 때도 저 애는 전혀 괴로운 모습이 아니었소."

"압니다. 하지만—"

"활력징후를 확인해보시오."

재커라이어는 다른 컴퓨터 모니터 쪽으로 자리를 옮겼다. 대니의 심장박동과 혈압, 체온과 뇌파 활동이 항상 떠 있는 모니터였다.

"심장박동은 정상입니다. 이전보다 아주 조금 느려지긴 했지만요. 혈압도 좋습니다. 체온은 변함이 없고요. 그런데 뇌전도 수치가 평소와는 다르네요."

"이렇게 추워질 때마다 항상 이상한 뇌파 활동이 있었지. 하지만 그것 말고는 달리 불편함을 느끼는 듯한 징후는 없었지 않소?"

"추위가 오랫동안 이어지면 우리가 보호복을 입고 들어가서 아이를 다른 방으로 옮겨야 합니다."

재커라이어의 말에 돔비가 고개를 저었다.

"비어 있는 방이 없소. 다른 방에는 전부 이런저런 실험에 쓸 동물들이 가득하잖소."

"그렇다면 실험용 동물을 옮겨야지요. 이 애가 그 동물들보다 훨씬 중요하니까요. 쟤한테서 뽑을 데이터가 더 많아요."

'저 아이가 중요한 이유는 인간이라서여야 해. 데이터를 뽑을 수 있어서가 아니라고.' 돔비는 화가 났지만 그 생각을 입 밖에 내지는 않았다. 그런 말을 한다면 네트워크의 체제에 반기를 드는 인간 내지는 잠재적인 위협 요소로 낙인찍힐 터였다.

대신 돔비는 이렇게 말했다.

"저 애를 옮길 필요는 없소. 추위는 오래가지 않을 테니."

그는 눈을 가늘게 뜨고 옆방을 바라보았다. 아이는 미동도 없이 병원용 침대에 누워, 모니터와 연결된 선을 가득 달고 하얀 시트 위에 노란 이불을 덮고 있었다. 지하에 갇혀 생매장당할지도 모른다는 공포보다 아이를 걱정하는 마음이 더 커지자 마침내 폐소공포증이 사라졌다.

"이제까지 이런 추위가 오래간 적은 없었잖소. 기온이 갑자기 떨어져서 2~3분쯤 내려갔다가도 5분을 넘기지 않고 언제나 다시 정상으로 돌아왔지."

"대체 기술자들은 일을 어떻게 하는 걸까요? 왜 이런 문제 하나 못 고치는 거죠?"

"기술자들 말로는 시스템은 완벽하게 정상이라던데."

"헛소리하지 말라 그래요."

"오작동은 없다고 하더군, 그들 말로는."

"퍽이나요!"

재커라이어는 모니터에서 돌아서서 창가로 다가갔다. 그리고 유리에서 아직 성에가 끼지 않은 부분을 찾아냈다.

"한 달 전에 이런 현상이 시작되었을 때만 해도 이렇게 나쁘지는 않았어요. 기껏해야 몇 도 정도 떨어졌고, 그것도 밤중에 한 번 정도였죠. 낮에는 이런 일이 없었다고요. 아이의 건강을 위협할 정도는 아니었단 말입니다. 하지만 요 며칠 동안 전혀 통제가 안 되고 있어요. 갑자기 15도, 20도씩 계속 저 안의 온도가 떨어지잖아요. 그런데 오작동이 없다니, 웃기시네!"

돔비가 말했다.

"기술자들이 이 기지를 설계한 팀을 데려온다 들었소. 그들이라면 금방 문제를 파악하겠지."

"멍청한 놈들."

"어쨌든 난 당신이 왜 그리 화를 내는지 모르겠소. 우리는 아이를 실험하다가 결국 죽여야 하는 것 아니었나? 그렇다면 애 건강에 왜 그리 신경을 쓰시오?"

재커라이어가 대답했다.

"설마 몰라서 물으시는 건 아니죠? 저 애가 결국 죽게 된다면, 대체 어떤 실험 때문에 죽었는지 우리가 알아야 하지 않겠습니까? 그런데 이렇게 급작스러운 온도 변화가 계속 이어지는 와중에 죽어버리면 쟤를 죽음에 이르게 한 실험이 뭔지 정확히 알 수가 없잖아요. 그러면 연구 결과가 깨끗하게 안 나온다고요."

돔비는 메마른 웃음을 피식 내뱉고는 창문에서 고개를 돌렸다. 프로젝트를 함께하는 동료에게 의심의 여지를 주는 건 위험한 짓이었지만, 그럼에도 그는 스스로를 통제할 수가 없었다.

"깨끗하게라. 이 짓거리가 깨끗했던 적이 있었나. 이건 처음부터 더러운 사업의 일환이었지."

재커라이어가 그를 마주 보았다.

"지금 제가 도덕성 이야기를 하는 게 아니잖습니까?"

"내가 도덕성 이야기를 하고 있긴 하지."

"저는 임상 기준을 말하는 겁니다."

"임상이든 도덕이든 당신 의견은 정말 듣고 싶지 않소만. 골이 깨질 듯이 아파와서 말이야."

재커라이어는 뿌루퉁한 태도로 말했다.

"저는 꼼꼼하게 일하고 싶은 것뿐입니다. 이 일이 더러운 건 제 탓이 아니라고요. 이곳 연구 정책에 대해서는 별로 할 말이 없어요."

돔비도 불퉁하게 대답했다.

"누가 연구 정책에 대해 말해보라 했던가? 그건 나도 마찬가지요. 우리는 이 계급에서 최하층 천민이지. 그래서 억지로 야근을 하고, 이렇게 애나 보고 있잖소."

재커라이어가 맞받아쳤다.

"제가 연구 정책 책임자였다 해도 타마구치 박사와 똑같이 행동했을 겁니다. 제길. 타마구치 박사 본인도 이 연구를 억지로 수행해야 했잖습니까. 그 망할 중국인들이 깊숙이 연루되어 있다는 걸 발견한 이상 이 시설을 만들 수밖에 없었다고요. 게다가 외화를 벌어보겠답시고 러시아도 손을 보태기 시작했죠. 이제 러시아 놈들이라는 새 친구가 생겼네요. 이게 무슨 상황인지, 참 나. 냉전시대가 또 이렇게 시작되는군요. 기억하세요. 이건 다 중국의 더러운 프로젝트 때문이라는 걸요. 우리가 하는 일은 그저 뒤처지지 않기 위한 노력일 뿐이에요. 우리가 여기서 하는 일에 죄책감을 느껴서 누굴 탓하고 싶으시다면, 저 말고 중국인을 탓하세요."

"알아, 나도 안다고."

돔비는 덥수룩한 곱슬머리를 손으로 쓸며 지친 듯 말했다. 재커라이어는 지금 이 대화를 자세히 보고할 것이다. 그러니 돔비는 대화가 기록될 것에 대비해 좀 더 균형 잡힌 입장을 취해야 했다.

"나는 중국인들이 너무 무섭소. 지구상에서 이런 무기를 사용할 만한 나라가 있다면 그건 아마도 중국일 거요. 아니면 북한이나 이라크 정도일까. 미치광이 정권은 시대가 지나도 계속 생겨나지. 우리는 어쩔 수 없이 강력한 방어력을 갖춰야 하오. 난 그 점은 확실히 믿소. 하지만 가끔…… 궁금하다 이거요. 우리가 적을 앞지르기 위해서 그토록 열심히 노력하는 동안, 어쩌면 우리도 그들처럼 변하고 있는 건 아닐까? 우리가 경멸하는 그 전체주의 국가가 되어가는 것 같지 않소?"

"그럴지도요."

"그럴지도."

돔비는 이렇게 말했지만 속으로는 그렇게 되리라고 확신했다.

"그럼 우리에게 어떤 선택지가 있습니까?"

"없는 것 같소."

그때 재커라이어가 말했다.

"보세요."

"뭘?"

"유리가 다시 깨끗해지고 있습니다. 저 안이 벌써 따뜻해졌나 봅니다."

두 과학자는 다시 유리창 쪽으로 몸을 돌려 격리된 방 안을 바라보았다.

수척해진 소년이 몸을 움직였다. 그 아이는 고개를 두 사람 쪽으로 돌렸다. 그러고는 자신이 누운 병원 침대 난간 사이로 이쪽을 빤히 바라보았다.

재커라이어가 투덜댔다.

"저놈의 눈."

"꿰뚫어보는 것 같지 않소?"

"쟤가 처다보는 눈빛 때문에…… 전 가끔 소름이 끼쳐요. 저 눈에 뭔가 홀리는 힘이 있다고요."

돔비가 말했다.

"죄책감을 느끼고 있군."

"아뇨. 그런 느낌만이 아닙니다. 쟤 눈은 이상해요. 1년 전 여기 처음 왔을 때와는 다르다고요."

돔비가 슬픈 목소리로 대답했다.

"지금 저 눈에는 고통이 서려 있지. 아주 깊은 고통과 외로움이 있어."

"그 이상이라니까요. 저 눈에는 무언가가 있어요…… 말로 표현할 수 없는 무언가가요."

재커라이어는 유리창에서 돌아섰다. 그리고 편안함과 안전함을 느낄 수 있는 컴퓨터 앞으로 되돌아갔다.

1월 2일 금요일

27

최근 폭설이 내렸는데도 리노의 거리는 물기 없이 깨끗했다. 이 따금 부주의한 운전자를 몰래 기다리듯 군데군데 도로가 얼어 있을 뿐이었다. 엘리엇은 조심스럽게 차를 몰며 도로를 주시했다.

"거의 다 왔어요."

티나가 말했다. 요란하게 쓰인 장례지도사 및 애도상담사라는 커 다랗고 검은 간판을 지나고도 400미터를 더 달려서야 길 왼편에서 루치아노 벨리코스티의 집과 장례식장을 찾아냈다. 장례식장은 미 국 식민지 건축 양식으로 지은 거대한 건물로, 잘 보이는 언덕 꼭대 기에 자리 잡고 있었다. 대지는 족히 1만 2천에서 1만 6천 제곱미 터에 육박했고, 옆에는 편리하게도 종교에 관계없이 매장 가능한 커다란 묘지가 있었다. 기다란 진입로는 눈 덮인 볼록한 잔디밭 위 에서 마치 폭이 넓은 검은 장례용 리본을 드리운 듯 둥글게 휘어져

오른쪽으로 나 있었다. 돌기둥과 은은하게 빛나는 등이 현관까지 가는 길을 밝혔고, 1층 창문에서 따스한 불빛이 빛났다.

엘리엇은 입구로 들어가기 직전, 마음을 바꿔 그 건물을 지나쳐 버렸다.

티나가 의아한 듯 물었다.

"저기, 여기가 장례식장이에요."

"압니다."

"그런데 왜 멈추지 않았어요?"

"바로 현관을 박차고 들어가 벨리코스티에게 대답을 요구한다라. 감정적으로는 만족할 만한 용감하고 대담한 행동일지 몰라도, 바보 같습니다."

"놈들이 우리를 기다리고 있을 리 없잖아요? 우리가 리노에 있다는 걸 모르니까요."

"절대로 상대를 과소평가하지 마십시오. 그들이 나와 당신을 과소평가한 덕분에 우리가 지금껏 살아남은 겁니다. 그들과 똑같은 실수를 저질러서 그들 손에 잡힐 순 없죠."

묘지를 지나 좌회전해서 주택가로 들어섰다. 엘리엇은 연석에 주차한 다음 헤드라이트와 시동을 껐다.

"이제 어쩌죠?"

"나는 장례식장 뒤로 들어갈 겁니다. 묘지를 가로질러 빙 돌아서 뒤로 접근할 거예요."

"혼자가 아니라 우리가 같이 뒤로 접근하는 거죠."

"안 됩니다."

"나도 갈래요."

하지만 엘리엇은 뜻을 굽히지 않았다.

"당신은 여기서 기다려요."

"말도 안 돼요."

가로등의 창백한 빛이 앞 유리창을 통과해 티나를 비추었다. 그녀의 얼굴에서 단단한 결심이 엿보였다. 파란 눈동자에는 확고한 결의가 담겨 있었다.

엘리엇은 자신이 결국 그녀에게 지리라는 걸 알면서도 고개를 저어 보였다.

"이성적으로 행동해요. 문제가 생기면 당신은 오히려 방해가 될지도 모릅니다."

"솔직하게 말해봐요, 엘리엇. 내가 방해나 되는 그런 여자인가요?"

"땅에 쌓인 눈이 15센티미터에서 25센티미터는 됩니다. 그런데 당신은 부츠도 안 신고 있고요."

"그건 당신도 마찬가지잖아요."

"그들이 우리가 올 걸 예상하고 장례식장에 함정이라도 쳐놓았다면—"

"그러면 내가 당신을 도와줘야 할지도 모르죠. 그리고 함정이 없다면, 당신이 벨리코스티를 신문할 때 내가 옆에 있어야 해요."

"티나, 우리는 여기 앉아서 시간을 낭비하고 있어요—"

"맞아요. 시간을 낭비하고 있죠. 나랑 똑같은 생각이라니 다행이네요."

그녀는 차 문을 열고 밖으로 나갔다.

그 순간 엘리엇은 한 치의 의심도 없이 확신하게 되었다. 자신이 그녀를 사랑하고 있다는 사실을.

엘리엇은 소음기가 장착된 권총을 외투 주머니 깊숙이 넣고 쉐보레에서 내렸다. 차 문은 잠그지 않았다. 이따 여기로 돌아올 때 급히 차에 올라타야 할지도 모른다.

묘지에 들어서자 엘리엇의 종아리가 반 정도 눈에 푹푹 잠겼다. 바지가 젖고 양말이 축축해지고 신발에 물기가 고였다.

캔버스 재질에 바닥이 고무로 된 운동화를 신은 티나 역시 지금 자기만큼 발이 젖었을 것이다. 하지만 그녀는 엘리엇과 뒤처지지 않게 걸으면서 불평 한 마디 없었다.

조금 전 공항에 착륙했을 때보다 바람이 더욱 매섭고 습했다. 바람이 묘지를 휩쓸더니 비석과 추모비 사이를 지나며 쉭쉭 소리를 냈다. 지금이야 드문드문 눈발이 흩날리는 정도지만 머지않아 지금보다 훨씬 더 많은 눈이 내릴 거라고 속삭이는 듯했다.

묘지와 벨리코스티의 장례식장 사이에는 낮은 돌담과 죽 늘어선 집 높이의 가문비나무가 경계를 이루었다. 엘리엇과 티나는 돌담을 넘어 나무 그늘 사이에 서서 장례식장 뒤편으로 어떻게 접근할지 궁리했다.

티나에게 잠자코 있으라는 당부 같은 건 할 필요가 없었다. 그녀는 엘리엇 옆에서 혼자 팔짱을 끼고 손을 겨드랑이 사이에 넣어 덥혔다.

엘리엇은 그녀가 걱정됐다. 그녀가 해를 입을까 봐 무서웠다. 동시에 함께 와서 좋다고도 생각했다.

벨리코스티의 집 뒤편까지는 90미터 가까이 떨어져 있었다. 엘리엇은 희미한 불빛 속에서도 기다란 뒤편 입구 지붕에 술처럼 매달려 있는 고드름을 보았다. 집 근처에는 상록수 관목이 모여 있었지만, 어느 것 하나 사람이 몸을 숨길 정도로 충분히 크지 않았다. 뒤편 유리창은 텅 비어 있었고 어두웠다. 저 창문 어딘가, 아무것도 보이지 않는 어둠 속에서 누군가가 대기하고 있을지 몰랐다.

엘리엇은 눈에 힘을 주고 직사각형 유리창 너머로 무언가 움직이나 엿보려 했지만 수상한 움직임은 없었다.

그들이 이토록 빠르게 덫을 놓았을 가능성은 높지 않았다. 게다가 암살자들이 정말로 여기서 기다리고 있다면, 먹잇감이 대담하고 자신감 있게 장례식장으로 다가오리라 예상할 것이다. 그들의 주의는 대부분 장례식장 현관에 쏠려 있을 터였다.

어떤 경우라도 밤새 고민하며 여기 서 있을 수는 없다.

엘리엇은 자신을 가려주던 나뭇가지 아래에서 나와 발걸음을 옮겼다. 티나도 그와 함께 움직였다.

매서운 바람이 채찍처럼 불어왔다. 바람결에 바닥에서 휩쓸린 눈 결정체가 얼어붙은 두 사람의 빨간 얼굴에 점처럼 내려앉아 얼굴을 차갑게 콕콕 찔렀다.

하얗게 빛나는 눈밭을 건너는 동안 엘리엇은 벌거벗은 기분이 들었다. 이토록 어두운색 옷을 입지 않았더라면 좋았을 텐데. 누군가가 뒤쪽 창문으로 슬쩍 *내다보기*만 해도 두 사람은 즉시 발각될 것이다.

자신들의 발밑에서 눈이 바삭거리며 뽀득뽀득 밟히는 소리가 끔찍하리만큼 크게 들려왔다. 사실은 별로 큰 소리도 아니었다. 그만큼 마음이 조마조마했다.

그들은 무사히 장례식장에 도착했다.

잠시 멈춰 선 동안 둘의 몸이 잠깐 닿으니 한층 더 용기가 생겼다.

엘리엇은 외투 주머니에서 권총을 꺼내 오른손에 쥐었다. 그리고 왼손으로 이중 안전장치를 더듬어 풀었다. 추위에 손가락이 딱딱하게 굳었다. 만약 권총을 쏘아야 할 일이 생긴다면 제대로 잡을 수는 있을까 걱정이 들었다.

두 사람은 건물 모퉁이를 슬며시 돌아 살금살금 현관 쪽으로 움직였다.

처음으로 불 켜진 창문이 보이자 엘리엇은 걸음을 멈추었다. 그는 티나에게 손짓해 자기 뒤에 있으라고 한 다음 집으로 가까이 다가갔다. 그리고 조심스럽게 몸을 앞으로 내밀어 반만 쳐진 블라인드의 좁은 틈 사이로 안을 엿보았다. 안쪽 광경을 본 그는 너무 놀라 소리를 지를 뻔했다.

남자의 시체가 보였다. 핏물 가득한 욕조에 앉은 벌거벗은 시체는 이승과 저승 사이에 쳐진 베일 너머로 무언가 무시무시한 존재를 본 것처럼 눈을 부릅뜨고 있었다. 한쪽 팔은 욕조 밖으로 늘어뜨린 채였다. 바닥에는 손에서 떨어진 듯한 날카로운 면도칼이 놓여 있었다.

엘리엇은 창백한 시체의 얼굴에 나타난 고요한 시선을 응시했다. 그리고 깨달았다. 이자는 루치아노 벨리코스티다. 그리고 이 장의사는 자살한 게 아니다. 앞으로 받게 될 자살 혐의를 완강히 부인하려는 듯, 불쌍한 벨리코스티의 시퍼런 입술은 숨을 헉 들이켜며 놀랐던 입 모양을 그대로 유지하고 있었다.

엘리엇은 티나의 팔을 잡고 그녀를 차에 도로 밀어넣고 싶었다. 하지만 그녀는 이미 엘리엇이 뭔가 중요한 걸 봤다는 사실을 알아차렸다. 그게 무엇인지 확인하기 전까지는 쉽사리 차로 돌아가지 않을 터였다. 티나는 그를 밀치고 앞으로 나갔다. 그녀가 창문 앞으로 몸을 숙였을 때 엘리엇은 그녀의 등에 한 손을 올렸다. 죽은 남자를 보고 그녀의 몸이 뻣뻣하게 경직되는 게 느껴졌다. 티나가 엘리엇 쪽으로 다시 고개를 돌렸을 때는 두 사람 모두 이곳을 당장 빠져나갈 준비가 되어 있었다. 아무런 질문도, 논쟁도 없었다. 지체할 틈이 없었다.

창문에서 단 두 발짝 내디딘 순간, 엘리엇은 6미터도 떨어지지 않은 곳에서 눈이 움직이는 모습을 보았다. 바람에 날린 눈발이 아무렇게나 투명하게 휘몰아치는 게 아니라, 눈 더미 전체가 부자연스럽게 의도적으로 솟아오르는 것 같았다. 엘리엇은 본능적으로 손에 든 권총을 휙 올려 네 발을 쏘았다. 권총에 달린 소음기는 아주 효과적으로 발사 소리를 차단했다. 총소리가 종잇장이 바스락거리는 듯한 바람 소리보다도 작게 들렸다.

엘리엇은 가능한 한 표적이 되지 않도록 몸을 낮게 웅크리고서 눈 더미가 움직였던 곳으로 달려갔다. 하얀색 스키복을 입은 남자가 있었다. 그는 눈 속에 엎드려 엘리엇과 티나를 지켜보며 때를 기다리고 있었을 것이다. 그러나 지금은 가슴에 구멍이 나고 목 부위가 대부분 날아갔다. 눈발에 어른거리는 희미한 빛 가운데서도 엘리엇은 알 수 있었다. 보초를 섰던 이 남자의 멍한 눈이 욕실 창문 너머 이쪽을 바라보던 벨리코스티의 눈과 일치한다는 것을.

집 안에는 벨리코스티의 시체와 더불어 적어도 킬러가 한 명은 더 있을 것이다. 어쩌면 더 많을 수도 있다.

이 눈 속에서 킬러 한 명이 기다리고 있었다.

그렇다면 남은 킬러는 몇 명일까?

그리고 어디 있을까?

엘리엇은 어두운 사방을 자세히 살펴보았다. 가슴이 꽉 죄어들었다. 하얗게 눈 덮인 잔디밭이 솟아오르며 열 명, 열다섯 명, 스무 명의 암살자들이 일어설 것만 같았다.

하지만 사방은 마냥 고요했다.

그는 잠시 몸이 굳어버렸다. 이토록 빠르고 잔혹하게 목표를 제거하는 자신의 능력에 정신이 멍해졌다. 후끈한 동물적인 만족감이 솟아올랐지만, 아주 좋지만은 않았다. 이제껏 스스로를 문명화된 인간이라고 생각하고 싶었는데 이게 뭔가. 동시에 격한 혐오감이 밀어닥쳤다. 목이 꽉 막히면서 속에서 쓴 물이 올라왔다. 그는 자신이 죽인 사람을 두고 돌아섰다.

티나는 눈 속에 서 있는 창백한 유령 같았다. 그녀는 속삭였다.

"그들이 우리가 리노에 온 걸 알았군요. 여기 올 거라는 사실까지도요."

엘리엇은 그녀의 팔을 잡았다.

"하지만 우리가 정문으로 올 거라 예상했겠죠. 여기서 빠져나갑시다."

그들은 서둘러 장례식장에서 벗어나 왔던 길을 되돌아갔다. 한 걸음 한 걸음 디딜 때마다, 엘리엇은 누군가가 총을 쏘며 경고조로 소리를 지를 거라 예상했다. 사람들이 자신들을 추격하는 소리가 귓가에 선했다.

그는 티나가 묘지 담장을 넘게 도와주었다. 그리고 자기가 넘을 차례가 되었을 때, 누군가가 뒤에서 외투 자락을 거세게 잡아당길 거라는 확신이 들었다. 그는 숨을 헐떡이며 옷자락을 확 뿌리쳤다. 하지만 벽을 넘고서 뒤를 돌아보았을 땐 아무도 보이지 않았다.

장례식장에 있는 놈들은 밖에 있던 일당이 죽었다는 사실을 모르는 게 분명했다. 그들은 여전히 먹잇감이 함정에 제 발로 걸어 들어오기를 참을성 있게 기다리고 있었다.

엘리엇과 티나는 묘석 사이를 쏜살같이 달리며 눈밭을 마구 헤치고 앞으로 나갔다. 그들의 뒤로 하얗게 남은 한 쌍의 입김이 마치 유령 같았다.

묘지를 반쯤 지나 더는 쫓기지 않는다는 확신이 들자, 엘리엇은 멈춰 서서 커다란 묘비에 기댔다. 그리고 고통스러울 정도로 차가운 공기를 너무 크고 깊게 들이마시지 않으려 애썼다. 자기가 죽인 남자의 목이 갈기갈기 찢겨나간 모습이 뇌리에 스치자 어마어마한 구역질이 덮쳐왔다.

티나가 그의 어깨에 손을 얹었다.

"괜찮아요?"

"내가 사람을 죽였습니다."

"당신이 죽이지 않았다면 그 사람이 우릴 죽였을 거예요."

"알아요. 그것 역시…… 정말 역겹죠."

"내 생각에…… 당신은 군대에 있었을 때……."

티나의 말에 엘리엇은 조용히 대답했다.

"그래, 맞아요. 난 전에도 사람을 죽인 적이 있습니다. 하지만 당신 말대로 그건 군대에 있었을 때죠. 이것과는 달라요. 그때는 군인으로서 할 일을 한 거였죠. 하지만 지금은 살인을 한 거라고요."

그는 고개를 저어 그 생각을 떨쳐버리려 했다.

"나는 괜찮을 겁니다."

그리고 권총을 외투 주머니에 다시 넣으며 말을 이었다.

"그냥 충격을 받았을 뿐이니까."

그들은 서로를 껴안았다. 이윽고 그녀가 말했다.

"우리가 리노로 비행기를 타고 왔다는 걸 알았다면, 왜 공항에서부터 따라오지 않았을까요? 그러면 우리가 장례식장 현관으로 가지 않은 걸 알았을 텐데."

"어쩌면 그들도 다 생각이 있었겠죠. 내가 미행을 알아차리면 겁을 먹을 거라고 예상했던 겁니다. 게다가 우리가 어디로 갈지 굳게 확신하니까, 굳이 밀착 감시를 할 필요는 없다고 생각했을 테죠. 우리가 벨리코스티의 장례식장 말고는 달리 갈 수 있는 데가 없다고 여긴 겁니다."

"차로 돌아가요. 추워 죽을 것 같아요."

"마찬가집니다. 그들이 눈 속에서 시체를 발견하기 전에 이곳을 떠야겠어요."

그들은 아까 묘지에 자신들이 낸 발자국을 따라 그곳을 빠져나왔다. 그리고 조용한 주택가의 희미한 가로등 불빛 아래 주차된 쉐보레 렌터카로 돌아갔다.

엘리엇은 운전석 문을 열다 말고 시야 한구석에서 움직임을 포착했다. 고개를 들었을 때는 자신이 무엇을 보게 될지 이미 확실히 알고 있었다. 하얀색 포드 세단 한 대가 모퉁이를 돌면서 천천히 움직였다. 그러고는 연석으로 휙 돌아서더니 급정거했다. 차 문이 두 개 열리고 어두운색 옷을 입은 커다란 남자 둘이 내렸다.

엘리엇은 그들의 정체를 알아보았다. 그는 쉐보레에 올라 문을 쾅 닫고는 급히 차 키를 꽂았다.

티나가 말했다.

"미행당했군요."

엘리엇이 시동을 걸고 기어를 넣었다.

"그래요. 위치추적기를 단 거죠. 이제야 추적기에 주의를 기울이나 봅니다."

총소리가 들리지는 않았다. 하지만 그의 머리 뒤로 날아온 총알이 뒷좌석 창문을 부수고는 앞좌석 등받이를 쳤다. 부서진 방탄유리 조각이 차 안으로 날아왔다.

"고개 숙여요!"

엘리엇이 소리쳤다. 그는 뒤를 슬쩍 돌아보았다.

남자 둘이 눈 덮인 인도를 미끄러지듯이 달려오고 있었다.

엘리엇은 액셀러레이터를 꾹 밟았다. 타이어에서 끼익 소리가 났다. 쉐보레가 연석에서 빠져나와 도로를 달리기 시작했다.

총탄 두 방이 차체에 맞고 튀었다. 그럴 때마다 총알이 스쳐가며 짤막한 고음을 냈다.

엘리엇은 운전대 쪽으로 수그린 채 총알이 뒤쪽 유리창을 뚫는 광경을 상상했다. 모퉁이에 다다랐을 때 그는 정지신호를 무시하고 차를 왼쪽으로 세게 꺾었다. 브레이크를 한 번만 밟은 채로 급히 방향을 바꾼 탓에 쉐보레의 서스펜션에 심한 부하가 걸렸다.

티나는 고개를 들고 슬쩍 뒤를 돌아 따라붙는 차가 없다는 걸 확인하고는 엘리엇을 보았다.

"위치추적기라니, 그게 무슨 소리죠? 우리가 추적당하고 있다는 건가요? 그럼 차를 버려야겠네요, 그렇죠?"

"저 조무래기들을 떼어내기 전까지는 안 됩니다. 저들과 이렇게 가까이 있는 상태에서 차를 버리면 금방 우리를 처리할 거예요. 걸어서 도망칠 수는 없어요."

"그럼 어떡해요?"

두 사람은 이제 다른 교차로에 도착했다. 엘리엇은 오른쪽으로 급히 차를 몰았다.

"다음 모퉁이를 돌면 내가 차를 세우고 내리겠습니다. 그땐 당신이 운전석에 앉아서 차를 몰아요."

"뭘 어쩌려고요?"

"난 덤불 뒤에 숨어 있다가 저들이 모퉁이를 돌아 우리를 쫓아오길 기다릴 겁니다. 당신은 이 도로를 쭉 달려요. 너무 빠르지는 않게요. 그래서 저들이 모퉁이를 돌았을 때 당신을 볼 수 있도록 해요. 그들은 당신을 보겠지만, 날 보진 못할 거예요."

"우리는 따로 다니면 안 돼요."

"지금은 그 방법밖에 없습니다."

"그러다 당신이 잡히면요?"

"난 안 잡혀요."

"그럼 나 혼자 남잖아요."

"그들은 날 잡을 수 없습니다. 하지만 당신은 빨리 움직여야 해요. 여기서 몇 초만 더 있다가는 위치추적에 걸릴 거고, 그러면 의심받을 겁니다."

그는 교차로에서 오른쪽으로 꺾어서 새롭게 들어온 길가 한복판에 멈춰 섰다.

"엘리엇, 안 돼요—"

"다른 방법이 없어요."

그는 문을 획 열고 차에서 급히 내렸다.

"서둘러요, 티나!"

그는 차 문을 쾅 닫고서 상록수 관목 덤불로 달려갔다. 벽돌로 지은 단층짜리 농가 주택의 잔디밭 경계를 이루는 덤불이었다. 그 덤불 근처에 선 가로등에서 서릿발 같은 빛이 둥글게 비쳐왔다. 그 빛 바로 옆으로 진 그림자에 몸을 숨긴 엘리엇은 티나가 차를 모는 동안 외투 주머니에서 권총을 꺼냈다.

쉐보레의 소리가 희미해지자, 이제는 또 다른 차가 굉음을 내며 빠른 속도로 다가오기 시작했다. 몇 초 뒤 흰색 포드가 교차로로 돌진했다.

엘리엇은 일어서서 양손으로 권총을 잡고 빠르게 세 발을 쏘았다. 처음 두 발은 금속 차체에 맞았지만, 세 번째 총알은 앞바퀴를 꿰뚫었다.

너무 빠르게 모퉁이를 돈 포드는 앞바퀴가 터져 큰 충격을 받고 통제 불능이 되었다. 거리를 가로지르며 빙글빙글 돌더니 인도로 올라와 집 울타리를 뚫고 정원 조경용으로 설치된 새 욕조를 부쉈다. 그러고는 눈 덮인 잔디밭 한가운데에 멈추었다.

엘리엇은 쉐보레 쪽으로 달려갔다. 티나는 90미터 떨어진 곳에 차를 세워두었다. 그 거리가 100킬로미터는 되는 것처럼 느껴졌다. 쿵쿵대며 달리는 엘리엇의 발걸음이 고요한 밤거리에 북소리처럼 크게 울려 퍼졌다. 마침내 그는 차에 다다랐다. 티나가 차 문을 열어둔 상태였다. 엘리엇이 차에 뛰어들어 문을 닫았다.

"어서 가요!"

그녀는 액셀러레이터를 바닥까지 밟았다. 차가 부르르 몸서리를 치며 반응하더니 전속력으로 달려 나갔다.

그렇게 두 블록을 달린 끝에 엘리엇이 말했다.

"다음 모퉁이에서 우회전해요."

그렇게 두 번 모퉁이를 돌고 세 블록을 지난 뒤 그가 말했다.

"차를 옆으로 세우죠. 우리에게 붙여놓은 위치추적기를 찾아보고 싶군요."

"어차피 이제는 못 따라오잖아요."

"그래도 위치추적기는 여전히 작동 중입니다. 다른 차가 추격할 때까지는 우리에게 손을 못 댄다 해도, 우리가 여기까지 왔다는 건 알 수 있죠. 나는 우리가 어느 방향으로 갔는지 알려주고 싶지 않습니다."

티나가 차를 세우자 엘리엇이 내렸다. 그는 위치추적기를 빠르고 쉽게 붙일 수 있는 바퀴 안쪽 차체를 만져보았다. 하지만 아무것도 없었다. 앞 범퍼도 마찬가지였다. 그러다 마침내 뒤 범퍼 아래쪽에서 전자장치를 찾아냈다. 담뱃갑만 한 물체가 자석으로 붙어 있었다. 그는 장치를 떼어내 발로 몇 번 밟은 다음 멀리 던져버렸다.

다시 차에 올라탄 그들은 차를 몰았다. 차 문을 잠그고 내부에 히터를 최대한 틀어놓았다. 아무 말도 없이 망연자실한 채 앉은 두 사람은 따뜻한 공기를 쐬면서도 덜덜 떨었다.

마침내 티나가 입을 열었다.

"세상에, 저들이 이렇게 빠르게 움직일 줄은 몰랐어요!"

엘리엇이 불안한 목소리로 말했다.

"우리는 여전히 한 발짝 앞서 있습니다."

"한 발짝은 아니고 반 발짝 정도겠죠."

티나의 말에 엘리엇도 수긍했다.

"그게 맞는 것 같군요."

"벨리코스티가 우리에게 줄 만한 정보가 분명 있었던 거예요. 일류 기자가 이 사건에 관심을 보일 만한 정보가요."

"지금은 줄 수 없게 됐죠."

"그럼 이제 우리는 어떻게 정보를 얻죠?"

엘리엇은 모호하게 대답했다.

"어떻게든 되겠죠."

"어떻게 우리 주장을 뒷받침할 수 있을까요?"

"생각해낼 겁니다."

"이제 누구에게 가죠?"

"가망이 없는 건 아닙니다, 티나."

"가망이 없다고는 안 했어요. 하지만 이제 어디로 가죠?"

엘리엇은 지친 기색으로 말했다.

"오늘 밤에는 알 수 없습니다. 지금 이 상태로는 안 돼요. 우리 둘다 완전히 지쳐서, 지금은 자포자기 상태로 움직이고 있어요. 이러면 위험해요. 우리가 지금 내릴 수 있는 최선의 결정은 아무것도 결정하지 않는 겁니다. 어디 숨을 데를 찾아서 좀 쉬어야 해요. 아침이면 머리도 더 맑아질 테니, 해답도 분명히 보일 겁니다."

"우리가 정말 잘 수 있을 거라 생각해요?"

"제길, 그래요. 오늘 밤 내내 아주 힘들었으니까."

"그럼 어디가 안전할까요?"

"'도둑맞은 편지'* 수법을 써보죠. 어디 외딴곳에 있는 모텔에 몰래 가는 대신 시내에서 제일 좋은 호텔로 가는 겁니다."

"하라스 호텔 같은 데로요?"

"바로 그거죠. 그들은 우리가 그렇게까지 대담하게 굴 거라곤 생각 못 할 겁니다. 다른 데를 샅샅이 찾아다니겠죠."

"위험하지 않을까요?"

"더 좋은 생각이 있습니까?"

"아뇨."

"지금은 모든 게 위험합니다."

---

* 에드거 앨런 포의 소설.

"좋아요. 그렇게 해요."

티나는 차를 몰고 도심지로 들어갔다. 그리고 하라스 호텔에서 네 블록 떨어진 공용 주차장에 쉐보레를 버렸다.

티나는 트렁크에서 하나밖에 없는 여행 가방을 꺼내며 말했다.

"이 차를 버릴 필요가 없었다면 좋았을 텐데요."

"그들이 이 차를 찾고 있을 겁니다."

두 사람은 네온사인으로 번쩍이는 바람 부는 거리를 지나 하라스 호텔로 들어갔다. 새벽 1시 45분이었지만 카지노 입구에 들어서자 시끄러운 음악과 웃음소리, 슬롯머신이 울리는 소리가 밀려들었다. 이 시간에 그런 소리를 들으니 즐겁다기보다는 신물이 올라왔다.

리노는 라스베이거스처럼 밤새 엄청난 열기를 뿜어대며 흥청망청하는 곳은 아니었다. 지금은 많은 관광객이 이미 잠자리에 든 시간이었다. 그런데도 하라스 호텔 카지노는 아직 제법 붐볐다. 크랩스 테이블에 자리 잡은 한 젊은 선원이 꽤 잘 풀리고 있는 모양이었다. 흥분한 도박꾼들이 그에게 8이 나오도록 주사위를 굴려서 포인트를 설정하라고 떠들어댔다.

지금은 연휴 주말이니 공식적으로는 호텔 예약이 꽉 차 있었지만, 엘리엇은 언제나 방을 구할 수 있다는 것을 알았다. 모든 호텔은 카지노 지배인의 요청에 따라 단골, 그러니까 큰손 도박사들이 돈을 잔뜩 싸 들고 왔는데 호텔 방이 없어 헤매다 여기까지 예고도 없이 불쑥 찾아올지도 모를 상황에 대비해 방 몇 개는 항상 비워두었다. 게다가 예약 시간이 임박해서 취소하거나, 예약해놓고도 손님이 나타나지 않는 경우가 언제나 있었다. 그러니 깔끔하게 접은

20달러 지폐 두 장을 은근슬쩍 프런트 데스크 직원 손에 쥐여주면 그가 깜빡 잊고 있던 빈 객실을 때마침 발견하게 되는 일이 비일비재했다.

이틀간 머물 수 있는 빈방이 하나 있었다. 엘리엇은 숙박계에 '행크 토머스'라고 썼다. 그가 제일 좋아하는 영화배우의 이름을 살짝 바꾼 것이었다. 주소는 시애틀 어딘가라고 거짓으로 써넣었다. 직원이 신분증이나 신용카드를 요구했다. 엘리엇은 자신이 공항에서 소매치기를 당했다는 슬픈 사연을 들려주었다. 신분증이 없으면 요금을 미리 지불해달라는 요청에 도둑맞았다던 지갑이 아니라 주머니에 꽂아두었던 지폐 뭉치를 꺼내 숙박비를 치렀다.

그와 티나는 9층에 있는 널찍하고 기분 좋게 장식된 방을 받았다.

벨맨이 나간 뒤 엘리엇은 문을 잠그고 도어체인을 건 다음 등받이가 곧은 무거운 책상 의자를 손잡이 아래에 단단히 끼워 넣었다.

"감옥 같네요."

티나의 말에 엘리엇이 대답했다.

"우리가 안에서 문을 잠갔고 살인자들이 바깥에서 제멋대로 날뛰고 있다는 게 다른 점이죠."

잠시 후 두 사람은 침대에 누워 서로를 꼭 껴안았지만 둘 다 섹스하고 싶은 마음은 없었다. 그들은 서로를 만지고 또 만지는 것, 그 이상은 바라지 않았다. 그저 서로를 만지며 아직 살아 있음을 느끼고, 상대가 안전하고 보호받는 소중한 존재라는 걸 확실히 알려주고 싶은 마음뿐이었다. 그 마음은 사랑받고 싶고, 혼자가 아니고 싶다는 동물적인 욕구이자 오늘 하루 내내 겪었던 죽음과 파괴를 거부하는 반응이었다. 사람 목숨을 너무 하찮게 여기는 인간들을 너무 많이 만나서, 두 사람은 스스로가 바람에 휘날리는 먼지보다 훨씬 중요한 존재라는 걸 다시 확인해야만 했다.

잠시 후 엘리엇이 말했다.

"당신 말이 맞았습니다."

"뭐가요?"

"어젯밤에 라스베이거스에서 한 말요."

"내가 뭐라고 했는데요?"

"내가 이 일을 즐기고 있는 것 같다고 했죠."

"당신 마음속…… 깊은 곳 어딘가에서는요. 그래요. 그 말이 맞는 것 같아요."

"나도 압니다. 이제야 알겠어요. 처음에는 믿고 싶지 않았지만."

"왜요? 나쁜 뜻으로 한 말은 아니었어요."

"나쁜 뜻이 아니었다는 건 압니다. 단지 난 15년 넘게 아주 평범하게 살아왔어요. 흥미로운 일 하나 없이. 그래서 젊은 시절 실컷 누렸던 이런 전율은 다시는 필요하지도 않고 바라지도 않는다고 확신하며 살았습니다."

"난 당신에게 정말로 이런 일이 필요하다고는 생각하지 않아요. 당신이 바란 일이라고도 생각하지 않고요. 하지만 지금 오랜만에 또다시 진짜 위험에 처했고, 당신의 일부분이 그 모험에 반응하고 있어요. 오랜 공백기를 깨고 다시 경기장으로 돌아온 노장 선수처럼 반사신경을 시험하고, 아직도 옛 기술을 그대로 쓸 수 있다는 사실에 자부심을 느끼고 있는 것 같아요."

"이상합니다. 나는…… 사람을 죽였을 때 마음속 깊은 곳에서는 일종의 전율을 느꼈어요."

"자신에게 너무 가혹하게 굴지 마요."

"가혹한 게 아닙니다. 사실을 말하자면 그런 전율이 마음속 깊은 곳에서 생긴 것도 아니었어요. 거의 밖으로 드러나다시피 했죠."

티나는 그의 손을 꽉 쥐며 조용히 말했다.

"그놈을 죽인 걸 다행이라고 생각해야 해요."

"그렇습니까?"

"봐요, 내가 대니를 찾지 못하게 막는 사람들을 이 손으로 직접 잡을 수 있다면, 나는 절대 타협하지 않고 그들을 죽일 거예요. 심지어 죽이면서 즐거워할 거예요. 나는 어미 사자예요. 그놈들이 내 새끼를 빼앗아 갔어요. 그렇다면 그놈들을 죽이는 거야말로 내가 할 수 있는 가장 자연스럽고 존경받아 마땅한 일 아닌가요?"

"그러니까 우리 모두에게는 약간 짐승 같은 면이 있다는 거네요. 맞습니까?"

"내면에 야수를 감추고 있는 건 나뿐만이 아니라고요."

"하지만 그렇다고 야만성을 순순히 받아들여야 하는 걸까요?"

"그럼 대신 뭘 받아들여야 하죠? 신이 우리를 이렇게 만들었어요. 우리의 운명이 이렇게 되었는데, 이게 옳지 않다고 말할 사람이 대체 누구인가요?"

"그럴 수도 있겠군요."

"단지 살인이 즐겁다는 이유로 사람을 죽인다면, 아니 책에 나온 괴짜 혁명가들처럼 오로지 이상을 실현하기 위해서 사람을 죽인다면 *그것이야말로 야만적인 거죠*…… 미쳤거나. 하지만 당신이 한 일은 아예 달라요. 자기 보존 본능은 신이 우리에게 준 가장 강력한 욕구라고요. 우리는 살아남기 위해 만들어진 존재예요. 필요하다면 누군가를 죽여서라도 살아남아야 해요."

그들은 한동안 말이 없었다. 잠시 후 엘리엇이 말했다.

"고맙습니다."

"전 아무것도 안 했는걸요."

"내 말을 들어줬으니까요."

28

알렉산더의 오른팔인 커트 헨슨은 라스베이거스에서 리노로 가는 거친 비행 내내 졸았다. 그들은 네트워크가 소유한 10인용 제트기에 타고 있었는데, 항로로 불어온 고공 난기류를 만나자 비행기가 심하게 흔들렸다. 하얀 금발에 고양이처럼 노란 눈동자를 지닌 헨슨은 체격이 아주 좋았지만 비행기 타는 걸 무서워했다. 그래서 약물을 복용해야만 겨우 비행기에 탑승할 수 있었고, 여느 때처럼 비행기가 활주로에서 이륙한 지 몇 분이 지나자 꾸벅꾸벅 졸기 시작했다.

헨슨을 제외한 유일한 탑승자는 바로 알렉산더였다. 그는 이 간부용 제트기를 얻어낸 것이야말로 지난 3년간 네트워크 네바다 지부의 지국장으로 지내며 해낸 가장 중요한 업적이라고 생각했다. 비록 업무 시간의 반 이상을 라스베이거스 사무실에서 보내기는 했지만 종종 마음 내키는 대로 먼 곳, 그러니까 리노, 엘코, 심지어 주 경계를 벗어나 텍사스와 캘리포니아, 애리조나, 뉴멕시코, 유타까 지 갈 일이 있었다. 부임 첫해에는 상업용 비행기를 타거나 알렉산 더의 전임자가 네트워크 예산에서 간신히 얻어낸 예산으로 믿을 만 한 민간 조종사를 고용해 예전에나 쓰던 쌍발 비행기를 탔다. 하지 만 알렉산더만큼이나 지위가 높은 사람에게 그런 원시적인 수단을 타고 이동하라고 강요하다니, 이게 네트워크를 지도하는 국장이 어 리석다는 증거가 아니면 무엇이란 말인가. 알렉산더의 시간이 이 나라에 얼마나 귀하게 쓰이고 있는데. 그의 업무는 민감한 데다, 먼 곳에서만 찾아볼 수 있는 정보를 종종 직접 조사하고 긴급히 결정 해야 하는 일이었다. 알렉산더는 오랫동안 국장에게 끈질기게 로비 한 끝에 마침내 이 자그마한 제트기를 얻어냈다. 그리고 즉시 전직 군인 출신 조종사 두 명을 네트워크 지부에서 급여를 주는 정규직 으로 고용했다.

때로 네트워크는 돈을 너무 아껴서 문제였다. 그리고 펜실베이니 아 알렉산더 가문의 재산과 델라웨어 스탠호프 가문의 막대한 부를 모두 물려받을 후계자 조지 링컨 스탠호프 알렉산더는 그런 수전노 들을 절대로 참고 볼 수 없었다.

물론 네트워크의 예산은 1달러까지도 일일이 따질 필요가 있었 다. 단돈 1달러의 예산을 조달하기도 쉽지 않았기 때문이다. 네트 워크의 존재는 비밀이기 때문에 그 예산은 다른 정부 기관에서 도 용한 돈으로 이루어졌다. 네트워크의 연간 예산을 가장 많이 채워 주는 기관은 보건복지부로, 30억 달러가 거기서 나왔다. 네트워크는 보건복지부의 최고정책결정회의체에 재클린이라는 비밀 요원을 두고 있었다. 재클린은 새로운 복지정책을 구상해서 보건복지부 장관에게 그 정책이 필요하다고 설득한 다음 그게 실은 완전히 가짜라는 사실을 감추기 위해 그럴듯한 관료조직을 만들어내는 일을 했다. 연방자금이 이러한 위장 기관에 흘러 들어가면 그 돈은 네트워크로 전송되었다. 보건복지부 예산에서 30억 달러를 빼먹는 것은 네트워크의 예산 운용 방식 중에서도 가장 위험 부담이 덜한 일이었다. 그쪽 예산은 금액이 아주 커서 그런 쩨쩨한 액수는 전혀 아쉽지 않기 때문이다. 국방부는 요새 들어 보건복지부만큼 예산이 확 오르진 않았지만, 돈을 물 쓰듯 쓰는 편이라 1년에 10억 달러는 족히 빼낼 수 있었다. 그보다 더 적은 액수인 1억 달러에서 5억 달러까지의 예산은 산업자원부와 교육부를 비롯한 기타 정부 기관에서 비밀리에 추출되었다.

물론 자금조달이 쉽진 않지만 네트워크가 많은 자금을 지원받는다는 사실은 부정할 수 없었다. 그러니 잘나가는 네바다 지부의 지국장을 위한 간부용 제트기는 사치품이 아니었다. 지난 1년간 자신의 성과가 향상된 것을 보고 워싱턴에 있는 노인네는 이게 다 돈을 잘 쓴 결과라고 확신할 터였다. 알렉산더는 그렇게 생각했다.

알렉산더는 자신의 중요한 지위가 자랑스러웠지만 동시에 좌절감을 느끼기도 했다. 자신이 이토록 중요하다는 사실을 아는 이가 너무나 적었기 때문이다.

가끔 그는 아버지와 삼촌들이 부러웠다. 일가친척들은 누구나 알아볼 수 있는 자리에서 나라를 위해 일했다. 그것도 아주 대단한 위치여서 모두가 우러러보며 그들의 헌신적인 공직자 정신을 칭송했다. 국방부 장관, 국무 장관, 프랑스 대사⋯⋯ 이런 자리에 있는 사람들은 인정받고 존경받았다.

반면 알렉산더는 6년 전인 서른여섯 살 때까지만 해도 진정한 지명도와 권위가 있는 직업을 갖지 못했다. 20대와 30대 초반에는 별로 중요하지 않은 정부 기관 일을 다양하게 했다. 물론 외교 활동이나 정보수집 임무가 가문의 이름에 먹칠을 할 만한 일은 절대 아니었다. 그러나 항상 아이슬란드나 에콰도르, 통가 같은 작은 나라의 대사관 근무처럼 별것 아닌 일을 했고, 《뉴욕 타임스》에서 그의 존재를 알아볼 수 있을 만한 자리는 전혀 아니었다.

그러다 6년 전 네트워크가 결성되었고 대통령은 알렉산더에게 새로운 정보기관의 남미 지국을 개발하고 믿을 만하게 키우라는 임무를 주었다. 그건 흥미진진하고 도전적이며 중요한 일이었다. 알렉산더는 수천만 달러의 예산을 쓰며 결과적으로 10여 개국에 파견된 수백 명의 요원을 통제하는 일을 직접 책임졌다. 3년 뒤 대통령은 남미에서 얻은 성과에 만족한다고 선언했고, 알렉산더에게 네트워크의 국내 지국 중 하나인 네바다 주 지국을 맡아달라고 했다. 네바다 지국은 이제껏 관리가 엉망이었던 곳이었다. 그곳의 지국장이 되는 건 네트워크에서 가장 강력한 여섯 명의 간부 중 한 명이 된다는 의미였다. 대통령의 격려를 받은 알렉산더는 자신이 결국 미국 서부를 총괄하는 국장으로 승진할 것이며 그 뒤로는 위로 쭉쭉 올라갈 길만 남았다고 믿게 되었다. 그가 남미와 네바다 지국을 이끈 것처럼 매끄럽게 서부를 움직일 수 있어야겠지만 말이다. 때가 되면 워싱턴에서 네트워크 총국장 자리를 차지하여 국내 및 해외를 총괄하는 첩보 작전의 책임자가 되리라. 그 지위까지 오르면 알렉산더는 미국에서 가장 영향력 있는 인물이 될 것이고, 국무 장관이나 국방부 장관 따위가 바라는 권력보다 훨씬 더 큰 권력을 지닌 자가 되어 아무도 그를 무시할 수 없을 터였다.

하지만 그는 자기 업적을 아무에게도 말할 수 없었다. 자기 가문 남자들에게 쏟아지는 대중의 갈채와 찬사도 결코 바랄 수 없었다. 네트워크는 비밀 조직이었고, 조직이 가치가 있으려면 반드시 비밀이 지켜져야 했다. 적어도 네트워크에서 일하는 직원 중 절반은 네트워크라는 게 존재하는지도 모르고 있었다. 그중 몇은 자기 직장이 FBI라고 생각했다. 어떤 사람들은 자기가 CIA 소속이라고 생각했다. 그 말고도 비밀경호국부터 재무부에 이르기까지 사람들은 온갖 다양한 부서를 자기 직장으로 생각했다. 자기 소속도 모르는 사람들이니 네트워크를 위태롭게 할 수도 없었다. 오로지 지국장들과 그들의 최측근, 주요 도시의 지부장들과 본인의 능력과 충성심을 입증한 고위급 현장 간부들만이 누가 진짜 고용주이며 자기 업무가 무엇인지 진실을 알고 있었다. 언론에 네트워크의 존재가 발각되는 순간 모든 것은 사라질 터였다.

알렉산더는 어둑어둑한 제트기 기내에 앉아 아래로 쏜살같이 흘러가는 구름을 바라보며 생각에 잠겼다. 자신이 나라를 위한 임무를 수행하면서 종종 살인 명령을 내려야 한다는 걸 알면 아버지와 삼촌들은 뭐라 말할까. 물론 귀족의 품격을 갖춘 동부인들을 경악에 빠뜨릴 만한 일은 따로 있었다. 알렉산더는 남아메리카에서 세 번쯤, 직접 암살자가 되어 방아쇠를 당겨야 했던 적이 있었다. 당시 그는 너무나 즐거워하며 살인을 저질렀고, 깊은 전율을 느꼈다. 그래서 자신이 직접 처형자가 되어 사형을 여섯 건 정도 집행하기도 했다. 자기 손이 피로 더럽혀졌다는 걸 알면 알렉산더 가문의 그 대단하신 원로 정치인들께서는 뭐라 생각하실까? 때때로 다른 사람을 죽이라 명령하는 게 그의 직업이므로 가족들은 아마 이해해줄 것이다. 알렉산더 가문 사람들은 세상의 방향성을 두고 토론할 때는 모두 이상주의자였지만, 세상이 돌아가는 현실을 대할 때는 냉철한 실용주의자이기도 했다. 그들은 국내 군사안보와 국제 스파이들의 세상이 애들 장난이 아니라는 점을 알고 있었다. 가문 사람들은 심지어 자신이 방아쇠를 직접 당긴 사실까지도 다 이해하며 용서할 거라고, 그는 그렇게 생각하고 싶었다.

그래도 그는 평범한 시민이나 진짜 가치가 있는 사람을 죽인 적은 한 번도 없었다. 목표는 언제나 스파이 아니면 배신자였다. 게다가 그들 중 몇몇은 피도 눈물도 없는 살인자였다. 쓰레기였단 말이다. 그는 쓰레기만 죽였다. 보기 좋은 일은 아니었지만, 이 일에 진정한 위엄과 영웅적 면모가 없다고도 할 수 없었다. 최소한 알렉산더는 그렇게 생각했다. 그는 자신을 영웅으로 보았다. 그래, 아버지와 삼촌들에게 자기 정체를 말할 수만 있다면, 그분들은 자신을 축복해줄 거라고 그는 확신했다.

순간 제트기가 아주 심한 난기류를 만났다. 동체가 한쪽으로 기울어지며 튕기더니 부들부들 떨었다.

헨슨은 잠결에 코를 실룩였지만 깨어나지는 않았다.

제트기가 다시 안정을 되찾자 알렉산더는 창문을 내다보았다. 달빛을 받아 우윳빛을 띤 구름의 모습이 둥글둥글해서 여성스러워 보였다. 그는 크리스티나 에번스라는 여자를 생각했다. 그녀는 꽤 아름다웠다. 그녀의 정보가 담긴 서류철은 옆자리에 있었다. 그는 서류철을 열고는 사진을 응시했다. 정말 아름답군. 그는 때가 되면 이 여자를 직접 죽이기로 마음먹었다. 그러자 순간 발기하고 말았다.

그는 살인을 즐겼다. 세상에서는 비록 가면을 쓰고 다녀야 할지라도 스스로까지 속일 마음은 없었다. 이제껏 살아오면서 왜인지 설명할 수 없는 모종의 이유로 그는 죽음에 무척 매료됐다. 죽음의 형태와 본질과 가능성이 너무나 흥미로웠다. 죽음의 의미가 무엇인지 연구하고 이론을 세우는 데 흠뻑 빠진 그는 자신을 죽음의 전령이자 신의 부름을 받은 사형집행자라고 여겼다. 살인은 많은 면에서 섹스보다 더 짜릿했다. 폭력을 즐기는 이런 취향은 옛 FBI에서라면 오래전부터 용납되지 않았을 것이고, 철저하게 정치적으로 새롭게 개편된 오늘날의 FBI에서도 마찬가지였을 것이다. 억압적으로 감시하는 경찰 기관에서도 허용되지 않았으리라. 하지만 아무도 알지 못하는 이 조직, 이 비밀스럽고 비할 데 없이 아늑한 공간에서 그의 취향은 마음껏 부풀었다.

그는 눈을 감고 티나를 생각했다.

29

티나는 꿈을 꾸었다. 대니가 긴 터널 끝에 있었다. 아이는 쇠사슬에 묶여 환하게 빛나는 작은 동굴 한가운데에 앉아 있었다. 하지만 그곳까지 이어진 통로에서는 어둡고 위험한 기운이 풍겼다. 대니는 몇 번이고 엄마를 부르면서 지하 감옥 동굴의 천장이 무너져 산 채로 묻히기 전에 자신을 구해달라고 애원했다. 티나는 아들을 구하기로 결심하고 터널을 내려가기 시작했다. 그런데 터널 벽의 좁은 틈새에서 무언가가 나와 그녀를 붙잡았다. 그녀는 어렴풋이 그게 무엇인지 알 수 있었다. 틈새 너머로 희미한 불길처럼 빛나는 존재가 무엇인지, 불그스름한 배경에 알 수 없는 윤곽을 드러낸 그 형체가 누구인지. 그녀가 몸을 돌리자 지옥 밑바닥에서 이쪽을 뚫어져라 쳐다보는 듯 히죽 웃는 죽음의 얼굴이 나타났다. 그 시뻘건 눈, 오그라든 살, 뺨에 얼기설기 붙은 구더기들. 그녀는 비명을 지르다가 문득 알아차렸다. 죽음은 자신에게 제대로 다가올 수 없다는 사실을. 벽에 난 구멍은 이쪽으로 통과해 올 수 있을 정도로 넓지 않았다. 죽음은 그녀에게 겨우 한쪽 팔만 뻗을 수 있었고, 그 길고 앙상한 손가락은 티나에게 닿기엔 한두 뼘 정도 모자랐다. 대니는 다시 소리치기 시작했고, 그녀는 계속 어두운 터널을 지나 아이에게 다가갔다. 가는 도중에 본, 벽에 난 틈새는 열두어 군데나 되었다. 죽음은 그 틈마다 그녀를 노려보며 소리를 지르고 욕설을 퍼부으며 분노했지만, 구멍이 하나같이 작았기 때문에 이쪽으로는 올 수가 없었다. 그녀는 마침내 대니에게 다다랐다. 티나가 아들을 만지자마자 마법처럼 쇠사슬이 팔과 다리에서 벗겨졌다. 티나가 "엄마는 무서웠어"라고 말하자 대니가 대답했다. "내가 벽에 난 구멍을 작게 만들어서 엄마에게 그놈이 다가가지 못하게 했어. 해칠 수 없게."

금요일 아침 8시 30분, 잠에서 깨어난 티나는 흥분한 채로 미소를 지었다. 티나는 엘리엇을 흔들어 깨웠다.

엘리엇이 졸린 눈을 깜빡이며 일어나 앉았다.

"왜 그래요?"

"대니가 방금 나에게 꿈을 보냈어요."

엘리엇은 그녀의 활짝 웃는 얼굴을 들여다보며 대답했다.

"분명히 악몽은 아니었군요."

"전혀 아니었어요. 대니는 우리가 와주기를 바라고 있어요. 자신이 갇혀 있는 장소로 우리가 찾아가 꺼내주기를 바라고 있다고요."

"하지만 아이에게 다가가기도 전에 우리가 죽을 겁니다. 기병대처럼 마구 돌격할 수는 없어요. 먼저 언론과 법원을 이용해서 아이를 구출해야 합니다."

"난 생각이 달라요."

"우리 둘만으로는 케네벡 뒤에 있는 조직 전체와 싸울 수 없습니다. 게다가 비밀 군사 연구 시설에도 직원들이 있단 말입니다."

티나가 자신 있게 말했다.

"대니가 안전하게 지켜줄 거예요. 그 애가 자기 힘을 이용해서 우리를 안으로 들여보내줄 거예요."

"그건 불가능합니다."

"내 말을 믿는다고 했잖아요."

그녀의 말에 엘리엇이 하품을 하면서 우아하게 기지개를 켰다.

"물론 믿어요. 정말로 믿습니다. 하지만…… 대니가 어떻게 우리를 도와줄까요? 우리의 안전을 어떻게 보장한다는 겁니까?"

"그건 모르겠어요. 하지만 꿈속에서 아이가 그렇게 말했어요. 나는 확신한다고요."

그녀는 자신이 꾼 꿈을 자세하게 설명했다. 엘리엇은 그녀의 해몽을 듣고 나니 마음이 덜 불편하다는 사실을 인정했다.

"대니가 어떻게든 우리를 그 안으로 들여보내준다 해도, 우리는 대니가 어디에 갇혀 있는지 모릅니다. 비밀 기지의 위치를 특정할 수가 없어요. 어쩌면 애초에 존재하지 않는 곳일지도 모르고요. 만약 존재한다 해도, 아이를 거기에 가둬둔 게 아닐 수도 있습니다."

"그 기지는 분명히 존재해요. 그리고 대니는 거기에 있어요."

티나는 애써 실제보다 더 확신에 찬 목소리로 대답했다. 그녀는 대니의 영향력이 닿는 곳 안에 들어왔다. 아들을 품 안에 안고 있다는 느낌마저 들었다. 대니가 자기 품에서 한 치라도 벗어나 있을지도 모른다는 말은 전혀 듣고 싶지 않았다.

엘리엇은 잠이 덜 깬 눈을 비비며 말했다.

"좋아요. 그 비밀 기지가 존재한다고 칩시다. 그렇다 해도 현재 상황에는 조금도 도움이 되지 않아요. 그 기지가 저 산속 어디에 있는지 알 수가 없으니까요."

"아뇨. 분명 자보스키가 아이들을 데리고 가려고 했던 곳에서 몇 킬로미터 떨어지지 않은 곳일 거예요."

"좋아요. 그건 사실일 것 같군요. 하지만 범위가 엄청나게 넓은 데다 험한 산악지대입니다. 우리가 그곳을 샅샅이 조사할 수는 없어요."

그러나 티나의 자신감은 흔들리지 않았다.

"대니가 그 지점을 정확히 알려줄 거예요."

"대니가 우리에게 자기 위치를 말해준다고요?"

"그러려고 했던 것 같아요. 꿈속에서 느꼈어요."

"어떻게 알려준다는 겁니까?"

"모르겠어요. 우리가 방법을 찾으면 될 것 같아요…… 아이가 에너지를 집중시켜서 소통하는 방법을 찾는다면……."

"예를 들면 어떤 방법이죠?"

티나는 헝클어진 이불을 빤히 바라보았다. 마치 리넨 천의 주름에서 영감을 얻으려는 듯했다. 그녀의 표정은 날카로운 통찰력을 발휘하기 위해 찻잔 속 찻잎의 배열을 지그시 바라보는 집시 예언자 같았다.

그러다 갑자기 그녀가 소리쳤다.

"지도!"

"뭐라고요?"

"저 산악 지역의 지형도가 있지 않을까요? 등산객이나 자연 애호
가를 위한 지도가 있을 거예요. 아주 자세하진 않아도요. 언덕과 골
짜기와 강물과 시냇물의 흐름, 등산로와 안 쓰는 벌목길 같은 걸 표
시해놓은, 기본 지형을 나타내는 지도 있잖아요. 자보스키는 분명
지도를 가지고 있었을 거예요. 그건 내가 확실히 알아요. 부모와 함
께하는 캠핑 설명회에 갔을 때 자보스키가 이 캠핑은 전혀 위험하
지 않다고 설명했거든요. 그때 지도를 봤어요."

"리노에 있는 스포츠용품 가게라면 적어도 가까운 시에라네바다
산맥의 지도를 분명히 갖춰놓았을 거라 생각합니다."

"우리가 지도를 구해서 펼쳐놓으면…… 아마도 대니가 자기 위
치를 우리에게 정확히 알려줄 방법을 찾을 거예요."

"어떻게요?"

티나는 이불을 젖히고 침대에서 일어났다.

"아직은 나도 모르겠어요. 먼저 지도를 구해봐요. 나머지는 나중
에 걱정하고요. 자요, 어서 씻고 옷 입어요. 가게는 한 시간 뒤면 문
을 열 테니까."

*

알렉산더는 벨리코스티 장례식장에서 일을 망친 탓에 금요일 새

벽 5시 30분까지도 잠자리에 들지 못했다. 부하들이 엘리엇 스트라이커와 그 여자를 또 놓쳤다는 사실에 여전히 격노해서 쉽사리 잠들 수가 없었던 것이다. 그는 아침 7시가 되어서야 겨우 끄덕끄덕 졸기 시작했다.

10시 정각에 알렉산더는 전화벨 소리를 듣고 깨어났다. 워싱턴에서 국장이 걸어온 전화였다. 그들은 도청방지장치를 사용했기 때문에 거리낌 없이 이야기할 수 있었다. 늙은 국장은 심하게 화를 내며 성질을 있는 대로 부렸다.

국장의 비난과 명령을 묵묵히 들으며 알렉산더는 깨달았다. 스트라이커와 에번스라는 여자를 막지 못한다면, 앞으로 몇 년 안에 국장에 오른다는 자신의 꿈은 절대로 실현되지 않을 것이다.

늙은이가 전화를 끊자 알렉산더는 자기 사무실로 전화를 걸었다. 엘리엇 스트라이커와 크리스티나 에번스를 아직도 잡지 못했다는 소식만은 절대 듣고 싶지 않았다. 하지만 바로 그 말이 들려왔다. 그는 부하들에게 다른 일을 제쳐두고 목표물을 추적하라고 명령했다.

"오늘 안으로 그들을 찾아내. 그 개새끼가 우리 요원을 죽였다. 그 죗값을 피해갈 수 없어. 난 그놈이 죽기를 바란다. 물론 그년도 같이. 둘 다 죽여."

30

호텔에서 가볍게 걷기 좋은 거리에 스포츠용품점 두 군데와 총포상 두 군데가 있었다. 처음으로 들른 스포츠용품점은 지도를 판매하지 않았고, 두 번째 가게는 팔기는 하지만 현재 재고가 떨어졌다. 하지만 엘리엇과 티나는 총포상에서 바라던 물건을 찾아냈다. 열두 장짜리 시에라네바다산맥 지도 세트였다. 등산객과 사냥꾼용으로 나온 지도는 인조가죽 케이스에 들어 있었고 가격은 100달러였다.

호텔로 돌아온 두 사람은 침대에 지도 한 장을 펴놓았다. 엘리엇이 말했다.

"이제 어떡합니까?"

티나는 잠시 이 문제를 어떻게 해결할까 생각했다. 그러다 책상으로 가서 가운데 서랍을 열고 필기구가 담긴 폴더를 꺼냈다. 폴더 안에는 호텔 이름이 적힌 싸구려 플라스틱 볼펜이 들어 있었다. 그녀는 펜을 가지고 침대로 돌아와 펼쳐둔 지도 옆에 앉았다.

"초자연적인 현상을 믿는 사람들이 '자동 글쓰기'라고 부르는 게 있어요. 들어본 적 있나요?"

"그럼요. 영혼이 글을 쓰는 거잖아요. 유령이 사람 손을 잡고서 저세상에서 메시지를 전달하는 방식. 난 그런 소리를 들을 때마다 무슨 헛짓거리가 다 있냐고 생각했지만요."

"음, 헛짓거리든 아니든 내가 그 비슷한 걸 해보려고 해요. 물론 내가 하려는 건 유령이 손을 잡아끄는 방식은 아니에요. 나는 대니가 나를 이끌어줄 수 있을 거라 생각해요."

"당신이 유령을 부르는 매개체가 되려면 무아지경에 빠져야 하는 거 아닙니까?"

"그냥 긴장을 완전히 풀고 마음을 활짝 열어보려고요. 그 상태로 지도 위에 펜을 잡고 있으면 대니가 우리에게 길을 그려줄 거예요."

엘리엇은 의자를 하나 가져와서 침대 옆에 앉았다.

"난 이게 효과가 있을 거라고 생각하지 않습니다. 완전히 미친 짓 같아요. 하지만 쥐새끼처럼 가만히 있을 테니 한번 해보세요."

티나는 지도를 응시하면서 아무것도 생각하지 않으려 했다. 그저 다양한 지형을 표시하려고 지도 제작자들이 사용한 초록, 파랑, 노랑, 분홍빛 색상을 멍하니 바라볼 뿐이었다. 그녀는 눈에 힘을 빼고 초점을 흐렸다.

1분이 지났다.

2분, 3분이 지났다.

그녀는 눈을 감아보았다.

또 1분이 지났다. 2분이 지났다.

아무 일도 일어나지 않았다.

지도를 뒤집고 반대쪽으로 다시 해보았다.

그러나 여전히 아무 일도 일어나지 않았다.

"다른 지도를 주세요."

엘리엇은 인조가죽 케이스에서 다른 지도를 꺼내서 건넸다. 티나가 두 번째 지도를 펼치는 동안 그는 첫 번째 지도를 도로 접었다.

30분 동안 지도 다섯 장을 가지고 계속해서 시도했다. 그러다 갑자기 누가 티나의 팔을 친 것처럼 손이 종이 위로 쭉 미끄러졌다.

손안에서 무언가가 끌어당기는 듯한 이상한 느낌이 들었다. 놀란 그녀는 몸이 뻣뻣하게 굳었다.

그러자 몸에 들어왔던 힘이 즉시 사라져버렸다.

"방금 그건 뭐였습니까?"

"대니예요. 무언가를 하려 했어요."

"정말입니까?"

"확실해요. 그런데 내가 깜짝 놀라서 실패했어요. 아주 살짝만 저항해도 대니의 힘이 사라져버리는 것 같아요. 적어도 이게 맞는 지도란 건 알았으니까 됐어요. 다시 해볼게요."

그녀는 지도 끝에 펜을 놓고는 눈의 초점을 풀었다.

방 안 온도가 확 떨어졌다.

그녀는 애써 추위를 무시했다. 그리고 모든 생각을 지우려 노력했다.

펜을 쥔 오른손은 다른 부위보다 빠르게 차가워졌다. 내부에서 무언가 불쾌한 끌림이 다시 느껴졌다. 손가락이 추위로 얼어붙어 아파왔다. 그녀의 손이 지도 위로 휙 떨어지더니 다시 돌아와서는 빙글빙글 동그라미를 그려댔다. 펜은 종이에 의미 없는 선을 휘갈겨댔다. 30초가 지나자 다시 힘이 사라져가는 게 느껴졌다.

"이번엔 실패네요."

지도가 공중으로 불쑥 솟아올랐다. 마치 분노와 좌절을 느낀 누군가가 집어 던진 듯했다.

엘리엇은 의자에서 벌떡 일어나 지도에 손을 뻗었다. 하지만 지도는 다시 공중으로 휙 날아갔다. 시끄럽게 펄럭이던 지도는 방 저쪽까지 날아갔다가 다시 돌아오더니 결국엔 죽은 새처럼 바닥으로 떨어져 엘리엇의 발치에서 나뒹굴었다.

그는 조용히 말했다.

"맙소사. 다음번에는 누가 UFO에 잡혀가서 우주여행을 했다는 신문 기사를 읽어도 웃어넘기지 말아야겠군요. 무생물이 이렇게 춤을 추며 돌아다니는 걸 여기서 더 많이 본다면 난 아무리 괴상망측한 일이라 해도 죄다 믿게 될 것 같습니다."

티나는 차가워진 오른손을 주무르며 침대에서 일어났다.

"내가 저항을 너무 많이 하나 봐요. 대니가 몸에 들어와 주도권을 잡으면 기분이 너무 이상해서…… 어쩔 수 없이 몸이 굳어버려요. 당신 말대로 무아지경에 빠지는 게 좋을 것 같아요."

"그건 내가 어떻게 도와줄 방법이 없군요. 나는 요리는 잘해도 최면 같은 건 못 겁니다."

그때 티나는 무언가를 깨달은 것처럼 눈을 깜빡였다.

"최면! 그렇죠! 그러면 되겠군요!"

"하지만 최면술사를 어디서 찾아요? 아무리 봐도 그런 사람들이 길거리에 가게를 내지는 않았을 것 같은데요."

"빌리 샌드스톤이라고 있어요."

"그게 누굽니까?"

"최면술사예요. 리노에 살면서 무대 공연을 하고 있어요. 아주 멋진 공연이죠. 내가 그 사람을 「매직!」에 캐스팅하고 싶었거든요. 하지만 리노 타호 호텔과 전속 계약이 되어 있어서 그럴 수 없었어요. 빌리와 연락이 된다면, 나한테 최면을 걸 수 있을 거예요. 그러면 내가 긴장을 풀고 자동 글쓰기를 할 수 있을지도 몰라요."

"그 사람 전화번호를 압니까?"

"아뇨. 전화번호부에도 없을 거예요. 하지만 그 사람의 담당자 번호는 알아요. 그쪽으로 연락해볼게요."

그녀는 급히 전화기로 다가갔다.

31

빌리 샌드스톤은 경마 기수처럼 몸집이 작고 마른 30대 후반의 남자였다. 그는 딱 봐도 좌우명이 '깔끔함'일 것 같은 사람이었다. 구두는 검은 거울처럼 반짝였고, 바지 주름은 칼같이 잡혀 있었으며, 파란 스포츠 셔츠는 풀을 먹여 빳빳했다. 머리카락은 깔끔하게 잘랐고, 콧수염을 어찌나 꼼꼼하게 손질했는지 언뜻 보면 윗입술 위에 그려넣은 것처럼 보였다.

빌리의 거실 역시 무척 깔끔했다. 식탁, 의자, 식기 진열장, 보관함이 전부 은은히 빛났다. 구두를 반짝거리게 닦을 때보다 훨씬 더 공들여서 가구 광택제를 어마어마하게 퍼부어댔기 때문이었다. 식탁 한가운데 놓인 정교한 무늬의 크리스털 꽃병에는 싱싱한 장미가 꽂혀 있었다. 화려하게 세공된 유리 위로 곧게 뻗은 빛줄기가 번쩍였다. 커튼은 완벽한 주름을 자랑하며 늘어져 있었다. 제아무리 트

집 잡기 좋아하는 사람들이 떼로 몰려온다 해도, 이 방에서 티끌 하나라도 발견하기 어려울 것 같았다.

엘리엇과 티나는 식탁 위에 지도를 펼쳐놓고 마주 앉았다. 그러자 빌리가 말했다.

"자동 글쓰기라는 건 거짓말이에요, 티나. 그 점은 알아둬요."

"알아요, 빌리. 나도 그건 알아요."

"음, 그러면—"

"어쨌든 나에게 최면을 걸어주세요."

"당신은 사리 분별을 할 줄 아는 사람이잖아요, 티나. 이건 정말 당신답지 않은 행동이네요."

"나도 알아요."

"왜 이러는지 나한테 말해줘요. 무슨 일 때문인지 말해주면 내가 더 잘 도와줄 수도 있잖아요."

"빌리, 그걸 설명하려면 우리는 오후 내내 여기 앉아서 이야기해야 해요."

엘리엇이 끼어들었다.

"시간이 더 걸릴 수도 있습니다."

"우리는 시간이 별로 없어요. 여기에 정말 많은 게 달렸어요, 빌리. 당신이 생각하는 것보다 상황이 심각하다고요."

그들은 대니 이야기는 꺼내지 않았다. 빌리는 그들이 왜 리노에 왔는지, 산에서 무얼 찾으려 하는지 전혀 알지 못했다.

엘리엇이 말했다.

"당신이 보기에는 정말 웃긴 일이겠지요, 빌리. 내가 미친 건 아닌가 생각하고 있을 겁니다. 내가 혹시 티나의 정신을 어지럽힌 건 아닌지 의심하고 계실지도요."

"그건 확실히 아니에요."

티나가 말했다. 엘리엇은 말을 이었다.

"맞아요. 티나는 날 만나기 전부터 제정신이 아니었습니다."

엘리엇이 농담을 하자 빌리는 긴장이 풀린 것 같았다. 엘리엇이 의도한 대로였다. 미친 인간과 비합리적인 인간은 상대방을 즐겁게 하려고 일부러 농담을 하지 않는다. 그는 다시 말했다.

"빌리, 확실하게 말씀드리지만 우리는 미친 게 아닙니다. 그리고 이건 절대적으로 생사가 달린 문제입니다."

"정말이에요."

티나가 덧붙였다. 빌리가 대답했다.

"좋아요. 지금 나한테 설명할 시간은 없다 이거죠. 그 점은 알겠어요. 하지만 나중에 때가 오면 다 설명해줄 거죠?"

"당연하죠. 전부 다 말해줄게요. 그러니 제발, 제발 나한테 최면을 걸어주세요."

"좋아요."

마침내 빌리가 말했다.

그는 끼고 있는 금반지 알이 반대쪽, 즉 손바닥 쪽으로 가게끔 반지를 돌렸다. 그리고 티나의 눈앞으로 손을 들었다.

"이 반지를 쳐다보면서 내 목소리를 들어요."

"잠깐만요."

티나는 이렇게 말하고는 빌리의 집으로 오는 택시를 타기 전 엘리엇이 호텔 신문 가판대에서 산 빨간 사인펜의 뚜껑을 열었다. 엘리엇이 이미 지도에 그어진 의미 없는 낙서와 이번에 그어질 새로운 자국에 어떤 차이가 있는지 알아보게끔 펜 색깔을 바꾸어보자고 제안했던 것이다.

펜 끝을 지도에 댄 티나가 말했다.

"됐어요, 빌리. 시작하세요."

엘리엇은 티나가 최면에 빠진 게 언제부터인지 정확히 알 수 없었다. 어떻게 이토록 순조롭게 최면에 걸릴 수 있었는지도 알 수 없었다. 빌리는 그저 티나의 얼굴 앞에서 앞뒤로 천천히 손을 움직이면서, 동시에 조용하고 박자감 있는 목소리로 그녀의 이름을 계속 불러가며 말을 건 것뿐이었다.

그러다 엘리엇조차 무아지경에 빠질 뻔했다. 그는 자신까지 무너지기 전에 눈을 깜빡이면서 빌리의 나긋한 목소리를 떨쳐냈다.

티나는 멍하니 허공을 응시했다.

빌리는 손을 내리고는 반지를 원래대로 돌렸다.

"당신은 깊이 잠들었습니다, 티나."

"네."

"이제 눈을 뜨세요. 하지만 당신은 아직도 깊이, 아주 깊이 잠든 상태입니다."

"네."

"내가 깨울 때까지 당신은 깊이 잠든 상태일 겁니다. 알겠습니까?"

"네."

"당신은 편안하게 모든 걸 받아들일 겁니다."

"네."

"아무것에도 놀라지 않을 겁니다."

"네."

"당신은 여기에 아무것도 관여하지 않는 겁니다. 그저 다가오는 힘의 매개체가 되는 겁니다. 전화기처럼요."

"전화기처럼."

그녀는 탁한 목소리로 대답했다.

"당신은 손에 들고 있는 펜을 사용하고 싶은 기분이 들 때까지 완전히 수동적인 상태가 됩니다."

"알겠어요."

"펜을 사용하고 싶은 충동이 들면, 거부하지 않습니다. 그 충동에 따라 몸을 맡기는 겁니다. 알겠습니까?"

"네."

"당신은 엘리엇과 내가 서로 하는 말에 전혀 신경 쓰지 않습니다. 내가 당신에게 직접 이야기할 때만 대답하는 겁니다. 알겠습니까?"

"네."

"그럼 이제…… 당신을 통해 말하고 싶어 하는 존재에게 마음을 엽니다."

그들은 기다렸다.

1분이 지났다. 또 1분이 지났다.

빌리는 티나를 한동안 지그시 지켜보았지만, 마침내 의자에서 초조하게 몸을 뒤척였다. 그리고 엘리엇을 바라보며 말했다.

"내가 보기엔 이렇게 유령이 글을 쓴다는 건 좀―"

그 순간 지도가 바스락거리며 그들의 시선을 끌었다. 지도 모서리가 말렸다가 펴졌다. 말렸다가 펴지기를 반복하는 지도의 모습이 마치 생명체의 맥박이 뛰는 것 같았다.

공기가 차가워졌다.

지도 모서리의 움직임이 멈췄다. 바스락거리는 소리도 그쳤다.

티나는 허공을 보던 시선을 지도 쪽으로 내리깔았다. 그녀의 손이 움직이기 시작했다. 손이 걷잡을 수 없이 움직여 지도를 내리치는 일은 일어나지 않았다. 티나의 손은 조심스럽게 머뭇거리면서 종이 위를 가로질러 한 줄기 피가 흐르듯 가늘고 붉은 선을 그었다.

빌리는 방 안에 엄습한 추위가 점점 심해지자 두 손으로 팔 위아래를 비벼댔다. 그는 눈살을 찌푸리며 난방장치 송풍구를 슬쩍 바라보고 자리에서 일어서려 했다. 엘리엇이 그를 제지했다.

"귀찮게 에어컨을 확인할 필요 없습니다. 그건 꺼져 있어요. 난방장치도 고장 나지 않았습니다."

"뭐라고요?"

"이렇게 추운 이유는…… 유령 때문입니다."

엘리엇은 알쏭달쏭한 초자연적인 용어만 사용하기로 마음먹었다. 대니에 대한 진실을 밝혀 상황을 걷잡을 수 없게 만들고 싶지 않았다.

"유령이라고요?"

"네."

"누구의 유령인데요?"

"누구의 유령이든 이렇게 할 수 있죠."

"제정신으로 하는 말입니까?"

"제 정신은 멀쩡합니다."

빌리는 엘리엇을 빤히 쳐다보았다. 그 눈빛이 마치 '미친 게 확실하군. 이제 위험한 인간인지 알아봐야겠는데?'라고 말하는 듯했다.

엘리엇은 지도를 가리켰다.

"보입니까?"

티나의 손이 천천히 지도 위로 움직이자 지도의 모서리가 말렸다가 펴지기 시작했다. 빌리가 놀라서 물었다.

"티나가 어떻게 저런 걸 하죠?"

"티나가 하는 게 아닙니다."

"그러면 유령이 한다는 거군요."

"그렇습니다."

빌리의 표정이 고통스럽게 변했다. 유령을 믿는다는 엘리엇의 말을 듣고 정말로 신체적 고통을 느끼는 것 같았다. 빌리는 자신이 속한 세상은 모든 게 깔끔하고 가지런히 정돈된 상태라는 관점을 지키고 싶어 하는 사람으로 보였다. 만약 그가 유령의 존재를 믿기 시작한다면, 그 말고도 수많은 것들에 대한 자신의 관념을 다시 생각해봐야 한다는 말이었다. 그러면 삶은 견딜 수 없을 정도로 엉망이될 것이다.

엘리엇은 최면술사 빌리에게 동정심을 느꼈다. 지금 이 순간에도 엘리엇은 딱딱하다 싶을 만큼 잘 짜인 법률 사무소의 일상이 그리웠다. 잘 정돈된 판례집 문단과 시대를 초월하여 존재하는 법령들이 그리웠다.

티나가 잡고 있던 펜을 떨어뜨렸다. 그녀는 지도에서 고개를 들었다. 눈은 여전히 멍했다.

빌리가 물었다.

"끝났습니까?"

"네."

"확실합니까?"

"네."

빌리는 몇 마디 간단한 문장을 말하고 손뼉을 딱 치는 것으로 최면을 풀었다.

티나는 어리둥절한 채로 눈을 깜빡이다가 자신이 지도에 표시한 경로를 내려다보았다. 그녀는 미소를 지으며 엘리엇에게 말했다.

"효과가 있었어요. 세상에, 효과가 있었다고요!"

"그런 것 같습니다."

그녀는 빨간 선의 끝부분을 가리켰다.

"여기에 있는 거예요, 엘리엇. 여기에 잡아둔 거라고요."

"그만큼 깊숙한 산속으로 들어가기는 쉽지 않습니다."

"우리는 할 수 있어요. 보온 효과가 뛰어난 등산복을 사야 해요. 부츠도요. 야외에서 아주 많이 걸어야 할 상황을 대비해서 스노슈즈도 사야겠죠. 스노슈즈 신는 법 알아요? 별로 어렵지 않을 것 같은데요."

"잠시만요. 난 아직도 그 꿈을 당신 생각대로 해석해도 될지 확신이 안 섭니다. 꿈속에서 그랬다고 해서, 우리가 그 기지로 들어가는 걸 대니가 도와줄 거라는 결론을 어떻게 내립니까? 우리가 간다

해도 방어막은 통과하지 못할 수도 있어요."

티나를 바라보던 빌리는 엘리엇 쪽으로 시선을 옮겼다.

"대니라고? 티나, 당신 아들 대니 말입니까? 하지만 대니는—"

티나는 빌리를 무시하고 말했다.

"엘리엇, 나는 꿈만으로 이런 결론을 낸 게 아니에요. 내가 그 안에서 느낀 게 훨씬 더 중요하다고요. 이걸 뭐라 설명할 수는 없어요. 이해하려면 당신도 직접 꿈을 꾸는 수밖에 없어요. 나는 확신해요. 대니는 자기를 구하는 과정을 도와주겠다고 하고 있어요."

엘리엇은 지도를 돌려서 더 자세히 들여다보았다.

식탁 끝에 앉은 빌리가 끼어들었다.

"하지만 대니는—"

티나는 계속 말했다.

"엘리엇, 들어봐요. 대니가 지금 어디에 갇혀 있는지 우리에게 보여줄 거라고 내가 그랬죠? 그 애는 우리에게 길을 알려줬어요. 이제까지 내가 한 말이 다 맞았잖아요. 우리가 이 안에 들어가는 걸 대니가 도와줄 거라는 느낌이 들어요. 내가 이번에는 틀릴 거라고 생각하는 이유가 뭔지 궁금하네요."

엘리엇이 대답했다.

"이건 말 그대로…… 적진에 걸어 들어가는 겁니다."

"적이 누군데요?"

빌리가 또 끼어들었지만 티나는 무시했다.

"엘리엇, 우리가 여기서 대안을 생각해낼 때까지 숨어 있으면 어떻게 될까요? 우리한테 시간이 얼마나 있어요? 많지 않아요. 그들은 조만간 우리를 찾아낼 거고, 우린 잡히자마자 죽게 될 거예요."

빌리가 참지 못하고 물었다.

"죽는다고요? 그건 내가 아주 싫어하는 말이에요. 내가 싫어하는 단어 목록에는 브로콜리 바로 아래에 죽는다가 있다고요."

티나는 계속 말했다.

"우리는 이제까지 계속 움직이면서 공격적으로 나아간 덕분에 여기까지 온 거예요. 기조를 바꿔서 갑자기 너무 조심스럽게 군다면, 그건 우리가 사는 길이 아니라 죽는 길이 될 거예요."

빌리가 불안한 기색으로 말했다.

"두 사람 말을 들어보면 꼭 지금 전쟁 중인 것 같네요."

엘리엇이 티나에게 말했다.

"당신 말이 분명히 맞아요. 군대에서 배웠던 교훈에도 있죠. 이따금 작전을 멈추고 잠시 병력을 재정비해야 할 때가 있지만, 너무 오래 쉬면 전세가 역전되어 이쪽이 바로 당하게 된다."

빌리가 또 물었다.

"혹시 나만 뉴스 속보를 못 들은 겁니까? 저 밖에 전쟁이 났나요? 혹시 우리가 프랑스를 침공했어요?"

엘리엇은 티나에게 말했다.

"보온이 잘되는 옷과 부츠, 스노슈즈 말고 또 뭐가 필요할까요?"

"지프요."

"그건 좀 과한 주문이군요."

빌리가 또 끼어들었다.

"탱크를 사는 게 어때요? 전쟁을 하려면 탱크가 낫잖아요."

티나가 결국 말을 붙여주었다.

"바보 같은 소리 마요, 빌리. 지프만 있으면 돼요."

"그냥 도와주고 싶어서 그랬어요. 여기 나도 있다는 걸 잊지 않고 드디어 말을 걸어줘서 고맙네요."

티나는 엘리엇에게 말했다.

"지프나 익스플로러 같은 사륜구동 자동차면 돼요. 필요 이상으로 많이 걸을 마음은 없으니까요. 가능하면 아예 걷지 않는 게 좋고요. 그곳까지는 분명히 길이 있을 거예요. 운이 좋다면 대니를 데리고 나올 수 있을 거고요. 그 애는 분명 이렇게 추운 겨울날 시에라 산을 등산할 만한 상태가 아닐 거예요."

그때 빌리가 말했다.

"나한테 익스플로러가 있어요."

"내가 라스베이거스 은행에서 돈을 송금받을 수 있을 겁니다. 하지만 그쪽에서 내 은행 계좌를 감시하고 있다면 그들이 우리를 더 빨리 추적하게 되겠죠. 게다가 은행은 휴일에는 문을 닫으니까 어차피 우리는 다음 주까지 아무것도 못 해요. 그때쯤이면 그놈들한테 잡힐 수도 있고."

"당신 아메리칸 익스프레스 카드 있지 않아요?"

"신용카드로 지프를 사자고요?"

"그 카드는 한도가 없잖아요. 아닌가요?"

"한도가 없긴 합니다만—"

"언젠가 신문에서 롤스로이스를 신용카드로 산 어떤 남자에 관한 기사를 읽었어요. 다음 달에 카드값을 전부 낼 수 있는 능력이 있다는 확신만 카드사에 준다면, 차 한 대쯤은 살 수 있다고요."

"미친 소리 같지만 해볼 만한 시도군요."

빌리가 또다시 말했다.

"나한테 익스플로러가 있어요."

"이 지역 대리점 주소를 알아봐요. 일단 거기서 카드를 받는지부터 알아봐야겠어요."

"나한테 익스플로러가 있다고!"

빌리가 버럭 소리쳤다. 두 사람은 놀라서 그를 바라보았다.

"난 매년 겨울마다 레이크 타호 호텔에 가서 몇 주 동안 공연해요. 이맘때쯤 거기 날씨가 어떤지 아시죠? 눈이 엉덩이까지 쌓인다니까요. 그런데 타호와 리노를 오가는 셔틀 비행기를 타는 건 진짜 싫어요. 비행기가 빌어먹게 작거든요. 그리고 타호 공항이 얼마나 후진지 알잖아요. 그래서 보통 공연 하루 전에 차로 이동해요. 날씨가 안 좋은 날 산길을 오르기에는 익스플로러만 한 게 없죠."

티나가 물었다.

"조만간 타호에 갈 건가요?"

"아뇨. 이달 말까지는 공연이 없어요."

엘리엇이 물었다.

"앞으로 이틀 안에 익스플로러가 필요하십니까?"

"아뇨."

"그럼 저희가 빌려도 되겠습니까?"

"음…… 그래도 될 것 같네요."

티나는 식탁 모서리 쪽으로 몸을 기울이고 빌리의 머리를 양손으로 잡았다. 그리고 그의 얼굴을 끌어당겨 입을 맞췄다.

"당신은 생명의 은인이에요, 빌리. 말 그대로 우리 목숨을 구해줬어요."

"그럼 나도 여기에 한패로 끼워줍니까?"

엘리엇이 말했다.

"어쩌면 일이 착착 풀리고 있는 건지도 모르겠군요. 어쩌면 우리는 대니를 구출해낼 수도 있을 겁니다."

"꼭 그럴 거예요. 난 확신해요."

그때 마치 빨간 머리 발레리나들이 한데 모여 맴돌듯 크리스털 꽃병 속 장미꽃들이 빙글빙글 돌기 시작했다.

빌리가 깜짝 놀라 자리에서 벌떡 일어났고, 의자가 뒤로 넘어갔다.

커튼이 열렸다가 닫히고 또 열렸다가 닫혔다. 커튼 손잡이 끈 쪽으로는 아무도 다가가지 않았는데 말이다.

상들리에가 느릿하게 원을 그리며 흔들리기 시작했다. 달랑대는 크리스털이 벽에 각진 기둥 무늬 빛살을 그렸다.

빌리는 입을 딱 벌리고 그 모습을 응시했다.

엘리엇은 빌리가 얼마나 혼란스러울지 알기에, 그가 안됐다는 생각이 들었다.

30초가 지나자 부자연스러운 현상이 멈추고 방 안이 빠른 속도로 따뜻해졌다.

"이거 어떻게 한 겁니까?"

빌리가 대뜸 물었다. 티나는 고개를 저었다.

"우리가 한 게 아니에요."

"하지만 유령이 한 것도 아니죠."

빌리는 단호하게 말했다. 엘리엇이 고개를 끄덕였다.

"유령이 한 것도 아닙니다."

"익스플로러는 빌려줄게요. 하지만 그 전에 먼저 이게 대체 어떻게 된 일인지 나한테 말해주세요. 당신들이 얼마나 급한지는 내 알바 아닙니다. 적어도 나한테 조금이라도 말을 해줘요. 안 그러면 너무 궁금해서 말라 죽어버릴 것 같거든요."

빌리의 말에 티나는 엘리엇에게 상의하고 싶다는 눈빛을 보냈다.

"어떡하죠?"

엘리엇이 말했다.

"빌리, 모르는 편이 나을 겁니다."

"그럴 수는 없어요."

"우리는 정말 위험한 놈들과 상대하고 있습니다. 만약 당신도 이일에 대해 뭔가 안다고 그들이 생각한다면—"

빌리가 말을 끊었다.

"봐요. 나는 단순한 최면술사가 아닙니다. 일종의 마술사예요. 사실 난 정말 마술사가 되고 싶었지만 그럴 만한 기술은 없었어요. 그래서 최면술을 중심으로 하는 공연을 고안해냈죠. 하지만 마술이야말로 내가 정말 마음을 다해 사랑하는 일입니다. 난 당신들이 저 커튼과 장미에 어떤 속임수를 썼는지 알아야겠어요. 그리고 지도를 움직인 것도! 난 반드시 알아야겠다고요."

오늘 아침 엘리엇은 이런 생각을 했다. 시에라 사고의 공식 조사 발표가 거짓이라는 걸 아는 사람은 자신과 티나뿐이다. 만약 그 둘이 죽는다면 진실도 함께 사라지고 영원히 은폐될 것이다. 이토록 비싼 값을 치르며 얻은 정보는 어이없을 만큼 불충분했다. 이만한 고통과 공포와 불안감을 겪었는데 결국 모든 게 허사가 될 수 있다고 생각하자 그는 견딜 수 없었다.

엘리엇이 말했다.

"빌리, 혹시 녹음기가 있습니까?"

"그럼요. 아주 좋은 건 아니지만 항상 가지고 다니는 작은 녹음기가 있죠. 나는 공연 중에 코미디 대사를 조금 넣거든요. 새로운 소재를 개발할 때나 타이밍에 문제가 있는 경우를 바로잡을 때 녹음기를 씁니다."

"아주 좋을 필요는 없습니다. 작동만 하면 돼요. 당신에게 이 사건의 뒷이야기를 간략하게 정리해서 말해주겠습니다. 그걸 녹음해서 내 로펌 파트너에게 보낼 거예요."

엘리엇은 어깨를 으쓱이며 이렇게 덧붙였다.

"아주 믿을 만한지는 몰라도 안 하는 것보다는 낫겠죠."

"녹음기를 가져올게요."

빌리는 급히 식당에서 나섰다.

티나는 지도를 접었다.

"다시 웃는 모습을 보니 좋군요."

엘리엇의 말에 그녀가 대답했다.

"미쳤나 봐요. 이제부터 위험한 일에 뛰어들 텐데. 우글거리는 악당들과 맞서야 하고, 이 산속 어디를 걷게 될지도 모르는데 왜 이렇게 기분이 좋은 걸까요?"

"더는 도망치지 않을 거니까 기분이 좋은 거겠죠. 도망은커녕 오히려 공격을 펼치게 될 테니. 무모해 보일지 모르지만, 그편이 사람의 자존감을 살리는 데 아주 큰 도움이 됩니다."

"우리 같은 사람 둘이 정부 조직같이 커다란 상대와 맞서 싸우면 승산이 있다고 생각하세요?"

"글쎄요. 나는 이제 어떤 조직보다 개인들이야말로 훨씬 더 책임감 있고 도덕적으로 행동하기 쉽다고 생각합니다. 적어도 그래서 우리가 정의의 편에 서 있는 거죠. 그리고 장기적으로 볼 때는 개인이 조직보다 항상 더 똑똑하고 생존하기에 더 적합하다고 확실히 믿습니다. 이런 내 신념이 어설픈 것이 아니기를 바라야겠죠."

*

1시 30분, 헨슨은 리노 시내에 있는 알렉산더의 사무실로 들어왔다.

"스트라이커가 빌렸던 차를 찾았습니다. 여기서 세 블록 떨어진 공용 주차장에 있었습니다."

알렉산더가 물었다.

"최근에 사용한 흔적은?"

"없습니다. 엔진은 식어 있었습니다. 유리창에는 성에가 두껍게 낀 상태였고요. 밤새 거기 주차되어 있었던 겁니다."

"그놈은 바보가 아니야. 분명 그 빌어먹을 차를 버린 거군."

"어쨌든 차를 감시하길 바라십니까?"

"그러는 게 좋겠지. 그들은 조만간 실수하게 되어 있어. 그러니 차로 되돌아올 수도 있고. 난 그렇게 생각하진 않지만. 그럴 수도 있겠지."

헨슨은 방에서 나갔다.

알렉산더는 재킷 주머니에 지니고 다니는 캔에서 신경안정제를 꺼냈다. 그리고 책상에 있던 은제 커피포트에서 따른 뜨거운 커피 한 모금과 함께 약을 삼켰다. 불과 세 시간 반 전에 잠자리에서 일어났건만, 이 약을 벌써 두 번째 복용하고도 그는 여전히 초조했다.

스트라이커와 여자는 만만치 않은 적수임이 드러났다.

알렉산더는 만만치 않은 적수를 절대로 좋아하지 않았다. 그는 적들이 무르고 이기기 쉬운 편을 선호했다.

대체 어디에 있는 거야?

32

잎사귀를 남김없이 떨군 낙엽수들은 새카맣게 타버린 것처럼 보였다. 마치 불길이 모두 휩쓸고 간 것 같은 광경을 보니 이번 겨울은 여느 때보다 더 혹독했던 듯했다. 소나무, 가문비나무, 전나무, 아메리카 낙엽송 같은 상록수들은 가지에 잔뜩 눈을 달고 있었다. 낮게 드리운 하늘은 위협적으로 보였고, 그 아래 들쭉날쭉한 지평선 위로 빠른 바람이 불어와 익스플로러의 앞 유리창에 얼음처럼 단단하게 굳은 눈을 툭툭 던져댔다.

점차 좁아지는 지역 고속도로를 따라 북쪽으로 차를 몰자 위풍당당한 숲이 그들에게 몰려오는 느낌이었다. 티나는 그 압도감에 경외심을 느끼는 동시에 불안했다. 이 깊은 산속에 대니와 다른 스카우트 단원들의 죽음에 얽힌 비밀이 있었다. 하지만 그 이유가 아니더라도 저 신비하고 불안할 정도로 원시적인 숲은 경외감과 두려움을 자아냈으리라.

　그녀와 엘리엇은 15분 전 80번 고속도로에서 벗어나 대니가 표시해준 길을 따라 달리며 삼림지대 끝을 빙글빙글 돌고 있었다. 지도상으로는 여전히 끝부분을 따라 움직이고 있었고, 왼편으로 파란빛과 초록빛 숲이 거대하게 펼쳐졌다. 곧 그들은 이차선 아스팔트 도로에서 벗어나 다른 길로 접어들 예정이었다. 무슨 뜻인지는 정확히 몰라도, 어쨌든 지도에는 그 길에 '비포장, 흙길 아님'이란 설명이 붙어 있었다.

　익스플로러를 타고 빌리의 집을 떠난 티나와 엘리엇은 호텔로 돌아가지 않았다. 아주 불친절한 누군가가 그들을 기다리고 있을 거란 예감이 들었기 때문이다.

　맨 처음 들른 곳은 스포츠용품 매장이었다. 거기서 기능성 방한복과 부츠, 스노슈즈, 등산객용 비상식량 캔, 스터노 고체연료 깡통을 비롯한 생존 장비들을 구입했다. 만약 이번 구조 시도가 티나의 꿈처럼 순조롭게 흘러간다면 이 물건들은 별로 필요하지 않을 것이다. 하지만 익스플로러가 산에서 고장 나거나 하는 예상치 못한 사태에 대비하고 싶었다.

　엘리엇은 권총에 쓸 중공탄*도 100발 구입했다. 이건 예기치 못한 사태를 대비하기 위한 게 아니었다. 오히려 너무나 예측 가능한 문제에 대비해 신중히 계획한 행동이었다.

　스포츠용품 가게에서 나온 그들은 시내를 벗어나 산 쪽으로 차

---

* 표적의 내부를 헤집기 위한 목적으로 탄두 속에 구멍을 파놓은 탄.

를 몰았다. 그리고 길가 식당에 들어가 화장실에서 옷을 갈아입었다. 엘리엇은 녹색 바탕에 흰 줄무늬, 티나는 흰색 바탕에 녹색과 검은색 줄무늬 방한복을 입었다. 둘은 산으로 스키를 타러 가는 사람들 같아 보였다.

무시무시한 산속으로 들어간 두 사람은 그늘진 골짜기와 협곡에서는 날이 얼마나 빨리 저무는지 깨달았다. 어쩌면 여기서 차를 돌려 리노로 돌아가 다른 호텔 방을 알아보고 쉬었다가 내일 아침 가뿐한 몸으로 다시 오는 게 현명할지도 몰랐다. 그러나 두 사람 다 더는 미루고 싶지 않았다. 날이 저물어가는 늦은 시간이 불리할지 모르지만 오히려 밤에 접근하는 게 유리할 수도 있었다. 중요한 건 그들에게 추진력이 있다는 점이었다. 둘 다 일이 잘되어간다는 느낌을 받았고, 이 여정을 미뤄서 운명의 여신을 자극하고 싶지 않았다.

이제 그들은 좁은 지방 고속도로를 달리고 있었다. 계곡이 북쪽 끝으로 완만하게 뻗어갈수록 길은 점점 오르막이 되어갔다. 군데군데 움푹 파여서 눈이 단단하게 다져진 곳을 제외하면 아스팔트 길은 깨끗하게 제설 작업이 되어 있었다. 길 양옆으로는 1.5미터에서 2미터에 육박하는 눈이 쌓여 있었다.

"곧 나와요."

티나는 무릎 위에 펼쳐놓은 지도를 슬쩍 보며 말했다.

"여긴 세상과 동떨어진 곳 같지 않습니까?"

"여기 있으면 문명이 파괴되는 일이 벌어져도 절대로 모르고 살 것 같아요."

3킬로미터를 달려오는 동안 집은커녕 건물 한 채도 보지 못했다.

5킬로미터를 달리는 동안 차 한 대 마주치지 않았다.

겨울 숲에 황혼이 내려앉았다. 엘리엇은 헤드라이트를 켰다.

왼쪽 앞에 제설차가 쌓아놓은 눈 벽이 뚫려 있었다. 그곳에 도착한 엘리엇은 차를 돌리고 멈춰 세웠다. 숲속에 좁고 험난한 흙길이 나 있었다. 최근에 눈을 치운 것 같았지만 그래도 운전하기에는 아슬아슬한 길이었다. 일차선 너비보다 조금 넓은 길이었고, 양옆으로 나무가 터널처럼 솟아 있어서 15미터 내지는 20미터만 들어가도 캄캄한 밤처럼 앞이 보이지 않을 것 같았다. 길은 비포장도로였지만, 몇 년간 계속해서 타르와 자갈을 넉넉하게 깐 덕분에 지대는 단단했다.

"지도에 따르면 '비포장, 흙길 아님'인 곳으로 가야 해요."

"여기가 맞는 것 같습니다."

"이건 예전에 벌목한 나무를 나르던 길이었을까요?"

"그보다는 옛날 영화에 항상 나오는 드라큘라 성으로 가는 길 같습니다만."

"좋은 정보 고마워요."

"별말씀을."

"맞는 말이긴 하지만 도움은 안 되네요. 정말로 드라큘라 성으로 가는 길 같아 보여요."

그들은 길 위를 달렸다. 무거운 상록수 가지가 드리운 아래로, 숲의 심장부로.

33

지하 3층, 직사각형 방에 컴퓨터가 윙윙대는 소음이 울렸다.

20분 전부터 당직을 시작한 돔비 박사는 북쪽 벽에 둔 책상에 앉아 뇌전도 검사 결과와 디지털 초음파, 엑스레이 사진을 열심히 살펴보고 있었다.

잠시 후 그가 말했다.

"오늘 아침에 찍은 저 애의 뇌 사진을 보았소?"

재커라이어 박사는 잔뜩 설치된 비디오 화면에서 몸을 돌려 대꾸했다.

"그런 게 있는지 몰랐는데요."

"그렇군. 새로운 결과가 나왔소."

"뭐 흥미로운 거라도 있습니까?"

돔비 박사가 대답했다.

"그렇소. 약 6주 전에 아이의 두정엽에 나타난 이 지점 말이오."

"어떤데요?"

"더 짙어지고 커졌소."

"악성종양 아닙니까?"

"아직 분명하지 않아."

"양성입니까?"

"어느 쪽이라고 딱 잘라 말할 수가 없소. 종양에서 나타나는 분광 특성을 다 보여주는 게 아니라서."

"그러면 흉터 조직일까요?"

"정확히 그렇지도 않소."

"혈전일 가능성은요?"

"그건 전혀 아니오."

"뭔가 알아서 유용할 게 있습니까?"

"글쎄, 이게 유용할지 아닐지는 모르겠소. 하지만 확실히 이상해."

돔비는 얼굴을 찌푸렸다. 재커라이어는 실험 결과를 검토하려고 탁자 쪽으로 다가오며 말했다.

"저를 불안하게 하지 마세요."

"컴퓨터 분석에 따르면 뇌 속에서 자라난 이것은 일반적인 뇌 조직 성질을 그대로 갖고 있소."

"뭐라고요?"

재커라이어는 돔비를 빤히 바라보았다. 돔비는 대꾸했다.

"이건 새로운 뇌 조직 덩어리일 수 있단 말이오."

"그건 말이 안 돼요."

"나도 알고 있소."

"뇌가 어떻게 전에는 전혀 보이지 않던 새로운 조직을 갑자기 만들어낸다는 겁니까?"

"나도 말이 안 된다는 건 안다고 했소."

"사람을 불러다 컴퓨터를 점검하는 게 좋겠어요. 분명 어딘가 고장 난 게 틀림없어요."

돔비는 탁자에 놓인 출력물을 톡톡 치며 대답했다.

"그러잖아도 오늘 오후에 점검했소. 모든 게 완벽하게 작동하고 있다고 했고."

"완벽하게 작동한다고요? 저 격리실 안 난방장치만큼이나 컴퓨터도 제대로 작동하고 있지 않은 것 같은데요."

재커라이어가 대꾸했다. 돔비는 한 손으로 콧수염을 쓰다듬으며 여전히 검사 결과에 시선을 고정하고 말했다.

"자, 들어보시오…… 이 두정엽의 성장률은 저 애가 맞은 주사의 횟수와 정비례하오. 6주 전 처음 연속 촬영을 한 뒤로 나타났지. 아이가 더 자주 재감염될수록 두정엽 조직이 더 빨리 자라나고 있소."

"그렇다면 종양이 확실하네요."

"그렇지. 그래서 아침에 실험을 하려고 하오."

"수술하는 건가요?"

"그렇소. 조직검사에 쓸 샘플을 얻는 거지."

재커라이어는 격리실의 관찰 유리창 쪽을 슬쩍 바라보았다.

"빌어먹을, 또 시작이냐!"

돔비는 유리창이 다시 흐려지는 모습을 지켜보았다.

재커라이어는 서둘러 창으로 다가갔다.

돔비는 유리에 퍼지는 성에를 골똘히 응시하며 말했다.

"그거 아시오? 유리창에 생기는 저 성에…… 내가 잘못 알고 있는 게 아니라면, 엑스레이에서 아이의 두정엽에 점이 처음으로 발견되었을 때부터 나타나기 시작했소."

재커라이어는 고개를 돌려 그를 바라보았다.

"그래서요?"

"이게 우연이라고 생각하시오?"

"바로 그거네요, 우연. 연관성이 뭔지 모르겠는데요."

"음…… 두정엽의 이 부분이 성에가 끼는 현상과 직접적인 연관이 있을 가능성은 없다고 보시오?"

"아니, 그러면 저 애가 온도를 변화시킨다고 생각하십니까?"

"아닐까?"

"어떻게요?"

"그건 나도 모르오."

"뭡니까. 박사님이 먼저 물어본 거잖아요."

"나는 모른다 했소."

돔비가 재차 대답하자 재커라이어가 말했다.

"그건 말도 안 돼요. 말 같지도 않은 소리라고요. 자꾸 그런 이상한 말이나 하시면 컴퓨터가 아니라 박사님을 점검해보라고 해야겠네요."

34

타르와 자갈이 깔린 길은 숲속 깊숙이 이어졌다. 길이 갑자기 경사질 때 익스플로러 바닥이 몇 번 긁힌 걸 제외하고는 비포장도로인데도 구멍이나 파인 곳 없이 놀라울 정도로 평탄한 편이었다.

길 위로 드리운 나뭇가지는 점점 더 낮아지고 낮아져서 결국 얼음이 쌓인 상록수 가지가 익스플로러의 지붕을 긁고 지나갔다. 그 소리가 마치 손톱으로 칠판을 긁는 듯했다.

두 사람은 '이 길은 연방과 주의 야생동물 관리자와 연구자용'이라고 써놓은 표지판 몇 개를 지나쳤다. 표지판은 허가받은 차량만 이곳에 드나들 수 있다고 계속 경고하고 있었다.

"그 비밀 기지가 야생동물 연구소로 위장했을까요?"

엘리엇이 의아한 듯 묻자 티나는 고개를 저었다.

"아뇨. 지도를 보면 야생동물 연구소는 이 길을 15킬로미터 정도

쭉 따라가면 나오는 숲에 있어요. 대니의 지시대로라면 우리는 8킬로미터 뒤에 이 길을 벗어나 북쪽으로 가야 해요."

"우리가 고속도로에서 벗어난 지 거의 8킬로미터 되었습니다."

나뭇가지가 차 지붕을 긁었다. 가루 같은 눈이 앞 유리에 폭포처럼 내려앉아 보닛으로 미끄러졌다.

"잠깐만요! 저기가 우리가 찾던 길인 것 같아요."

엘리엇은 시속 16킬로미터로 운전하고 있었지만, 그녀가 예고도 없이 불쑥 말하는 바람에 꺾어야 할 위치에서 좀 더 앞으로 나가고 말았다. 그는 차를 세우고 6미터 정도 후진했다. 그러자 헤드라이트 불빛 사이로 그녀가 발견한 길이 보였다.

"여긴 눈을 치우지 않았군요."

"하지만 온통 바큇자국이 나 있어요."

"최근까지 다녀간 차가 많다는 겁니다."

엘리엇의 말에 티나가 자신 있게 대답했다.

"여기예요. 대니가 오라고 하는 곳이 여기라고요."

"우리에게 사륜구동 차가 있어서 정말 다행이군요."

그는 제설된 도로에서 벗어나 눈 덮인 길로 진입했다. 겨울용 대형 타이어에 묵직한 스노체인을 장착한 익스플로러는 눈밭을 깨물 듯 거침없이 헤치며 앞으로 나아갔다.

눈 위에 새로 난 바큇자국은 90미터쯤 이어지다 불쑥 솟은 산등성이의 오르막길을 따라 급히 오른쪽으로 꺾였다. 이 커브 길에서 벗어나자 나무가 무성한 숲이 끝났다. 아스팔트 고속도로에서 벗어난 뒤 처음으로 탁 트인 하늘이 펼쳐졌다.

황혼이 끝나고, 이제 밤이 찾아왔다.

눈은 더 거세게 내리기 시작했다. 하지만 내리는 눈은 결코 그들의 앞길을 막지 못했다. 참으로 묘하게도, 제설되지 않은 길을 따라가자 포장도로가 나왔다. 도로에서 김이 올라오고, 도로 일부에는 심지어 물기조차 없었다.

엘리엇이 말했다.

"도로에 열선을 깔아놓았군요."

"아무도 오지 않는 깊은 산속 한가운데에 말이죠."

엘리엇은 익스플로러를 세우고 좌석 사이에 두었던 권총을 집어들어 이중 안전장치를 풀었다. 그는 아까 권총에 총알 대신 오래된 잡지를 찢어 넣었다. 이제는 그걸 빼고 약실에 총알을 넣었다. 다시 좌석 사이에 놓아둔 권총은 사용 준비가 끝났다.

티나가 말했다.

"아직도 내키지 않으면 돌아갈 수 있어요."

"그러고 싶습니까?"

"아뇨."

"나도 아닙니다."

그들은 140여 미터를 더 가서 또 급히 방향을 꺾었다. 길은 이제 상당한 내리막길로 변했고, 이번에는 왼쪽으로 확 꺾인 다음 다시 오르막이 되었다.

커브 길을 벗어나 20미터쯤 이동하자 철문이 앞을 가로막았다. 문 양편에 높이가 3미터는 되는 담장이 이어졌다. 위쪽에 무시무시하게 생긴 날카로운 철조망을 둥글게 꼬아놓은 담장은 숲속으로 끝도 없이 뻗어갔다. 문 위쪽에도 철조망이 설치되어 있었다.

도로 오른편으로 빨간 나무기둥 두 개에 매달아둔 커다란 간판이 보였다.

사유지
보안 카드 소지자만 출입 가능
무단 침입자는 고소함

티나가 말했다.

"문구만 보면 누군가의 사냥용 별장 같군요."

"의도한 게 확실합니다. 이제 어떡할까요? 당신 혹시 보안 카드 있습니까?"

"대니가 도와줄 거예요. 꿈 내용이 그랬으니까요."

"그러면 얼마나 기다려야 합니까?"

"오래는 아닐 거예요."

티나가 이렇게 말했을 때, 문이 안쪽으로 휙 열렸다.

"이럴 수가. 정말 기가 막히는군요."

열선 깔린 도로는 어둠 속으로 이어졌다. 티나가 조용히 말했다.

"우리가 가고 있어, 대니."

그때 엘리엇이 물었다.

"만약 대니가 아닌 다른 사람이 문을 연 거라면 어떡하죠? 문이 열린 게 대니와 아무 상관 없다면요? 저들이 우리를 일부러 끌어들여서 가두려는 걸지도 모릅니다."

"이건 대니가 한 게 맞아요."

"정말 확신하는군요."

"네."

그는 한숨을 쉬고서 문 안으로 차를 몰았다. 익스플로러가 들어가자 문이 닫혔다.

길은 비탈을 따라 본격적인 오르막이 되어갔다. 거대한 암석 지형 위에 뒤덮인 눈보라 사이로 난 길이었다. 일차선 도로였다가 군데군데 이차선으로 변하기도 했다. 길은 능선을 따라 급커브를 이루며 올라갔고, 이전보다 더 커다란 나무가 빽빽이 들어찬 숲을 통과했다. 산속으로 들어갈수록 익스플로러의 성능이 달렸다.

두 번째 문은 첫 번째 문에서 2.4킬로미터 떨어진 언덕배기에 있었다. 곧게 뻗은 고속도로였다면 2.4킬로미터쯤은 아무것도 아니었겠지만 산길은 달랐다. 그곳은 단순한 문이 아니라 검문소였다. 길 오른편에 문을 통제하는 경비 초소가 있었다.

엘리엇은 문 앞에서 익스플로러를 완전히 멈추고 권총을 집어들었다.

그들은 불 켜진 초소에서 불과 2미터 정도 떨어져 있었다. 커다란 창문 사이로 눈살을 찌푸리며 이쪽을 바라보는 경비의 얼굴이 보일 정도였다.

"우리가 대체 어떤 놈들인지 알아내려고 노력하고 있겠죠. 우리도, 이런 익스플로러도 한 번도 본 적이 없을 테니까요. 이곳은 아무리 봐도 처음 보는 차나 예정에 없던 차가 많이 다닐 만한 곳이 아니니까."

엘리엇이 말했다. 초소 안 경비원이 벽에 붙은 전화기를 집어 들었다.

"*제길!* 저 사람을 처리해야겠군요."

엘리엇이 문을 열려 할 때 티나가 무언가를 보고서 그의 팔을 잡았다.

"잠깐만요! 전화가 불통인가 봐요."

경비원은 수화기를 쾅 내려놓았다. 그리고 일어나서 의자 뒤에 걸어둔 외투를 걸치고 지퍼를 올린 다음 초소 밖으로 나왔다. 그는 기관총을 들고 있었다.

이 밤중 어딘가에서, 대니가 문을 열어주었다.

경비원은 익스플로러로 다가오다 말고 고개를 돌려 문을 바라보았다. 문이 움직이는 걸 본 그는 믿을 수 없다는 표정이 되었다.

엘리엇이 액셀러레이터를 힘껏 밟자 익스플로러는 앞으로 쏜살같이 달렸다.

경비원은 그들이 휙 지나간 뒤로 기관총을 발사하려고 자세를 잡았다.

티나는 무의식적으로 손을 들었다. 총알을 어떻게든 막아보려는 행동이었지만 그런다고 총알을 막을 수 있을 리가 없었다. 헛된 시도였다.

그런데 총알이 하나도 날아오지 않았다.

금속이 찢겨나가지도, 유리창이 부서지지도 않았다. 피도, 고통도 없었다.

심지어 총소리도 나지 않았다.

익스플로러는 굉음을 내며 직선 도로를 따라 달렸다. 검은 포장 도로 위로 힘줄처럼 솟아나오는 열선의 증기를 따라, 산등성이 너머로 위태롭게 질주했다.

여전히 총소리는 들리지 않았다.

차가 커브 길로 다시 접어들자 엘리엇은 운전대를 잡고 고군분투해야 했다. 티나는 길목 저 너머에 거대하고 어두운 공허가 존재한다는 사실을 절실하게 깨달았다. 엘리엇이 다시금 커브를 돌자 다시 포장도로가 나왔다. 그들은 이제 경비원의 사정거리를 벗어났다. 180미터를 달려 다시 커브 길이 나올 때까지는 일단 위협이 될 만한 건 보이지 않았다.

익스플로러는 다시 안전한 속도로 달렸다.

엘리엇이 말했다.

"이게 다 대니가 한 일입니까?"

"틀림없어요."

"경비의 전화 연결을 막고, 문을 열더니 기관총도 틀어막았군요. 당신 아들은 *대체* 어떤 아이입니까?"

두 사람이 밤길을 올라가는 동안 가늘고 메마른 눈송이들이 하늘에서 펑펑 쏟아져 지면에 쌓였다.

잠시 생각에 잠겨 있던 티나가 마침내 입을 열었다.

"모르겠어요. 이제 대니가 누구인지 저도 모르겠어요. 그 애에게 무슨 일이 일어난 건지, 어떤 존재가 된 건지 하나도 모르겠어요."

불안한 생각이었다. 그들은 과연 저 산꼭대기에서 어떤 아이를 만나게 될까. 그녀는 궁금해지기 시작했다.

35

　알렉산더의 부하들은 크리스티나 에번스와 엘리엇 스트라이커의 컬러 사진을 들고서, 리노 시내의 호텔을 돌아다니며 데스크 직원과 벨맨을 비롯한 직원들과 이야기를 나누었다. 그리고 4시 30분에 하라스 호텔 청소부에게서 아주 신빙성 있는 증언을 얻어냈다.

　918호에 간 네트워크 요원들은 값싼 여행 가방과 더러운 옷, 칫솔 및 각종 세면도구와 더불어 인조가죽 케이스에 든 지도 열한 장을 발견했다. 지친 엘리엇과 티나가 서둘러 떠나면서 챙기지 못한 물건들이 분명했다.

　알렉산더는 이 방을 발견했다는 보고를 5시 5분에 들었다. 5시 40분에는 엘리엇과 티나가 호텔에 남기고 간 물건이 모두 알렉산더의 사무실로 옮겨졌다.

　이 지도의 용도와, 지도 중 한 장이 없어졌고 그 없어진 지도는 엘리엇이 판도라 프로젝트 연구실을 찾기 위해 가져간 것이라는 사실을 알아챈 알렉산더는 분노와 원통함으로 얼굴이 새빨개졌다.

"어떻게 감히!"

헨슨은 알렉산더의 책상 앞에 서서 호텔에서 가져온 잡동사니를 뒤지고 있다가 물었다.

"왜 그러십니까?"

"그들은 산으로 갔어. 연구실에 들어가려는 거야. 판도라 프로젝트 일원 중 어떤 놈이 변절한 게 틀림없어. 그놈이 연구실 위치를 알려주고 조금만 도와줘도 찾을 수 있게 정보를 준 거라고. 그들이 나가서 지도를 샀다고! 맙소사!"

알렉산더는 지도를 산다는 행위에서 드러나는 냉정하고 체계적인 모습에 격분했다. 이 둘은 대체 누구지? 왜 어딘가 구석에 박혀서 숨어 있지 않는 거지? 왜 무서워 벌벌 떨지 않는 거지? 크리스티나 에번스는 평범한 여자일 뿐이다. 전직 쇼걸이라고! 알렉산더는 쇼걸이 평균 이상으로 똑똑할 수 있다는 걸 믿고 싶지 않았다. 게다가 스트라이커가 제아무리 육군 정보부에서 일했다 하더라도 그건 아주 오래전 일 아니던가. 그렇다면 대체 저들의 이런 힘과 배짱과 인내심은 어디서 나오는 거지? 분명 두 사람은 알렉산더가 알지 못하는 이점을 가지고 있는 것 같았다. 그럴 수밖에 없었다. 그가 알 수 없는 유리한 점이 있는 것이다. 그렇다면 그게 뭘까? 그들이 가진 이점이 뭐냔 말이다.

헨슨은 지도 중 하나를 들고 손으로 뒤집어보았다.

"너무 흥분하실 필요는 없다고 생각합니다. 그들이 정문 위치를 알아낸다 해도, 그 이상 갈 수는 없습니다. 담장 뒤로도 수백만 제곱미터나 되는 부지가 이어집니다. 연구소는 그 한가운데에 있지 않습니까. 안에 들어갈 수 없는 건 물론이고 가까이 갈 수도 없습니다."

그 순간 알렉산더는 그들의 이점이 무엇인지, 어째서 그들이 계속 행동하고 나서는지 깨달았다. 그는 다시 몸을 펴고 앉았다.

"내부에 아는 사람이 있다면 안으로 쉽게 들어갈 수 있지."

"무슨 말씀이십니까?"

알렉산더는 자리에서 일어섰다.

"바로 그거야! 판도라 프로젝트 내부의 누군가가 이 에번스라는 여자에게 아들 이야기를 해준 게 다가 아니야! 그 배신자 놈이 지금 연구실 안에서 안팎의 문을 모두 열어줄 준비를 하고 있다고! 그 새끼가 우리 뒤통수를 쳤어. 그년이 아들을 데리고 나올 수 있게 도와주고 있다고!"

알렉산더는 시에라 연구소에 있는 군사보안 사무소에 전화를 걸었다. 하지만 신호음도, 통화 중이란 안내도 들리지 않았다. 불안하게 울리는 쇳소리는 전화 연결 자체가 끊겼다는 뜻이었다. 그는 전화를 끊고 다시 걸어보았지만 결과는 마찬가지였다.

그는 급히 연구소 소장인 타마구치 박사에게 전화했다. 하지만 여전히 신호음은 울리지 않았다. 통화 중도 아니었다. 이번에도 역시 불안한 쇳소리만이 울렸다.

알렉산더는 수화기를 쾅 내려놓으며 말했다.

"저 위에 무슨 사달이 났군. 전화가 연결되지 않아."

핸슨이 말했다.

"지금 폭풍이 다시 이동하고 있다 합니다. 산에는 벌써 눈이 내리고 있을 게 확실합니다. 아마 전화선은—"

"머리가 있으면 생각이란 걸 해, 커트. 전화선은 지하에 있어. 그쪽은 휴대폰도 사용하고 있고. 폭풍이 왔다고 모든 통신장치가 먹통이 되지는 않아. 잭 모건에게 연락해서 헬기를 준비하라고 해. 우리가 공항에 도착하는 대로 모건을 만날 수 있게."

"최소 30분은 걸릴 겁니다."

"30분에서 1분도 더 못 준다."

"모건이 가고 싶어 하지 않을 수도 있습니다. 산 쪽은 날씨가 굉장히 나쁩니다."

"거기에 농구공만 한 우박이 내린다 해도 상관없어. 우리는 헬리콥터로 이동할 거다. 차로 갈 시간은 없어. 아예 없다고. 그건 확실해. 뭔가 잘못되었어. 지금 연구실에 무슨 일이 생긴 거라고."

헨슨은 눈살을 찌푸렸다.

"하지만 밤에 거기까지 헬리콥터로 간다는 건…… 그것도 폭풍이 몰아치는데……."

"모건은 뛰어난 조종사야."

"쉽지 않을 겁니다."

"모건이 쉬운 조종만 하고 싶었다면 지금쯤 디즈니랜드에서 비행기 놀이 기구를 조종하고 있겠지."

"하지만 아무리 봐도 이건 자살—"

"혹시 네놈이 쉽게 살고 싶다면 애초에 내 밑에서 일하지 말았어야 했어. 이건 여자들의 자원봉사 단체가 아니니까, 커트."

헨슨의 얼굴이 시뻘게졌다.

"모건에게 연락하겠습니다."

"그래. 그래야지."

36

익스플로러는 와이퍼로 앞 유리창의 눈을 밀어내고, 체인을 감은 타이어로 열선이 깔린 도로 위를 철컹거리며 마지막 언덕을 올랐다. 그들은 산 옆쪽 거대한 선반처럼 생긴 고원으로 올라섰다.

엘리엇은 브레이크를 밟아 차를 완전히 세웠다. 그리고 떨떠름한 기분으로 앞에 펼쳐진 지형을 살폈다.

이 고원지대는 자연적으로 발생한 곳이지만 인간의 기술력이 가미된 게 분명했다. 그게 아니라면 산 중턱에 이토록 커다랗고 반듯한 형태의 넓은 평지가 있을 수 없었다. 대지는 폭이 280미터, 길이가 180미터 정도인 완벽한 직사각형이고, 지반은 비행장처럼 평평하게 다져져 포장되어 있었다. 나무나 그와 비슷한 크기의 물체가 아예 없어서 사람이 몸을 숨기는 건 불가능해 보였다. 이렇다 할 특징이 전혀 없는 평지에는 높다란 가로등 기둥들이 배치되었는데,

가로등의 어둑하고 붉은 빛은 완전히 아래쪽만을 비추도록 설계되었다. 일반적인 비행로에서 벗어난 항공기나 이 외진 산 어딘가를 등반하던 사람이 우연히 이 근처까지 오더라도 좀처럼 알아볼 수 없는 빛이었다. 그러나 등마다 부착된 보안 카메라가 이 평지 전체의 선명한 이미지를 찍기에는 충분했다. 이 공간 전체는 눈도 깜빡이지 않는 카메라의 시선에서 단 1센티미터도 벗어날 수 없었다.

"보안 요원들이 비디오 모니터로 지금 우리를 보고 있을 겁니다."

엘리엇이 침울한 목소리로 말했다.

"하지만 대니가 카메라를 못 쓰게 해놓았을 거예요. 그 애가 기관총을 막았다면 CCTV 전송도 방해할 수 있지 않겠어요?"

"그 말이 맞을 것 같군요."

180미터 떨어진 콘크리트 벌판 저편에 폭이 30미터쯤 되는 1층짜리 건물이 보였다. 가파른 슬레이트 지붕이 달렸고, 창이 하나도 없었다.

"아이를 가둬둔 곳이 틀림없습니다."

"저것보다는 훨씬 더 복잡하고 거대한 건물일 줄 알았는데요."

"거대한 건물이 맞을 겁니다. 지금 보이는 건 그저 드러난 부분일 뿐이죠. 이곳은 산 중턱에 지어졌어요. 바위를 얼마나 깊이 깎아 만든 건지는 아무도 모르죠. 지하로 몇 층이나 이어져 있을 거예요."

"지옥까지 이어져 있겠군요."

"그렇겠죠."

엘리엇은 브레이크에서 발을 뗐다. 그리고 묘한 불빛으로 붉게 물든 눈밭을 헤치고 앞으로 차를 몰았다.

지프와 랜드로버를 비롯한 사륜구동 차량 여덟 대가 낮은 건물 앞에 일렬로 나란히 서서 눈을 맞고 있었다.

"안에 사람이 많은 것 같지는 않네요. 직원이 많을 거라 생각했는데."

"아, 직원은 많을 겁니다. 내가 보기에도 당신 생각이 맞습니다. 연구자 몇 명만 수용할 생각이었다면 정부가 군이 힘들여가면서 건물을 이런 데다 숨겨두지 않았겠죠. 직원 대부분은 이 시설에 한번 들어가면 몇 주 내지 몇 달 동안 살아야 할 겁니다. 주 정부의 야생동물 관리 직원만 사용하는 걸로 알려진 숲속 길을 매일같이 많은 차량이 오가면 눈에 너무 띄겠죠. 최고위층 사람 몇 명쯤은 헬리콥터를 이용해 정기적으로 오갈 테고요. 이게 군사 작전이라면 대부분의 직원은 분명 잠수함 근무자와 비슷하게 지낼 겁니다. 가끔 휴가를 받아 리노에 잠깐 갈 수는 있겠지만, 오랫동안 이 '잠수함'에 갇혀 지내고 있을 거예요."

그는 지프 옆에 익스플로러를 주차하고 헤드라이트를 끈 다음 엔진을 껐다.

고원은 이 세상 공간이 아닌 것처럼 고요했다.

건물에서 나와 그들을 막아서는 이는 아무도 없었다. 그렇다면 대니가 벌써 CCTV 보안장치를 망가뜨렸을 확률이 높았다.

아무런 해를 입지 않고 여기까지 오기는 했지만, 이제 앞으로 닥쳐올 일을 생각하면 엘리엇은 조금도 기분이 나아지지 않았다. 대니는 언제까지 앞길을 열어줄 수 있을까? 그 애는 믿을 수 없을 정도로 놀라운 힘을 지닌 것 같았다. 하지만 신적인 존재는 아니었다.

머지않아 뭔가 간과하는 부분이 생길 것이다. 실수를 저지를지도 모른다. 단 하나의 실수만 저질러도 그들은 죽을 수 있었다.

티나는 애써 불안감을 감추려 했지만 소용없었다.

"음, 결국 스노슈즈는 필요 없게 되었네요."

"밧줄을 가져가면 쓸 데가 있을지도 모릅니다."

엘리엇은 이렇게 말하며 몸을 돌렸다. 그는 좌석 등받이에 기댄 채로 트렁크에 넣어둔 등산 장비 더미에서 밧줄을 재빨리 집어 들었다.

"대니가 아무리 영리하다 해도 경비원 두어 명은 분명 만나게 될 겁니다. 그들을 죽이거나, 아니면 비슷한 식으로 제압할 준비를 해두어야겠죠."

"선택의 여지가 있다면, 총을 쓰는 것보단 묶어두는 게 좋겠어요."

티나의 말에 엘리엇은 권총을 집어 들었다.

"내 마음도 정확히 그렇습니다. 안으로 들어갈 수 있나 살펴보죠."

그들은 익스플로러에서 내렸다.

바람은 이제 짐승이 조용히 으르렁거리듯 불어왔다. 바람에 이빨이 달렸다면 아마 그들 얼굴의 맨살을 갉아먹었을 것이다. 짐승 같은 바람의 숨결을 따라 얼음 가시를 닮은 눈발이 확 몰아쳤다.

창문도 없는 30미터 길이의 콘크리트 단층 건물 앞면에는 넓은 철문만 달려 있었다. 육중해 보이는 문에는 열쇠 구멍도 키패드도 없었다. 신분증 카드키를 넣고 잠금을 해제할 수 있는 카드 슬롯조차 없었다. 안으로 들어오려는 사람을 문 위에 있는 카메라로 세밀하게 살펴본 다음 안에서 열어주는 구조인 게 분명했다.

엘리엇과 티나가 카메라 렌즈를 올려다보자 무거운 철문이 옆으로 열렸다.

대니가 연 것일까? 아니면 이쪽을 쉽게 체포하려는 경비원들이 씩 웃으며 연 것일까? 엘리엇은 알고 싶었다.

문 안쪽에는 벽면이 철제로 만들어진 방이 하나 있었다. 환하게 불이 켜진 방은 거대한 엘리베이터 크기만 했다. 거기엔 아무도 없었다.

티나와 엘리엇이 안에 들어섰을 때 바깥문이 뒤에서 미끄러지듯 닫혔다. 휘익 소리와 함께 내부 공간은 밀폐되었다.

왼쪽 벽에는 카메라와 쌍방향 통신 모니터가 설치되어 있었다. 화면에는 마치 고장 난 것처럼 정신없이 꿈틀대는 선만 가득했다.

모니터 옆에는 방문자가 오른손을 대도록 설계된 빛나는 유리판이 있었다. 손바닥 윤곽이 그려진 판이었다. 지문을 스캔해 방문객의 신원을 확인하고 출입 허가를 받은 사람인지 가려내는 장치인 게 분명했다.

엘리엇과 티나는 판에 손을 올리지 않았다. 안쪽 문이 열리면서 압축된 공기를 훅 내뿜었다. 그들은 다음 방으로 들어갔다.

제복 차림 남자 둘이 벽면에 설치된 모니터 스무 대 아래에서 제어판을 애타게 만지작대고 있었다. 모니터 화면에는 죄다 고장 난 것처럼 꿈틀대는 선만 떠 있었다.

둘 중 젊은 경비원이 문이 열리는 소리를 듣고 놀란 얼굴로 돌아보았다.

엘리엇이 그에게 총을 겨누었다.

"움직이지 마."

하지만 젊은 경비원은 영웅적인 면모를 보였다. 허리에 굉장히 큰 권총을 차고 있던 그가 빠르게 총을 꺼내 들고는 허리춤에서 방아쇠를 당겼다.

다행히 대니는 이번에도 백마 탄 왕자처럼 활약했다. 권총은 발사되지 않았다.

엘리엇은 아무도 쏘고 싶지 않았다.

"네 총은 쓸모가 없어."

말은 이렇게 했지만, 엘리엇은 사실 고어텍스 방한복 안쪽으로 땀을 흘리면서 대니가 제발 끝까지 잘해주기만을 기도하고 있었다.

"최대한 쉽게 가자고."

하지만 자기 총이 작동하지 않는다는 걸 알아챈 젊은 경비원이 총을 던졌다.

엘리엇은 고개를 휙 돌렸지만 충분히 빠르지 못했다. 날아온 총이 그의 옆머리를 쳤고, 그는 뒤쪽으로 비틀거리며 철문에 부딪쳤다.

티나는 비명을 질렀다.

갑작스러운 고통이 느껴지는 와중에도 엘리엇은 젊은 경비원이 자신에게 달려드는 것을 보고 소음기 달린 총을 쏘았다.

총알이 경비원의 왼쪽 어깨를 뚫자 그가 휘청거렸다. 경비원이 책상에 쿵 부딪치면서 그 위에 있던 흰색과 분홍색 종이 무더기가 와르르 쏟아졌다. 결국 그는 자기가 쏟아버린 종이 위로 쓰러지고 말았다.

핑 돌았던 눈물을 떨구어낸 엘리엇은 나이 든 경비원 쪽으로 총을 겨누었다. 그는 권총을 뽑아 든 채였지만 역시 총이 작동하지 않았다.

"총을 내려놓고 자리에 앉아. 더는 말썽 피우지 마."

"여기엔 어떻게 들어왔습니까? 당신들은 누굽니까?"

나이 든 경비원은 시키는 대로 총을 옆에 떨어뜨리고는 물었다.

"알 거 없어. 그냥 앉아."

엘리엇이 이렇게 말했지만 경비원은 고집스레 물었다.

"당신들 대체 누구냐니까요?"

"정의의 사도야."

티나가 대답했다.

*

리노에서 서쪽으로 5분 정도 비행하던 헬리콥터는 눈을 만났다. 눈송이가 딱딱하고 물기 없이 오돌토돌했다. 눈발은 마치 모래를 퍼붓듯 아크릴 재질의 앞 유리창에 쉭쉭대며 부딪쳤다.

조종사 잭 모건은 알렉산더를 슬쩍 바라보며 말했다.

"이거 아슬아슬한데요."

모건은 야간 투시 고글을 쓰고 있어서 눈 부분이 보이지 않았다. 알렉산더가 대꾸했다.

"눈이 좀 오는군."

"눈이 아니라 폭풍입니다."

모건이 말을 바로잡았다.

"전에도 폭풍 속을 비행한 적 있지 않나."

"이 산속에서 하강기류나 혼류를 만나면 죽을 수도 있습니다."

"우리는 뚫고 갈 수 있어."

알렉산더는 음울하게 대답했다. 모건은 씩 웃으며 말했다.

"그럴 수도 있고, 아닐 수도 있죠. 하지만 해보면 분명히 재미는 있을 겁니다!"

"당신 정신이 나갔군."

헨슨이 조종석 뒷자리에서 말했다. 모건이 웃으며 대꾸했다.

"우리가 콜롬비아에서 마약 왕들을 상대로 작전을 펼쳤을 때 사람들은 나를 '정비사'라고 불렀지. 그게 무슨 뜻인지 알아? '정신 나간 비행기 조종사'의 줄임말이었어."

헨슨은 무릎 위에 기관총 한 자루를 쥐고 있었다. 그는 마치 여자를 쓰다듬듯 손으로 천천히 총을 어루만졌다. 그리고 눈을 감고서 마음속으로 총을 분해했다가 다시 조립했다. 속이 메스꺼웠다. 그는 헬리콥터와 악천후, 그리고 외딴 산골짜기에서 오래도록 빠른 속도로 추락하다가 벼랑 아래 바닥에 쾅 부딪힐 가능성을 애써 생각하지 않으려고 노력하고 있었다.

37

젊은 경비원은 고통으로 숨을 씩씩 몰아쉬었지만 티나가 보기에 치명상을 입지는 않았다. 총알이 어깨를 관통하면서 상처를 일부 지져주기도 했다. 어깨에 난 상처는 걱정하지 않아도 될 만큼 깨끗했고 피도 많이 나지 않았다. 엘리엇이 말했다.

"넌 죽지 않을 거다."

"난 이제 죽을 거야. 제길!"

"아니라니까. 죽을 만큼 아프기야 하겠지만 심각한 건 아니야. 총알이 주요 혈관은 하나도 건드리지 않았다고."

"당신이 어떻게 알아?"

부상 입은 경비원은 이를 악물고는 말을 제대로 잇지 못하며 물었다.

"가만히 누워 있으면 괜찮을 거라니까. 하지만 계속 상처 부위를 움직이면 멍든 혈관이 찢어질지도 몰라. 그러면 과다 출혈로 죽게 되겠지."

"제길."

경비원은 덜덜 떨리는 목소리로 내뱉었다. 엘리엇이 물었다.

"이제 알아들었나?"

그는 고개를 끄덕였다. 창백한 얼굴에서 땀이 흘러내렸다.

엘리엇은 나이 든 경비원을 의자에 단단히 묶었다. 하지만 부상 입은 경비원은 묶고 싶지 않았다. 두 사람은 물품 보관함으로 조심스럽게 남자를 옮긴 다음 안에 가두었다.

"머리는 어때요?"

티나가 엘리엇에게 물었다. 그는 관자놀이에 보기 흉하게 튀어나온 혹을 부드럽게 문지르고 있었다. 경비원의 총에 맞은 부분이었다. 그는 얼굴을 찡그리며 대답했다.

"쿡쿡 쑤시네요."

"멍이 들 거예요."

"난 괜찮습니다."

"어지러운가요?"

"아뇨."

"혹시 물체가 두 개로 보이나요?"

"아뇨. 난 이상 없습니다. 별로 세게 맞지 않았어요. 뇌진탕은 아닙니다. 그냥 두통이죠. 자, 가서 대니를 찾아 데리고 나갑시다."

그들은 의자에 묶고 재갈을 물려놓은 경비원을 남겨두고 그 방을 지나갔다. 티나는 남은 밧줄을, 엘리엇은 총을 들었다.

보안실 미닫이문 맞은편 벽에 문이 하나 있었다. 아까 문에 비해 크기와 구조가 좀 더 평범한 문이었다. 몇 분 전 엘리엇이 경비원을 쏘았을 때 문이 바로 열렸고, 그때 티나는 문 바깥으로 복도가 두 개 있는 걸 보았다. 그 순간 혹시 누군가가 경비원들을 도우러 오지는 않을까 문 밖을 엿보았지만 아무도 없었다.

복도는 지금도 마찬가지로 조용했다. 하얀 타일 바닥에 하얀 벽 위로 형광등 불빛만이 스산하게 빛났다.

문을 사이에 두고 왼편 복도와 오른편 복도는 각각 15미터씩 뻗어 있었다. 양쪽 복도에 문이 많았지만 모두 닫혀 있고, 오른쪽 공간에는 엘리베이터가 네 대 있었다. 그들 앞으로 쭉 뻗은 다른 복도는 적어도 120미터는 족히 산을 파고들어 갔다. 그 복도 양옆으로도 문이 줄지어 있었고, 중간중간 다른 복도들로 이어지기도 했다.

그들은 서로 속삭였다.

"대니가 이 층에 있을까요?"

"모르겠어요."

"어디로 가야 하죠?"

"돌아다니며 아무 문이나 열 수는 없어요."

"문을 열면 사람들이 있는 방도 있겠죠."

"사람을 가급적 안 마주칠수록—"

"—이곳을 무사히 빠져나갈 확률이 높아지죠."

그들은 이러지도 저러지도 못 하고 왼쪽과 오른쪽, 그리고 쭉 뻗은 복도를 번갈아 바라보았다.

그때 3미터쯤 떨어진 엘리베이터의 문이 열렸다.

티나는 복도 벽에 등을 대고 몸을 움츠렸다.

엘리엇은 엘리베이터에 총을 겨누었다.

하지만 아무도 나오지 않았다.

그들이 서 있는 자리에서는 엘리베이터 안에 누가 탔는지 보이지 않았다.

이윽고 문이 닫혔다.

티나는 누군가가 그 안에서 나오려다가 그들의 존재를 알아차리고 사람을 부르러 도망갔다는 생각이 들어 속이 울렁거렸다.

그런데 엘리엇이 총구를 내리기도 전에 그 엘리베이터 문이 다시 스르르 열렸다. 그러고는 또 닫혔다. 열리고, 닫히고, 열리고, 닫히고, 또 열리기를 반복했다.

공기가 점점 차가워졌다.

티나는 안도의 한숨을 쉬며 말했다.

"대니예요. 우리에게 길을 알려주고 있어요."

두 사람은 조심스럽게 엘리베이터로 다가가 불안한 눈빛으로 안을 엿보았다. 엘리베이터는 비어 있었다. 티나와 엘리엇이 엘리베이터에 타자 문이 미끄러지듯 닫혔다.

문 옆 숫자판을 보니 그들은 4층에 있었다. 이 건물의 맨 위층이었다. 맨 아래층인 1층이 가장 깊은 지하층이었다.

엘리베이터는 사용 가능한 신분증 카드를 숫자판 위쪽에 있는 슬롯에 삽입해야 작동하는 방식이었다. 하지만 티나와 엘리엇은 컴퓨터 승인 절차 없이도 엘리베이터를 이용할 수 있었다. 숫자판 불빛이 4에서 3으로, 또 2로 바뀌면서 승강기 안 공기가 얼어붙을 정도로 차가워졌다. 티나 입에서 입김이 나왔다. 엘리베이터는 맨 위에서 세 층을 내려가 마지막 1층에 섰다.

그들은 위층과 똑같은 구조로 생긴 복도로 나왔다.

엘리베이터 문이 닫히자 주변 공기가 다시 따뜻해지기 시작했다.

1.5미터 떨어진 곳에 문이 열려 있었다. 문 안쪽 방에서 활기찬 대화가 흘러나왔다. 남자들과 여자들 목소리였다. 소리를 들어보니 여섯 명은 족히 넘을 듯했다. 알아들을 수 없는 말이 오가고 웃음소리도 들렸다.

티나는 상황을 알아챘다. 누군가가 그 방에서 나와 그녀와 엘리엇을 본다면 둘은 끝장이었다. 대니는 물체를 움직여 기적을 일으킬 수 있었지만 사람까지 통제할 수는 없었다. 위층에 있던 경비원도 결국 엘리엇이 총을 쏘아야 했다. 만약 자신들이 발각되어 성난 보안 요원 부대와 마주친다면, 엘리엇이 가진 권총 한 자루로 그들을 제압하는 건 무리일 터였다. 그러면 대니가 적의 무기를 막아준다 해도 그녀와 엘리엇은 이곳을 빠져나가기 위해 사람을 죽일 수밖에 없다. 하지만 둘 중 누구도 여기서 살인을 더 저지를 배짱은 없다는 걸 그녀는 알았다. 그게 정당방위라고 해도 말이다.

그 방에서 다시 웃음소리가 터져 나왔다. 엘리엇이 조용히 물었다.

"이제 어느 쪽으로 갈까요?"

"모르겠어요."

1층은 그들이 이 기지에 처음으로 들어온 맨 위층과 같은 크기였다. 이쪽 복도는 120미터가 넘었고, 다른 쪽 복도도 30미터가 넘어 보였다. 3천~4천 제곱미터에 달하는 공간을 수색해야 하다니. 방은 몇 개나 있을까? 40개? 50개? 60개? 그 안의 작은 방들까지 합치면 100개는 되지 않을까?

티나가 절망에 빠지기 시작한 순간 공기가 다시 차갑게 변하기 시작했다. 그녀는 아이가 어떤 신호라도 주지 않을까 기다리며 주위를 둘러보았다. 그때 머리 위 형광등이 깜빡이며 꺼졌다가 다시 켜졌다. 그녀와 엘리엇은 움찔 놀랐다. 처음 깜빡인 형광등 왼쪽에 있던 형광등도 깜빡였다. 다음으로 그 옆 형광등이, 또 그 옆 형광등이 차례대로 깜빡여댔다.

그들은 깜빡이는 빛을 따라 짧은 복도의 끝으로 갔다. 그곳에 엘리베이터가 있었다. 복도 끝은 잠수함에서나 쓰는 강철 기밀문으로 닫혀 있었다. 광택 도는 금속 문이 부드럽게 빛나고, 리벳 못의 커다랗고 둥근 머리 부분이 환하게 반짝였다.

티나와 엘리엇이 문에 다다르자 가운데 달려 있던 바퀴처럼 생긴 손잡이가 저절로 빙빙 돌았다. 문이 빙그르르 열렸다. 권총을 든 엘리엇이 앞장서서 들어가고 티나가 뒤를 따랐다.

그들이 들어간 곳은 가로세로가 대략 12미터와 6미터에 달하는 직사각형 모양 방이었다. 안쪽 끝에는 벽 한가운데에 창문이 가득 나 있어서 냉동창고 같은 방을 엿볼 수 있었다. 그 유리창에는 하얗게 성에가 끼어 있었다. 창문 오른쪽에는 그들이 방금 들어온 문과 같은 기밀문이 보였다. 왼쪽에는 컴퓨터를 비롯한 여러 장비들이 방 벽을 따라 쭉 늘어섰다. 티나의 눈에 한 번에 다 들어오지 않을 정도로 모니터가 많았다. 대부분 켜져 있는 모니터 위에 그래프, 표, 숫자 형태의 데이터가 흘러갔다. 반대편 벽에 늘어선 책상 위에는 책과 서류철, 티나는 알아볼 수 없는 수많은 실험 도구들이 놓여 있었다.

곱슬머리에 숱 많은 콧수염을 단 남자가 그 책상 중 하나에 앉아 있었다. 그는 키가 크고 몸이 딱 벌어진 50대 남자로, 의사 가운을 입고 있었다. 티나와 엘리엇이 들어왔을 때 그는 책 한 권을 이리저리 넘겨보는 중이었다. 다른 남자는 그보다 젊었고, 깨끗하게 수염을 깎은 얼굴에 의사 가운을 입고 컴퓨터 앞에 앉아 화면에서 번쩍이는 정보를 읽고 있었다. 두 사람은 놀란 얼굴로 말없이 이쪽을 돌아보았다.

엘리엇이 소음기 장착 권총을 위협적으로 그들에게 들이대며 말했다.

"티나, 문을 닫아요. 잠글 수 있으면 잠그고. 만약 보안 요원한테 발각돼도 당분간은 우리를 잡을 수 없게."

그녀는 강철 문을 휙 닫았다. 무게가 엄청났지만 일반 주택에 달린 평범한 문보다 더 쉽고 부드럽게 움직였다. 그녀는 바퀴형 손잡이를 돌린 다음 거기에 딸린 핀을 찾아냈다. 그 핀을 꽂으면 누군가가 밖에서 문손잡이를 돌려도 열 수 없었다.

"됐어요."

그녀가 말했다.

컴퓨터 앞에 앉은 남자가 갑자기 키보드 쪽으로 몸을 돌려 무언가를 입력하기 시작했다.

"멈춰."

엘리엇이 말했지만, 남자는 컴퓨터 경보장치가 울릴 때까지 멈추지 않을 작정이었다.

어쩌면 대니가 경보장치를 막아 소리가 안 나게 할 수도 있었다. 하지만 그렇게 하지 못할 가능성도 있었다. 엘리엇은 총을 한 방 쏘았다. 모니터가 부서지며 유리가 산산조각 났다.

남자는 소리를 지르더니 바퀴 달린 의자를 확 밀어 키보드에서 물러난 다음 벌떡 일어섰다.

"대체 당신들은 누구야?"

엘리엇이 날카롭게 대답했다.

"지금 총을 든 건 나야. 이걸 보고도 아직 상황 파악이 안 된다면 저 망할 놈의 기계를 쏜 것처럼 너도 똑같이 쏴줄게. 그럼 입 다물게 되겠지. 이제 고분고분 의자에 앉아. 네놈 머리통을 날려버리기 전에."

티나는 엘리엇이 이런 어조로 말하는 걸 한 번도 들어본 적이 없었다. 그의 분노 어린 표정을 보자 그녀조차 숨죽이게 되었다. 지금 엘리엇은 증오에 가득 차서 뭐든 할 사람으로 보였다.

가운 차림의 젊은 남자도 똑같은 생각인 것 같았다. 그는 창백한 얼굴로 자리에 앉았다.

엘리엇이 두 남자에게 말했다.

"좋아. 협조하면 해치지 않겠다."

그는 총구를 나이 든 남자 쪽으로 겨누었다.

"당신 이름이 뭐지?"

"칼턴 돔비요."

"여기서 뭘 하고 있지?"

돔비는 그 질문에 어리둥절한 표정을 지으며 대답했다.

"일하고 있소."

"그러니까 무슨 일을 하느냐고 묻는 거다."

"나는 연구원이오."

"뭘 연구하지?"

"생물학과 생화학을 전공했소."

엘리엇은 이제 젊은 남자를 가리켰다.

"당신은?"

"나 말인가요?"

젊은 남자는 시무룩한 목소리로 대답했다. 엘리엇은 팔을 뻗어 권총의 주둥이로 남자의 콧날 쪽을 바로 겨누었다. 그러자 그가 대답했다.

"나는 재커라이어 박사입니다."

"그쪽도 생물학 전공인가?"

"네. 세균학과 바이러스학을 전공했죠."

엘리엇은 총을 살짝 내렸지만 총구는 여전히 그들 쪽을 향하고 있었다.

"몇 가지 질문이 있다. 순순히 대답하는 게 좋을 거야."

돔비는 가만히 의자에 앉아 있었다. 옆에 있는 젊은 동료처럼 영웅적으로 저항해야 한다는 강박은 전혀 없어 보였다.

"어떤 질문이오?"

티나는 엘리엇 옆으로 다가섰다. 그리고 돔비에게 물었다.

"당신들이 아이에게 무슨 짓을 했는지, 아이가 어디에 있는지 알고 싶어."

"누구 말이오?"

"내 아들, 대니 에번스."

그녀가 무슨 말을 했든 이 말만큼 두 남자를 놀라게 할 수는 없었을 것이다. 돔비의 눈이 휘둥그레졌다. 재커라이어는 그녀가 바닥에 쓰러져 죽었다가 기적적으로 부활이라도 한 것처럼 이쪽을 바라보았다.

"세상에."

돔비가 말했다. 재커라이어가 물었다.

"어떻게 당신이 여기 왔지? 이럴 수는 없어. 당신은 여기에 올 수 없는 사람이야."

그때 돔비가 끼어들었다.

"나는 있을 수 있는 일이라고 생각하네. 사실대로 말하면, 갑작스럽긴 해도 결국 일어날 일이었던 것도 같고. 이 사업은 너무 더러워서 결국 재앙으로 끝날 수밖에 없다는 걸 난 알고 있었어."

그는 커다란 짐을 덜어낸 것처럼 한숨을 쉬더니 말을 이었다.

"모든 질문에 대답해주겠소, 에번스 씨."

재커라이어가 돔비 쪽으로 몸을 획 돌렸다.

"그럴 수는 없습니다!"

"그렇소? 음, 내가 말하지 못할 거라고 생각하면 그냥 앉아서 이야기나 들으시오. 내가 말할 수 있다는 걸 알고 깜짝 놀랄 테니."

재커라이어는 더듬거리다 말꼬리를 흐렸다.

"당신은 충성선서를 했습니다. 비밀유지서약을 했다고요. 저자들에게 이 일을 말한다면…… 스캔들이 터지고…… 여론이 들고 일어나고…… 군사기밀이 밝혀져서…… 조국의 배신자가 되는 거예요."

"아니. 다만 이 기지의 배신자가 되는 거겠지. 동료들의 배신자가 될 수도 있고. 하지만 조국의 배신자는 아닐세. 우리나라는 아무리 봐도 완벽하지 않지만, 그렇다고 대니 에번스에게 한 짓을 좋다고 할 만큼 썩은 나라도 아니야. 대니 에번스 프로젝트는 과대망상증 환자 몇 사람이 만들어낸 산물이오."

"타마구치 박사는 과대망상증 환자가 아닙니다."

재커라이어 박사는 진심으로 언짢은 듯 대꾸했다. 돔비가 말을 이어갔다.

"아니, 과대망상증이 맞소. 박사는 스스로 과학의 대가이자 불멸의 과학자가 될 운명이라고, 위대한 업적을 이루었다고 생각하고 있지. 그러나 그의 주변에 있으면서 그를 보호하는 수많은 사람들, 이 연구 분야에 있는 사람들, 프로젝트의 보안을 책임지는 사람들 전부 과대망상증 환자요. 대니 에번스에게 한 짓은 결코 '위대한 업적'이 아니라고. 그들은 아무도 불멸로 만들 수 없을 거요. 이건 구역질 나는 일이야. 나는 손을 떼겠소."

그는 티나를 다시 바라보며 말했다.

"질문을 해보시오."

"안 돼. 머저리 같은 놈아."

재커라이어가 말했다. 그때 엘리엇이 티나가 들고 있던 밧줄을 가져가면서 그녀에게 자기 권총을 주었다.

"내가 재커라이어 박사를 묶고 재갈을 물리죠. 그러면 편하게 돔비 박사의 이야기를 들을 수 있을 테니까요. 만약 둘 중 하나라도 허튼짓을 하면 곧바로 쏘십시오.”

“걱정 마요. 주저 없이 쏠 테니까.”

“당신은 날 묶을 수 없을 거야.”

재커라이어가 말했다. 하지만 엘리엇은 미소를 지으며 밧줄을 들고 그에게 다가갔다.

*

얼어붙을 듯한 공기의 벽이 헬리콥터를 덮쳐와 기체가 아래로 훅 떨어졌다. 모건은 바람과 싸워가며 헬리콥터를 안정시키려 고군분투했고, 나무 꼭대기를 몇 미터 아래에 둔 아슬아슬한 상황에서 간신히 기체를 들어 올렸다.

“후아아아아아아! 이거 완전히 야생마를 길들이는 기분이네요.”

모건이 말했다. 헬리콥터의 눈부신 투광 조명등을 켜도 앞에는 세차게 퍼붓는 눈 말고는 보이는 게 없었다. 모건은 야간 투시 고글을 벗었다.

“이건 미친 짓입니다. 지금 우리는 흔한 폭풍을 뚫고 가는 게 아닙니다. 이건 폭풍설이란 말입니다.”

헨슨이 말했지만 알렉산더는 그 말을 무시하고 지시했다.

“모건, 이 자식아. 네가 해낼 거라 믿는다.”

모건이 대답했다.

“아마 그렇겠죠. 저도 지국장님처럼 자신이 있으면 얼마나 좋겠습니까. 어쨌든 할 수는 있을 것도 같아요. 지금부터는 빙 돌아서 고원에 접근할 겁니다. 바람을 뚫고 가는 게 아니라 타고 갈 거예요. 이다음 계곡으로 들어가서 기지 쪽으로 빙 돌아가는 걸로 이 혼류를 좀 피해보겠습니다. 거기 빨려들면 죽을 테니까요. 시간은 조금 더 걸려도 최소한 싸워볼 만한 길로 가야죠. 프로펠러가 얼어서 떨어져나가지만 않는다면 승산은 있습니다."

유별나게 거센 바람 한줄기가 앞 유리창에 무시무시하게 눈발을 때려댔다. 헨슨에게는 그 소리가 기관총탄 소리처럼 들렸다.

32

꽁꽁 묶인 재커라이어는 재갈을 문 채로 바닥에 엎드렸다. 그는 증오와 분노를 가득 담은 눈으로 모두를 노려보았다.

돔비가 말했다.

"먼저 아들을 보고 싶겠군요. 그런 다음 아이가 어쩌다 여기에 왔는지 말해주리다."

"어디에 있나요?"

티나가 떨리는 목소리로 물었다. 돔비는 방 안쪽 벽 유리창을 가리켰다.

"격리실에 있소. 이리 오시오."

돔비는 커다란 유리창 쪽으로 다가갔다. 창에는 이제 성에가 드문드문 남아 있을 뿐이었다. 티나는 잠시 동안 움직일 수 없었다. 그들이 대니에게 한 짓이 무엇일지 너무 두려워서 볼 수가 없었다.

온몸을 타고 스멀스멀 퍼지는 두려움 때문에 차마 발을 떼기가 힘들었다.

엘리엇이 그녀의 어깨에 손을 얹었다.

"대니를 기다리게 두지 마십시오. 오랫동안 엄마를 기다려왔으니까요. 지금껏 당신을 불러오지 않았습니까."

그녀가 한 걸음, 또 한 걸음 내딛었다. 그렇게 어느새 돔비 옆 창문 앞에 섰다.

격리실 가운데에 평범한 병원 침대가 놓여 있었다. 일반 의료 장비와 더불어 기이한 전자 모니터 여러 대가 연결된 침대였다.

대니는 침대에 등을 대고 누워 있었다. 아이의 몸은 이불 속에 있었지만, 베개를 벤 머리는 창가 쪽을 돌아보고 있었다. 아이는 침대 난간 사이로 이쪽을 응시했다.

"대니."

티나가 아들의 이름을 속삭여 불렀다. 더 큰 소리로 말하면 마법이 풀려서 아이가 영원히 사라져버릴 것만 같은 말도 안 되는 두려움을 품고서.

대니의 얼굴은 여위고 혈색이 나빴다. 열두 살처럼 보이지 않았다. 아이는 마치 몸집 작은 노인처럼 보였다.

티나의 충격을 알아차린 돔비가 말했다.

"아이가 많이 수척해졌소. 이제껏 6주에서 7주 동안 액체 말고는 아무것도 먹은 게 없어 그렇소. 그마저도 많이 주입하지 않았고."

대니의 눈은 기묘했다. 예전처럼 짙은 색인 건 마찬가지였다. 커다랗고 둥근 모양도 여전했다. 하지만 병색이 짙은 어두운 피부에

움푹 들어간 두 눈은 예전에 보았던 그 눈이 *아니었다.* 티나는 예전에 알았던 눈빛과 지금 보이는 저 눈빛이 어떻게 다른지 정확히 짚어낼 수는 없었다. 하지만 대니와 눈을 마주친 순간 몸서리가 쳐졌고, 아들에게 깊고도 끔찍한 연민을 느꼈다.

아이는 눈을 깜빡였다. 그러고는 이불 속에서 한쪽 팔을 빼서 그녀 쪽으로 내밀었다. 팔을 움직이는 데만도 적지 않은 고통이 느껴지겠다 싶을 정도로 엄청난 노력을 들이는 것 같았다. 피골이 상접한 팔은 막대기처럼 처절해 보였다. 아이는 난간 사이로 팔을 통과시켜 작고 힘없는 손을 애원하듯 벌렸다. 사랑을 갈구하는 듯한 그 손은 간절하게 엄마에게 닿고 싶어 하고 있었다.

티나는 덜덜 떨리는 목소리로 돔비에게 말했다.

"아들에게 가고 싶어요. 안아주고 싶어요."

세 사람은 창문 너머 방으로 통하는 강철 기밀문 쪽으로 다가갔다. 엘리엇이 물었다.

"왜 아이가 격리실에 있습니까? 병에 걸렸습니까?"

돔비는 문가에서 걸음을 멈추고 그들을 돌아보았다. 앞으로 해야 할 말 때문에 마음이 어지러운 기색이었다.

"지금은 걸리지 않았소. 현재 아이는 너무 오랫동안 아무것도 먹지 못한 상태라 배에 든 게 없어서 굶어죽기 직전이오. 이제껏 아주 많이 *감염되어왔고* 걸렸다가 낫기를 반복했지만 지금은 감염된 상태가 아니라오. 아이는 독특한 질병을 앓았소. 인간이 연구실에서 만든 질병이지. 아이는 그 질병을 앓고서 살아남은 유일한 생존자요. 혈액 속에 천연 항체가 있어서 특정한 바이러스와 싸워 이길 수 있었소. 그게 인공적으로 만든 병이었는데도 그랬지. 이 점에 타마구치 박사는 무척 끌렸소. 그는 이 시설의 소장이오. 타마구치 박사는 우리를 거세게 몰아붙여 항체를 분리해 무엇이 그토록 질병에 효과적으로 대응하는지 알아내라고 시켰소. 물론 실험이 끝나자 대니는 더 이상 과학적 가치가 없어졌지. 타마구치는 대니를 죽이는 실험을 해보기로 결정했소. 거의 두 달 동안 아이를 계속 감염시켜서 바이러스가 아이 몸을 좀먹게 만들고, 마침내 바이러스가 아이를 죽이기 전까지 얼마나 오래 견딜 수 있는지 알고 싶어 했소. 알겠지만 이 병에는 영구적인 면역이라는 게 없소. 그건 패혈성 인후염이나 일반적인 감기, 혹은 암 같은 거요. 처음에 걸렸다가 나으면 다행이지만…… 계속 걸리고 또 걸릴 수 있는 병이지. 오늘로 대니는 열네 번째 회복된 상태요."

티나는 공포에 사로잡혀 숨을 헉 몰아쉬었다.

돔비는 계속 설명했다.

"대니는 매일 약해졌지만 이유는 몰라도 걸릴 때마다 더 빠른 속도로 바이러스를 물리쳤소. 하지만 나을 때마다 지쳐갔지. 이 질병은 확실히 아이를 죽이고 있소. 간접적으로라도 말이오. 힘을 점점 소진시키니까. 현재는 다 나아서 깨끗한 상태요. 내일이면 연구원이 또 더러운 주삿바늘을 아이에게 꽂겠지만."

엘리엇이 나지막이 말했다.

"맙소사, 어떻게 이런 일이."

분노와 혐오감에 사로잡힌 티나가 돔비를 노려보았다.

"방금 들은 이야기를 믿을 수가 없어요."

"마음 단단히 먹으시오. 아직 절반도 이야기하지 않았소."

돔비가 음산한 목소리로 말하고는 돌아섰다. 그리고 강철 문의 바퀴 손잡이를 돌려 안쪽으로 문을 밀었다.

몇 분 전, 티나가 처음으로 유리창을 통해 무서우리만큼 마른 아이를 보았을 때만 해도 그녀는 울지 말자고 다짐했다. 대니에게 우는 모습을 보여줄 필요는 없으니까. 아이에게는 사랑과 애정과 보호만이 필요하니까. 엄마가 울면 아이가 동요할 것이다. 아이 상태를 보니 감정이 심하게 복받치면 말 그대로 아이가 치명적인 해를 입을 수도 있을 것 같았다. 티나는 그 점도 걱정스러웠다.

티나가 아이가 누운 침대로 다가가는 동안 아랫입술을 어찌나 세게 깨물었던지 피 맛이 느껴졌다. 그녀는 울지 않으려고 있는 힘을 다해야 했다.

대니는 티나가 가까이 다가오는 모습을 보고서 흥분했다. 몸 상태가 끔찍하리만큼 나빴지만, 아이는 덜덜 떨면서 몸을 애써 일으켜 앉았다. 부서질 듯 가냘픈 손을 부들부들 떨며 침대 난간을 잡았고, 다른 쪽 손은 애타게 티나를 향해 뻗었다.

그녀는 마지막 몇 걸음을 두고 멈칫대고 말았다. 심장이 쿵쿵 뛰고 목이 바짝 조였다. 아들을 다시 보게 되어 너무나 기뻤지만, 동시에 아들이 얼마나 끔찍하게 학대당했는지 깨닫고 심한 공포를 느꼈다.

이윽고 둘의 손이 닿았다. 아이의 작은 손가락이 엄마의 손가락을 꽉 쥐었다. 대니는 맹렬하고 필사적인 힘으로 엄마의 손을 쥐고 있었다.

"대니."

티나는 감격에 찬 목소리로 불렀다.

"대니, 대니."

아이는 내면 깊은 곳에서, 그 모든 고통과 두려움과 고뇌에 파묻혔던 저 아래 어딘가에서 엄마에게 미소 지어줄 힘을 찾아냈다. 그건 차마 미소라고 부를 수도 없는 것이었다. 그저 입매가 덜덜 떨리는 모습에 불과했으니까. 아이가 입꼬리를 들어 올리는 일은 100킬로그램짜리 쇳덩이를 들어 올리는 것보다 더 힘들어 보였다. 미소일 거라고 애써 여겨야 하는 그 무엇이자, 미소의 범위를 아주 넓게 잡아야 겨우 미소 축에 들 것 같은 모습이었다. 티나는 무척 마음이 아팠다.

"엄마."

티나는 지치고 갈라진 아이의 목소리를 알아듣지 못할 뻔했다.

"엄마."

"이제 다 괜찮아."

대니는 부들부들 떨었다.

"이제 다 끝났어, 대니. 이제 다 괜찮아."

"엄마…… 엄마……."

아이의 얼굴에 경련이 일어났다. 용감하게 지어 보인 미소가 사라지면서 고통에 찬 신음이 흘러나왔다.

"우으으으으으으, 엄마……."

티나는 난간을 내리고 침대 끝에 걸터앉아 조심스럽게 대니를 품에 안았다. 아이는 몸통이 텅 빈 헝겊 인형 같았다. 예전의 행복하고 생기 넘치고 활기찼던 소년은 어디 가고, 이토록 연약하고 겁에 질린 존재로 변해버리다니. 처음에 티나는 아들을 안는 것조차 무서웠다. 혹시 꽉 끌어안았다가 아이가 부서지면 어쩌나 겁이 났다. 하지만 아이가 엄마를 세게 끌어안자 티나는 놀라고 말았다. 이토록 수척해진 몸 어디에 이런 힘이 남아 있던 걸까. 대니는 심하게 떨면서 코를 킁킁대며 그녀의 목덜미에 얼굴을 묻었다. 티나는 자신의 피부 위로 떨어지는 아이의 뜨거운 눈물을 느낄 수 있었다. 그녀도 더 이상 참을 수가 없었다. 티나의 눈에서 눈물이 강물처럼, 홍수가 난 것처럼 줄줄 흘러내렸다. 그녀는 한 손을 아이의 등에 얹어 꼭 끌어당기고는 비쩍 마른 아이의 몸 때문에 다시금 충격을 받았다. 갈비뼈와 척추가 너무 도드라져서 뼈다귀 모형을 안고 있는 것만 같았다. 티나가 대니를 무릎에 앉히자, 마치 버려진 마리오네트처럼 대니의 피부와 침대의 모니터를 잇는 전선이 주르르 딸려왔다. 이불 속에서 아이의 다리를 빼내고 환자복을 걷어냈다. 티나는 대니의 다리에 살이 하나도 없고 뼈만 앙상해서 몸을 지탱할 수 없다는 걸 알아챘다. 그녀는 울면서 아이를 꼭 보듬어 얼렀다. 그리고 사랑한다고 말해주었다.

대니는 살아 있었어.

39

땅 위를 바로 가로지르지 않고 빙 돌아 비행한 모건의 전략은 굉장히 성공적이었다. 알렉산더는 무사히 기지에 도착하리라고 점점 확신했다. 모건과 같이 헬기를 타는 걸 싫어했던 헨슨조차도 10분 전과 비교하면 좀 더 침착해졌다.

헬리콥터는 얼음으로 뒤덮인 강 위를 3미터 높이로 비행하며 계속 북쪽으로 향했다. 기체는 골짜기 바닥에 붙다시피 날고 있었다. 여전히 퍼부어대는 눈보라를 억지로 뚫고 가느라 앞이 거의 보이지 않았지만, 강 좌우에 솟은 거대한 상록수림이 벽 역할을 해서 폭풍우가 만들어내는 최악의 난기류는 피해갈 수 있었다. 은색으로 빛나는 얼어붙은 강을 따라가는 길은 쉬웠다. 이따금 바람이 휙 불어와 기체가 흔들렸지만, 헬리콥터는 훌륭한 복싱 선수처럼 요리조리 바람을 피했다. 이제 바람의 주먹을 맞고 나가떨어질 위험은 없어

보였다.

"얼마나 남았지?"

알렉산더가 물었다. 모건이 대답했다.

"10분 남았습니다. 오래 걸리면 15분 정도요. 별일 없다면요."

"별일이 뭔데?"

"헬리콥터 날에 얼음이 끼거나, 구동축과 날개 접합부가 어는 일 같은 거요."

"그럴 가능성이 있나?"

"확실히 염두에 두어야 합니다. 게다가 제가 어둠 속에서 지형을 잘못 판단하고 바로 언덕 옆을 들이받을 가능성도 언제나 있죠."

"그럴 일은 없어. 자네는 무척 뛰어나니까."

알렉산더의 말에 모건이 대꾸했다.

"글쎄요. 제가 일을 망칠 가능성이야 언제나 있는 것 아니겠습니까? 그래서 이 일이 항상 재미있는 겁니다."

*

티나는 대니를 데리고 나갈 준비를 했다. 그녀는 아이의 머리와 몸에 붙은 열여덟 개의 전극을 하나씩 떼어냈다. 조심스럽게 접착 테이프를 떼어낼 때마다 아이가 칭얼거렸고, 티나는 그 아래 빨갛게 벗겨진 아이의 피부를 보고 얼굴을 찡그렸다. 아무리 조심스럽게 떼어내도 피부가 벗겨지는 걸 막을 수가 없었다.

티나가 대니를 준비시키는 동안, 엘리엇이 돔비에게 물었다.

"이곳은 뭐 하는 곳입니까? 군사 연구 시설입니까?"

"그렇소."

"생물무기만 연구합니까?"

"생물무기와 화학무기를 연구하오. 유전자 재조합 실험도 하고. 항상 30~40가지 프로젝트가 진행되고 있소."

"미국은 오래전에 생화학무기 경쟁을 그만둔 줄 알았는데요."

"공식적으로는 그렇소. 그래야 정치인들이 멋있어 보이니까. 하지만 사실은 아직도 진행 중이지. 그럴 수밖에 없소. 이 시설은 미국에 하나밖에 없는 연구소요. 반면 중국에는 이런 시설이 세 개나 있소. 그리고 러시아를 들자면…… 러시아는 이제 우방이 되었다고는 하지만, 박테리아 무기를 비롯해서 더욱 치명적인 바이러스 여러 종류를 새로 개발하고 있소. 그들은 이제 빈털터리라, 다른 무기를 개발하는 것보다 이편이 훨씬 싸게 먹히지. 이라크는 대규모 생화학전 프로젝트를 진행하고 있소. 리비아도 마찬가지고. 그 외에 어느 나라가 더 있는지는 아무도 모르지. 저 바깥세상에 사는 많은 사람이 생화학전이 일어나리라 믿고 있소. 도덕적 가치 같은 건 전혀 신경 쓰지 않지. 만약 그들이 우리가 모르는 무언가 대단한 세균을 개발해서, 우리가 맞서 보복할 수 없는 생화학무기를 만든다면 그들은 우리에게 그 무기를 사용할 거요."

엘리엇이 말했다.

"하지만 중국을 따라잡거나 러시아, 이라크와 경쟁하려고 여기에 뛰어든다면 우리는 지금 같은 상황을 또 야기할 수 있습니다. 무고한 아이를 기계에 연결하는 이런 상황 말이죠. 그럼 우리 역시 괴물인 것 아닙니까? 적이 무섭다고 해서 우리가 그들과 똑같은 괴물이 되어야 한다는 겁니까? 그건 결국 전쟁에서 지는 거나 마찬가지 아닙니까?"

돔비는 고개를 끄덕였다. 그리고 뾰족한 콧수염의 끝을 매만지며 말했다.

"나 역시 대니가 실험 대상이 된 뒤부터 줄곧 같은 질문을 던지며 괴로워했소. 문제는 몇몇 삐딱한 사람들이 이런 일에 푹 빠진다는 데 있소. 이런 사업은 비밀인 데다 수백만 명의 사람을 죽일 수 있는 무기를 만드는 데서 오는 권력의 감각이 꽤 크오. 그래서 타마구치 박사 같은 과대망상증 환자가 참여하게 된 거지. 여기 애런 재커라이어 같은 인간도 마찬가지고. 이들은 그 힘을 남용하고 의무를 오독하고 있소. 그들을 미리 가려낼 방법은 없소. 하지만 그렇다고 이걸 안 할 수도 없지. 만약 타마구치 박사 같은 인간들이 이 일을 맡을까 봐 이런 연구를 아예 하지 않는다면, 우리는 적들에게 너무 많은 걸 양보한 나머지 결국 오래가지 못할 거요. 그러니 내 생각에는 최악을 피하되 차악과 공존하는 법을 찾아야 하오."

티나는 대니의 피부에서 조심스럽게 테이프를 벗겨가며 목에서 전극을 떼어냈다.

여전히 엄마에게 매달린 대니가 움푹 팬 눈으로 돔비를 지그시 쳐다보았다.

"나는 생화학전이니 도덕 같은 건 관심 없어요. 어쩌다가 대니가 여기까지 오게 된 건지나 당장 알아야겠어요."

티나의 말에 돔비가 대답했다.

"그걸 알려면 먼저 20개월 전 이야기부터 해야 하오. 그때쯤 리첸이라는 중국인 과학자가 미국으로 망명을 했소. 그는 중국에서 10년 만에 새로 개발한 가장 중요하고 위험한 생물무기 정보가 담긴 디스켓도 가지고 왔지. 그 물질은 우한 외곽에 있는 DNA 재조합 연구소에서 개발되어 '우한-400'이라는 이름이 붙었소. 그 연구소에서 만들어진 인공 미생물 중 400번째로 개발된, 독자 생존이 가능한 종이었기 때문이오.

우한-400은 완벽한 무기라오. 오로지 인간만을 괴롭히니까. 다른 생명체로는 옮겨갈 수가 없소. 그리고 우한-400은 매독균처럼 살아 있는 인간의 몸을 벗어나면 1분 이상 생존할 수 없소. 즉, 탄저균이나 다른 치명적인 미생물처럼 어떤 물체나 장소 전체에 계속 머무르며 영구적인 오염을 일으키지는 않는다는 거요. 그리고 숙주가 죽어서 체온이 30도 이하로 떨어지는 순간 몸속 우한-400은 소멸하오. 이 무기의 이점이 뭔지 아시겠소?"

티나는 대니를 돌보느라 돔비가 한 말을 생각할 겨를이 없었다. 하지만 엘리엇은 과학자의 말뜻이 무엇인지 깨달았다.

"내가 이해한 대로라면 중국인들은 우한-400을 이용해 특정 도시나 나라를 싹 쓸어버릴 수 있겠군요. 그런 다음 여느 생화학무기를 썼을 때처럼 돈이 많이 들고 까다로운 오염 제거 작업을 할 필요도 없이 들이닥쳐 점령지를 차지할 수 있고요."

"바로 그거요. 그리고 우한-400의 장점은 그밖에도 많소. 다른 생물무기와 비교했을 때 아주 중요한 장점들이지. 일단 하나를 들자면, 바이러스와 접촉한 지 네 시간만 지나도 타인에게 전염시킬 수가 있소. 믿을 수 없을 정도로 잠복기가 짧단 말이오. 그리고 일단 감염이 된 사람은 24시간을 넘기지 못하고 모조리 죽게 되오. 대부분은 열두 시간 만에 목숨을 잃지. 아프리카에서 도는 에볼라 바이러스보다도 더 강력하오. 우한-400의 치사율은 100퍼센트로, 아무도 살아남을 수 없다고 알려져 있소. 중국인들은 셀 수 없이 많은 정치범들에게 이 바이러스를 실험했지. 그들은 바이러스에 효과가 있는 항체나 항생제를 단 하나도 찾지 못했소. 바이러스는 뇌간으로 이동한 다음 독소를 분비하기 시작하오. 그리고 커피가 테이블보를 적시듯 말 그대로 뇌 조직을 먹어 치우지. 신체의 자율 기능을 관장하는 뇌 부분을 파괴하는 거요. 바이러스에 감염된 사람은 맥박과 주요 장기를 비롯해 호흡기관이 멈추게 되오."

"그런 바이러스에 감염되고도 대니는 살아남았다는 거군요."

"그렇소. 우리가 알기로 바이러스에서 살아남은 건 이 애가 유일하오."

티나는 침대에서 담요를 걷어 반으로 접었다. 담요로 대니를 감싸서 익스플로러까지 데리고 갈 생각이었다. 그녀는 아이를 담요로 감싼 뒤 고개를 들어 돔비를 바라보며 물었다.

"그런데 애초에 왜 대니가 감염되었던 거죠?"

"그건 사고였소."

"사고란 말은 전에도 들었어요. 거짓말이었지만."

"그건 진짜 사고였소. 우한-400 관련 자료를 전부 가지고 중국에서 도망쳐 나온 리첸은 이곳으로 옮겨졌소. 우리는 즉시 그와 함께 작업을 시작했지. 바이러스를 정확하게 복제하는 기술을 개발하려 했소. 비교적 빠른 기간 안에 복제에 성공했고, 중국인들이 간과한 부분을 알아보는 쪽으로 바이러스 연구를 시작했소."

"그런데 누군가가 부주의했던 거군요."

엘리엇이 말했다. 돔비가 대답했다.

"부주의 정도가 아니었소. 부주의하고도 멍청한 짓을 했지. 열세 달 전에, 대니와 아이들이 겨울 극기 캠핑을 왔을 때였소. 우리 과학자 중에 래리 볼링거라고, 잔머리를 굴려대는 개새끼가 있었소. 그놈이 어느 날 아침 연구소에서 혼자 근무하다가 우연히 감염이 된 거요."

대니가 티나의 손을 꽉 잡았다. 그녀는 아들의 머리를 쓰다듬으며 달랬다. 그리고 돔비에게 말했다.

"하지만 분명 만약의 경우를 대비해서 안전 수칙이 있었을 텐데요. 만약 그런 일이 생겼을 경우 따라야 할—"

"물론이오. 여기서 처음 일하는 날부터 그에 대비한 훈련을 받소. 우발적인 오염이 발생할 경우 즉시 경보장치를 울려야 하오. 그 즉시. 그런 다음 일하던 공간을 밀폐하지. 만약 인접한 격리실이 있다면 그 안으로 들어간 다음 문을 잠가야 하오. 그러면 오염 제거 요원들이 신속하게 와서 연구실 안에 저질러놓은 일을 말끔히 치워준다오. 그런 다음 치료가 가능하다면 치료를 받고, 만약 불가능하다면…… 죽을 때까지 격리된다오. 그래서 우리는 아주 고액의 임금을 받고 일하오. 일종의 위험수당이지. 이 일은 위험을 무릅쓰고 하는 거니까."

"그런데 래리 볼링거는 그렇게 생각하지 않았군요."

티나는 씁쓸하게 말했다. 대니가 그녀 품에서 떨어지질 않으려고 해서, 아이를 담요로 단단히 싸는 데 애를 먹고 있었다. 아들에게 미소를 지으며 괜찮다는 말을 속삭이고 그 가냘픈 손에 수도 없이 입을 맞춘 끝에 티나는 마침내 아들을 겨우 설득하여 두 팔을 간신히 몸에 붙일 수 있었다.

돔비는 함께 일하던 동료가 그런 상황에서 자제심을 잃어버렸다는 데 무척 민망해하는 기색이 역력했다. 그는 말을 이으면서 방 안을 왔다갔다 걷기 시작했다.

"볼링거는 순간 머리가 돌고 말았소. 완전히 엇나가버렸지. 그는 우한-400이 얼마나 빠르게 퍼지는지 알고 있었기 때문에 겁에 질렸던 거요. 걷잡을 수 없는 상태가 되어버렸지. 보아하니 그는 감염된 상황에서 도망칠 수 있다고 생각했던 게 틀림없소. 정확한 건 아무도 모르지만, 도망치려 했던 건 분명하오. 그래서 경보도 울리지 않은 거요. 연구실에서 나가서 숙소로 간 다음 야외로 나가는 복장으로 갈아입고 기지를 나섰소. 하지만 휴가를 미리 신청해두지 않았으니, 기지에 있는 레인지로버를 타고 나갈 구실을 그 자리에서 갑자기 떠올릴 수가 없었지. 그래서 그놈은 걸어서 탈출하기로 한 거요. 경비원들에게 두어 시간 스노슈즈를 신고 산책을 하겠다고 말했지. 우리는 겨울에 많이들 스노슈즈를 신고 산책을 나가니까. 그게 꽤 좋은 운동이 되기도 하고, 이 굴속 같은 지하 기지에서 잠시 나갈 수 있거든. 어쨌든 볼링거는 운동을 할 마음은 없었소. 그는 겨드랑이에 스노슈즈를 끼고서 산길을 내려갔소. 당신들도 아마 그 길을 따라 여기 왔겠지요. 볼링거는 위쪽 문에 있는 경비 초소에 도착하기 전에 산등성이를 올랐소. 스노슈즈를 신고 경비원이 지키는 곳을 빙 둘러 피하고서는 다시 길로 돌아와서 스노슈즈를 버렸지. 보안 요원들은 결국 그를 찾아냈소. 볼링거는 기지 밖으로 나가고 두 시간 반쯤 뒤에 아래쪽 문에 도착했을 거요. 감염된 지 세 시간이 지난 때였지. 그때쯤 다른 연구원들이 볼링거의 연구실에 들어갔다가 우한-400 배양 용기가 바닥에 부서져 있다는 걸 발견하고 바로 경보를 울렸소. 그동안 볼링거는 철조망 쳐진 담장을 넘었소. 그리고 야생동물 연구소로 이어지는 길을 따라 내려갔지. 고속도로는 숲을 벗어나 실험실로 가는 길목에서 약 8킬로미터 떨어져 있소. 그런데 5킬로미터쯤 가다가—"

엘리엇이 말했다.

"볼링거가 자보스키와 스카우트 단원들을 만났군요."

"그리고 그때 바이러스를 아이들에게 옮긴 거네요."

티나는 대니를 담요로 다 싸매놓고서 말했다.

"그렇소. 감염된 지 다섯 시간에서 다섯 시간 반 정도 지난 다음에 아이들을 만났을 거요. 그때쯤 볼링거는 이미 지친 상태였소. 실험실 부지에서 빠져나오려고 비축했던 힘을 다 써버린 데다, 우한-400의 초기 증상까지 느끼던 때였으니까. 어지럽고, 약한 메스꺼움을 느꼈겠지. 스카우트 대장은 탐험용 미니버스를 2.5킬로미터 떨어진 곳에 주차해놓고, 조수와 스카우트 단원들과 함께 800미터쯤 산길을 걷다가 볼링거를 마주친 거요. 그들은 막 도로에서 벗어나 숲으로 들어온 참이었으니, 숲속에서 첫날밤을 보낼 캠프장을 만들고 있을 때는 근처에 아무런 현대적 설비나 시설이 없었을 거요. 그들에게 차가 있다는 걸 알고 볼링거는 자신을 리노까지 태워 달라고 설득했소. 하지만 그들이 주저하자, 그놈은 자기 친구가 숲 속에서 다리가 부러져서 구조를 기다리고 있다고 거짓말을 지어냈지. 자보스키는 볼링거의 이야기를 전혀 믿지 않았지만, 어쨌든 그를 야생동물 연구소까지 데리고 가주겠다고 했소. 거기 가면 구조 요청을 할 수 있을 테니 말이오. 그 제안이 성에 차지 않았던 볼링거는 마구 신경질을 내기 시작했소. 자보스키와 조수는 볼링거가 위험한 사람일지도 모른다고 결론을 내렸지. 그때 바로 보안 요원들이 도착했소. 볼링거는 달아나려고 했고, 나중에는 보안 요원들의 방역복을 찢으려 들었소. 그래서 어쩔 수 없이 요원들이 그를 총으로 쏘았소."

"우주비행사였어."

대니가 말했다. 모두가 아이를 바라보았다.

아이는 노란색 담요에 싸여 침대에 앉아 있었다. 그때의 기억을 떠올리며 아이는 부들부들 떨었다.

"우주비행사들이 와서 우리를 데려갔어."

돔비가 말했다.

"그래. 방역복을 입은 보안 요원들은 우주비행사처럼 보이기도 하지. 그들은 모두를 이곳으로 데려와 격리시켰소. 하루가 지나자 전부 죽었지만…… 대니는 죽지 않았소."

돔비는 한숨을 쉬었다.

"그래서…… 나머지 이야기는 어떻게 된 건지 여러분이 알고 있을 테지요."

40

헬리콥터는 눈이 휘몰아치는 골짜기 사이로 얼어붙은 강을 따라 북쪽으로 향했다.

알렉산더는 유령이 거니는 듯 으스스하게 빛나는 겨울 풍경을 보자 묘지가 떠올랐다. 공동묘지를 좋아하는 그는 묘석 사이를 오랫동안 느긋하게 즐기며 거닐곤 했다. 그는 아주 어렸을 때부터 죽음에 커다란 매력을 느껴서, 죽음의 원리와 의미가 무엇일까 하는 생각에 빠져들었다. 그는 삶 저편은 과연 어떤 세계일지 무척 알고 싶었다. 물론 자신이 직접 돌아올 수 없는 죽음의 강을 건널 마음은 전혀 없었다. 그는 죽고 싶지 않았다. 단지 죽음에 대해 알고 싶었을 뿐. 누군가를 직접 죽일 때마다, 그는 자신이 이승과 저승에 또 하나의 연결 고리를 만들었다고 느꼈다. 그리고 그 연결 고리를 충분히 만들면 보답으로 저세상에서 온 환상을 볼 수 있을 거라 생각

어둠의 눈

441

했다. 언젠가 묘지를 거닐며 자신이 죽인 사람의 묘석 앞에 서 있으면, 그 사람이 저세상에서 손을 내밀지도 모른다. 모종의 생생한 투시력을 통해 그가 자신에게 죽음이 어떤 것인지 정확하게 보여줄지 누가 알겠는가.

"이제 얼마 안 남았습니다."

모건이 말했다.

알렉산더는 앞을 가린 눈발 사이로 보이는 어둠을 불안하게 응시했다. 헬리콥터가 전속력으로 질주하는 맹인처럼 달려들고 있는 저 끝없는 어둠을. 그는 어깨띠에 든 권총을 만지며 크리스티나 에번스를 생각했다.

알렉산더는 헨슨에게 말했다.

"스트라이커는 보는 즉시 죽여. 그에게서 알아낼 것은 아무것도 없어. 하지만 여자는 해치지 마. 직접 심문하고 싶으니까. 누가 배신했는지 그 여자한테서 알아낼 거야. 손가락을 한 개씩 부러뜨려서라도 입을 열게 만들 거다. 그러면 실험 기지에서 어떤 배신자가 그 여자를 도와주었는지 말할 테지."

*

돔비가 이야기를 마치자 티나가 말했다.

"병에 걸린 게 아니라 해도 지금 대니의 상태가 심하게 나빠 보여요. 앞으로 다시 건강해질 수 있을까요?"

돔비가 말했다.

"그럴 거요. 살만 찌면 돼요. 아까도 말했듯 최근까지 계속 재감염을 시키고 죽이려고 실험을 하는 바람에, 아이 배 속에 아무것도 넣질 못했소. 하지만 아이가 여기서 나가게 되면 금방 몸무게가 늘 거요. 그런데 한 가지 알아둘 게 있소만……."

돔비의 걱정스러운 기색을 알아챈 티나는 몸이 싹 굳었다.

"그 한 가지가 뭔데요?"

"이제껏 재감염이 반복되면서 아이의 뇌 두정엽에 반점이 생겼소."

티나는 께름칙한 기분을 느꼈다.

"설마, 안 돼."

돔비가 재빨리 말했다.

"겉보기로는 생명에 지장은 없을 것 같소. 우리가 이제껏 관찰한 결과로는, 그건 종양이 아니오. 악성도 아니고, 양성도 아니었지. 적어도 종양의 특징이 나타나지는 않았소. 흉터 조직도, 혈전도 아니고."

"그럼 뭡니까?"

엘리엇이 물었다. 돔비는 숱 많은 곱슬머리를 쓸어 넘겼다.

"현재 분석 자료에 따르면, 새롭게 자라난 부분은 정상적인 뇌 조직 구조와 일치하오. 그런데 이건 말이 안 되는 현상이오. 우리는 데이터를 100번은 확인해보았지만 이 진단에서 잘못된 부분은 아무것도 찾을 수 없었소. 이건 불가능한 결과지. 엑스레이상에 보이는 건 우리가 아는 범위를 벗어났소. 그러니 아이를 데리고 나간 다음에 뇌 전문의를 찾아가 검사를 받게 하시오. 뭐가 잘못되었는지 밝혀낼 때까지 여러 명에게 전부 보여야 하오. 두정엽 조직이 생명에 지장을 줄 것 같지는 않지만, 그래도 경과를 지켜봐야 할 거요."

티나는 엘리엇을 바라보았다. 그리고 둘 다 머릿속으로 같은 생각을 하고 있다는 걸 알았다. 대니의 뇌에 있다는 그 반점이 초능력과 연관이 있을까? 인공 바이러스에 계속 감염되면서 직접적인 결과로 잠재된 초능력이 발현된 걸까? 말도 안 되는 생각이었다. 하지만 애초에 대니가 판도라 프로젝트의 희생양이 된 것부터가 믿기지 않는 일 아니던가. 그리고 티나가 아는 한, 새롭게 나타난 대니의 놀라운 힘을 설명할 길은 그것뿐이었다.

엘리엇은 티나가 속마음을 이야기하며 돔비에게 믿을 수 없을 만큼 놀라운 이 상황의 진실을 알려줄까 봐 걱정스러웠다. 그는 손목시계를 보며 티나를 재촉했다.

"우리는 여기서 나가야 합니다."

그때 돔비가 말했다.

"나갈 때 대니의 사고에 관한 파일을 가져가시오. 문을 열고 나가면 가장 가까이 놓인 탁자 수납장에 있소. 디스켓이 가득 든 검은 상자요. 언론에 폭로할 때 이 자료들이 증거가 되어줄 테니까. 그리고 제발, 가능한 한 빨리 신문에 죄다 뿌리시오. 이곳의 관계자를 제외하고 여기서 무슨 일이 일어났는지 아는 이들은 당신들뿐이니, 아마 표적이 될 거요."

"그 점은 뼈저리게 잘 알고 있습니다."

엘리엇이 수긍했다. 티나가 말했다.

"엘리엇, 대니를 안고 가줘요. 애는 못 걸어요. 살이 너무 많이 빠져서 내가 들기에도 무겁지는 않지만, 그래도 내가 안으면 움직이기 쉽지 않으니까요."

엘리엇은 그녀에게 권총을 주고서 침대로 다가갔다. 그때 돔비가 물었다.

"부탁 하나만 해도 되겠소?"

"뭐죠?"

"재커라이어 박사를 이 방으로 옮긴 다음 재갈을 뺍시다. 그런 다음 날 묶어서 재갈을 물리고 바깥방에 두시오. 그러면 나는 재커라이어 박사가 당신들에게 협력했다고 다른 사람들에게 말하겠소. 사실, 당신들 이야기를 언론에 해야 할 때 그런 식으로 이야기를 꾸며낼 수도 있을 거요."

티나는 당황해서 고개를 저었다.

"당신은 이제까지 재커라이어 박사에게 이곳은 과대망상증 환자들이 이끄는 곳이라고 말했잖아요. 게다가 여기서 일어나는 일에 모두 수긍하지는 않는다고 분명히 말하지 않았나요? 그런데도 여기에 남고 싶어 하는 이유가 뭐죠?"

돔비가 말했다.

"은둔하며 사는 게 내 성격에 맞으니까. 그리고 연봉도 좋은 곳이오. 내가 여기서 나가 민간 연구소에 취직한다면, 이곳에서 제정신을 차리고 목소리를 내는 사람이 하나 줄어들 뿐 아니겠소. 이곳에는 이 연구에 사회적인 책임감을 느끼고 있는 사람도 많소. 만약 그런 사람들이 다 떠나면 타마구치나 재커라이어 같은 사람들에게 모든 연구 책임이 넘어갈 거고, 일의 균형을 맞출 사람은 아무도 없을 거요. 그러면 그들이 어떤 연구를 할 것 같소?"

"하지만 우리 이야기가 신문에 나면 정부는 이곳을 분명히 폐쇄할 텐데요."

티나의 말에 돔비는 고개를 저었다.

"그럴 일은 절대 없소. 이 일은 해야만 하기 때문이오. 중국 같은 전체주의 국가와 힘의 균형을 맞출 필요가 있소. 겉으로야 연구소를 닫는 척하겠지만 실제로는 그러지 않을 거요. 타마구치를 비롯한 최측근은 해고될 거요. 대대적인 개편이 시행되고, 좋은 쪽으로 변하겠지. 당신들에게 비밀을 누설한 게 재커라이어라고 내가 둘러댄다면, 그래서 내 자리를 지킬 수 있다면, 나는 승진해서 더 많은 영향력을 갖게 될 거요. 최소한 연봉은 오르겠지."

그는 미소를 지었다. 엘리엇은 고개를 끄덕였다.

"좋습니다. 당신이 바라는 대로 하죠. 하지만 서둘러야 합니다."

그들은 재커라이어를 격리실로 옮기고 재갈을 빼냈다. 재커라이어는 묶인 상태로 몸부림치며 엘리엇에게 욕설을 퍼부었다. 그런 다음 티나와 대니, 돔비에게도 욕을 했다. 대니를 데리고 나오면서 강철 기밀문을 닫아버리자 재커라이어가 퍼부어대는 욕설은 더 이상 들리지 않았다.

엘리엇이 마지막 남은 밧줄로 돔비를 묶었다. 돔비가 말했다.

"정말로 궁금한 게 있는데 꼭 대답해주시오."

"뭡니까?"

"당신 아들이 여기 있다고 누가 알려줬소? 누가 연구실로 들여보내준 거요?"

티나는 눈을 깜빡였다. 뭐라 말해야 할지 알 수가 없었으니까.

"그래, 좋소. 그게 누구든 밀고하고 싶지는 않겠지요. 그럼 한 가지만 말해주시오. 보안 요원이었소? 아니면 의료진 중 하나? 내 바람으로는 나 같은 의사였으면 좋겠는데. 결국 올바른 일을 한 건 의사이길 바라니까."

티나는 엘리엇을 바라보았다.

엘리엇은 고개를 저었다. 안 됩니다.

그녀 역시 동의했다. 대니에게 어떤 힘이 생겼는지 말하는 건 현명하지 않은 행동이리라. 세상은 대니를 특이하게 생각할 거고, 그 애를 동물원 짐승처럼 놀라운 눈으로 바라볼 것이다. 그리고 확실한 게 하나 있었다. 만약 이 연구소 사람들이 대니에게 나타난 초능력이 우한-400에 반복적으로 감염되어 생긴 두정엽의 반점 때문이라고 여기게 된다면, 그들은 다시 대니를 실험하고 찌르고 조사하려 할 것이다. 안 돼. 그녀는 대니의 능력을 아무에게도 이야기하지 않을 것이다. 아직은 안 된다. 그 폭로가 아이의 삶에 어떤 영향을 미칠지 알아내기 전까지는 그럴 수 없었다.

"의료진 중 하나였습니다. 여기에 우릴 들여보낸 건 의사였어요."

엘리엇의 거짓말에 돔비가 대답했다.

"잘했군. 그 말을 들으니 기분이 좋군요. 내가 진작 그럴 배짱이 있었다면 좋았으련만."

엘리엇은 돔비의 입속에 손수건을 욱여넣었다.

티나는 바깥쪽 기밀문을 열었다.

엘리엇이 대니를 들며 말했다.

"넌 하나도 무겁지가 않구나, 꼬마야. 널 당장 맥도날드에 데려가서 햄버거랑 감자튀김을 잔뜩 먹여야겠다."

대니는 그에게 힘없이 미소를 지었다.

권총을 쥔 티나는 앞장서서 복도로 나갔다. 엘리베이터 근처 방에 있는 사람들은 웃고 떠들었지만, 아무도 복도로 나오지는 않았다.

대니는 보안이 철저한 엘리베이터 문을 열고, 그들이 타자마자 승강기를 작동시켰다. 집중을 하는 듯 아이의 이마에 주름이 잡혔다. 대니가 엘리베이터를 움직이고 있다는 기색은 그것뿐이었다.

맨 위층 복도는 텅 비어 있었다.

나이 든 경비원이 여전히 의자에 묶여 재갈을 물고 있었다. 그는 분노와 공포가 어린 눈초리로 일행을 바라보았다.

티나와 엘리엇, 대니는 대기실을 지나 차가운 밤공기 안으로 발을 내딛었다. 눈이 사정없이 쏟아지고 있었다.

울부짖는 바람 소리 너머로 또 다른 소리가 들렸다. 티나는 몇 초 뒤에야 그 소리가 무엇인지 알아챘다.

헬리콥터가 다가오고 있었다.

눈을 가늘게 뜨고 눈보라가 치는 밤하늘을 바라보니 고원의 서쪽 끝에 솟아오른 헬리콥터가 보였다. 이런 날씨에 대체 어떤 미친 놈이 헬리콥터를 타고 온단 말인가?

"익스플로러로 가요! 어서!"

엘리엇이 소리쳤다. 모두 익스플로러로 달려갔다. 티나는 엘리엇의 품에서 대니를 받아 들어 뒷자리에 얼른 태운 다음 뒤따라 탔다.

엘리엇은 운전석에 앉아 차 키를 꽂고 돌렸다. 하지만 시동은 즉시 걸리지 않았다.

헬리콥터가 그들을 향해 돌진해왔다.

"헬리콥터 안에 누가 탔어?"

대니가 익스플로러 창문 너머로 그들을 빤히 바라보며 물었다.

"모르겠어. 하지만 좋은 사람들은 아니란다, 아가야. 만화책에 나오는 괴물 같은 사람들이야. 네가 엄마 꿈에 보냈던 그림 속 괴물과 똑같은 사람들이지. 우리가 널 여기서 데리고 나가는 걸 바라지 않는 사람들."

티나의 말에 대니는 다가오는 헬기를 노려보았다. 아이의 이마에 다시 주름이 나타났다.

익스플로러 엔진이 갑자기 켜졌다.

"감사합니다!"

엘리엇이 외쳤다. 하지만 대니의 이마에 나타난 주름은 사라지지 않았다.

티나는 아들이 뭘 하려는지 알아채고 소리쳤다.

"대니, 잠깐만!"

*

알렉산더는 몸을 굽혀서 헬기의 불룩한 창 너머로 익스플로러를 바라보며 말했다.

"저들 바로 앞에 착륙해, 모건."

"알겠습니다."

모건이 대답했다. 알렉산더는 기관총을 지닌 헨슨에게 말했다.

"아까 말했듯이 스트라이커는 즉시 죽여. 하지만 여자는 살려둬."

그 순간 헬리콥터가 갑자기 불쑥 위로 치솟았다. 착륙까지 불과 5~6미터밖에 남지 않았건만, 기체는 12미터, 15미터, 18미터 위로 급격하게 상승했다. 알렉산더가 물었다.

"무슨 일이야?"

"스틱이 말을 안 들어요."

모건이 대답했다. 칼날 같은 공포가 서린 그의 목소리는 날카로웠다. 이제껏 악몽 같은 산속을 헤쳐왔지만 공포 어린 기색은 전혀 없었다. 그러나 이번에는 달랐다.

"이 망할 놈이 조종이 안 됩니다. 굳어버렸어."

24미터, 27미터, 30미터까지 헬기는 밤하늘을 계속 솟아오르고 또 올랐다.

그러다 엔진이 꺼졌다.

"뭐야 이거?"

모건이 말했다.

헨슨이 비명을 질렀다.

알렉산더는 자신에게 달려드는 죽음을 지켜보았다. 그리고 깨달았다. 곧 저세상에 대해 품었던 호기심이 풀릴 것이란 사실을.

*

익스플로러는 불타는 헬리콥터의 잔해를 빙 둘러 고원에서 내려가는 길이었다. 대니가 말했다.

"그 사람들은 나쁜 놈들이었어. 이제 괜찮아, 엄마. 진짜 나쁜 놈들이었어."

티나는 속으로 성경의 한 구절을 생각했다. 모든 일에는 다 때가 있다. 죽일 때가 있고, 살릴 때가 있다.

그녀는 대니를 꼭 껴안고 아이의 어두운 눈을 지그시 들여다보았다. 하지만 성경 구절을 떠올려도 마음이 편해지지 않았다. 대니의 눈빛에는 너무나 많은 고통이, 너무나 많은 앎이 담겨 있었다. 이 아이는 여전히 티나의 사랑스러운 아들이었지만, 분명 변해버렸다. 그녀는 미래를 생각했다. 그들의 앞길에 어떤 일이 닥쳐올지 알고 싶었다.

작가의 말

.

『어둠의 눈』은 내가 '리 니콜스(Leigh Nichols)'라는 필명으로 썼던 여섯 권의 소설 중 하나다. 이제는 쓰지 않는 필명이다. 이 책은 그 필명으로 낸 여섯 권 중 두 번째 소설이지만, 나중에 나의 본명으로 재발간된 시리즈 중에서는 마지막 여섯 번째로 나오게 되었다. 앞서 낸 다섯 권은 『The Servants of Twilight』, 『Shadowfires』, 『The Door to December』, 『The House of Thunder』, 『The Key to Midnight』이다. 독자들 요청으로 이 책들이 다시 나올 수 있었다. 독자 여러분의 관심에 고맙게 생각한다.

혹시 『The Funhouse』와 『The Key to Midnight』의 후기를 읽어 본 사람이라면 알겠지만, 나는 작품 활동 초기에 쓴 여러 필명들을 두고 '사실 이 작가는 비극적인 죽음을 맞이했다'라고 밝히면서 즐거워하곤 했다. 이런 말을 하는 게 조금 민망하기는 하지만, 이 점에

어둠의 눈

서 독자들에게 언제나 솔직하지는 않았다는 점을 밝혀야겠다. 전에 나는 리 니콜스가 어느 날 저녁 카리브해에서 크루즈를 탔다가 샴페인을 너무 많이 마시고 기괴한 사고를 당해 목이 잘려 죽었다고 밝혔다. 그때 독자들이 추모 카드를 보내고 추도회를 열어준 걸 보고서 감동을 받았다. 하지만 이제 헤드라인 출판사에서 니콜스의 소설 여섯 권을 독자들을 위해 재발간해주었으니, 나도 리 니콜스의 운명에 대해 거짓말을 했다는 걸 고백할 수밖에 없다. 여기서 진실을 밝히자면, 니콜스는 훨씬 더 심각한 운명을 맞이했다. 어느 황량한 겨울밤, 리 니콜스는 외계인에게 납치되어 태양계를 여행하게 되었다. 그는 네스트 퀸이라는 외계인에게 끌려가서 억지로 끔찍한 수술을 여러 차례 받고 말았다. 결국 지구로 돌아오기는 했지만, 니콜스는 너무 큰 트라우마에 빠진 나머지 소설가로 계속 활동할 수 없었다. 대신 새로운 삶을 선택하여 현재 이라크의 독재자가 되었다.

『어둠의 눈』은 액션, 서스펜스, 로맨스와 더불어 초자연적 현상을 섞어 쓴 나의 초기작이다. 이 소설에는 『Watchers』나 『Mr. Murder』 같은 후기작에서 나타나는 강렬함이라든가 인물의 깊이, 복잡한 주제나 전개 방식은 없고, 『Intensity』처럼 목이 바짝 타오르는 공포감도 없지만, 헌책방에서 니콜스라는 이름을 달고 출간된 이 소설을 찾은 많은 독자들이 호평을 해주었다. 독자들이 이 소설을 좋아하는 이유는 잃어버린 아이, 또 어린 아들에게 무슨 일이 생겼는지 알아내기 위해서라면 뭐든 하는 헌신적인 어머니라는 소재가 우리 마음속 원초적인 심금을 울리기 때문이라고 생각한다.

개정판을 내려고 수정하면서, 이 소설을 요즘 내가 쓰는 스타일로 완전히 바꾸고 싶다는 욕구를 참아내야 했다. 문화적, 정치적 상황을 현대에 맞게 고쳤고, 말도 안 되게 터무니없는 문체를 조금 수정했고, 장황한 부분을 여기저기 다듬었다. 『어둠의 눈』을 다시 보는 일은 즐거웠다. 이 책은 기본적으로 단순한 이야기로, 독자들이 흥미를 느낄 만한 부분은 주로 플롯, 그리고 전제가 주는 낯선 느낌인 듯하다. 독자 여러분이 흥미롭게 읽으셨기를 바라며, 리 니콜스가 쓴 여섯 권의 소설 역시 모두 즐겁게 읽어주셨으면 한다.

만약 당신이 이라크에 있다면 외계에서 수술을 받아 독재자가 된 니콜스를 찾아가보면 어떨까. 작가는 분명 이 책에 기쁘게 사인해줄 것이다. 하지만 그 반대로 당신을 이교도라 비난하고 시궁창같이 더러운 감옥에 처넣을지도 모른다. 위험을 무릅쓸지 말지는 당신의 선택에 달렸다.

Dean Koontz

옮긴이 **심연희**

연세대학교와 동 대학원에서 영문학을 전공하고 독일 뮌헨대학교에서 언어학과 미국학을 전공했다. 현재 영어와 독일어 전문 번역가로 활동 중이며 다수의 저서를 옮겼다. 그중 대표적인 것으로 『빅 엔젤의 마지막 토요일』 『퍼펙트 마더』 『어른이 되기는 글렀어』 『고양이는 내게 행복하라고 말했다』 『마셔왕의 딸』 『이사도라 문』 시리즈, 『캡틴 언더팬츠』 시리즈 등이 있다.

어둠의 눈

초판 1쇄 인쇄 2020년 4월 3일
초판 5쇄 발행 2020년 5월 11일

지은이 딘 쿤츠
옮긴이 심연희
펴낸이 김선식

경영총괄 김은영
책임편집 임인선, 정지혜 **디자인** 문성미 **크로스교정** 이상화 **책임마케터** 이고은
콘텐츠개발2팀장 김정현 **콘텐츠개발2팀** 문성미, 임인선, 정지혜, 이상화
마케팅본부장 이주화
채널마케팅팀 최혜령, 권장규, 이고은, 박태준, 박지수, 기명리
미디어홍보팀 정명찬, 최두영, 허지호, 김은지, 박재연, 배시영
저작권팀 한승빈, 이시은
경영관리본부 허대우, 하미선, 박상민, 윤이경, 권송이, 이소희, 김재경, 최완규, 이우철
외부스태프 클로이(일러스트)

펴낸곳 다산북스 **출판등록** 2005년 12월 23일 제313-2005-00277호
주소 경기도 파주시 회동길 357 2, 3층
대표전화 02-704-1724 **팩스** 02-703-2219 **이메일** dasanbooks@dasanbooks.com
홈페이지 www.dasanbooks.com **블로그** blog.naver.com/dasan_books
종이·인쇄·제본·후가공 (주)갑우문화사

ISBN 979-11-306-2934-6 (03840)